U0902397

请把握好爱我的尺度

荔枝香近 著

【下册】

青岛出版社
QINGDAO PUBLISHING HOUSE

第十一章　你我的初恋

贺开晨，一个韩辰绘绝对不会认错的男人。

当贺开晨义无反顾地离开时，韩辰绘认为，她和贺开晨下辈子都不会再见面了。

那段伤心欲绝的时间过去后，韩辰绘冷静了下来，不禁叹了口气。她和贺开晨一定会有再见的时候——贺开晨和冯至期从小一起长大，两个人是至交好友，冯至期又是韩辰绘的姐姐韩冬果的丈夫，韩辰绘与贺开晨的关系简直近得不能再近。两人分手后不久，韩辰绘就结婚了。

韩冬果和冯至期对韩辰绘和贺开晨的关系了解至深，韩辰绘嫁给郑肴屿之后，韩冬果和冯至期便很有默契地不在韩辰绘面前提贺开晨的任何事，韩辰绘也不会主动去问。事实上，贺开晨给韩辰绘造成的伤害不轻，韩辰绘也不想知道对方的情况。

日子就这样一天又一天地过去，时间是抚平伤口的最好良药。

所有人都认为，韩辰绘当初同意嫁进郑家是为了韩冬果。只有韩辰绘自己知道，她不是圣人，她确实是为了韩冬果，但其中也有赌气报复的成分——贺开晨那么绝情地离开她、抛弃她，她也不会为他“守身如玉”。正好当时韩冬果想不开，韩辰绘嫁进郑家，既可以成全韩冬果和冯至期的“真爱”，又可以快速摆脱贺开晨的阴影，何乐而不为?

韩辰绘原本以为会在韩冬果和冯至期的婚礼上见到贺开晨，然而贺开晨不知道出了什么问题，竟然连兄弟的婚礼也没去参加。

现在韩辰绘和郑肴屿的感情越来越好，她甚至开始为郑肴屿心动，她的世界里已经全是郑肴屿，她从来没想过贺开晨会在这种时刻猝不及防地重新闯入她的生命里。

韩辰绘低垂着脸，认认真真地摆正牌桌上的筹码盒子，再把手中的十几个筹码一个又一个地摆放进去。筹码被摆放得整整齐齐，韩辰绘故作镇定，凌乱不堪的心跳却与她冷静的表面完全相反。

郑肴屿知道贺开晨是她的初恋吗？如果他知道的话……就算他不喜欢她，她也始终是他的老婆，是他明媒正娶的妻子……

韩辰绘认为自己很了解郑肴屿。他对她只走肾不走心，没有感情，他那强者与生俱来的占有欲却是十成十！之前在“盛佳岛”的乌龙事件中，他只是听到“盛佳岛”的名字就对她非常生气，如今是贺开晨……怎么办，她要怎么做才好呢？

就在这个时候，郑肴屿再次叫她的名字：“辰绘。”

韩辰绘闭了闭眼，该来的总会来，这是命数，躲也躲不掉。

三秒钟之内，韩辰绘整理好情绪，脸上摆出职业化的明星微笑，猛地抬起脸。

就在那一瞬间，韩辰绘与贺开晨的视线毫无征兆地撞到了一起。韩辰绘呆了呆，贺开晨则微微翘起唇角，对韩辰绘温柔地一笑。时光似乎没有在贺开晨的身上留下一丝一毫的痕迹，他的笑容也一如当年，好像要带领众人穿越回几年前，让大家亲眼看到大校草迷倒万千少女的绝代风华。

郑肴屿的目光在韩辰绘身上流连，他又唤了她一声：“辰绘。”

“哦，我在。”韩辰绘移开视线，望向郑肴屿，随即放下手中的筹码和盒子，摇曳生姿地走向郑肴屿。

郑肴屿对韩辰绘伸出一只手，韩辰绘走到郑肴屿身边，伸出手自然而然地和他的手握到一起，脸上挂着明星笑。

郑肴屿给两边介绍：“这是我的妻子，辰绘。这两位老板刚从美国回来，朱莉·宋、亚姆·贺。”不知道是否故意为之，郑肴屿只介绍了两人的英文名。

韩辰绘礼貌地点了点头，甜甜地笑了起来："你们好，我是韩辰绘，希望你们玩得开心。"

郑肴屿叫韩辰绘过来的时候，宋曼曼微微皱起了眉头，听到韩辰绘自我介绍说到名字"韩辰绘"时，她把眉头皱得更深，随即又放开紧皱的眉头，意味深长地笑了笑，目光从身旁的贺开晨身上一掠而过。

"你可以叫我的中文名字'曼曼'。"宋曼曼一直笑着，"久闻'郑太太'美名，如今一见，本人比照片更要美上无数倍。"

韩辰绘微微笑道："你也很美。"

两个女人假惺惺地互赞了几句，便没有然后了。两方人马客套了一会儿，便一起回到露台。宾客们给郑肴屿唱了生日歌，切了蛋糕。郑肴屿与人打牌的时候，其他客人便在红叶名邸里随意行动。

宴请宾客，"宴席"是非常重要的一项。露台、草坪、花园等各个地方都设置了酒桌，大家可以按照自己的喜好选择就餐地点，在没有固定位置的情况下，大家依然可以四处走动。唐烜、李绍齐、段恪、白虹等平日里就和郑肴屿玩在一起的朋友以及郑肴屿、韩辰绘全部选择了露台，当然其中也少不了被段恪带来的贺开晨和宋曼曼。

郑肴屿珍藏的各种酒如今任君挑选，朋友们去搜刮了一圈，便在酒桌上喝了起来。刚喝了两杯，郑肴屿的大哥郑致远和大嫂欧阳萍带着他们的大儿子小布走了进来。

见到韩辰绘，小布大喊着"小婶、小婶"冲过去抱着她的大腿撒娇："小婶，你怎么又好久不来看小布了呢？小布好想你啊！妈妈说小婶特别忙，没有时间陪小布玩……小婶是不是讨厌小布了？"小布的哭腔越来越浓，眼看着就要落泪。

小孩子奶声奶气的哭腔让韩辰绘的心都要化掉了，她赶紧抱起小布："不会啊！小婶怎么会讨厌小布呢？小婶很喜欢小布，真的，很喜欢。"

小布满意地点了点头："小布也喜欢小婶！"

韩辰绘陪小布在露台的秋千上玩了一会儿，郑致远和欧阳萍便要带小布离开。小布不愿意离开韩辰绘，撕心裂肺地大叫："小布不要离开小婶！不要……"

"小布，乖，我们很快就会再见面的。"韩辰绘揉了揉小布的脑袋，问欧阳萍，“大哥大嫂怎么不留下来多喝几杯酒？”

“谢谢你，弟妹。”欧阳萍和韩辰绘非常“表面妯娌”地握了握手，“今天是肴屿生日，我们是一定要到场祝贺的，但我们一会儿确实有事，过阵子闲下来，我们再来喝酒赔罪。”

“大嫂，您太客气……”

“表面妯娌”的表演结束，欧阳萍便生拉硬拽地将小布带走了。去年郑肴屿在华清园举办生日宴会的时候，郑致远和欧阳萍也是这样中途带着小布过来打个招呼、赔个礼就匆匆离开。过去韩辰绘不太明白其中的原因，如今她可是很明白“一入豪门深似海”的道理，郑家阶级地位尤其分明，郑肴屿是“太子爷”，他的三个哥哥就只能是陪衬……

送走了郑致远和欧阳萍，韩辰绘又回到原来的座位上——紧挨着郑肴屿，面对着贺开晨。郑肴屿正和朋友们赌酒，只她入座的十几秒钟，郑肴屿便干掉了两杯酒。

韩辰绘一坐下来，郑肴屿便自然而然地将她搂进怀中。他一只手夹着香烟，另一只手摇晃着空酒杯，嘴巴贴在她的耳后，从其他人的角度根本看不出来他是在吻她还是在和她说悄悄话。然后，只用了两秒钟，答案便被他揭晓：“老婆，帮我挡两杯！”

又来了又来了——郑肴屿惯用的招数之一：装醉。惯用招数之二：帮我挡两杯。每次“挡两杯”过后，韩辰绘都会原地醉倒，被他扛回家……

韩辰绘微微嘟起嘴，正想用什么办法拒绝郑肴屿，陈伊心便端着酒杯站起身，和唐烜、段恪他们碰了下杯，微笑着说：“我来挡几杯吧。”

郑肴屿立刻撩起眼皮冷冷地瞪着陈伊心，发出灵魂质问：“我让我老婆帮我挡两杯，你是谁啊？”

陈伊心被说得哑口无言。

韩辰绘抿了抿唇，一脸严肃地端起酒杯，向那些男人敬了一下，二话不说，一饮而尽。她出示空酒杯，然后又倒了满满一杯，再次一饮而尽。

那些男人看着连干两杯的韩辰绘，再看看端着酒杯尴尬的陈伊心，立刻鼓起掌来：“弟妹厉害！”他们趁机用惯用的“搅浑水”大法，将气氛缓和下来。

郑肴屿将韩辰绘抱得更紧，如果不是有外人在，他可能会直接将她抱坐到身上，或者干脆把她抱上桌。

韩辰绘的手指搭在空酒杯上，郑肴屿的手恰好覆盖在她的手背上，他微微侧脸，对准她的脸蛋儿亲了一口："好乖的。"

韩辰绘觉得身体里升起一团火焰，从心脏烧到脸颊。她微微抬起眼，眼神不偏不倚地和正对面的贺开晨撞在一起。

贺开晨竟然在注视她。

韩辰绘立刻闭上眼，转过脸，委屈地对郑肴屿说："老公，今天不想喝酒了……"

只要她喊一声"老公"，郑肴屿便没什么不能答应的。他又亲了她一口："好，听你的，今天不喝。"

韩辰绘觉得郑肴屿似乎有点儿反常，毕竟今天孙蔓宁在场，他们理应扮演一对"恩爱夫妻"。可是，今天的郑肴屿格外入戏是怎么回事，演得竟然比她还卖力……

之后，韩辰绘一直乖乖地坐在郑肴屿旁边，看他一口烟一口酒，不知道抽了多少烟、喝了多少酒。有朋友在场的时候，无论他怎么玩，韩辰绘都不会多说一句。从某种意义上来说，她和郑肴屿是同一类人。如果有人在她和朋友们喝酒的兴头儿上以"为她好"的名义不让她继续喝下去，她只想让那人快点出去，哪儿凉快去哪儿待着。

她陪在郑肴屿的身边，却能感觉到贺开晨的目光。贺开晨是个聪明人，他不会全程一直看她，但他又似乎无时无刻不在看她……

韩辰绘与郑肴屿一起站在花园的入口处和宾客们客套，再目送他们全部上车后，她感觉一直悬在半空中的心脏才落了下来——这个生日宴会总算有惊无险地混过去了。

段恪和贺开晨、宋曼曼是最后离开的，将他们送走之后，韩辰绘彻底松了口气，刚要转过身，便被郑肴屿从身后抓住了手。他一个用力，韩辰绘立刻落入了他的怀抱里。

韩辰绘不知道郑肴屿要做什么，便撒娇道："老公，天都晚了，外面好冷，不管有什么急事，我们都得回到屋子里再说呀！"

郑肴屿意味不明地笑了一声，紧紧地抱着她，轻抚她的发丝。他所有的动作都那么温柔，说出口的话却像一把刀子，冰冷而锋利："你觉得那个贺总怎么样？"

韩辰绘的身子一僵，他突然问这个干什么？

"我说实话啊——他长得确实挺帅的。"

郑肴屿虽然要听实话，可依然不屑地冷哼了一声。

韩辰绘乖乖地往郑肴屿的怀中缩了缩，又撒娇地蹭了蹭。

月下，秋风中，郑肴屿和韩辰绘亲密无间地拥抱着。过了一分钟，郑肴屿突然轻轻地推开韩辰绘，用手指强硬地抬起她的小脸，让她和自己对视。他冷笑一声，眼神比笑声更冷："你觉得我和他谁更帅？"

郑肴屿和贺开晨，谁更帅？

韩辰绘倒吸了一口凉气，这就是一道送命题啊！一个不小心，她怕是会丢了小命……

韩辰绘把嘴巴一扁，做出一个尴尬为难的表情。郑肴屿微皱着眉头，手指用力捏了捏韩辰绘的脸："为什么不说话？这个问题让你这么难以回答吗？"

韩辰绘往他的胸膛上蹭了蹭，眨巴着大眼睛，故意用又轻又腻的声音撒娇："这个问题就是很为难我呀！"

郑肴屿阴沉着脸，一声不吭。

韩辰绘踮起脚，主动亲吻了下郑肴屿的嘴角，又眨巴了下眼睛，甜甜地说："因为我的目光全程都在你的身上，根本就没有注意他长成什么样呀！"

韩辰绘求生欲十足，在线拍马屁！

郑肴屿明知对方睁眼说瞎话，也在线满足！

郑肴屿注视着怀中的韩辰绘，银白色的月光下，韩辰绘的大眼睛中好像有万丈星辰。

韩辰绘歪了下头，还要再说点什么，郑肴屿已经微微俯下身。她以为他要吻自己，在他马上要亲上她的时候，乖乖地闭上了眼睛。可是下一秒，郑肴屿便用一只胳膊揽住她的肩膀，另一只胳膊插入她的臀下，一个用力，竟用一个标准的"公主抱"将她给打横抱了起来。

韩辰绘睁开眼睛，认为郑肴屿要吻她又没有被吻，这件事实在过于丢脸，她有些恼羞成怒，悬在半空中的两条大长腿踢了两下，气急败坏地哼哼唧唧：“你突然把我抱起来干什么？！”她的声音软软的，在郑肴屿听来，怎么听怎么像是在对他撒娇。

郑肴屿横抱着韩辰绘往花园里走去，一群家政人员正在收拾宴会过后的“战场残骸”。见到先生横抱着太太走了过来，大家互相交换个眼神，都忍俊不禁。

“你放下我！张姨她们都看着呢！她们会以为我是‘恃宠而骄’，连几步路都不愿意走，非让你抱我，我的脸要往哪儿搁啊？你这个浑球儿……”

韩辰绘有一个傲娇的灵魂，万事格调不能掉，嘴上凶着郑肴屿，两只胳膊却自然而然地挂在郑肴屿的脖颈上。

“好啊！”郑肴屿微微低下脑袋，用自己的脸贴了贴韩辰绘的脸颊，又轻轻地啄了下她嘟起的嘴唇，声音低沉，“既然你骂我是浑球儿，那我不做点混账事，是不是对不起你给我的定位？”

郑肴屿说着，便抱着韩辰绘大步走向露台，二话不说坐到了秋千上，抱紧怀里的她，低下头，不容她抗拒，直接吻住她的唇。

第二天，《二次通信》没有韩辰绘的戏份儿，她便没有心理负担地睡了一整天。

韩辰绘迷迷糊糊地睁开眼时已是傍晚，已经到了晚饭时间。她懒洋洋地伸了个懒腰，在温暖的被窝里赖了好久，才打着哈欠去了趟浴室，漱了漱口，又躺回床上拿起手机。

姐妹群日常聊天，韩辰绘咬了下唇角。闺密和丈夫的区别就是，有很多话，韩辰绘不可以和丈夫说，却可以肆无忌惮地和姐妹们说。

韩辰绘：“姐妹们，告诉你们一个消息——我昨天看到贺开晨了。”

时珊珊：“谁？”

朱芷欣：“啥？”

韩辰绘：“相信你们的眼睛！”

朱芷欣：“昨天不是郑肴屿的生日吗，贺开晨是怎么混到郑肴屿的生日宴上的？这级别也差了太多吧，就好像新手菜鸟一跃成为满级大神似的……”

韩辰绘：“我也觉得意外啊！”

时珊珊："不好意思，我一点都不觉得意外！你们难道忘了当初贺开晨和辰绘分手时说了什么吗？"

时珊珊："辰绘给不了他事业上的帮助，所以他才狠心离开辰绘的啊。我一开始就认为他会事业有成，别说他自身很有能力，就算没有，单凭他的那张脸，也足够让各种有权有势的富婆、白富美为之倾倒。"

韩辰绘："我给不了贺开晨帮助，也给不了郑肴屿帮助，所以他们都不喜欢我！"

时珊珊："贺开晨可能是，但郑肴屿明显不是啊！你老公那么牛气，他需要你什么事业帮助？换句话说，需要你帮助的郑肴屿还是'小郑太子爷'吗？你只要当好他的小娇妻不就好了！"

韩辰绘发了一个哭的表情图。

时珊珊："你又发哭的表情干什么？别告诉我们，你连大佬的小娇妻都做不好！"

韩辰绘："说出来不怕你们笑话，其实我婆婆和我说过好几次了，她一直想让我不要工作，就在家被郑肴屿豢养着，做他的小金丝雀。"

韩辰绘："但我自己不想啊，我本来就给不了他什么帮助，还在家当保护动物……别说他现在根本不喜欢我，就算喜欢也坚持不了多久，没有一个人会喜欢一只米虫、废物的吧？"

时珊珊："你的想法挺对的，你这样的性格，怎么做金丝雀？"

朱芷欣："仔细想想，我也两三年没见贺开晨了，他现在怎么样，还像以前那么帅吗？"

韩辰绘："你想听实话吗？"

朱芷欣："废话！这里又没有外人，就我们三个，你撒谎干什么？"

是啊，朱芷欣说得对，她和姐妹们就没必要撒谎了。

韩辰绘如实地回了一个字："帅。"

她回完这个字，时珊珊和朱芷欣默契地全都不回微信了——现在正是她们在外面玩得飞起的时间段，可能被朋友拉去喝酒、蹦迪了，一时没来得及回韩辰绘。

韩辰绘在被窝里懒洋洋地打了个哈欠，迷迷糊糊地再次闭上眼。

细雨汇川，一号会议室。

“郑总，这是上个月的财务报表。”

郑肴屿瞟了眼墙上的时钟，犹豫了一下，对面前的财务总监说：“你先把报表放这儿，我明天再看。”他说着便扣上钢笔、合上笔记本电脑站起身。

财务总监也看了看时间，才晚上八点钟。他笑了笑：“郑总今天怎么下班这么早，要回家陪夫人吗？”

郑肴屿推了推眼镜，冷冷地看了对方一眼。

财务总监立刻发觉自己多嘴，飞快地赔了个礼，放下财务报表就跑路了。

轿车后排。

郑肴屿敲着笔记本电脑，在等红灯的时候往外面望了望。街道上车水马龙，交通岗前方不远处有一家装修精致的花店。

郑肴屿想了想，将笔记本电脑放到旁边的位置上，命令司机：“在前面停车。”

司机已经注意到了那家花店，非常机灵地将车子停在了花店的门前。郑肴屿走进花店，亲自挑选了一大捧鲜花。再次回到车里，郑肴屿不再抱着笔记本电脑，而是牢牢地抱着那捧从配色到包装完全少女风的鲜花。韩辰绘的年纪已经不再是少女，可在他的心中，她就是个货真价实的“少女”，他也能 get（了解）到她的少女心，所以才会送给她一座花房。

回到红叶名邸，郑肴屿抱着鲜花走在前面，司机拿着郑肴屿的笔记本电脑和工作资料跟在后面。郑肴屿一刻都没有停留直奔卧室，轻轻推开卧室的房门。

韩辰绘正大大咧咧地睡在床的中间，枕头和棉被都不知道飞到哪里去了。郑肴屿轻手轻脚地将怀中的鲜花放到床头柜上，这样她一睁眼就能看到他送给她的花。他轻轻地坐到床边，摆正枕头，小心翼翼地抱起韩辰绘，让她可以舒舒服服地睡在枕头上。

韩辰绘难受地嗯了一声，两只小手乱动了起来，手中一直握着的手机便飞了出去。就在这个时候，手机屏幕突然亮了起来——韩辰绘按到了手机，屏幕又正对着她的脸，人脸识别启动，手机自动解锁。

郑肴屿用手指轻轻地拎起她的手机，想放回到床头柜上。他能看出来手机屏幕上是微信的聊天界面，可他根本不想偷看她的手机，更不想偷看她和朋友的聊天记录，直到“贺开晨”的名字一闪而过。

郑肴屿愣了一秒钟，目光微垂，落在韩辰绘的手机屏幕上。屏幕上那个页面正是韩辰绘最后和时珊珊、朱芷欣聊天的界面——

朱芷欣：“仔细想想，我也两三年没见贺开晨了，他现在怎么样，还像以前那么帅吗？”

韩辰绘：“你想听实话吗？”

朱芷欣：“废话！这里又没有外人，就我们三个，你撒谎干什么？”

韩辰绘：“帅。”

手机屏幕在黑暗中发出比较刺眼的光，一分钟后，郑肴屿看到自己捏着手机的手指上的青色血管愈发明显。

郑肴屿在心里默念：哦，帅。

韩辰绘在半梦半醒之时似乎听到了郑肴屿进来的声音，后来又感受到郑肴屿抱着她的头放在枕头上，轻轻地为她盖好棉被。她很想睁开眼睛，努力了半天，也只能睁开一条缝隙，蒙蒙眬眬地看到郑肴屿的轮廓，知道他正静静地坐在床边。

韩辰绘弱弱地嗯了一声，懒懒地翻了个身，再次沉入甜甜的梦乡。一开始梦确实是香甜的，她梦到了她和郑肴屿第一次见面的时候，又梦到了他第一次牵她的手、第一次吻她、第一次……那是他们的洞房花烛夜。

她甜甜地咂了咂嘴，随后，她的梦中突如其来地出现了一场白雾，她只觉得天旋地转，甜蜜退去，只剩下苦涩，又是在她梦中无穷无尽出现的那个场景——韩冬果站在高高的天台之上，微微一笑，往空中飞身一跃。当韩冬果的身体高速坠落时，画面突然扭曲成风雨交加的夜晚，漂亮的女生变成了帅气的男生——韩冬果变成了贺开晨。

韩辰绘自然也参与其中，哭成了泪人。她紧紧拽着贺开晨手中的行李箱，委屈地说：“你为什么说走就走，为什么不提前和我商量一下？”

那个多年来一直温润的男人脸上却出现了和过去完全判若两人的表情，那么冷酷、那么决绝。他甩开她的手：“我和你商量又能怎么样，结局会有任何改变吗？”

她又去抓贺开晨的手，恳求他："就算没有改变，你提前和我说一声也好啊，我在你心中是那么不可理喻的人吗？我难道不会理解你、支持你吗？"

那个清秀的男人冷笑起来："韩辰绘，你的理解和支持对于我来说有什么实际的用处吗？没有！一点都没有！只会让我们在原地打转而已！我们已经不再是学生了，你不要再恋爱脑！"

"我……"

韩辰绘想纠正贺开晨，说自己不是恋爱脑，贺开晨却说了一段让她无论如何也无法接受的话："到此为止了！是我对不起你，如果你愿意，就等我，几年后我们会再见的；如果你不愿意，希望你也可以等我，我不会让你白白付出青春的。"

一开始，韩辰绘是真的舍不得贺开晨，也不明白贺开晨为什么要突然之间离她而去，可听他说了那番话，韩辰绘立刻明白了，他们根本就不是一个世界的人。多年的感情，到最后换来的是贺开晨的不理解，是他对她的贬低。他竟然那么理不直而气壮地认为她会等他？

韩辰绘听到自己撕心裂肺地叫嚷："再见？我凭什么要和你再见！你是什么东西？你以为你是什么东西，我凭什么要等你？我不会等你！"

贺开晨那清秀的眉眼此刻冷若冰霜，他以为她在装腔作势地逞能，以为她根本忘不掉他、离不开他。他冷漠地说："辰绘，何必说这样赌气的话？"

"赌气？"韩辰绘擦掉眼泪，坚毅果决地指着贺开晨，"我告诉你贺开晨，我韩辰绘不是招之即来、挥之即去的女人！你现在放弃了我，以后就不会再有机会，你记住我这句话！"她毅然决然地转身离开，走出机场，蹲在地上大哭特哭。

韩辰绘是从梦里哭醒的，她猛地坐起身，前方是一个坐着的身影。韩辰绘知道那肯定是郑肴屿，她懒懒地伸出胳膊抱住郑肴屿，把脸蛋儿枕在他的肩膀上抽抽搭搭地哭了一会儿。

几分钟后，待韩辰绘的情绪平稳一些，郑肴屿那低沉性感的嗓音低空飞行："做噩梦了？"

韩辰绘撒娇地嗯了一声。郑肴屿抱住韩辰绘，轻轻拍了拍她的背脊以示安抚，让她半躺半靠在床头上。

啪的一声，卧室上方洒下明亮的灯光，韩辰绘闭了下眼，再次睁开眼，立刻发现了放在床头柜上的少女风鲜花。

“哇！”韩辰绘兴奋起来，脸上还挂着梦中哭时的泪珠，眼角眉梢却满是喜悦。她一把抱过鲜花，美滋滋地嗅了又嗅，嗅了足有一分钟才转过脸看向郑肴屿：“老公，这花是送给我的吗？”

郑肴屿面无表情地看了韩辰绘一眼，轻声道：“你都抱起来了，我还能说不是吗？”

韩辰绘小嘴一嘟，不满地哼了一声，把脸颊直接贴在花瓣上，瞪着郑肴屿：“就算不是送给我的，我也要抢过来，它现在就是我的了！”

郑肴屿挑了挑眉梢，终于绷不住，似笑非笑地挑起嘴角：“你这么霸道？”

“对！”韩辰绘装腔作势地说，“我，韩辰绘，就是这么霸道！”

郑肴屿紧盯着韩辰绘，眼神意味深长。

韩辰绘抱着鲜花看着郑肴屿，眨了眨眼。这个男人是怎么回事，为什么突然一脸高深莫测的表情？难道她做错了什么事？不应该啊，她最近求生欲这么足！算了，不管三七二十一……

韩辰绘将那一大捧鲜花放到床边，凑近郑肴屿，轻车熟路地往他的怀里钻。撒了一会儿娇，她抬起头眨巴着眼睛：“老公，人家饿了！”

“刚睡饱就要吃？你可真是名副其实的‘小韩猪崽儿’！哦，说到你刚才睡觉……”郑肴屿又冷笑了一声，将韩辰绘抱得更紧，有些阴阳怪气，“你说梦话了，在叫一个人的名字，知道吗？”

韩辰绘的身体一僵，她刚才说梦话了？她刚才梦到了郑肴屿、韩冬果、贺开晨三个人，她叫了谁的名字？前面两个人都没什么大不了的，万一叫的是贺开晨的话……

郑肴屿微微垂首，看着躺在他怀中的韩辰绘，冷冰冰地问：“贺开晨是你什么人？”

韩辰绘内心的羊驼军团简直是千军万马来相见，她将眼珠子骨碌碌一转，不行，她不能败下阵来！

韩辰绘挣脱郑肴屿的怀抱，和他面对面坐着，一脸严肃：“好啊，那我问你，那个初夏是你的什么人？”

很好，他们塑料夫妻的人设不崩，就是应该这样互相伤害。

郑肴屿看着韩辰绘的眼睛：“初夏是我的姐姐！”

韩辰绘一脸“谁相信你的鬼话”的表情，又装腔作势地说：“好啊，就你会说话是吧，我也会——贺开晨就是我的哥哥！”

郑肴屿不说话就看着她。

韩辰绘：“老公，你是什么时候知道我和贺开晨的事的呀？”

郑肴屿轻哼了一声，用眼角的余光瞥了韩辰绘一眼，微微侧过脸亲了下她的脸颊：“在和你结婚之前。”

韩辰绘心想，她之前演了那么久，在郑肴屿眼中岂不是“跳梁小丑，岂堪一击”？

“那……都两年多了，我怎么从来都没听你提过这件事啊？”

“我为什么要提？”郑肴屿用手指戳了戳韩辰绘的脸颊，“在你心中，我就是那么没有胸襟的男人吗？”

韩辰绘竟然点了点头。

她这么说简直是毫无求生欲，在线作死。

郑肴屿瞪着韩辰绘，竟找不到任何反驳的理由。确实，他刚才做的那些事，着实没表现出一点胸襟。

韩辰绘转了转眼睛，觉得不能将战火往自己身上引，便又问道：“你说那个夏夏是你的姐姐，是怎么回事呀？你也真是奇怪——”她的语气有点儿酸，“别人找借口都说是‘我的妹妹’，你可倒好，来个‘我的姐姐’——不走寻常路哦？”

郑肴屿无奈地叹了口气：“初夏确实是我的姐姐。她的母亲是孙女士的好朋友，她十岁的时候父母意外离世，孙女士就把她带在身边。她被养在郑家十几年，你说她是不是我的姐姐？”

“姐姐又怎么了？”韩辰绘反问，语气更酸了，“不还是没有血缘关系吗？谁知道是不是你的白月光、初恋情人什么的呢……”

“韩辰绘！”郑肴屿厉声打断她，抱着她翻过身，将她轻轻地压在身下，近距离注视着她的眼睛，“说出来你可能不信……”

韩辰绘眨巴着大眼睛，郑肴屿轻轻一笑：“我没有白月光，也没有初恋情人……”

韩辰绘又噘起嘴巴，对他翻了个白眼，表情中写满了“谁信啊”！

“硬要说是谁的话……”郑肴屿轻轻地吻了下韩辰绘的唇角，似笑非笑地说了两个字，两个瞬间引爆韩辰绘心跳的字——是你。

韩辰绘觉得自己脑海中有烟花在绽放！

“是你！”郑肴屿对她说“是你”！这是不是代表着……

“老公！”韩辰绘张开双臂紧紧地抱住郑肴屿，眨巴了一下眼睛，“你是不是想说——我是你的白月光！”

郑肴屿不说话。

韩辰绘在枕头上歪了歪脑袋，满面笑容：“我是你的初恋情人？！”

郑肴屿还是不说话。

见郑肴屿一脸冷漠，没有任何想要认同的意思，韩辰绘立刻皱起眉：“你干什么？难道你不是这个意思吗？”

郑肴屿冷冷淡淡地说：“当然不是。”

韩辰绘立刻把眼睛瞪圆了，在内心咬牙切齿！

“我根本没有过白月光，至于初恋情人……”郑肴屿微微挑起唇角，似笑非笑地轻轻啄了一下韩辰绘的红唇，“我也加了定语——硬要说的话是你。实际上，我就没恋过谁，也就谈不上初恋情人了吧？”

很好！非常好！小郑太子爷，不愧是你！

韩辰绘气呼呼地哼了几下，按住郑肴屿的肩膀，微微抬起脑袋，张开双唇，对准他的肩膀用力咬了上去！

她咬的那一口丝毫没有留情，突如其来的疼痛让郑肴屿眯了下眼角。下一秒，他便伸手抚上韩辰绘的脸蛋儿，低声一笑：“干什么？这么用力，想要谋杀亲夫吗？”

韩辰绘松开嘴，恶狠狠地瞪了郑肴屿一眼，非常不满地推了推他的胸膛：“你走开！从今天开始，我要和你冷战三天，拒绝和你说话！现在我要睡觉了！”

韩辰绘转过身背对着郑肴屿，委屈地将自己蜷成一个球，简直是“受气包本包”。

郑肴屿将“受气包本包”捞进怀里：“你之前不是说饿了吗，不吃饭就睡觉？”

韩辰绘紧闭着双眼，不搭理郑肴屿。刚才她亲口说了要和他冷战三天，怎么可能才几秒钟就食言？

郑肴屿看着一脸傲娇的韩辰绘，忍不住轻笑了一声："'受气包本包'秒变'傲娇鬼本鬼'了。"

郑肴屿没有再哄韩辰绘，而是披上睡袍去浴室简单漱了漱口，打开房门下楼去了。

韩辰绘紧抿着嘴唇，郑肴屿这个该死的臭男人，她就不应该对他抱有任何幻想！也怪她自己，听到郑肴屿那些似是而非的话，她竟然会幻想自己是他的白月光、是他的初恋情人，还不如幻想她是……他失散多年的妹妹来得靠谱！

最最可气的是，他说这些话伤害了她，事后竟然不像过去那样留下来抱她、哄她，竟然把她一个人丢在床上，自己跑路了……

呵，男人！

人间不值得。

去死吧！你这让我流泪的臭男人！

韩辰绘紧紧地裹着棉被，绝望地想：可能这就是没有爱情的婚姻吧。唉！她在心里叹气，从他们的洞房花烛夜开始，或者更早一点，从他们初相遇时起，她就知道，他们两个是父母之命，如果没有郑家和韩家两个老爷子——他们曾祖父的"一诺千金"，如果没有郑爷爷和韩爷爷不忘先人之约，定下了两家的亲事，她一辈子都不会嫁给郑肴屿——不对，应该说她一辈子都不会有机会认识郑肴屿，他们本来就不是一个世界的人。

她韩辰绘进了娱乐圈是一个没什么业务能力的花瓶，不进娱乐圈，要么是一个普通的白领工作党，要么未来"女承父业"一辈子做根雕，要么从事羽毛画行业。无论走哪一条路，她都永远攀不上小郑太子爷。而她嫁给郑肴屿之后，郑肴屿除了时不时地做出直男发言和直男操作，从来没有亏待过她。

韩辰绘伸出胳膊，将床头柜上那捧郑肴屿送给她的少女风鲜花抱进怀里。鲜花静静地躺在她的怀中，她轻轻嗅了嗅，香味芬芳馥郁、沁人心脾。

郑肴屿每次出国都无一例外地会给她带一堆礼物，每件礼物都是他一掷千金买下的。他平时总是问她还有没有钱，生怕她缺钱受委屈。他在郑家的时候会陪她戏精上身，上演各种劣质的戏码，还会在结婚纪念日的时候送给她一间“少女的梦”……

所以，她还在贪心什么呢？她不是一开始就知道这是没有爱情的婚姻吗？之前郑肴屿又亲口对她说过丁克、没有爱情这样的话，总之，她想跟着他，就要做好心理准备。她可以一辈子花他的钱、用他的人，同样地，她也会一辈子没有孩子、没有爱情。

她对小孩子无所谓喜欢还是不喜欢，就算真的丁克，她也可以勉强接受，而且依照她和郑肴屿双双喜欢玩的性格，他们也带不好孩子吧？可没有爱情的婚姻，她真的能坚持一辈子吗？就算能坚持一辈子……韩辰绘委屈地咬着被角，默默地流下一滴泪，那她的感情又该何去何从？

十几分钟之后，卧室的房门再次被人推开。韩辰绘委屈地抱着鲜花，她能听到郑肴屿直奔她而来。

他坐在床边，柔声道：“绘绘，起来，吃点东西再睡觉。”

韩辰绘不满地哼唧了一声，不要以为他温柔地叫她“绘绘”，她就会原谅他之前的言行……

只过了几秒钟，韩辰绘的鼻端就不只是花香，还有食物的香气慢慢地飘了过来。

“我给你做了你喜欢吃的花蟹鲜虾粥，花蟹和大虾都是我亲自剥的。你真不饿，真不想吃？”

韩辰绘装腔作势地努了努嘴，她韩辰绘就是饿死，从这里跳下去，也不会吃他一点东西！

“你真的不吃？”郑肴屿假惺惺地叹了口气，“那算了吧，就当我无事献殷勤，我正好也没吃饭，那我不客气了哦。”

郑肴屿端起饭碗刚吃了一口，韩辰绘便用“咸鱼翻生”的气势来了个小金丝猴翻身！她怀中抱着鲜花和棉被，坐在那里，面无表情地瞪着郑肴屿。

郑肴屿轻轻笑了起来，握住韩辰绘的胳膊，把她往前面拉了一下。他用小勺子盛了一口粥，轻轻吹了吹热气，喂到韩辰绘嘴边。

对于韩辰绘来说，万物皆可抛，格调不能掉！

她摆出一副“勉为其难”的样子，微微张开嘴巴。郑肴屿立刻将一勺花蟹鲜虾粥塞进她的口中。见韩辰绘面无表情地吃了下去，郑肴屿挑了挑眉梢：“好吃吗？”

韩辰绘依然面无表情，既然她刚才已经说了要冷战三天，就要坚持三天！

之后的时间，卧室里静悄悄的，只有郑肴屿喂韩辰绘吃饭的声音，以及，只有韩辰绘一个人能听到的啪啪啪的打脸之声——真香。

韩辰绘一口气将那一整碗花蟹鲜虾粥给吃完了，美滋滋地舔嘴唇的时候，她突然想到一件事——她实在太饿了，脑子里什么都没想就把粥给吃了，那郑肴屿……

韩辰绘抬起眼，注视着郑肴屿。

郑肴屿起身将韩辰绘吃完的空碗放到卧室沙发前的茶几上，又走了回来，正好对上韩辰绘的大眼睛。他一下子就猜到了她眼神中的意思：“没关系。”郑肴屿坐到床边，从韩辰绘的怀中抢过那捧鲜花，重新放回床头柜上，再从她的怀中抢过棉被，“我吃你就好了。”

冷战三天，韩辰绘不只是说说而已。事实上，这三天郑肴屿没有一天在家，她不知道他是在忙工作还是忙着在夜店玩。

韩辰绘也没有时间去想郑肴屿的事，她白天忙着《二次通信》的拍摄，晚上也在拍夜戏，回到家时都是下半夜，飞快地卸完妆、洗完澡，就累得躺床上直接睡觉。

三天之后，郑肴屿也没有回家，韩辰绘猜到他应该是出国了。以前他时常出国，也很少通知她，想起来时会跟她说一声，想不起来就算了，而且想不起来的时候比较多。对于他出国这件事，他们之间已经有了默契。

《火光之恋》剧组杀青，这个消息在网络上掀起了一阵热度。

韩辰绘难以感同身受，她扮演的角色“战茉茉”的戏份在前一段时间便杀青了，她还出席了杀青宴。

所谓的杀青宴，就是做给媒体看的。除了黄总，君视其他有头有脸的高层都出席了。朱芷欣作为业内人士，也受邀参加了《火光之恋》的杀青宴。让韩辰绘和朱芷欣感到意外的是，到场的投资股东中，竟然有一个她们两个都无比熟悉的身影。他的眉梢眼角是别人花多少钱整容都整不出来的，那人就是贺开晨！

韩辰绘一个十八线小明星，除了总是因为业务能力太差被骂上热搜，根本就没什么热度，她躲在角落里也没人察觉。

韩辰绘吃了几颗葡萄，望着不远处。贺开晨的身边跟着一个身材高挑的女士，正是之前在郑肴屿生日宴会上见过的宋曼曼。

那个宋曼曼到底是什么人？

这个时候，朱芷欣偷偷溜了过来，悄声问："为什么贺开晨会来这里？"

韩辰绘摇了摇头。

朱芷欣笑了起来："要不是他的五官没变，我都快认不出来那是贺开晨了。他真的让我大吃一惊，当初他离开你的时候，我真没想到他如今会如此成功，这才几年啊……"

韩辰绘神色一黯。他离开她好像已经很久了，又好像是昨日才发生的事情。

"你之前也不知道他今天会到场？"

韩辰绘嫌弃地撇了撇嘴，低声说："贺开晨和我有什么关系？他干什么都要向我汇报？"

"什么关系？"朱芷欣嘿嘿一笑，"他是你前男友啊！"

韩辰绘立刻对朱芷欣做了个噤声的手势："你在这种场合说话小心点，万一被人听到，我会被你害死的！"

"我的八卦细胞又打开了！其实，贺开晨现在是股东级别的，你要是能和他传出点桃色新闻，对你的热度只有好处没有坏处。娱乐圈那些八竿子打不着的女星都要炒炒热度呢，何况你确实是他的前……"她省去了"女友"二字。

韩辰绘瞪了朱芷欣一眼，深深地吸了一口气。她不在乎什么绯闻，更不在乎什么热度，她什么都不在乎，她在乎的只有郑肴屿。如果她与贺开晨的往事被曝光，那她和郑肴屿之间……她简直不敢想下去。

国贸大厦。

郑肴屿今日没有去他注册的新公司细雨汇川，郑万杰在中东，他就必须过来开会、处理公务。

董事长办公室。

郑肴屿坐在办公桌后，手中的钢笔尖正在文件上飞快地游走。

咚咚咚，敲门声响起。

“进来。”

来人是郑肴屿的大秘书，他轻手轻脚地走进来站到办公桌前，用汇报工作的口吻，毫无抑扬顿挫、语气没有丝毫起伏地说道：“老板娘今天上午去了《二次通信》的片场，拍了三场戏；中午和剧组人员吃的烤肉饭，下午随君视传媒的工作人员参加了《火光之恋》的杀青宴。杀青宴上除了黄总，其他君视高层均出席，股东来了六个，有宋总、贺总、沈总等人。”

大秘书说完这句话，又接着说：“贺总过来和老板娘说了一会儿话，两个人之间的气氛很不好，贺总试图抓老板娘的手，被老板娘甩开，之后老板娘和她的好朋友朱芷欣一起离开了《火光之恋》的杀青宴。”

大秘书汇报完韩辰绘一天的行程，从公文包里取出十几张照片，恭敬地摆放到郑肴屿的办公桌上：“老板，请您过目。”

上次那个该死的《我们来恋爱吧》之后，郑肴屿就不再放任韩辰绘，他找人每天跟着韩辰绘，保护她的同时也可以知道她每天都做了什么工作、见了什么人。他绝对不允许再发生《我们来恋爱吧》那种事。

郑肴屿停下笔，微微抬起视线，目光落在那些照片上。

照片中的韩辰绘有着各种各样的表情：她在片场和剧组人员认真讨论剧本，她和剧组同事围在一起吃烧烤，她和同事龇牙咧嘴地做鬼脸，她在杀青宴上和朱芷欣躲在角落里窃窃私语，她在采访席上大大方方、光鲜亮丽……

郑肴屿看着前面那些照片，嘴角微微上扬，看到最后几张，他的嘴角慢慢落下。

她和贺开晨在酒台两边面对面站着，贺开晨和她碰杯，贺开晨握她的手。

郑肴屿眼神凶狠地盯着最后那张两人握手的照片，刚才大秘书已经汇报过“贺总试图抓老板娘的手，被老板娘甩开”。可郑肴屿的摄影师岂会是凡人？这种高难度抓拍都能完成。

郑肴屿目不转睛地盯着那张照片，他甚至没注意到，由于太过用力，他手中的钢笔已经溢出了水，浸染了公司的绝密文件。

他为什么会这么生气？他为什么会怒火冲天？

郑肴屿微微闭了闭眼，几秒钟后，他慢慢地睁开眼，眼神较几秒前更为阴冷。

他慢慢地、慢慢地伸出手，从办公桌上拿起那张照片，可能是因为心中蓄满了怒火，以至于他感觉心脏在一阵阵地抽搐。

韩辰绘！

郑肴屿紧盯着韩辰绘的笑脸。

两分钟过去，郑肴屿将钢笔直接丢到文件上，用手指捏住韩辰绘和贺开晨握手的那张照片，两只手用力——他面无表情地撕着那张照片，一次、两次、三次、四次、五次……直到那张照片被他撕成碎末。

他用掌心握着照片碎末，悬在烟灰缸上轻轻地松开手。照片碎末就像雪花一样，飘飘洒洒地落进了烟灰缸里。

第十二章　新年礼物

月明星稀。

如今已进入初冬，韩辰绘坐在温暖的花房里，一边感受着鲜花的清香，一边哼着小曲儿贴着羽毛画。这间花房是郑肴屿亲自设计监督的，供暖设施一应俱全，即便是在寒冬腊月，花房里也依然温暖如春、繁花似锦。

《火光之恋》杀青宴结束后，韩辰绘和朱芷欣去喝了杯咖啡就回了红叶名邸，她就待在花房里“陶冶情操”。

透过花房的玻璃可以看到夕阳的余晖，韩辰绘正贴着羽毛画，微信提示音响起，她立刻拿起旁边的手机，按开屏幕，消息竟然是来自郑肴屿的。

郑肴屿竟然一反常态地主动给她发微信，韩辰绘简直有种受宠若惊的感觉。随后，她就委屈了起来——他们都结婚两年半了！

韩辰绘戳开聊天框。

郑肴屿：“晚上吃饭了吗？”

韩辰绘立刻微笑起来，心中暖暖的。

韩辰绘：“还没吃……”再配一个哭泣的表情装可怜。

下一秒，聊天框的上方显示：对方正在输入……

韩辰绘目不转睛地盯着手机屏幕，生怕错过消息发过来的那一刻。她的小心脏忽上忽下、摇摇欲坠……

他会回什么呢？

韩辰绘抿了抿唇，好期待！

很快，韩辰绘就知道了，对方不是一个普通的男人，他是郑肴屿，她怎么能对他抱有希望呢！

尽管刚刚显示输入，郑肴屿却没有打字，而是回了她一个表情包，是一张小金丝猴的。那只金丝猴站在树杈上，脸上被P上了一副墨镜，毛茸茸的手装腔作势地摸着下巴，配一行小字——“今天除了皮，又啥都没干”。

两秒钟后，第二个表情包又甩了过来，又是一张小金丝猴的，表情完全是一个“囧”字——“弱小、可怜，还毛茸茸的”。

韩辰绘立刻嘟起嘴巴，气呼呼地打回去一段话。

韩辰绘：“你从哪里搞来的金丝猴表情包？！你听到我没吃饭，都没有什么表示吗？！”

几秒钟后，韩辰绘便收到了郑肴屿的“表示”——又是熟悉的表情包，又是熟悉的小金丝猴，那只小金丝猴的手中P着一个劣质的扎啤杯。

“老板，喝啤酒。”

韩辰绘被郑肴屿搞得气呼呼，她不再和郑肴屿“友好”地发微信了，二话不说就直接拨了语音过去，郑肴屿刚一接起，她就开始超大声地发作起来。

韩辰绘一开口，嘴巴像小机关枪似的，把郑肴屿按在地上突突了一顿，还没等他解释或者反驳一句，她就立刻挂掉了语音通话，并将郑肴屿打过来的几次语音通话全部挂掉。

韩辰绘，终于舒服了！

就算再舒服，韩辰绘还是被郑肴屿的表情包攻击了，弱小的心灵受到了伤害。

他在哪里找到那么多小金丝猴表情包的？她之前说自己不想做“小金丝雀”，那么，她在他心中的地位就是“小金丝猴”了吗？好像还不如“小金丝雀”呢，至少小金丝雀听着就可可爱爱，而金丝猴除了“国家一级保护动物”这个梗，就只剩下皮、皮、皮……好吧，她平日里，确实，确实皮了点……

韩辰绘气得连晚饭都没吃，从花房回去就躺在床上，用棉被把自己裹成一个大球。

韩辰绘正委屈的时候，手机铃响了起来。她第一反应就是郑肴屿来电话了，不禁犹豫着接起还是挂掉。

她拿起手机，注意到来电显示上跳跃的两个字——不是郑肴屿，也不是她的任何一个朋友，而是孟晶，她的母亲。

韩辰绘想了想，接起电话喂了一声。

孟晶问道："是辰绘吗？"

"嗯，是我。"韩辰绘抿了抿唇，"妈妈，有事吗？"

电话那头的孟晶立刻拔高了声音："什么话！没事我就不能给你打电话了是吗？这个周末是你大伯和大伯母的祭日，你不准备回来吗？"

韩辰绘当然知道三天后的周六是大伯一家人的祭日："我当然会去的，哪一年我没去？就是去年，我也回去了。"

"行。"孟晶单单说了一个字，停顿了几秒钟，有些小心翼翼地悄声问，"肴屿在家吗？"

韩辰绘如实回答："没在。"

"辰绘！"孟晶一副苦口婆心的语气，"不是我说你，你真的应该向冬果好好学习一下'御夫之术'。你们结婚都两年半多了，你连个孩子都怀不上……没有孩子，你在郑家就立不稳。"

虽然理解长辈的迫切心情，但韩辰绘还是想翻白眼。孩子这种东西是说怀就怀、说生就生的吗？更不要说郑肴屿是一个丁克。

"你和肴屿是先结婚的，早了冬果和至期两年，可别被他们赶在前面先生了。真不知道你是怎么想的，你婆婆竟然也不催你快点生孩子！"

韩辰绘："……"

从小到大，她和母亲孟晶就话不投机半句多，她理解不了孟晶，孟晶自然也理解不了她。

孟晶又念叨了几句有关孩子的话题，最后说出了自己的目的："周末你回来的时候，把郑肴屿也带上。"

当然，孟晶这句话说得依然非常没有底气。郑肴屿虽然是韩家的姑爷，韩家对他却毫无办法。和韩辰绘结婚之后，郑肴屿也就逢年过节会露一面，其他时候，郑肴屿只给韩家送礼物，在韩家出现的次数屈指可数。自己家的姑爷，韩家在电视和报纸上见到郑肴屿的次数远比真人来得多。在韩冬果和冯至期结婚之前，孟晶觉得还好，现在有了冯至期做对比，郑肴屿就显得更加离谱。

结束和孟晶的通话之后，韩辰绘有些发愁。她刚刚被郑肴屿表情包攻击，正生着气呢，现在又没法继续和他生气了，她要想办法让郑肴屿陪她回娘家。怎么办呢?

窗外，夜晚的北风呼啸。韩辰绘窝在温暖的被窝里独自忧伤，不知不觉间，慢慢地沉入了梦乡。

从国贸大厦离开之后，郑肴屿没有直接回红叶名邸。车子在路上行驶的时候，郑肴屿静静地坐在车子的后排一动不动，而不是像往常一样，要么捧着手机，要么捧着平板电脑，要么捧着笔记本电脑，不停地处理公务。

贺开晨与韩辰绘握手的照片给他造成的悸动使他久久不能平静。如果放在过去，他一定会怒火中烧地冲回家，然后将韩辰绘按到床上……可这一次他没有，他选择了去细雨汇川。他甚至拿出手机主动给韩辰绘发微信。几张表情包甩过去，他已经能想象出韩辰绘那可爱的小脸上气呼呼的模样了。

果不其然，只用了几秒钟，韩辰绘就把语音通话甩了过来，劈头盖脸地把他一顿臭骂，又立刻挂断。郑肴屿怔怔地看着手机屏幕上已经结束的通话，一分钟后，他竟然轻轻地笑了起来。

哪怕只是她简单粗暴的辱骂声，也能一扫他心头无边无际的阴郁。过去郑肴屿没有注意到韩辰绘竟有如此大的魔力，他也不知道自己为什么会有如此大的改变，对待韩辰绘的态度和做法都不一样了。也许不是韩辰绘的魔力太大，而是他中了什么邪?

郑肴屿本想去细雨汇川交代一些工作，可他一出现，细雨汇川各部门的总监便一个接一个地来到他的办公室，为了提高工作效率，郑肴屿直接拉各部门总监去了一号会议室，召开了一个全公司中高层会议。

细雨汇川是郑肴屿新成立的公司，很多项目都还在起步阶段，郑肴屿少不了要多费一些心思。等到会议结束，时间已经到了午夜。

朋友们的电话一个接一个打来。他面无表情、心无波澜地接着朋友们的电话，眼前慢慢地浮现出一幅画面：漆黑的卧室里，韩辰绘委屈地缩在床角，把自己裹成一个球，萌成一团。

郑肴屿微微翘起唇角，婉拒了朋友们的邀约。现在，他只有一个想法——回红叶名邸陪韩辰绘。他突然找到了和老婆共享“二人世界”的乐趣。

车子缓缓停下，郑肴屿走过花园，走进别墅，轻轻推开卧室的门。果然，卧室内一片黑暗。他轻手轻脚地走了进去。

与此同时，韩辰绘也感觉到了郑肴屿的到来。当郑肴屿轻轻坐到床边时，韩辰绘懒洋洋地嗯了一声。

啪的一声，卧室明亮起来，下一秒，韩辰绘便被人从温暖的被窝捞进温暖的怀抱里。

韩辰绘迷迷糊糊地睁开眼。她没睡醒或者刚睡醒的时候，平日里原来听起来就像撒娇的声音变得更加黏黏糯糯：“老公，你回来啦？”

郑肴屿低低地嗯了一声。

韩辰绘咂了咂嘴，因为没怎么睡醒，她根本记不起郑肴屿之前用表情包攻击过她的事，对着他傻乎乎地嘿嘿笑起来。

郑肴屿低声问：“吃饭了吗？”

韩辰绘微微晃了晃脑袋，慢悠悠地说：“老公，我没有吃饭呢！别人做的饭都不好吃，只有你做的饭最好吃啦！”

那一瞬间，郑肴屿觉得心里都被韩辰绘给甜了一下：“你再眯一会儿，我去给你做饭。”

郑肴屿将韩辰绘放回床上，让她舒舒服服地躺着，又给她盖了盖棉被。

郑肴屿去做饭了，韩辰绘又迷迷糊糊地睡了过去。半个小时后，郑肴屿端着食盘回来，抱起韩辰绘。

韩辰绘困得眼皮直打架，眯着眼睛，乖乖地坐在床上。郑肴屿端起碗，一小口一小口地喂她吃饭。

他特意做的鲜虾粥、红豆派和各种小炒，全是韩辰绘喜欢吃的。韩辰绘晚饭就没吃，这顿夜宵吃得很满足，险些全部吃光。

郑肴屿整理着仅有的一点残羹剩饭，韩辰绘抬起眼注视着郑肴屿。

“老公！”看着他挺直的背脊，又有型又有气质的背影，她轻声叫他。

见他微微转过脸，她撒娇地问：“你这个周末有时间吗，可以陪我回娘家吗？那天是我大伯和大伯母的祭日……”

郑肴屿犹豫了一下，这个周末他要去魔都，确实没有时间。郑家在魔都那边有不少产业，他已经半年多没有过去了，前几天刚和那边的大秘书定下的时间。

“老公——”

韩辰绘的声音听起来娇里娇气，郑肴屿简直不知道如何拒绝：“好吧，我有时间。”

韩辰绘立刻开心起来，将两只小手高高举起：“好耶！”

郑肴屿将餐盘端到楼下厨房，一回来就见到韩辰绘裹着厚厚的棉被坐在床中央。

“你晚上吃饭了吗？”

郑肴屿摇了摇头。

韩辰绘顿时觉得无比内疚，刚才吃饭的时候她还没怎么睡醒，他喂她什么她就吃什么，完全忘了问问他有没有吃饭。这种事情近期竟然发生了两次，她这个老婆当得也太不称职了！

韩辰绘摆出抱歉脸，刚要说点什么，郑肴屿走过来一把将她身上的棉被给拽走了。

她正蒙着，就见郑肴屿铺开棉被，随后，她被他抱起来轻轻地放到棉被中央。还没等她弄明白他要干什么，他已经用棉被把她盖了起来，只露出一个小脑袋。

郑肴屿推着韩辰绘在床上滚了一圈，她整个人就被严严实实地裹在棉被里。

“我的食物已经做好了！”郑肴屿微微俯下身，亲了下韩辰绘露在外面的脸蛋儿，说得冠冕堂皇，“我卷了个金丝猴奶糖！”

韩辰绘全身上下被棉被裹得密不透风，她觉得自己现在像个僵尸。

卷了个金丝猴奶糖——看来“金丝猴”这个梗是过不去了！

韩辰绘没有挣脱，而是大眼睛一秒之间便含了眼泪，立刻开始演：“老公，不要总说人家是金丝猴！”

郑肴屿俯着身悬在韩辰绘上方，在她的脸颊又落下一个吻，低笑着说：“为什么不要做我的小金丝猴？金丝猴调皮又可爱，还是一级保护动物，最重要的是，金丝猴奶糖尝起来很甜。”

韩辰绘眨巴了一下眼睛。

“来，让我尝尝我的金丝猴奶糖……”郑肴屿微启双唇，对准韩辰绘的脸蛋儿，在刚才吻过的地方轻轻咬了一下。

韩辰绘稍微有些痛地眯了下眼角，不满地小声叨叨：“不要咬我！”

郑肴屿在韩辰绘的脸蛋儿上咬了一口，又轻轻亲了一下：“我的金丝猴奶糖果然很甜……”

韩辰绘脸上露出甜蜜的微笑，两秒钟之后，她又气呼呼地板起脸，声音里却满是撒娇的味道：“你倒是甜了，我的脸好疼！”

《二次通信》的拍摄也即将告一段落，韩辰绘当初进组就是来“救火”的，剧组原本已经拍摄了一段时日。尽管被郑肴屿灵魂质问：“确定不是去放火？”韩辰绘也一直坚信自己是去“救火”的，毕竟 Anemone 是不会骗她的。可被采访时记者的提问，确实让韩辰绘在心中打了个巨大的问号：她究竟是如 Anemone 所说的“救火”，还是如那些八卦娱记所说的“顶替”？

韩辰绘真不是妄自菲薄，她何德何能，可以“顶替”苏瑾儿呢？苏瑾儿是最近一年娱乐圈里最火的小花旦，虽然样貌远远不如韩辰绘，演技水平——好吧，两人根本不是一个次元的。

不过，让韩辰绘难以置信、喜出望外的是，《二次通信》的导演组成员包括导演、副导演、执行导演等人在内，终于统一口径夸赞她进步挺大，演得不错。

韩辰绘兴奋得差点原地转圈圈！她在《二次通信》中的角色是一个有表演型人格的戏精，这几乎是为她量身定制的，对于别人来说，这可能是个考验演技的角色，对于她来说，本色出演即为最好状态。这也是韩辰绘从业以来第一次有导演不是拐弯抹角地游说她放弃演戏，反而夸赞她演得好，而且还是整个导演组一致夸奖！

晚上回到家，韩辰绘在饭桌上手舞足蹈、眉飞色舞地给郑肴屿讲述导演们是如何表扬她的，讲得那叫一个绘声绘色。

郑肴屿一边给韩辰绘夹菜，一边似笑非笑地看着韩辰绘原地兴奋——他的小金丝猴得意得尾巴都快要翘到天上去了。

“真的！那些导演异口同声地夸赞我的演技！”韩辰绘见郑肴屿夹起一块牛肉，便自然而然地张开嘴巴去接，喷香的牛肉进入嘴巴里。

“你都想象不到那个场面——终、身、难、忘！”韩辰绘飞快地把牛肉吃了下去，小脖子一梗、小手一挥，“我，韩辰绘，终于迎来了业务能力有牌面的一天！今年，我要剑指三金！”

郑肴屿正在吃一块排骨，听到韩辰绘慷慨激昂地高喊“剑指三金”，他差点当场表演一个笑喷，排骨险些掉进碗里。

韩辰绘立刻不满起来：“干什么！”

郑肴屿赶紧将那块排骨吃了，轻轻咳嗽了两声，摇了摇头。

韩辰绘大眼睛滴溜溜转了一下，立马起身跳到郑肴屿身后，献殷勤地给他捏肩膀。她微微俯下身：“老公，你不相信我可以‘剑指三金’啊？”

郑肴屿侧过脸，看了眼俯在他斜后方的韩辰绘，点了点头：“我相信。”

韩辰绘眨了下眼，还没开始“乐”呢，便“生悲”了——郑肴屿清了清嗓，开始认真地给韩辰绘算账：“你想‘剑指三金’的话，我需要做两手准备：第一，我要先出很大一笔钱，把三金的评委全部买通；第二，我还要去把你的竞争对手全部干掉……”

“停停停——”韩辰绘立刻做了个暂停的手势，“你哪儿来的这么多奇葩的主意？这两个方式通通不许用！我要靠自己的实力！实力！”

“幸好、幸好！”郑肴屿如释重负地长舒了一口气，一脸真诚地盯着韩辰绘的眼睛，“老婆，法治社会，三年起步。”

她当然知道郑肴屿是在故意逗她，但这个奇葩逗法只会让她气鼓鼓的。一时之间，她竟不知应该如何评价郑肴屿。

时间如流沙，转眼便到了周末。

这天是大伯和大伯母的祭日，韩辰绘要带着郑肴屿回娘家。两人没有去春风又绿，而是直奔韩家在郊区的大院。墓地不在市中心，韩家人在郊区大院集合是更节省时间的选择。

几千平方米的大院是韩家的根雕基地，也是韩辰绘父亲韩宗琦的常居地。天气很冷，韩辰绘和郑肴屿一下车，便手牵着手往大院里面跑去。

大院依山而建，院里大大小小的房屋分布得错落有致，曲折的石板台阶两旁是整齐划一的古柏、古银杏，现已入冬，两旁的树木如今只剩下光秃秃的树干，空气中似乎依然飘着柏枝的清苦味。

这是韩辰绘第一次带郑肴屿来自己家的根雕基地。

入口处的小房子里走出一个中年男人，他出来得突然，穿得不太厚实。见到韩辰绘，男人有些意外，又有些惊喜："辰绘！"

韩辰绘顿住脚步，甜甜地唤道："刘叔！"

这个被韩辰绘唤作刘叔的男人已经在韩家的根雕基地工作了十几年，韩辰绘见到他就像见到了家中的长辈一样。

刘叔和韩辰绘聊了几句，就将注意力转移到和韩辰绘牵着手的郑肴屿身上："这位……"

韩辰绘笑着介绍："刘叔，这是我老公郑肴屿。肴屿，这是刘叔，看着我长大的。"

郑肴屿微微一笑，礼貌地点了下头，算是和那位刘叔打过招呼了。

韩辰绘又和刘叔聊了几句，便说："刘叔，能不能把'展示房'的钥匙借我用一下？"

"那有什么不行的！"刘叔转身回屋，只用了不到半分钟就拿出来一把钥匙交给了韩辰绘。

韩辰绘对郑肴屿笑了笑："走！我带你去看点好东西！"

韩辰绘没有带郑肴屿去看前面几处已经成为"工厂"的房子，一方面是怕打扰里面的根雕师工作，另一方面，她也藏有小小的私心。

两人沿着石板台阶往里面走去，在大院最里面的一座房子前停了下来，这就是传说中的"展示房"。

韩辰绘将钥匙插入门锁，轻轻一拧，进入房间。

展示房的面积不小，四周的墙壁全部用玻璃隔开成壁橱，里面摆放着各种各样的根雕，中央摆放着一件巨大的根雕作品。

郑肴屿站在中央展示根雕的前方欣赏起来。那件根雕真是珍品，如果放到拍卖会上，估计千万只是起步价。

“老公，你来这边看！”韩辰绘招呼郑肴屿。郑肴屿走过去，韩辰绘得意扬扬地指了指玻璃里面的几件根雕作品。

确切地说，只有三件，每一件都造型独特、雕工精美，展现的正是“岁寒三友”松、竹、梅。作品依照树根原本的形状，却雕出松、竹、梅的造型，视觉效果绝对具有冲击力！这些根雕作品已经不能用惟妙惟肖来形容，早已超出了那个境界。

“这……”郑肴屿看了看韩辰绘。

韩辰绘扬了扬下巴，一脸得意又显摆的表情。她又往三件根雕的下方指了指，每件根雕前方都放着一个小木牌，上面雕刻着同样的两个字——阿浓。

郑肴屿顿时挑了挑眉梢。

“你可能不知道吧……”韩辰绘双臂交叉着抱在胸前，小嘴撇着，格调十足，“我在根雕圈的艺名就叫‘阿浓’。”

“这个我确实不知道。”郑肴屿没有撒谎，他只知道韩辰绘会根雕，而且小有名气，但他没有派人往这个方面调查过，祖传根雕技艺有什么好查的？

“这个‘岁寒三友’就是我的成名作！虽然……”韩辰绘抿了抿唇角，想了想，决定继续装腔作势，“虽然我的名气并不大！”

“阿浓……”郑肴屿细细品评了一番，“这个艺名怪怪的，感觉不太符合你的性格，太文艺、太寡淡了。”

“怎么！”韩辰绘又噘起嘴巴瞪了郑肴屿一眼，“我不文艺吗？”

郑肴屿冷冷地盯着韩辰绘，他嘴上什么都没说，可眼神分明是在说：“你文不文艺，自己心里没数？”

哎呀！

韩辰绘赖在郑肴屿身上就要开闹。

郑肴屿随口问道：“你为什么要起这样一个名字？”

韩辰绘瞬间秒尿，一脸无辜地摇了摇头。

郑肴屿扬眉，韩辰绘视线飘忽着尴尬地看了下时间，猛地挽住郑肴屿的胳膊：“好像时间到了，我们快走吧！”她说着就要把他往外面拉。

韩辰绘的演技实在是不怎么样，尤其是她心虚的时候，郑肴屿一眼就能看出来其中有鬼。一个“阿浓”的艺名而已，她为什么突然紧张起来，甚至连格调都不要了？

韩辰绘用力地往外拽郑肴屿，他用目光在这间展示房里游荡了一圈，注意到了角落里的两件根雕作品。当然，他看的不是根雕，而是根雕前面的木牌。

那个木牌上也刻了两个字——阿情。

郑肴屿的目光顿时沉了下去，变得冷漠而阴鸷。他觉得那个词语的一笔一画好像都刻在了他的心尖上，赤裸裸、血淋淋。

阿浓。

阿情。

浓情。

浓情蜜意。

郑肴屿死死地盯着“阿情”的木牌，不用问，他就知道阿情是谁。

喀喀喀！他捂住骤然发疼的胸口，猛烈地咳嗽起来。

听到郑肴屿突如其来的咳嗽声，韩辰绘急忙扶住他，一边轻轻拍着他的背脊，一边瞪圆眼睛，紧张兮兮地小声问：“怎么了，身体不舒服吗？”

喀喀喀……郑肴屿从“阿情”的木牌上收回视线，阴冷的目光落在韩辰绘的脸上。

韩辰绘触到郑肴屿的目光，顿时一愣：“老公，你到底怎么啦，脸色怎么这么差啊？刚才冻到了吗？”

郑肴屿没有移动视线，眼睛一错不错地盯着韩辰绘。他极力克制，却忍不住一直喀喀喀地间歇性咳嗽。

韩辰绘急得小脸都皱了起来，担心之色溢于言表。她不停地拍着他的背脊，又手忙脚乱地给他顺气：“之前还好好的，怎么突然咳嗽起来，脸色又差……”她忽然一脸恍然大悟的表情，红唇微嘟，瞪着他，“一定是你平时烟抽太多了，一定是！否则身体好好的，才不会咳嗽得这么厉害呢！”

郑肴屿紧盯着韩辰绘，根本没有接关于他抽烟的话题，而是冷冷地问：“你还没有回答我的问题，为什么要叫阿浓？”

韩辰绘缩了缩脖子，不说话了。

她真是被自己给蠢死了！迟早有一天，她要彻底在她那个装腔作势又傲娇的灵魂上翻车！

她怎么就控制不住自己呢？她满脑子都是向郑肴屿炫耀她的根雕——毕竟她的几件根雕作品常年放在这边，她从来没带回过红叶名邸，她在家最多只搞搞书法、羽毛画之类的，从来没有搞过根雕，更没有让郑肴屿亲眼见过她的作品，她的脑子里根本就没有想过“阿浓”和“阿情”这两个曾经的情侣名……

韩辰绘与贺开晨在中学时就两心相许，上了大学就立刻确定了情侣关系，再加上凭借韩冬果和冯至期、冯至期和贺开晨之间的关系，贺开晨和冯至期一直与韩家的关系很好，两人总在假期过来玩。

每逢大学假期，韩辰绘总要花费很多时间在根雕上，贺开晨作为她的男朋友，自然一有时间就会过来陪她。韩宗琦没有把贺开晨当外人，韩家的根雕工艺也没有不外传的讲究，而贺开晨就是学着玩玩，将来不可能走这条路、吃这碗饭，韩宗琦就同意了韩辰绘教贺开晨制作根雕的技艺，有时候韩宗琦还会亲自指点一番。

那时候的韩辰绘就是个沉浸在美妙初恋中的小女生，贺开晨也还是连牵她的手都会脸红的大男孩，两个人初出茅庐，都没有艺名，自然想要用一对情侣名。当时两个人想了好多名字，最后听从了韩辰绘的建议，分别叫“阿浓”和“阿情”，寓意“浓情”。神奇的是，那个时候的他们竟然都只感到甜蜜，丝毫没有觉得“土味”，两个人甚至还肉麻兮兮地用“情哥哥”“浓妹妹”互称了一个月。

韩辰绘怎么也想不到，自己竟然会有将“阿浓”和“阿情”这对土味情侣名忘到脑后的一天。她真的满脑子想的都是“要向郑肴屿炫耀自己的根雕”，她想让他对自己刮目相看，哪怕让自己在他心中的地位稍微提高一点点也好，好让他知道她也是书香门第出来的小才女！

唉！

结果老天报应，小才女的人设尚未成功，车先翻了个彻彻底底。

“为什么不回答我？”郑肴屿嘴角微翘，虽然在笑，表情却非常冷淡，“有什么秘密要隐瞒我吗？”

“没有！当然没有！”韩辰绘一脸认真的小表情，“我叫‘阿浓’，不是很容易理解嘛，因为……因为我土味呀！”

韩辰绘都忍不住想要感叹自己的求生欲了！人啊，被逼到绝境的时候，爆发出来的求生欲果然是让人瞠目结舌。为了“活命”，她竟然可以放弃装腔作势的灵魂，承认自己“土味”……

郑肴屿冷冷地盯着韩辰绘看了几秒钟，又轻轻咳嗽了两声，一脸冷漠地伸出手捏了捏她肉嘟嘟的小脸，再揽住她的肩膀：“走吧。”

韩辰绘乖乖地依偎在郑肴屿的怀中，心中的一块大石头总算落了地。

郑肴屿总算被她给糊弄过去了！下次显摆之前，她一定要眼观六路、耳听八方，脑筋放清楚点！

韩辰绘和郑肴屿离开展示房，沿着石板台阶原路返回。天空降下小雪，雪花飘零。

韩辰绘将钥匙还给刘叔，与郑肴屿走出大院，坐进轿车里。

郑肴屿端坐在那里，手指不停地敲击着笔记本电脑键盘，十几分钟后，郑肴屿依然端坐在那里敲击着，他的肩膀却顺理成章地成了韩辰绘的枕头。

韩辰绘睡得不踏实，迷迷糊糊中，她感觉到自己被郑肴屿抱进了怀里，又听到他和前方司机轻声说话的声音。

她不满地哼唧了一声，在郑肴屿的怀中懒懒地睁开眼。透过车窗玻璃，她看到两辆车子停在了旁边。她认得出来那是韩家的车，应该是韩宗琦和冯至期开过来的。

“他们来了。”韩辰绘打了个哈欠，从手包里拿出随身携带的化妆品，认真补了补妆，紧跟着郑肴屿下了车。

韩宗琦也从驾驶位上下了车，韩辰绘和郑肴屿异口同声地唤他：“爸！”

“唉！好！挺长时间没见了。”韩宗琦笑呵呵地和郑肴屿握了握手——如果是一般的岳父和女婿，见面肯定不会握手，可韩宗琦和郑肴屿……连韩宗琦自己都知道他们不是“一般的”。

郑肴屿微微一笑：“这段时间生意上的事情太多了，没时间陪辰绘回去看您，有些惭愧。”

“没什么，都是小事。”韩宗琦眉开眼笑地看着郑肴屿，又看了看韩辰绘，“你们年轻人能过得幸福快乐，就是对我们最大的孝顺了，别的都不重要。”

孟晶这个时候走了上来，有些不满地在后面捅了捅韩宗琦，显然很不喜欢韩宗琦的说法。

“肴屿，辰绘。”孟晶看了看这小两口，很想像之前板着脸教训韩辰绘那样端出长辈范儿来，但毕竟有郑肴屿在，她只能假惺惺地笑了一下，“我们知道你们工作忙，可再忙也要和家人团聚啊，在外打拼不就是为了家人嘛，有时间一定要常回家，也要常去亲家公、亲家母那边看望。”

郑肴屿微微一点头，韩辰绘无奈地嗯了一声。

他们交谈时，韩冬果和冯至期从另一辆车上下来了。冯至期怕韩冬果被冻到，特意给她裹了条围巾，两人手挽着手走过来。

韩冬果的目光一下子就定住了，她紧盯着韩辰绘和郑肴屿身后的两辆黑色轿车——前方一辆是韩辰绘和郑肴屿坐的，后方一辆坐的是郑肴屿的保镖和秘书。

韩辰绘很少开车，对车子也没什么追求，不怎么在乎这些，可其他人就不一样了，韩冬果的目光从头到尾就没有从郑家的那辆车上移开过。

几个人站在冷风中又聊了几句，就分别坐回自己的车里，准备前往韩大伯、韩大伯母的墓地。韩冬果的视线终于从那两辆车上移到韩辰绘的身上。

阳光下的韩辰绘是那样明艳动人，从脸型、皮肤到眼睛、鼻子、嘴巴、下颌、颧骨……无一不精致到万里挑一，连冻得发红的鼻尖都让人觉得可爱。

虽是从同一个娘胎里出来的，韩冬果最多被人称一句“小美女”，韩辰绘却在娱乐圈里都是当之无愧的“颜霸”。从小到大，韩冬果永远是韩辰绘身边的配角，所有围着她转的男生，没有一个不是想要借助她去靠近韩辰绘、追求韩辰绘的。后来姐妹俩都找了男朋友，韩冬果只能找个冯至期这样勉强可以称为“小校草”的，而韩辰绘就可以找贺开晨那样的“大校草”。

再后来，她们到了婚配的年纪，韩冬果和冯至期相恋多年，冯至期家庭条件不错，样貌虽然远远不如贺开晨，但终究是个“小校草”，最重要的是冯至期对韩冬果很好，很疼惜她。这个时候，韩爷爷和韩宗琦却告诉韩冬果，她早已和郑家定下了婚约。

当听到郑家的时候，韩冬果的心跳立马加速。她不了解郑家的其他人，可是她在报纸上见识过“小郑太子爷”——不说他的金钱权力、社会地位，光是那张脸就足可以和贺开晨一争高下，还是略胜一筹的那种。

很快她就知道，一切都只是一场梦。她是不可能嫁给小郑太子爷的，一辈子都不可能嫁给小郑太子爷。韩家是什么家庭？所谓的婚约，也不过是源自他们的曾祖父之间的约定。郑家能遵守先人之约已经仁至义尽，韩家又怎么配郑家用“太子爷”来联姻？母亲孟晶向韩冬果透露，她的联姻对象多半是郑万杰的三儿子郑宏义，一个不受宠、没有地位的人。如果不是郑宏义，那就是郑家其他旁系的子孙。

韩冬果有自己的骄傲，她为何要嫁入郑家？难道她是贪图富贵的人吗？更何况嫁给那种人就是去坐冷板凳的，有何富贵可言？冯至期的家庭、样貌和个人能力又不差，于是，她站在了高台之上，以死拒婚。

那个时候，韩辰绘失恋了，她站出来对韩冬果说，她愿意代替韩冬果和郑家联姻。韩冬果竟然没有感到任何意外，她对自己的妹妹没什么恶意，她一直认为韩辰绘天生就是应该嫁入豪门的——韩辰绘就不适合贺开晨那样的小子，韩辰绘拥有如此明艳的容貌、骄纵的性格，只有被豪门里的有钱人富养，她才可以保持本来的样子。如果嫁给一个家境普通的人，一辈子柴米油盐、碌碌无为，韩辰绘也就不再明艳灵动了。

韩冬果那时候觉得妹妹刚一失恋就主动想要嫁入豪门，证明妹妹没有像自己那样的骄傲，不管是嫁给郑宏义还是嫁给郑家旁系子弟，都比嫁给普通人要幸福。

直到那一天，郑家的车队停在春风又绿小区，韩辰绘的联姻对象亲自上门提亲。韩冬果看到站在大门口的男人时，险些晕倒。

那个男人站得笔直，脸上挂着疏离的微笑，轻轻推了推鼻梁上的眼镜。

他那样的人，近看是气质，远看是风骨。

韩冬果做梦都想不到，郑家想要联姻的对象竟是郑肴屿！

韩辰绘马上要嫁的男人，是郑肴屿！

怎么会是郑肴屿？难道……她错过了郑肴屿？

郊外墓地。

韩宗琦、孟晶、冯至期，包括韩辰绘在内的每个人手上都抱着扫墓用的鲜花、水果之类的物品。郑肴屿走在他们身后十几米的地方，指间夹着一支香烟，想抽完烟再追上去。

韩冬果原本走在最后，见郑肴屿越走越慢，她也放慢了脚步。当两个人和前方的几个人有一段距离时，韩冬果才走上去和郑肴屿并肩走了两步，微微转过脸笑了笑，柔声问道："郑先生，有一个问题一直压在我的心里，如果不问出口，这件事会困扰我一生一世的。"

郑肴屿闻言，拿烟的手一顿，用眼角的余光扫了韩冬果一眼。

韩冬果鼓起勇气："郑先生，和韩家联姻的为什么是你，你为什么会娶辰绘？"

郑肴屿冷冷地扫了眼韩冬果，微微扭过脸，继续默默地抽烟。

韩冬果瞟了郑肴屿一眼，默默地垂下脸。她觉得自己现在正在经历人生中从未有过的尴尬——韩冬果，你在干什么？

别说是郑肴屿本人，估计就算是在他们的圈子里，所有人也都知道当初要和郑家联姻的是她，而她要跳楼以死拒婚。韩辰绘是代替她出嫁的，她却亲自问郑肴屿为什么要和韩家联姻，为什么会娶韩辰绘。韩冬果现在这种感觉，就好像赤身裸体地站在一群流氓中间，她真的想再站上高台，一头栽下去。

郑肴屿会不会认为她心有不甘，会不会认为现在韩辰绘嫁给了他，她眼见着韩辰绘越来越幸福而后悔不及、心存嫉妒？

她……韩冬果抿了下唇，她不是那样的女人！又或者，她真的是吗？难道她的内心深处，一直对郑家让郑肴屿和韩家联姻、最后让韩辰绘成功嫁给郑肴屿而存有不满吗？

韩冬果忍不住红了眼眶。

她和韩辰绘的感情虽然谈不上是刻骨铭心的“姐妹情深”，但韩辰绘到底是她从小一起长大的妹妹，她当然希望韩辰绘过得好，毕竟，韩辰绘过得不好，对她也没有什么好处。说一句比较自私的话，韩辰绘到底是她的妹妹，韩辰绘过得太差、吃不起饭或孩子上不起学什么的，她这个做姐姐的就真的会眼睁睁地看着吗，不还得帮衬着？只不过以韩家的经济实力，韩辰绘就算过不上富婆的生活，韩家也不至于让韩辰绘一家吃不上饭就是了。

可是，相反地，妹妹过得好，如果韩冬果有急事，妹妹就可以帮衬她。

人都是自私且现实的，如果韩辰绘凭借自己的力量嫁进郑家，嫁给郑肴屿，韩冬果觉得自己绝对不会有任何不满、嫉妒的想法，她只会祝福妹妹。然而现在的情况不一样——原本和郑家联姻的是韩冬果，原本要嫁进郑家的也是她，韩辰绘是顶替了她的位置和机会。那么，如果她不拒婚，是不是嫁给小郑太子爷的就是她了呢？

想到这里，韩冬果就觉得自己不那么尴尬了，微微抬起脸，盯着郑肴屿。

其实，她都已经和冯至期结婚了，韩辰绘和郑肴屿看起来也过得不错，她们姐妹俩今生的命运已经尘埃落定。就算当初她不拒婚，嫁给小郑太子爷的是她，现在的结局也不会有任何改变。韩冬果深知这个道理，但她如果不亲自问出口，就像她说的那样，这个疑惑就会一直堵在她的心里，会困扰她一生一世。她只想求得一个答案，想听郑肴屿亲口给她一个答案！

命运已然注定，她只求一个答案，别无他求！

郑肴屿的神色依然冷冷淡淡，他把香烟夹在指间，熟练而优雅地吸烟。

韩冬果微微垂下眼，跟着郑肴屿慢慢地往前走。

前方的韩宗琦、孟晶、韩辰绘、冯至期已经到了韩大伯、韩大伯母的墓地。韩辰绘蹲在墓碑前，认认真真地将手中的苹果、香蕉等水果摆放上去。

她摆放完一轮，站起身要去接冯至期递过来的水果时，便看到郑肴屿和韩冬果在十几米开外的地方慢慢悠悠地走着。最可气的是，郑肴屿之前刚刚猛烈咳嗽了一番，韩辰绘一个没注意，他又在那儿抽上烟了！

韩辰绘非常生气——这个臭男人，他是真的不想要命啦！

韩辰绘板着脸瞪向郑肴屿，非常不满地对他招了招手。她的意思非常明显：郑肴屿，你能不能快点跟上来！

郑肴屿掐灭香烟，顺手扔进小路旁的垃圾桶里。

韩冬果再次抬起眼，郑肴屿眼角的余光飘向韩冬果。

韩冬果深深地吸了一口气，好像在等待郑肴屿对她宣判。

郑肴屿意味不明地冷笑一声，轻描淡写地说了一句让韩冬果当场心脏炸裂的话："如果没有她，那就没有我。"郑肴屿说完，连一个眼神也不再给韩冬果，快步走向前方的墓地。

韩冬果呆愣在原地，傻傻地望着郑肴屿走向韩辰绘，再看着韩辰绘皱着眉头，一脸严肃地不知道在训着郑肴屿什么。

天空雪花飘扬，韩冬果似乎能听到咔嚓一声，那是她心碎了、梦碎了的声音。

"如果没有她，那就没有我。"郑肴屿已经把话说得这么清楚明了，韩冬果再不明白他是什么意思，那就是天下第一号的大傻子——假如当初她没有以死拒婚，而是顺理成章地嫁入郑家，那么，等待她的也不会是小郑太子爷。至于是谁，已经不重要了。

韩冬果侧过身子，飞快地擦掉眼角的泪。

还好，也还好……短暂的悲伤过后，韩冬果竟然笑了出来。这样也好，至少她不用一辈子活在"后悔"二字里。就算她嫁进郑家，也注定和郑肴屿无缘。和他有缘的，只有韩辰绘。这样，她当初的高台便没有白上，她也没有白白以死相逼。

她终究是拯救了自己，也成就了妹妹的美好姻缘。

韩家大伯和大伯母已经去世二十多年，韩辰绘没有见过他们本尊，但她从记事开始就每年会被韩宗琦和孟晶带来祭奠大伯和大伯母，二十多年过去，她对大伯和大伯母也有了那么一点点的感情。

今年不是二十整年，也不是二十五年祭日，一家人按照流程上完坟，又停留了半个小时便离开了。

冯至期怕韩冬果冷，把刚才裹过一遍的围巾又重新裹了一次。

韩辰绘在不远的地方看着，瞪了郑肴屿好几眼，酸溜溜地小声叨叨：

"你看看人家至期姐夫，再看看你……"

郑肴屿整个人都晕了。他这个老婆可真不是一盏省油的灯，她自己没戴围巾，他想献殷勤都没机会，这也能怪到他的头上？

郑肴屿垂下眼，看着韩辰绘脖颈处那若隐若现、白花花的肌肤，微微叹了口气。他伸出手仔细整理了一下她里面绒衣的领口，又整理她外面的棉衣领口。

韩辰绘眨巴着大眼睛萌萌地看着郑肴屿，等到郑肴屿给她整理完毕，她也伸出手，有样学样地给他整理了一番，再冲他甜甜一笑。

郑肴屿微微一笑，将韩辰绘揽入怀中，两个人紧紧依偎着走出墓园。

和韩宗琦、孟晶以及韩冬果、冯至期等人告过别，韩辰绘就和郑肴屿坐回轿车里，准备先送韩辰绘回红叶名邸，郑肴屿再去公司。

坐进车里，韩辰绘注意到韩冬果那意味深长的目光一直在默默地注视着郑肴屿。韩辰绘有些莫名其妙地歪了歪头，想到刚才他们两个人一起走在队伍的最后面，她好像是女人的第六感附体，问郑肴屿："刚才你和冬果姐都聊了些什么啊？"

郑肴屿翻开膝盖上的笔记本电脑，看了韩辰绘一眼，故意逗她："她问我，为什么她妹妹现在越来越皮了？"

韩辰绘气得哼了一声："你瞎说！我很了解冬果姐，她才不会这样说我！"她在郑肴屿眼前不停地挥舞着小拳头，"一定是你说我又皮又作又戏精，是不是？"

"哎哟！"郑肴屿挑了挑眉梢，似笑非笑，"郑太太，你对自己的定位很精准啊！"

真是狗嘴里吐不出象牙！

韩辰绘终于明白了什么叫搬起石头砸自己的脚！

时光总是如手中流沙，转眼便从指缝中溜走，三个月的时间转瞬即逝，《火光之恋》赶在春节前定档上星。首播那天，韩辰绘的好朋友时珊珊来到红叶名邸，和她一起观看第一集。

时珊珊和韩辰绘靠在一起，播放广告的时候，她用胳膊肘捅了捅韩辰绘，问："郑肴屿就这么忙啊，眼看着还有几天就过年了也不见个人影，你的首播他也不陪你一起看啊？”

“算了吧，我求求他不要看。”韩辰绘往嘴里丢了一瓣橘子，撇了撇嘴，“他要是看了，说不定会怎么‘攻击’我、‘伤害’我呢，肯定要花式吐槽我的演技……”

“开始了！开始了！”

韩辰绘和时珊珊不再说话，开始全神贯注地观看《火光之恋》。半集过去，韩辰绘饰演的角色战茉茉终于登场了。

只坚持了五分钟，时珊珊便捂住了眼睛。她在沙发上单膝跪在韩辰绘面前，欲哭无泪，就差磕头了：“韩辰绘，你收了神通吧！你这演的是啥啊？”

韩辰绘自己看得都有点儿傻眼，但她毕竟是见过大风大浪的女人，一脸淡定地拿起遥控器，一脸淡定地关掉了大投屏，又一脸淡定地吃了一瓣橘子。

“我现在不用开微博就知道，你一定又被骂上热搜了。”

韩辰绘叹了口气，心累，心太累了！她心疼地抱住了自己的“小金库”：“真不知道是好事还是坏事，希望这次‘黑红’能给我带来经济上的收益，不然我可马上就没法养家糊口，只能吃糠了。”

时珊珊愣住：“你竟然真的在养家糊口？”

“那当然啊！”韩辰绘脸上终于有了得意之色，“这几个月，家里的支出和日常花销可都在从我的卡上走流水呢！”

“……”

时珊珊愣住：“那……那你的卡竟然还没被刷爆、刷到透支？”

韩辰绘摇了摇头：“没有。就是每个月都会红灯告急，过得紧巴巴的。别人不知道，你还不知道吗，我都好久没买衣服包包，更没去夜店玩了。”

即便韩辰绘过得非常拮据，但时珊珊还是觉得哪里不太对劲……

韩辰绘和时珊珊又闲聊了两个小时，之后就一起出了门。她们都没有勇气再打开大投屏观看《火光之恋》，哪怕一分钟。

春节当天韩辰绘醒得很早，这是她嫁入郑家、嫁给郑肴屿的第三个春节。过去的两个春节，郑肴屿除了给她压岁钱，还会送给她新年礼物，今年她也不能落后！

她决定送给他一副自己亲手写的春联。

韩辰绘提前三天就准备好了，她从小跟韩爷爷学习书法，在这方面还是比较自信的。她一次就写成功了，就等到春节当天送给郑肴屿。

红叶名邸只有韩辰绘一个人，她给所有的家政人员都放了假，让他们回家团圆。但韩辰绘忘了自己不会做饭这件事，她饿了就只能可怜巴巴地啃饼干面包、肉干、水果……

天色已黑，万家灯火。

韩辰绘一直等不到郑肴屿，便回到了卧室里。躺着比坐着消耗的能量少，她躺着躺着便睡了过去。也不知道睡了多久，韩辰绘迷迷糊糊间感觉到一个人带着扑面而来的冷气轻手轻脚地走了进来。

一定是郑肴屿回来啦！

韩辰绘艰难地睁开眼睛，同一时间，她落入了一个又冷又暖的怀抱——冷是因为他刚从外面回来，暖是从他胸膛传来的体温。

她娇滴滴地蹭了他一下："老公——"

"对不起！"郑肴屿用微凉的手指摸了摸她的脸蛋儿，"我已经尽力用最快的速度从日本赶回来了。"

韩辰绘往郑肴屿的怀中钻了钻，可可爱爱地说："我理解你生意忙，没事的！"

郑肴屿觉得心都要被暖化了："哦，对了！"他笑了起来，"我给你带了新年礼物回来，送你个惊喜，一定非常出乎你的意料！"

韩辰绘迷糊着嗯了一声，表示怀疑。

郑肴屿将韩辰绘从被窝里抱出来，又给她把居家棉服穿上，牵着她的手走下楼去。

刚一走下楼梯，韩辰绘便冷得打了个寒战。她眯着眼睛望去——门口竟然有一只猴子。

她这辈子、下辈子都想不到，她的新年礼物竟然是——一只小猴子。

她现在满脑子都是"人间永远不值得"和"早安晚安，不如我先入土为安"。

她忽然想起来家中的另一只宠物，瞬间睁大了眼睛："绿毛！对，绿毛！我们家已经有聪明的绿毛了！有那一只可爱的宠物就够了，不要这只猴子！我不要……”

郑肴屿抱着韩辰绘，听到她说“聪明的”“可爱的”这些形容词，有些意外地嗯了一声，随后低笑一声：“怎么，你和绿毛不是见面就要吵架的死对头吗，现在怎么说它聪明又可爱了？”

韩辰绘眼泪汪汪地抽了抽鼻子，小声叨叨：“人都是双标的，要对比才能产生美嘛……”

“我觉得这只小猴子很好啊。”郑肴屿用微凉的手指温柔地擦了擦韩辰绘的眼泪，轻轻一笑，“我可是花了好大的力气、好多的钱才买到了这只小猴子。说实话，当初我一眼就看中它了，我觉得它可以和你成为好朋友。”

韩辰绘气呼呼地捶了下郑肴屿的肩膀：“你才和它是好朋友！我是人，聪明的人！我才不要和一只傻猴子做好朋友！”

“那怎么办？我都买了，你知道它多少钱吗？”郑肴屿用手指比了好几个数字，韩辰绘一个又一个地仔细辨认完毕，当场傻眼——一只小猴子这么贵？

要是放在过去，韩辰绘肯定会嗤之以鼻。韩家不是什么大富大贵的人家，可韩辰绘从小就没经历过穷日子——她大学没毕业就进入娱乐圈，虽然距离大红大紫差了十万八千里，但她赚到的钱在同龄人中绝对是佼佼者。再后来，她嫁入郑家、嫁给郑肴屿做了“郑太太”，就更不知道钱为何物了，对她而言，钱大概就是想花的时候就花、想买什么就买。韩辰绘无时无刻不在装蒜挺胸：哼！别和她谈钱，她可是个小富婆！

可今时不同往日。自从被婆婆孙蔓宁“开会”过后，韩辰绘誓不当“米虫”，决心和郑肴屿共同承担生活支出。可不承担还好，这一承担，韩辰绘一秒就被贬下凡间——过去的“小富婆”如今只能委屈地抱住自己紧巴巴的“小金库”，再也不敢大手大脚地消费，总算是知道赚钱不易、柴米贵了。

那只臭猴子竟然那么贵！韩辰绘委屈得眨巴着大眼睛。

郑肴屿一见到她这个表情就知道她已经心软了，轻轻拍了拍她的背脊，走上前去不知道对那只猴子低声说了什么，又对那只猴子伸出手，那只猴子竟然乖乖地将小爪子搭到了他的手掌里。

韩辰绘噘起嘴巴，非常不满地瞪了郑肴屿一眼。她发誓：以后她绝对不让他牵她的手，他休想用牵过猴子的手再来牵她！休想！

韩辰绘气呼呼地抢在郑肴屿和那只猴子之前跑进屋子里。

除夕之夜本是温馨团圆的，今年是韩辰绘和郑肴屿在一起过的第三个春节。第一年，回郑家；第二年，回韩家。这是他们两个人第一次过“二人世界”的除夕，却被一个“不速之客”给破坏了！

韩辰绘和厨房有不共戴天之仇，以前郑肴屿做饭的时候，韩辰绘有空儿就会陪在厨房里，今天她却坐在客厅里，表面上是在看春节联欢晚会，实际上，她的目光每隔两秒钟就会瞟向正站在茶几旁认真啃桃子的猴子。

韩辰绘越想越无语，越看越生气，按开手机屏幕，进入微信。

各个微信群里已经被红包刷屏了，韩辰绘分别给时珊珊、朱芷欣、孟小桔发了一条同样的消息。

韩辰绘：“你猜今年郑肴屿送了我什么新年礼物？”

几分钟之后，她们陆续回消息。

时珊珊：“干什么，又要开始秀了？”

朱芷欣：“还能有什么——高定？包包？珠宝？房？车？”

孟小桔：“不管雨雨姐夫送灰灰姐什么，都一定是最贵的、最用心的！今天又是吹爆我灰雨 CP 的一天！我灰灰姐是世界上最幸福的女人！”

前面两个好姐妹还算是正常人的反应，而她这个可达鸭表妹真叫一个离谱！韩辰绘冷漠脸，将手机的摄像头对准了正在啃桃子的小猴子，咔嚓一声拍了张照片，依次发送。

孟小桔：“哇哦！难道雨雨姐夫送给你一只小猴子？这只小猴子看起来好可爱啊！雨雨姐夫可能想说，在他的心中，灰灰姐就像这只小猴子一样可可爱爱！”

韩辰绘觉得她的表妹可能脑子不太清楚！

韩辰绘立马挽起袖子，开始和对方互喷起来。由于和孟小桔的战况过于激烈，她都没注意到小猴子已经溜出了她的视线范围。

孟小桔：“你自己都说了，是雨雨姐夫花了那么多钱买的。虽然雨雨姐夫是霸道总裁、财大气粗，但你也别把他当成大傻子好不好！”

韩辰绘：“你真是郑肴屿的脑残粉！”

孟小桔："不！你错了！不许冤枉我！郑肴屿是你老公，我为什么要做他的脑残粉？他又不是我老公！"

孟小桔："请认清楚我的身份，我只是'灰灰姐的雨雨姐夫'的脑残粉，也是'雨雨姐夫的灰灰姐'的脑残粉！我吹爆的，只有我灰雨 CP 哦！"

韩辰绘正在酝酿回复孟小桔的语言，突然注意到一件事——猴子不见了！她猛地站起身，在一楼的客厅、玄关、各个屋子找寻了一圈，最后跑到厨房。

那只可恶的猴子竟然站在郑肴屿旁边，从啃桃子变成了啃玉米。

玉米？韩辰绘愣了一下，然后冲了进去，往桌子和菜板上看了看——一根玉米都没有了！

"……"

韩辰绘撇了下嘴，又委屈地要哭了："老公，我特别想吃玉米，我特意让张姨她们临放假前给我买的……"

郑肴屿正在炒菜，只是反问了一下："是吗？"

韩辰绘走到郑肴屿旁边，委屈地说："老公！你把玉米给它吃了，那我吃啥呀？"

郑肴屿似笑非笑地看了韩辰绘一眼，揭开一个正在煮着的砂锅盖子："你当然吃这个了。"

韩辰绘吸了吸鼻子，垂眼一看——玉米排骨汤！她立刻笑了起来。

别问，问就是"川剧变脸"优秀毕业学员！

一个小时之后，韩辰绘帮着郑肴屿把年夜饭端上桌，两个人面对面坐着，那只小猴子则坐在餐桌最边上，面前摆满一餐盘的食物：从桃子香蕉、葡萄橘子、菜根菜叶到花生核桃。

郑肴屿分别给自己和韩辰绘倒上红酒，又轻轻碰了碰杯。

韩辰绘美滋滋地饮完一杯酒——她都好久没去夜店喝酒了，馋得不行。

韩辰绘剥了一个皮皮虾吃进嘴里，又忍不住看向不远处正在胡吃海喝的小猴子："它除了看起来不太聪明，好像还挺乖的？"她用嘴巴接了一块郑肴屿夹给她的鱼肉，继续看着那只小猴子："它有名字吗，我们要不要给它取个名字？"

郑肴屿点燃一支烟，微笑着看向韩辰绘："你的猴子，你取就好了。"

"哼！"韩辰绘非常不满，"它才不是我的猴子！我讨厌猴子！"

"那——"郑肴屿吸了口烟，认真想了两秒钟，突然轻笑了一声，"就叫它'菜豆'吧，怎么样？"

韩辰绘心想，菜豆，怎么和"绿毛"有一种异曲同工、师承一脉的感觉？

韩辰绘把小脸皱了皱，不解地问："为什么要叫它'菜豆'啊？"

"它是你的猴子，当然要像你啊。"

韩辰绘又不满地哼了一声："怎么，我就像一颗菜豆吗？那么小一个，你在暗示我是个'臭弟弟'吗？"

"当然不是啊，我怎么会暗示你是个臭弟弟！"

听到郑肴屿这么说，韩辰绘终于微微露出一点笑容。但郑肴屿就是郑肴屿，不到最后一秒，你永远不要指望他能吐出象牙来："菜豆菜豆，又菜又逗。"

啪的一声，韩辰绘将筷子用力拍在餐桌上，吓得旁边正在吃核桃的小猴子一激灵。

韩辰绘气得张牙舞爪，跳起来绕到郑肴屿那边，不管不顾地就是一顿闹："你说我又菜又逗！我哪里菜了？我哪里逗了？就算是演技不好、唱功不好，我也不至于菜吧？我这么高冷，哪里逗了！"

"好好好——"郑肴屿抱住韩辰绘，往她嘴里塞了一个超大的猪蹄，轻声道，"你不菜，你高冷！是我错了，是我错了还不行？"

韩辰绘用嘴巴叼着那块大猪蹄，不满地一屁股坐到郑肴屿旁边的椅子上。她自己都没注意到，她和那只刚刚得名"菜豆"的小猴子莫名其妙地挨着坐了，一个在啃葡萄，一个在啃猪蹄。

微信通话响起来，韩辰绘微微抬起眼，是她的手机。她正在啃猪蹄，手上、脸上全是油，她看了看站在餐桌边抽烟的郑肴屿，口齿不清地说："老公，你看看是谁，是不是 Anemone？"

郑肴屿将指间的香烟摁灭在烟灰缸里，伸手拿起韩辰绘的手机。当看清楚对方是谁的时候，他稍稍一怔，眼神顿时阴冷下来。

韩辰绘快速啃完那个猪蹄，带着疑问嗯了一声。

郑肴屿冷冷地看着手机屏幕，忽然意味不明地冷笑一声，望向韩辰绘，同时将手机压在桌面上，稍一用力，手机顺着桌面滑了过去。

韩辰绘用湿巾擦完手，拿起手机一看，突然觉得一道天雷劈了下来——手机屏幕上跳动着的，赫然是贺开晨的号码！

韩辰绘已经能感受到郑肴屿那冷酷如冰霜的目光，求生欲让她挂断了通话。过了十几秒钟，她关掉手机，小心翼翼地抬起眼：“老公，贺开晨现在是我们君视传媒的投资股东，上次 Anemone 让我加他，我只能加了，但是我从来没和他说过话……”

“没事的，工作嘛，我理解的，”郑肴屿假了吧唧地微笑一下，“你老公是那么小肚鸡肠的人吗？”

第十三章　放心，有我

韩辰绘看着郑肴屿的假笑，有些羞愧地红了脸。唉！就算郑肴屿对她没有爱情，但她终归是他的老婆。除夕之夜，他又送礼物又做年夜饭的，到头来却接到了来自老婆前男友的电话，是个正常男人都接受不了这件事吧？只是……

韩辰绘偷偷瞟了眼郑肴屿，见他重新燃起一根香烟，面无表情地望着窗外，她默默地低下头。

旁边的猴子一手桃子、一手花生，左一口、右一口，吃得咔嚓作响、津津有味。

韩辰绘盯着小猴子看了一会儿，竟然咽了咽口水。她竟然会看一只小猴子吃食物看得食欲大振……

韩辰绘又望了望郑肴屿，拿起一只清蒸螃蟹，轻声说："老公，你别抽烟了，我们年夜饭还没吃完呢！"

几秒钟之后，郑肴屿终于慢慢地转过脸来，没什么表情地看了韩辰绘一眼，将指间的香烟按灭在烟灰缸里。他走到韩辰绘身边，坐回原来的位置。

韩辰绘和小猴子你一口、我一口，好像在比赛谁吃得更快、更多、更香。

一桌子丰盛的年夜饭，郑肴屿基本没有提过筷子，韩辰绘不让他抽烟，他就一直喝酒。

这会儿，郑肴屿满脑子都是贺开晨。他将杯中的酒一饮而尽，又看向身边的韩辰绘。她坐在他旁边大口地吃着东西，那种表演不出来的幸福感，简直快要把他传染了。他放下酒杯，拎起筷子往韩辰绘的碟子里夹菜，碟子被各种各样的美食堆得满满的。

韩辰绘正在剥皮皮虾，见郑肴屿给她夹了这么多菜，抬起脸甜甜一笑："谢谢老公！"说完，她举起手，将剥好的虾肉喂进郑肴屿口中。

郑肴屿口腔内充斥着鲜美的味道，瞬间淹没了原本残留的尼古丁和酒精的味道。

贺开晨就是自己老婆那个所谓的初恋男友——从一开始，确切地说，在贺开晨成为君视传媒投资股东之前，郑肴屿就得知了这个消息。尽管韩辰绘已经好几个月没有再给郑肴屿闹出点什么事情，但郑肴屿对她的把控一直没有松懈，她每日的工作情况都有专人向郑肴屿汇报，可郑肴屿并没有插手。

从某种意义上来说，郑肴屿不是一个不讲道理的人，更不是一个不自信的人。他知道韩辰绘没有和贺开晨藕断丝连，这就足够了。至于贺开晨的生意重点是什么、贺开晨有没有成为君视传媒的投资股东，郑肴屿真的没有那么在乎。可是……

郑肴屿又给自己倒满了一杯酒。

一切平衡都断送在除夕之夜的这个电话上。"贺开晨"三个大字无时无刻不在刺激着郑肴屿的神经。韩辰绘傻乎乎的什么都不懂，也没有意识到，可郑肴屿不能像她一样神经大条，他也不能再无视贺开晨的存在。

今天是除夕之夜，韩辰绘一定会和郑肴屿在一起，要么过二人世界，要么去郑家。贺开晨随便调查一下就可以知道，郑肴屿特意改行程、改航班，紧赶慢赶地从日本飞回来，就是为了陪韩辰绘过年。贺开晨也可以很轻松地调查到他们夫妻两个今天根本没回华清园，那他们就一定是在过二人世界。

不早不晚，正是吃年夜饭的时候，贺开晨打这个电话的时间过于微妙——他明明知道郑肴屿一定会在韩辰绘旁边，却毫不避嫌，哪怕提前发条微信或者短信问问韩辰绘方便不方便也好啊……

郑肴屿饮了一口酒，微微挑起唇角，突然冷笑一声。

大家都是男人，郑肴屿太明白对方的想法——贺开晨这个电话不是打给韩辰绘的，而是打给他的。

这是挑衅！这是赤裸裸的挑衅！

贺开晨确实很有实力，只用了短短三年的时间便平步青云。但对于郑肴屿而言，贺开晨也就是“不过如此”的程度，只有在韩辰绘这个问题上，贺开晨才有资格向他这个“小郑太子爷”挑衅。毕竟贺开晨是韩辰绘的初恋男友，他们恋爱的时间比郑肴屿和韩辰绘结婚的时间更长，这是无论如何也无法改变的事实。

那么，郑肴屿可以是讲道理的人，当然也可以是一个不讲道理的人！

郑肴屿在疯狂地进行“头脑风暴”时，韩辰绘却在和小猴子一起吃东西。韩辰绘实在吃不过小猴子，只好长出了一口气，将面前一大堆虾壳、骨头扫进垃圾桶里。她擦了擦手，瘫在椅子上，一边揉着肚子，一边丧丧地看向郑肴屿：“老公，这只猴子也太能吃了吧，我可养不起它！”

她瞪了“菜豆”一眼，小声叨叨：“如果真的养了你，我还要雇一个‘驯猴师’，平白无故地又多了一大笔花销……”

郑肴屿微微一笑，握住韩辰绘的一只手轻声说：“花销这个问题你就不要担心了，还有一个小时就是十二点，新的一年，我肯定会给你压岁钱的，够你养一年的猴子。”

听到“压岁钱”三个字，韩辰绘的眼睛都放光了——过去两年郑肴屿也会给韩辰绘压岁钱，但那时候她不甘示弱，也会给他压岁钱。这一次嘛……

韩辰绘的笑容僵在脸上——对啊，这一次她穷得也就比外面的孤魂野鬼好那么一点，她拿什么给郑肴屿压岁钱啊？

“不要！”韩辰绘站了起来，一脸倔强地说，“我又不是小孩子，我才不要你的压岁钱！”

韩辰绘和郑肴屿结婚的第三个春节，两个人在“给你压岁钱”“不要压岁钱”的吵吵闹闹中迎来了新的一年。

零点的钟声敲响，夜空被万紫千红的烟花点亮。

花园里，小猴子手持小烟花上蹿下跳。

韩辰绘和郑肴屿默契地不再提压岁钱，两人对视一眼，同时笑了起来。

“老公，过年好！”

“绘绘，过年好！”

互相拜完年，两个人情不自禁地拥抱在一起，一朵绚烂的烟花绽放在他们上方的夜空中。

韩辰绘和小猴子各拿一把小烟花，兴高采烈地放了起来。只用了半个小时，韩辰绘买的那一袋子烟花便放完了。两人又陪着小猴子在花园里玩了一会儿，就把它送进驯鸟房——对，就是那个住着鹦鹉的驯鸟房！

韩辰绘跟着郑肴屿一走进去，那只原本在睡觉的鹦鹉瞬间就抖了抖羽毛，睁开了眼睛。郑肴屿给它堆得满满的食盒里又添了一把瓜子。

那只绿毛鹦鹉抖了抖长长的尾巴，扯着它的破锣嗓子又开始骂街。

“打倒韩辰绘！打倒韩辰绘！

“韩辰绘你干吗呀！干啥呀！打倒韩辰绘！”

韩辰绘高贵冷艳地呵了一声，揉了揉小猴子毛茸茸的脑袋：“菜豆！上！”

小猴子吱吱地叫了两声，跳到鹦鹉面前，冲着它吱吱一通狂叫。

绿毛的骂声戛然而止，它一脸蒙地看着面前这只陌生的、龇牙咧嘴的“毛茸茸生物”。

郑肴屿挑了挑眉梢，回身望向韩辰绘：“这下你可真有帮手了啊，看来我没给你选错新年礼物。”

韩辰绘无比傲娇地撇了撇嘴，她绝对不能承认她很满意这只猴子！

驯鸟房很大，有好几个隔间，还有独立的卧室——那是给驯鸟师平时休息用的。

为了防止两只动物吵架、打架，郑肴屿把“菜豆”安置到另外的隔间里，安顿好它的食盒和睡觉的窝，就和韩辰绘手牵手离开。

大年初一，小夫妻回了郑家。

大年初二，小夫妻回了韩家。

大年初三，郑肴屿出国处理公司的事，韩辰绘也开始了新的工作。

《火光之恋》在春节前就定档上映，整个春节档，除了春节联欢晚会，在各大社交媒体上，没有任何消息可以抢走《火光之恋》的流量。

《水光之恋》之后，韩辰绘又借着《火光之恋》火了一把，虽然依然被骂、依然黑红，但韩辰绘的颜粉屹立不倒！韩辰绘受邀参加各种综艺节目，通告费赚得盆满钵满。

出了正月，韩辰绘的首部电影《二次通信》开始前期宣传活动，Anemone 又给韩辰绘接到一个新的电影，是超大制作的《赤壁怀古》。全剧组除了韩辰绘是个 nobody cares（无人关注）的十八线小明星，其他参演人员不是影帝影后就是超一线，最差也是准一线、超二线的水准，韩辰绘混迹其中，显得非常格格不入。

演员表一公布，网络上立刻爆发出激烈的讨论。

《火光之恋》正在收尾期，热度达到最高峰，现在又有《赤壁怀古》，韩辰绘的热度达到了前所未有的高度，韩辰绘甚至觉得自己喜提“一线大腕”体验卡！

“# 赤壁怀古韩辰绘 # 虽然说韩辰绘长得确实好看，算是娱乐圈数一数二的顶级颜霸，但她的名字和那一群影帝影后出现在一起，还是满满的违和感……”

“# 赤壁怀古韩辰绘 # 我有点儿相信之前的爆料了，韩辰绘是不是真的身后有金主啊？”

“# 赤壁怀古韩辰绘 # 韩辰绘那个颜值，她背后有个什么 level 的金主都不奇怪……”

“# 赤壁怀古韩辰绘 # 你们传得绘声绘色，有没有人来个实锤啊？之前她能顶替苏瑾儿上《二次通信》就很不正常了，现在又上了《赤壁怀古》……”

面对各种流言蜚语，韩辰绘都一笑置之。她可不认为郑肴屿会插手她的工作，她已经嫁给郑肴屿三年了，确实没感受过来自“大佬老公”的“临幸”。至于《二次通信》和《赤壁怀古》这两个资源，她真的以为是 Anemone 给她的资源，毕竟 Anemone 是君视传媒的金牌经纪人，手下的超一线大牌无数，只有韩辰绘这一个“无名小卒”。

韩辰绘每天继续去参加综艺节目的录制，没有受到任何影响。但这个时候的她并没有意识到，有一种氛围叫作“暴风雨来临前的宁静”……

三天后，事件爆发的时候，韩辰绘刚化好妆准备出门。几乎是在同一时间，她的手机被各路人马打爆，微信通知声更是不绝于耳。

韩辰绘嘴里叼着一片面包，飞快地跑出餐厅拿起手机一看，她不禁愣了愣——只不过从餐厅到客厅这一段短短的距离，她竟然已经有了十几通未接来电。

叮叮叮——正在响的来电是她的经纪人 Anemone 打来的。

韩辰绘接起电话喂了一声。

“韩辰绘！”电话的另一端无比嘈杂，Anemone 大吼的声音都显得没那么震耳了，“你之前为什么不告诉我！你还有什么事情是瞒着我的？！”

韩辰绘全程一脸蒙。什么事？难道，难道是郑肴屿？不应该啊——就算是真和郑肴屿有关，凭郑家的名声和威慑力，如果是假的，反而有人八卦，像之前杀青宴上有个记者就曾问过这个问题；但要是真有实锤，也没有人敢爆吧？

“Nene 姐！”

韩辰绘刚叫了声对方的名字，Anemone 就大喊大叫起来：“贺开晨！你为什么之前不告诉我贺总是你前男友，你们曾经相恋过好多年？现在好了，被人爆得全网都是，你让我们怎么办？！”

轰的一声，韩辰绘感觉大脑被炸到空白！

“我给你发几张图，你好好看看吧！你今天不要出来了，综艺那边我们已经给你推掉了，你也在家帮我们想想办法！”Anemone 的音量很高，语气却很无奈，“辰绘你知道吗，我连一点准备都没有，想公关都不知道怎么给你公关！”

挂断电话，韩辰绘呆呆地坐到沙发上。

有气无力。

三魂丢了七魄。

叮咚、叮咚——微信的消息提示音一声接着一声，一秒都没有中断过。

韩辰绘静坐了几分钟，深吸一口气，拿起手机按开微信。

各路朋友、伙伴在疯狂地轰炸她的微信，她一个都没有点开，只找到 Anemone 戳开了聊天框——那是九张图，全是几年前她和贺开晨的合照。

学生时代，青葱岁月。

校花校草，花样年华。

除了图片，还有几张微博截图——微博热搜已经全部被她占据了，各路大 V 到处转发，最爆的一个话题自然是“# 韩辰绘金主 #”……

是了，如果只是普通的爆恋情，还是好几年前的，也不至于在网络上掀起如此轩然大波。之前韩辰绘顶替了苏瑾儿的《二次通信》，后来又上了《赤壁怀古》，网友在网上掀起过不知道多少轮讨论，污言秽语简直不堪入耳。

“# 韩辰绘金主 # 终于知道她哪儿来的顶级资源了！靠前男友，也太恶心了吧……”

“# 韩辰绘金主 # 听说贺总是有正牌女友的，这么一想，韩辰绘更恶心了……”

“# 韩辰绘金主 # 怪不得只能演小三的角色，这是本色出演？真是白瞎了那张漂亮的脸蛋儿。以前女友的身份套金主、套资源，金主又有女朋友……”

“# 韩辰绘金主 # 韩辰绘这算什么？真后悔我曾经舔过她的颜，这些操作也太恶心了吧！”

韩辰绘用手指戳了好几次才把聊天对话框关掉。她脸色惨白，紧闭双唇，强忍着、强忍着才没有让眼泪落下来。

她现在满脑子都是郑肴屿。

郑肴屿……

韩辰绘重新按开手机屏幕，在通信录里找到“贺开晨”，颤抖着手指拨了个语音电话过去，十几秒钟之后，对方接起。

“贺开晨！”韩辰绘的眼泪终于落下来一滴，“我他妈真的看错你了！你和肴屿同是段恪的朋友，就算在生意场上有什么误会，可我是无辜的，你为什么要搞我？”

“你冷静一下。”贺开晨的声音很冷静，“我也是今早才知道发生了什么事，所以……你现在以为是我爆的对吗？我为什么要爆呢？我和郑肴屿之间确实有点儿不愉快，但我不会做这种事，对我没有任何好处。”

“你承认了你确实和郑肴屿有不愉快！贺开晨，你不要再在我面前装白莲花了！我不是傻子，我不是过去那个被你忽悠糊弄的傻子！今时不同往日，你不再是过去的那个学生，你现在是人人都要尊称一句‘贺总’的男人！你敢说，这条消息被爆出来之前，你没有听到一点风声吗？好，就算你没有听到风声，爆出来之后你总听到了吧？已经过去一段时间了，只要你一句话，网上就不会发酵成这样，哪怕你撤几个热搜呢！如果你是无辜的，你会容忍吗？你能容忍，你的宋曼曼会容忍吗？！你还敢告诉我不是你爆的？你还敢告诉我这件事和你无关？！”

贺开晨无奈地叹了口气：“我知道，我现在说什么都不管用了。”

“你知不知道，我现在不只是韩辰绘，我还是郑肴屿的老婆、郑家的儿媳妇儿！你让我怎么办……”韩辰绘终于忍不住了，撕心裂肺地哭喊，“你让我以后怎么办！”说完，她便将手机摔了出去。

同一时间，玄关处传来咔嗒一声，别墅的大门被人从外面打开了。

韩辰绘抱着靠枕缩在沙发的角落里，像一个被抢了心爱玩具的小孩，忘我地大哭，委屈极了。

对韩辰绘来说，没有什么是比现在的状况更令她绝望的了，世界末日也不过如此。这件事情如果发生在过去，哪怕是发生在一年前、两年前，她都不会感到如此绝望。最坏的结果，不过就是郑家嫌弃她、无法再接受她，然后郑肴屿和她离婚，两个人各奔东西。她可能也会伤心，甚至会为她逝去的第一段婚姻大哭一场，但最多半个月，她就会又变得生龙活虎，继续拍戏，上综艺节目，画画。

可现在不是一年前、不是两年前，现在和过去是不同的，她的心中，已经不知不觉地被郑肴屿给填满了。她喜欢他，她喜欢郑肴屿！

韩辰绘哭得心肝脾肺全都疼，那个最坏的结果她接受不了，她永远都接受不了！

她不怕郑家嫌弃她，以孙蔓宁为首的那些郑家人就从来没看得起她，处处怠慢她，更恨她拐走了郑家的太子爷，郑家巴不得他们俩明天就离婚才好。

她不在乎郑家，从来就没在乎过！可是，她在乎郑肴屿……

人总是这样矛盾，她在乎郑肴屿，就不能不在乎郑家，她最怕的是郑肴屿会和她离婚。她并不是一个没有原则的女人，要是被触碰到底线，她会同意和他离婚的，绝对不会因为“喜欢”就无脑地跪舔对方——就像是过去她和贺开晨一样，贺开晨那么绝情地抛弃她，她会当场对他说：“我不是招之即来、挥之即去的女人，你现在放弃了我，以后就不会再有机会！”她不会再喜欢贺开晨一秒钟，也绝对不会再回头！

但现在明显不是！如果因为这种莫名其妙的事情，她失去了她的丈夫，失去了郑肴屿，她无论如何都无法接受……

脚步声越来越近，韩辰绘根本没有心情去管是谁来了，只顾着沉浸在自己那已经到了末日的小世界里。那人站到沙发旁边，一只手轻轻搭在韩辰绘的肩膀上，小心翼翼地晃了晃她：“辰绘太太……”

韩辰绘听出来说话的是她家的家政人员张姨，但她正哭得上气不接下气，根本没有去管张姨。

“太太，你还好吗？怎么哭成这样了？谁欺负你了吗？谁招惹你了吗？我去告诉郑先生！”张姨不知道发生了什么事，只当韩辰绘是受了别人的欺负，转过身便要往外走。

“郑先生”三个字刺激到韩辰绘的神经，她微微回过脸，弱弱地叫张姨：“等等……”

张姨一听韩辰绘出了声，立刻停下脚步，飞快地折回来扶住韩辰绘：“太太……”

韩辰绘抬起双眼。

那一瞬间，张姨心头咯噔了一下。她活了四十多年，形形色色的人见过无数，真没见过几个比辰绘太太更漂亮的。而现在，韩辰绘那张美丽的脸上挂满了泪水，那我见犹怜的小模样，就是她见了心都跟着疼，更不要说让郑先生见到……

“没事。”韩辰绘冷静了些，刚才哭得太狠太猛，身体有些虚脱，她指了指不远处地毯上的手机，小声说，“张姨，你帮我把手机捡过来，看看还能不能用。”

“好！”张姨跑过去捡起手机按了两下，点了点头，“好像还能用。”

韩辰绘接过手机，犹豫了几秒钟，轻轻地戳开郑肴屿的聊天对话框。

里面一片空白，最后的聊天记录还停留在一天前。

她的微信已经被乱七八糟的信息给炸掉了，最应该炸的那个人却没有给她任何消息。

郑肴屿现在在美国，难道是因为时差，他在开会，还不知道这个事情？

韩辰绘用颤抖的手指轻轻地戳了语音通话。

叮咚、叮咚——等待对方接听的时间也就十几秒钟，可这十几秒钟像十几个世纪那么漫长，最后，她的语音通话被挂断了。

韩辰绘刚刚停止的眼泪顷刻间又全部涌出——郑肴屿挂断了她的语音通话，是不是意味着他已经知道了这件事，要奔着最坏的结果而去？

美国旧金山，泛美大厦三十六层。

办公室的门被从内打开，郑肴屿和一个西装革履的美国人站在门口，走廊左右两侧分别站着几个人。郑肴屿和对方握了握手，在一群人的簇拥下走进电梯区。双方聊了几句，那个美国人便带着几个下属离开了。

对方一走，郑肴屿旁边的下属就开始吹彩虹屁："郑总果然厉害！这个项目赵经理谈了半年也没搞定，郑总一出马，只用两天就搞定了那个史密斯。"

郑肴屿没什么情绪地冷笑一声，头也不回地回了办公室。他刚在办公桌后面坐下，便有人敲响了办公室的门。

"进来。"

办公室的门被推开，一个年轻帅气的男人走进来，正是郑肴屿的大学好友段恪。

见来人是段恪，郑肴屿也没和他见外，随手指了指办公室内的沙发，低头开始翻看文件。

段恪坐到沙发上，咂了咂嘴，盯着郑肴屿，一脸意味深长的表情："那个……肴屿，我刚才在楼下谈生意，就想看看你在不在这里，没想到你确实在这儿……"

郑肴屿冷冷淡淡地嗯了一声。他工作时就是这样的状态，关系再好，他也没心情多说话。

"我跟你说句实话，我确实不知道亚姆和嫂子之间的关系，如果知道，就是把我按在那里打死，我都不会带朱莉和亚姆去参加你的生日宴会……"

郑肴屿紧皱眉头，翻文件的手一顿。他当然知道朱莉是宋曼曼，亚姆是贺开晨，而段恪口中的“嫂子”就是韩辰绘。

他撩起眼皮，低声问：“你又知道什么了？”

“什么叫我又知道什么了？我的小郑太子爷，我的肴屿大哥——”段恪把双手举过头顶，做了一个“投降”的手势，“是全世界的人都知道什么了才对！”

郑肴屿啪的一声将文件夹合上。从段恪的那两句话里，他已经猜到发生了什么事。他立刻翻开办公桌上的笔记本电脑，一只手点击鼠标，一只手敲击键盘。

郑肴屿面无表情地盯着电脑屏幕，两分钟后，他猛地合上笔记本电脑，拿起座机电话按了一个数字下去，几秒钟后，他冷冷地说：“把那件事给我处理干净！”他说完便毫不客气地摔了电话。

郑肴屿生气了？

段恪和郑肴屿认识多年，读大学的时候两人几乎形影不离，段恪太了解郑肴屿了——郑肴屿明明是个脾气非常不好的男人，别人却很难见到他生气的样子。而这次，郑肴屿是真生气了，绝不是假的。

段恪见到郑肴屿的反应，放下举起来的双手，笑了一下：“肴屿，我对你真心佩服，我都不知道该说你演技太好了，还是怎么样——你在我面前还用演？”

郑肴屿挑起眉梢，同时挑起一侧唇角，眼神却很阴冷：“怎么，听你的意思，我太太和那个亚姆·贺的绯闻是我传的、是我爆的？”

“肴屿，说实话，当我接到助手传过来的一堆截图时，我第一秒的反应是吃惊，第二秒是震惊，第三秒……”段恪似笑非笑地眨了下眼，“我就笑了出来。”段恪站起身走到郑肴屿的办公桌前，“我对你实在是太了解了，你就是天使和撒旦的结合体，又良善又残忍。我真的、真的、真的——”段恪每说一个“真的”就用手指敲一下桌面，一共敲了三下，“觉得这是你的手笔！”

郑肴屿冷冷地推了下金丝边眼镜，意味不明地笑了一声：“我也实话告诉你，这个手笔确实像我，我也曾认真想过这个方案，最终，我选择了放弃。”

这个答案显然是段恪没想到的，他愣了愣：“你不是在抢亚姆的生意吗？我之前还以为是他怎么得罪你了，原来是因为你老婆那些事？所以，你为什么要放弃？”

郑肴屿从办公桌上拿起烟盒，轻轻敲出一支香烟咬在唇间：“很简单，因为我没办法杀敌一千、损妻八百！”

段恪立刻暧昧地笑了起来：“哎呀，说实话，我有点儿欣慰，没想到你郑肴屿也有怜香惜玉的一天啊！”

郑肴屿甩响打火机，刚刚点燃唇间的香烟，办公室的门又被敲响了。

段恪替郑肴屿喊了一声：“进来！”

进来的人正是郑肴屿的大秘书，他手中捧着郑肴屿的手机。

大秘书先看了看郑肴屿的脸色，没什么底气地说：“老板，您和史密斯先生谈合同时把手机交给我，我……我刚才去财务部取了个文件回来，才发现我没有随身携带您的手机……”

郑肴屿面无表情地听着。他的大秘书是个跟着他见过无数大场面的人物，如今能这般手足无措，绝对是做了什么大错特错、让人无法原谅的事情。

“太太给您打语音，没人接……”

郑肴屿冷冷地瞪着他的大秘书，连他自己都没注意到，由于过于用力，他的手指直接把香烟的滤嘴给捏了出来，烟丝顺着滤嘴掉到了桌面上。

段恪皱眉，严厉地说道：“你这一天天的能不能仔细着点啊？等着被解雇呢？还不把手机拿过来！”

大秘书一秒钟都不敢耽搁，赶忙将手机呈上。

郑肴屿气得脸色发青，把被他捏烂的香烟丢进烟灰缸里，拿起手机。

果然，韩辰绘在十分钟之前给他打过一个语音通话。

红叶名邸。

客厅里的哭声已经消失殆尽，韩辰绘浑身乏力、生无可恋地窝在沙发里。她现在的感觉就是有气无力，好像自己被全世界抛弃了。

郑肴屿……

郑肴屿……

韩辰绘委屈地在心中一遍又一遍地默念着他的名字。

就在她正绝望之际、濒临崩溃之时，微信叮咚叮咚地响了起来。

韩辰绘仿佛没有听到，她根本没有心情去看手机，找她的要么是

Anemone，要么是君视传媒的其他工作人员，要么是她的朋友们……

叮咚叮咚——微信的铃声孜孜不倦地响着。

韩辰绘目光呆滞，像个机械人似的拿起手机，看都没看就戳着手机屏幕滑动了一下，接了通话。

通话那头静悄悄的，两秒钟之后，一个让她魂牵梦萦的声音轻轻响起：“是我。”

短短一句话，只有两个字，韩辰绘的眼泪顿时流了出来，她哭着叫：“老公……”

她没想到，对方低笑了一声，他那性感低沉的嗓音萦绕在她的耳边：“我一想就知道你肯定在哭鼻子，我果然没猜错吧。”

韩辰绘哭得更厉害了，内心百转千回，有万千衷肠想诉，可千言万语最终只汇成了一声声的“老公、老公”。

“还哭啊？不知道的还以为我凉了，你这个小寡妇在哭丧呢。”

韩辰绘一边哭一边不满地哼唧了一声。

“别哭了绘绘，我已经安排了私人飞机，马上回去，你一个人在家要乖乖的，知道吗？”

韩辰绘哭得一抽一抽的，委屈地应了一声“好”，软绵绵地回应着：“我会乖乖的……”

郑肴屿又低笑了一声，他那原本又冷又沉的声音此刻却温柔似水：“放心，有我。”

一句简简单单的“放心，有我”，却让韩辰绘那颗吊在悬崖边缘、顷刻间就要摔得血肉模糊的心安安稳稳地回到了胸膛里。

韩辰绘窝在沙发里停止了哭泣，除了感觉浑身乏力，还觉得有些肌肉酸痛。

她又躺了几分钟，慢慢地蹭动着。

张姨一直在不远处观察着韩辰绘。越是到了这个时候，张姨越是不敢懈怠，万一辰绘太太真的出了什么事，等郑先生回来她绝对会吃不了兜着走。

见到韩辰绘坐了起来，张姨赶忙走过去从茶几上猛抽了十几张面纸：“太太……”

韩辰绘接过面纸，认真地将眼中、脸上、脖颈处的泪水擦干净。她之前哭得太厉害，眼睛红肿着，说话时依然带有浓浓的哭腔：“张姨，我好了，我没事……肴屿说定了航班，你记着点，把他的书房打扫一下，多买点好吃的……”

张姨点了点头：“一定的。”

韩辰绘又擦了擦眼泪，从沙发上站了起来。

初春的阳光洋洋洒洒地铺满客厅，韩辰绘揉了揉大腿，慢慢地走到落地窗边，望向外面。越过大露台上的秋千架，可以看到驯鸟师和驯猴师两个人一个带鸟、一个牵猴，在阳光之下肆意玩耍。那是她和郑肴屿的“绿毛”和“菜豆”，他们家可真像动物园……

鹦鹉和猴子一个比一个皮，让韩辰绘感到意外的是，它们两个竟然相处得非常和谐。偶尔菜豆因为过于皮会把绿毛惹得奓毛，气得它破口大骂。

看到她和郑肴屿养的动物，韩辰绘觉得心情轻松了许多。

叮咚叮咚——身后的微信通话响起，韩辰绘绝望地闭上了眼睛：又来了……

韩辰绘深深地吸了一口气，之前她把自己裹在封闭的小世界里，无论别人怎么手机轰炸她都不想理会，她接的第一个电话就是郑肴屿的。听到了郑肴屿的声音，又知道了他的态度，韩辰绘觉得自己应该振作起来，毕竟她也是事件的主角之一。

韩辰绘走回去从茶几上拿起手机，打电话的是她的经纪人 Anemone。

她小心翼翼地接起电话：“喂，Nene 姐。”

电话那头比上一次通话的时候更加嘈杂，Anemone 正大嚷大叫：“韩辰绘！我简直想说脏话骂人了啊！”

韩辰绘内心咯噔一下，又……又发生了什么事？

“你知道吗，刚才这短短的一个小时，我们整个君视公司都炸锅了！当然不只是因为你，还因为贺总。你也知道，最近你的热度很高，本来就处在风口浪尖上，又爆出这种事情，这下那些网络喷子自然不会放过你了……”

韩辰绘听着电话，微微低下头。

“……辰绘，这下你想不火都难了。”

韩辰绘吸了吸鼻子：“那……那现在我们怎么办呢？我和贺总一起出来澄清可以吗？”

“这就用不着你操心了。”Anemone 笑起来，“要不我怎么说你是宝藏女孩呢，就在我们整个君视传媒焦头烂额的时候，突然之间，所有的东西都消失了！”

韩辰绘愣住了。Anemone不知道是怎么回事，但她一下子就猜到了那个“大佬”是谁——一定是郑肴屿！

Anemone似乎离开了人群，电话那头的环境听起来稍微安静了一些：“辰绘，你从来没说过，就算我现在问你，你肯定也不会说的，所以我就不逼迫你了，你自己心里有点儿数就可以。眼前这件事看起来是被无声无息地摆平了，但你要知道，网友不是傻子，能把事情处理到这种程度，几乎是‘赶尽杀绝’，肯定不是一般人能做到的。事情反转，也把你确实有后台、有金主的事情给亲手实锤了，网友对你的兴趣比过去多了无数倍，他们要八卦，这件事迟早要再爆的。”

韩辰绘无奈地叹了口气。

凌晨时分，一架私人飞机降落在机场，司机已经等在机场外。

郑肴屿没有立刻回红叶名邸，而是先回了一趟华清园。他也没有去华清园老宅，而是直接去找了郑万杰和孙蔓宁。

华清园别墅的大门打开，门后是一个中年男人。现代的豪门不会搞什么“管家”之类浮夸的东西，开门的男人叫杨叔，职位就相当于是个“管家”。

杨叔先是一愣，接着笑了起来：“肴屿？”

郑肴屿礼貌地点了点头，在玄关处换了鞋，也不用杨叔引路，径直上了楼。

二楼客厅里，郑万杰和孙蔓宁静静地坐在沙发上。他们似乎早已料到郑肴屿会来“报到”，开始大摆“鸿门宴”。

郑肴屿走过去，没有坐，而是居高临下地看着郑万杰和孙蔓宁，眼神和声音都无比阴冷：“郑宏义呢？”

郑万杰和孙蔓宁对视了一眼。

“肴屿！”孙蔓宁微皱眉头，现在没有外人，只有他们一家三口，用不着演戏，她表现出最真实的自己和最真实的情绪，埋怨道：“你是什么态度，这是在对你的父母兴师问罪吗？”

郑肴屿没有搭理孙蔓宁，只冷冷地看着郑万杰：“爸爸，我只问您，郑宏义呢？”

郑万杰看了郑肴屿一眼，非常有范儿地指了指沙发，命令道：“你坐下！”

郑肴屿紧皱着眉想了想，只能坐了下来。

郑万杰从茶几上拿起一根雪茄，没有点燃，而是轻轻敲了敲郑肴屿旁边的沙发扶手："我知道，你和你三哥之间误会极深，这辈子是打不开这个结了，我也没指望你们能和解，所以我又把宏义给派走了。你也别想着去找他麻烦，先把你自己的家务事给我处理好……"

郑肴屿紧皱着眉头，眉头就没松开过："我的家务事？"

"你已经长大了，翅膀也硬了，我和你母亲当然管不了你，也管不动你了。你莫名其妙地非要从你三哥手里抢走韩辰绘，又把她八抬大轿抬回家，我们最终也遂了你的心愿。你当初是怎么答应我们的？男子汉大丈夫，不要强行忘记。"

郑肴屿看了郑万杰一眼，也从茶几上抽了一根雪茄，放在指间把玩了一下，才认真地看着郑万杰："事情我已经处理好了。我想，作为辰绘的丈夫，我应该尊重她的工作。"

郑万杰皱了下眉，显然对郑肴屿的说法非常不满意。

旁边的孙蔓宁冷笑一声："尊重？你尊重她的工作，那谁来尊重我们？以后这种乱七八糟的绯闻再来几次，你能承受得住，我们郑家可承受不住。圈子里的人会怎么看我们，你生意上的人又会怎么看你？"孙蔓宁说完，将一堆照片直接甩到茶几上。

郑肴屿微微垂下视线，下一秒，他就眯起了眼角。

那些照片无一例外都是韩辰绘和其他男人的亲密合照——不是私下的，而是剧照，是她扮演的角色和各种男主、男配演亲密戏的剧照。韩辰绘在娱乐圈工作了三四年，所有的存货全部摆在这里了。

这些剧照本无可厚非，不过是体现了一个演员的自我修养，有不少照片郑肴屿之前已经看过。可几百张照片密密麻麻地铺在茶几上，简直是在刺激他的神经。

郑肴屿紧紧地捏着雪茄，又白又细的手背上暴起一条又一条的青色血管。

为什么他的心口这么酸？为什么他的心头这么痛？

孙蔓宁看着盛怒的郑肴屿，站起身绕到郑肴屿身边，俯下身轻轻拍了拍儿子的肩膀："肴屿，我们已经很给韩辰绘面子了，但我们不能让她一个人把我们郑家搞得乌烟瘴气。你要尊重她也可以，前提只能是，她不再是郑家的媳妇儿。”

郑肴屿猛地抬起眼。他的眼神又冷又狠，在瞪向孙蔓宁的那一瞬间，她被吓了一跳。

知子莫若母，孙蔓宁一下子就明白了郑肴屿为何会这般，于是放柔了声音：“我们也没有说必须让你们离婚啊！肴屿你看，当初你想娶她，我们不是也同意了吗？以我们郑家今时今日的地位，你想怎么样就怎么样，只要你喜欢，只要你们感情好，别的都是可以商量的。你回去应该劝劝你的太太，她的工作有什么意义？她究竟为什么要工作？是你缺她赚的那点钱，还是我们郑家缺那点钱啊？”

孙蔓宁先是埋怨了韩辰绘几句，又话锋一转：“只要你对她好，你愿意宠爱她、愿意给她钱花，她完全可以做一个衣食无忧的豪门太太，想做什么做什么，想买什么买什么。就算你生意失败，我们郑家可不会破产，她可以一辈子享受富贵的人生，不好吗？难道你不希望看到她快快乐乐、无忧无虑的吗？难道你不想她永远在你的身边，永远在你的地盘上，永远在你的掌心中？难道你不希望她一辈子只属于你一个人吗？”

郑肴屿直直地注视着他的母亲，整个二楼客厅沉寂了几分钟，直到郑肴屿将捏碎的雪茄丢进垃圾桶里。

想！他想！他非常想！

孙蔓宁无法说服他，却成功地诱惑了他。

他想让韩辰绘幸福快乐、无忧无虑，更想让她永远在他的身边、在他的掌中！而且……他想让她一辈子只属于他一个人！

韩辰绘在床上躺了一天，也没有吃饭，她睡一会儿醒一会儿，不知道什么时候，也不知道几点钟。她正睡得迷迷糊糊，突然听到卧室的门被人推开。

郑肴屿回来啦！

韩辰绘拼命地撑开眼皮，清冷的月光之中，可以隐隐约约看到郑肴屿正在走近。

“嗯嗯——”韩辰绘在被窝里蹭了蹭，想坐起来，郑肴屿却立刻将她扑倒。

嗯？酒味？烟味？

韩辰绘皱了皱眉，她虽然人醒了，声音却还没有醒过来，听起来黏黏糊糊的："老公，你刚下飞机就去喝酒啦？"

郑肴屿没有回答她，只是将她紧紧地按进怀里。韩辰绘嗯了一声，下一秒，双唇便被郑肴屿狠狠地堵住。

月光微凉，室内炽热。

韩辰绘和郑肴屿大半个月没有见面，都非常想念对方。平时不见面还好，现在能抱、能摸、能亲……他们互相点燃，只需要一秒钟。

可能是知道韩辰绘受了莫大的委屈，郑肴屿难得地温柔了起来，每一下亲吻、每一下动作，都让韩辰绘为之沉醉。她觉得自己被他小心又爱怜地捧在掌心之中，在他温柔的抚摸之下慢慢地化成了一汪水……

韩辰绘懒洋洋地窝在郑肴屿的怀里，心中咕嘟咕嘟地冒着小泡泡，感觉幸福又安逸。

郑肴屿抱了韩辰绘半个小时，在她半睡半醒之时，轻轻地抱着她去了浴室。

韩辰绘坐在浴缸里，舒舒服服地被温水拥抱着。郑肴屿去接了个电话回来，走进浴缸，熟练地将韩辰绘圈进怀抱中。

韩辰绘迷迷糊糊地侧过脸——浴室里灯光明亮，水雾暧昧。郑肴屿面无表情，似乎在思索着什么事情。一滴又一滴水珠顺着他完美的下颌线落入浴缸，单单是一个没有表情的侧脸，就让她的心脏乱跳。

平时他总是戴着一副金丝边眼镜，完美地诠释了"斯文败类"这个词语。如今他没有戴眼镜，那真是攻击性十足的帅——赤裸、危险、着火。

此时此刻，韩辰绘觉得郑肴屿随便给她一个眼神，就可以将她重新点燃。

韩辰绘在郑肴屿怀中动了动，微微侧过身，情不自禁地伸出胳膊，亲密地抱住他的脖颈。

郑肴屿顿了一秒钟，似笑非笑地斜过眼："我有没有告诉过你，我们一起泡的时候，不要乱动？"

韩辰绘顿时觉得脸颊滚烫滚烫的，还好叮叮叮响起的电话救了她！

郑肴屿用手指戳了戳韩辰绘又肉又红的脸蛋儿，拿起旁边浴架上的手机，看了眼来电显示，想了一秒钟，接了起来。

韩辰绘一直抱着郑肴屿的脖颈乖乖地靠着他的胸膛，由于距离实在太近，她能听到电话那头是一个男人的声音，应该是在向郑肴屿汇报工作。韩辰绘没怎么太在意，可一两分钟之后，她就皱起了眉头。

郑肴屿只是偶尔嗯一声，一直是电话那头的男人在说。对方频繁地提到“郑宏义”“陈小姐”“贺总”“太太”这几个关键词，一开始韩辰绘还以为“太太”是指孙蔓宁，当听到“贺总”的时候，她就可以确定，所谓的“太太”是指她，“郑宏义”是郑肴屿的三哥，“陈小姐”难道是那个陈大小姐陈伊心？

郑肴屿不知道回了第几个嗯之后，说了第一句话：“你们办得很好，有什么风吹草动，记得向我汇报。”

对方立刻答应下来，郑肴屿挂断了电话。

韩辰绘抬起上身，直愣愣地盯着郑肴屿，眨了眨眼：“老公，你知道白天的事情是谁搞出来的了？”

郑肴屿冷笑了一声：“除了他，还能有谁？”

“他……”韩辰绘又愣愣地眨了下眼，“他是谁，贺开晨吗？”

听到贺开晨的名字，郑肴屿的脸色一秒变得难看，他看向韩辰绘，意味深长地盯着她看了好一会儿才冷声问：“你希望是贺开晨？”

韩辰绘立马把双手缩到胸前，紧闭眼睛，疯狂地摇头：“我谁都不希望！不对，我希望这件事根本就没发生过！”

郑肴屿直直地注视着韩辰绘几秒钟，伸出手将她揽入臂弯，声音稍微放柔了些：“贺开晨当然逃不了干系，就算他不是‘杀人凶手’，也是‘见死不救’的那一个。至于罪魁祸首，除了我那个三哥，还会有谁？”

韩辰绘彻底听不懂了——是郑宏义吗？郑宏义为什么要搞她？他也是郑家的人啊，把她搞到身败名裂、让郑家蒙羞，对他有什么好处吗？

“他为什么要对我下手啊？”

郑肴屿看了看韩辰绘，欲言又止，最终，他没有回答她的问题，而是将她抱出浴缸，擦干水渍，用大浴巾一裹，打包上床。

温暖的被窝里，韩辰绘被郑肴屿从后面抱着，虽然她很想知道答案，但体力和精力已经支撑不住，很快就沉入梦乡。

黑暗之中，郑肴屿的鼻息间满是她的发香。

郑宏义还能因为什么？他想报复的对象自始至终只有郑肴屿。按照郑宏义的剧本，现在的郑肴屿已经是“赔了夫人又折兵”的状态——婚姻破裂、名誉受损。如果有机会，郑宏义还可以顺便“乘虚而入”，全方位地安慰一下“被休”的韩辰绘。如果发挥得好的话，万一韩辰绘改嫁给郑宏义，郑肴屿就彻彻底底成了一个笑柄。

毕竟那种绯闻爆出来，韩辰绘必然在郑家难以立足，他们离婚似乎已经是既定的事实。郑肴屿当时在美国，上飞机之前就接到了孙蔓宁的电话，如果不是他态度坚决，郑家绝对会在第一时间就“休”了韩辰绘。所以飞机一落地，郑肴屿都顾不得安慰正在伤心的韩辰绘，立马回了趟华清园。果然，郑万杰和孙蔓宁的态度有所转变，他们没有再提“离婚”这两个字。

小郑太子爷在生意场上手段确实高出他的三个哥哥太多，他只用了几年时间就大权在握，将那三个最少大了他十岁的哥哥给排挤成了敢怒而不敢言的边缘人物。但郑宏义和郑肴屿终归是同父异母的亲兄弟，身体里都同样流着郑家的血，郑肴屿想过用这个办法去“杀”掉他的敌人贺开晨，郑宏义就可以用同样的办法“杀”掉敌人郑肴屿。

两人的区别是，郑肴屿舍不得“杀敌一千、损妻八百”，最终他为了韩辰绘放弃了这个想法。可郑宏义没有这个顾虑，他的目的就是搞掉郑肴屿。于是郑宏义做了，也险些成功。郑宏义唯一的失算之处，就是低估了郑肴屿对韩辰绘的坚决态度。

郑肴屿怕吵醒韩辰绘，轻轻地将她的长鬈发顺到她的肩侧，她颈后柔嫩的肌肤便暴露了出来。郑肴屿将怀中的她抱得更紧，小心翼翼地在她的肌肤上落下一个轻轻的吻。

他轻柔地抚摸着韩辰绘的黑发，手腕上的两颗红豆发出细微的碰撞声——两颗红豆，一个是她，一个是他。他怎么可能和她离婚？他怎么舍得和她离婚？

他要她，一辈子。

次日清晨，韩辰绘在郑肴屿怀中醒来的时候，郑肴屿正在刷着他的平板电脑。

“老公！”韩辰绘的声音甜甜的，“早上好。”

郑肴屿微微一笑：“早上好。”

韩辰绘懒洋洋地伸个懒腰。

郑肴屿又刷了几分钟平板电脑，韩辰绘拿起手机回了一下她父亲韩宗琦、Anemone、时珊珊、朱芷欣等亲戚朋友、工作伙伴大早晨发过来的微信，又迷迷糊糊地闭上了眼睛。

郑肴屿突然问："昨天发生了那样的事，你们公司应该要处理一段时间，给你放假了吧？"

韩辰绘闭着眼睛点头。

郑肴屿垂了下眼眸，收起平板电脑放到床头柜上，抱住韩辰绘："正好今天没有事，我陪你去玩吧。"

韩辰绘立马睁开眼睛："你有空儿？"

郑肴屿点了点头。

韩辰绘滴溜溜地转了转大眼睛，兴奋地问："那……那我们去约会好不好？"她举起一只小手，表情很认真，"我保证会穿得低调，戴一个超大的墨镜，让从业六十年的狗仔也拍不到我！"

"放心，你可以什么都不戴。"郑肴屿微微笑了笑，"已经没人敢拍你了。"

韩辰绘兴奋地坐起来推了推郑肴屿，然后指向卧室的房门，脸上洋溢着笑容："郑肴屿和韩辰绘第二次约会，启动！"

看着韩辰绘那个可爱的小模样，郑肴屿的心软成了一片。他也坐了起来，抱住韩辰绘应和了一句："好，启动。"

两个人先去楼下餐厅饱餐了一顿，吃完早餐，郑肴屿打电话，韩辰绘则在衣帽间里翻来翻去，终于找到一件浅绿色的长裙，又清新又时尚，最适合早春穿。

换好衣服，韩辰绘从满满当当的珠宝架上取了两对珍珠发夹，认真地梳理自己的长鬈发，又坐到梳妆台前一丝不苟地化妆。

郑肴屿是在韩辰绘进行到"妆前乳"这步时回来的，他站在梳妆台边，指间夹着一根香烟，目不转睛地看韩辰绘化妆。

韩辰绘正在涂抹粉底液，她瞪了瞪郑肴屿，噘起嘴巴非常不满地小声叨叨："你能不能不要在我化妆的时候拿烟熏我？明明化妆品香香的，一会儿出去约会，我满脸的烟味儿！"

郑肴屿看了韩辰绘一眼，没有说话，走到一边将指间的香烟按灭在烟灰缸里。

韩辰绘透过面前的大镜看到郑肴屿的举动，忍不住笑了笑。这样才对嘛，可塑之才！

韩辰绘美滋滋地化了一个小时的妆，郑肴屿就在旁边一声不吭地看了她一个小时。

喷完定妆喷雾，韩辰绘站到梳妆台前认认真真地查看自己的妆容，然后对郑肴屿笑了起来："怎么样，我今天的妆容怎么样？"

郑肴屿如实回答："挺好的。"韩辰绘开心地笑了笑。

十几秒过后，他又接着说："不过，我还是觉得你素颜比化妆好看多了。"

韩辰绘一秒黑脸——熟悉的"直男"发言加"直男"审美！

第二次约会，韩辰绘无论如何都不会再带郑肴屿去游乐场！

她吃早饭的时候就想好了今日的行程，必须要让郑肴屿知道正常的约会是什么样的。

第一站：商场。

按理来说，韩辰绘现在情况特殊，不应该去人员复杂的地方。不过，最危险的地方也是最安全的地方，她今天穿的和平时迥然不同，又戴着大大的墨镜，她刚小红起来没多久，也没几个人敢认她。

韩辰绘和郑肴屿去了京城几大高端商场中的一个。两个人四处走了走，路过一家店的时候，郑肴屿摇了摇韩辰绘的手："不进去看看？你好像挺喜欢这家的。"

韩辰绘顿住脚，这家是国际知名奢侈品牌，店内的客人寥寥无几，和人潮涌动的商场形成了鲜明的对比。主要是实在太奢侈，突出一个"贵"字，普通人连价格都不敢问。过去韩辰绘倒是会时不时地过来拎一件，自从和郑肴屿共同承担家庭开支后，她就很少过来了，没别的原因，就是买不起。

韩辰绘犹豫了起来，因为……她现在还是买不起啊！

见到韩辰绘想进又退缩的样子，郑肴屿立刻了然于胸，无所谓地说："来都来了，进去看看呗，又不会少块肉。"

韩辰绘深深地吸了一口气，确实，看看也不会少块肉。

他们走进店里，两个服务人员面带微笑地围了上来。其中一个服务人员已经认出韩辰绘了，看到她有些意外：韩辰绘昨天刚发生那种绯闻，今天就有心情逛街？而且——服务人员的目光时不时瞄向一米开外的郑肴屿——这位帅气的大佬又是谁？

服务人员非常专业地为韩辰绘介绍着各式各样的新品，韩辰绘小心翼翼地摸着，很显然，她非常喜欢。可碍于紧张的“小金库”，她不敢把“喜欢”表现得太明显，要不然最后一个都不买，也太有损她的格调了吧！

韩辰绘把全部注意力投在了那些快要让她变成星星眼的衣服和包包上，根本没注意到郑肴屿已经悄悄地从她身边走开了。

郑肴屿走到总台，对里面正在处理账单的经理招了招手。

那位经理一愣，她见过的有钱人数不胜数，仅从气质和气场来判断，就知道对方绝对是个不差钱的主儿。

经理不敢怠慢，赶紧放下账单从总台里走出来礼貌地问：“先生，请问您需要什么帮助？”

郑肴屿将指间夹着的一张卡递给对方，看了看韩辰绘那个方向，漫不经心地说：“把她看中的全部包起来。”

第十四章　他真疯了

韩辰绘知道自己买不起，真的只是想过过“眼瘾”和“手瘾”，如果她知道郑肴屿会把差不多半个店给买下来，打死她都不会去摸那么多的衣服和包包。

当看到台经理拿着郑肴屿的卡狂刷，单子一张接着一张出来的时候，韩辰绘傻了眼，立刻将公众形象抛之脑后，冲了过去：“不要！”

还没等她跑到总台，就被郑肴屿熟练地拦腰抱住。韩辰绘侧过脸，着急地看着郑肴屿：“不要！我不要！你不要买！……”

郑肴屿只是微微一笑，什么都没说。

韩辰绘挣脱不了郑肴屿，只能眼睁睁地看着经理狂刷卡，看着服务人员们认真地数着高档包装盒……

“以后——”

郑肴屿刚说了两个字，经理就走了过来，一脸“大佬有话您说，在下洗耳恭听”的样子。

“把我太太的名字挂到 VIP，以后出了最新款，第一时间送到我们家里来，让我太太第一个挑，挑剩下了你们再挂出来，可以吗？”

韩辰绘盯着郑肴屿，一脸见了鬼的表情——他是怎么做到一脸淡定地说这种话的？居然能保持住人设，最后还礼貌地问了一句：“可以吗？”

“这……”经理有点儿为难。郑肴屿几乎买下来半个店，就算郑肴屿自己不说，经理也会给他办 VIP 会员的——开玩笑，这种“行走的财神爷”，经理怎么可能放过？只是郑肴屿的要求……按理来说，店里出了新品送到 VIP 顾客家里是正常的服务，但郑肴屿“第一个挑”的要求，经理委实有点儿难做到。

见到对方的神情，郑肴屿立刻点了下头：“好吧，我也不为难你了。”郑肴屿话一说完，就揽着韩辰绘的肩膀走出了那家店。郑肴屿刷下来的那些衣服和包包，会有专人送往红叶名邸。

韩辰绘皱着眉头，一脸严肃地瞪着郑肴屿：“刷卡刷得这么主动熟练——你到底给多少女人刷过卡，从实招来！”

郑肴屿忍不住轻笑一声，凑到韩辰绘气鼓鼓的小脸旁边。就在韩辰绘以为他要亲她时，郑肴屿却用手指捏了捏她的脸：“你看不起你自己没关系，可别看不起我。你以为随便什么女人我都会给她刷卡，你真当我人傻钱多呢？我就给你这一个女人刷过卡，招得够彻底不？”

韩辰绘微微一笑，立刻又板起脸来傲娇地哼了一声：“你还要让人家把新品送到家里，还要第一个挑，结果被打脸了吧！”

说到这里，她一秒变脸，得意扬扬地打量着郑肴屿：“真不愧是我老公，在装腔作势这一项上，我们绝对不能输！”

郑肴屿挑了挑眉：“装腔作势？”

韩辰绘越看郑肴屿越满意，甚至还满意地拍了拍郑肴屿的肩膀。

“你知道我为什么不为难那个店员了吗？”郑肴屿一脸淡定地说道，“因为下个星期我正好要带你去法国玩，我们直接找他们的 CEO（执行总裁）啊，以后让他们有什么新货就直接发来。”

这是什么神仙操作？

韩辰绘一脸纠结：就为了第一个挑新品，直接去找人家 CEO？

两秒钟之后，她突然睁大了眼睛：郑肴屿刚才说什么——他说要带她去法国玩？

韩辰绘问道：“去……去法国？”

“是啊，我最近正好不忙。我们结婚也快三年了，我从来没带你出去玩过，蜜月旅行也没有。”郑肴屿抬起另一只手捏住韩辰绘另一侧脸蛋儿，在对称的位置上留下一个指印，“正好你这段时间放假，我带你出去玩。”

韩辰绘喜上眉梢，不禁笑了出来，下一秒又委屈地说：“你又把我的妆给弄花了……”

“没事。”郑肴屿松开双手，又故意戳了戳她的脸蛋儿，“你人长得美，不管妆怎么花都好看。”

韩辰绘害羞地微笑起来。

两个人仿佛把来来往往的路人当成了空气，双双沉浸在甜蜜的二人世界中。

两人手牵着手在商场里继续逛，韩辰绘被吓得规规矩矩地贴边走，一家店都不敢再进了——她真的怕郑肴屿又给她搬空一家店。

她扛不住。

她真的扛不住。

逛完街，韩辰绘和郑肴屿在繁华的街道边手牵手轧马路。两个人时不时路过一家家小吃店、冷饮店，韩辰绘就会去买两份吃食，两个人各自吃一份，还互相喂，幸福又和谐。

韩辰绘买了两支冰激凌，一支红豆味，一支抹茶味，她喜欢红豆，自然留红豆味的，将抹茶味的给了郑肴屿。

郑肴屿看着手中的冰激凌，忽然注意到藏在袖口处若隐若现的红豆手链。他问道：“你送我的红豆手链是用的食用红豆，万一腐烂、碎掉怎么办？”

韩辰绘摇了摇头：“我用了根雕的制法，上过清漆，不会腐烂的。至于碎掉……倒是有可能。”

郑肴屿挽了下袖口，若有所思地看着那两颗红豆。

“放心啦——”韩辰绘看向郑肴屿，调皮又挑衅地冲他眨了下眼，“如果真的碎掉了，我再帮你重新做一颗，给你做一颗绿豆穿上！”

郑肴屿：“……”

好一个绿豆！她是真的皮！

“绿”这个字，让他想起了过去她报复说要给他戴绿帽子的事，引起了他的强烈不适。

韩辰绘撩完就跑，微眯眼角，用可爱的小舌尖美滋滋地舔着手中的冰激凌。

郑肴屿二话不说，伸出手指在自己的冰激凌上刮了一下，飞快地将绿色抹茶味的冰激凌点在了韩辰绘的鼻尖上。

他敢抹她冰激凌？她能吞下这口气？

“你抹我，我也要抹你，这样才公平！让我抹！不许走，让我抹！”两个人玩了一场“你追我赶”的游戏，几分钟后，两人面无表情地走在街上，谁都不愿意承认刚才那个是自己……

韩辰绘和郑肴屿吃了一顿西餐。吃完晚饭，两个人来到她曾经读书的大学。

百年老校一如往昔，两个人牵着手漫步在校园里。

初春的夜晚，地上有嫩芽，天上有繁星。

结婚第三年，两人第二次约会。

次日正午，艳阳高照。

昨夜的旖旎似乎还没有从身上完全退去，韩辰绘就坐上了一架私人飞机。

这是韩辰绘第一次坐私人飞机，她像个好奇宝宝一样，绕着机舱走了好几圈。

第一站，巴黎。

下了飞机就有轿车来接，他们去了一座郊区别墅。韩辰绘也不知道那是谁的房子，反正不是郑肴屿的就是他的朋友的。

第二天两人出去玩，郑肴屿白天带她去巴黎圣母院、凯旋门、埃菲尔铁塔，晚上带她去了巴黎最繁华的街区参加一个私人宴会。

韩辰绘在国内很少和郑肴屿一起出席大场合，只有遇上郑家的事情，例如郑肴屿的生日宴之类，她必须要以“郑太太”的身份出席，无法推掉。

郑肴屿从不在韩辰绘面前夸口，他真的让她见了那个CEO。对韩辰绘来说，原本对方就是网络上一个高大上的名字，如今却能得见本尊。

那人看起来最多五十岁，郑肴屿用流利的法语和对方叽里咕噜地聊了十几分钟，韩辰绘就只能挽着郑肴屿的手臂在一边笑。

除了那个 CEO，韩辰绘还见到了许许多多的大咖，都是真正意义上的大咖。那些人大部分她都不认识，而她认识的两个超模都是世界上的顶尖超模，属于“步步生金”的那种。

郑肴屿对韩辰绘非常呵护，全程不是牵着她的手就是让她亲密地挽着自己。韩辰绘一直摆着职业化的微笑，从宴会开始到结束，她没有和郑肴屿之外的人说过一句话。原因很简单，她听不懂法语，也不会说法语。

那是韩辰绘第一次深刻意识到，为什么郑家不愿意让郑肴屿娶一个像她这样的老婆——她的婆婆孙蔓宁从千金小姐到豪门太太，从没有感受过一点人世间的疾苦，就连这样一个活在天上、不接地气的人物，都会在各种宴会场合和其他豪门太太聊天应酬。而她韩辰绘呢？她就像郑肴屿身边的一个漂亮花瓶，无时无刻不跟在他的身边，唯一能做的事情就是保持微笑。

回家的路上，韩辰绘心事重重、闷闷不乐。

郑肴屿牵起她的手，将她揽入怀中。他知道韩辰绘不愿意参加那种宴会，但一方面他有自己的打算，另一方面，他是骗了韩辰绘——郑家的生意和他自己的生意，恨不得将他的时间给撕成两份，他怎么可能闲下来，怎么可能会有时间陪她出来游玩？他只能将已经是两份的自己再撕出来第三份，用来陪伴韩辰绘。

如果是其他的小会议、小宴会，他能推就推掉了，可今天晚上的宴会是他无论如何都不能缺席的。

这也是郑肴屿第一次带韩辰绘出席宴会，他的那些商业伙伴看他无名指上的婚戒已经看了三年，却从没见过“郑太太”本尊。今天他们少不了要凑近来见见，再和韩辰绘打个招呼。

这么多天来，郑肴屿的心情从来没有像今天这么好过——没有人能和韩辰绘说一句话，她也不和其他人说话，他的皮皮“小金丝猴”乖乖地蜷在他的身边寸步不离，无时无刻不在他的视线里、不在他的掌心中，那么可爱，那么乖巧，那么让他心痒难耐。她只要微微一笑，他就能感觉到自己的血液在奔腾。二十七年的人生中，他从来没有过这样的感觉。

晚上回去，韩辰绘卸妆洗澡完毕，直接躺上床。她很好养活，不挑床、不挑枕头。

她先给父亲韩宗琦发微信简单报平安，又给时珊珊、朱芷欣等姐妹发微信，把她白天拍的风景图给大家发一发。

郑肴屿在书房里开视频会议，他一整天都在陪韩辰绘玩，从郑家的生意到他自己的生意，堆积下来的工作需要他统一处理。

三个小时后，郑肴屿处理完工作回到卧室时，韩辰绘已经抱着手机横在床中间，睡觉的地方简直乱七八糟。

郑肴屿慢慢走过去，轻手轻脚地将她抱起来，让她睡得舒服点。他轻轻地躺在她的身边，伸出一只胳膊将她揽进臂弯里，韩辰绘顺着他的力道乖乖地落入他的怀里。

卧室内一片寂静，叮叮叮——韩辰绘的手机铃声突然撕破了几乎静止的时间。

郑肴屿拿起她的手机看了一眼，是个没有名字的陌生电话，他立刻挂断。没多久，电话再次打了进来，郑肴屿再次挂断。电话第三次响起时，郑肴屿犹豫了一下，接了起来。

“韩辰绘？”一个陌生的男声问，声音温柔而又清凉。

郑肴屿微微皱眉。

对方见他不回答，轻声说：“我是张润晨，我是向你们公司的工作人员要的你的电话。我知道你最近心情不好，遇到了那种事……我第一天就想给你打电话问候你，唉，这就是圈内人的悲哀，遇到那种事，除了倒霉也说不了别的……我没想到你和贺总过去是恋人……”

郑肴屿将眉头紧紧地拧成一团。

“不过，谁能没有点儿过去呢？如果你现在心情还是不好的话，我可以过去陪你。我们这些平时和你接触很多的朋友都相信你绝对不像网上传的那样，我相信你的背后是没有什么大佬的，你不要有压力……”

郑肴屿注视着怀中韩辰绘的睡颜，用一只手的手指卷着她的发丝，另一只手轻轻撑住侧脸，微微一挑唇角，冷笑了一声，故意压低声音：“抱歉，让你失望了，她就是有！”

说完这句话，郑肴屿就挂了电话，手指轻轻滑动一下，将张润晨的手机号码光速拉黑。

郑肴屿毫不担心，借张润晨几百个胆子也不敢把郑肴屿和韩辰绘的事情说出去。或者……张润晨说出去更好？

韩辰绘和郑肴屿在法国游玩了一个月。法国不大，如果只是游玩，根本不需要花费一个月的时间，主要是因为郑肴屿需要在法国处理生意上的事情。

韩辰绘将时间分成三份，三分之一用在家里吃饭睡觉；三分之一用来陪郑肴屿出席各种或商务或私人的场合，当一个漂亮的花瓶；剩下的三分之一和郑肴屿过二人世界，在各种地方玩乐。郑肴屿比不了韩辰绘那么舒服，他的时间三分之一在处理工作，三分之一在处理工作的路上，其余的三分之一在陪韩辰绘。

把法国好玩的地方都转了一圈之后，郑肴屿问韩辰绘："还有什么地方想去的吗？"

韩辰绘说了一个正中郑肴屿下怀的地方："夜店！"

郑肴屿忍不住轻笑起来。没错，要说有什么是两人都钟爱且一直没有去报到过的，那就只能是夜店。

韩辰绘对国外的夜店垂涎已久，尤其是号称"浪漫之都"的法国。

夜店狂魔郑氏夫妇，申请出击！

回巴黎的路上，韩辰绘又是百度又是谷歌，狂搜"法国夜店""巴黎酒吧"之类的关键词，可到了晚上，她搜到的那些知识全部没有派上用场——郑肴屿轻车熟路地带着她穿梭于各种灯红酒绿之间——哦，韩辰绘忘了，她旁边还有个夜场高人呢……

最后，郑肴屿带着韩辰绘去了一家时尚高档的夜店。为了体验环境，韩辰绘提议不去包间，就在一楼大厅里玩。

两个人刚刚坐下点了几瓶酒，还没等酒上来，就有几个男男女女走了过来，轻轻拍了下郑肴屿的肩膀。

郑肴屿抬起脸，立刻微笑了一下，站起身和对面几个人一一握手，让他们坐下来，又开始叽里咕噜地说一些韩辰绘根本听不懂的法语。

韩辰绘万万没想到，郑肴屿在夜店里都能遇到朋友，这就是郑肴屿，在夜店这种地方，他永远和在生意场上一样如鱼得水。

很好，人设没崩。

服务人员端来两人点的几瓶酒，郑肴屿先给韩辰绘倒了一杯，又给朋友们依次倒上，最后给自己倒了一杯。他自然而然地揽过韩辰绘的肩膀，给双方互相介绍起来。

韩辰绘虽然根本不懂法语，但这一个月以来，郑肴屿总是用差不多相同的词汇介绍她，她知道他在说“这是我的太太”之类的话。

郑肴屿也向韩辰绘介绍了那几个朋友。韩辰绘这才知道，他们中那个年纪稍微大些、看起来三十五六岁的法国男人是这家店的老板之一。

韩辰绘微笑了一下，用仅会的几句法语打招呼：“Bonjour（法语：你好）！”

对方也笑着和她“Bonjour”了起来。

然后，韩辰绘又成了郑肴屿身边的花瓶摆设。她除了陪笑，就只能闷闷地喝酒。她在那些高端大气上档次的宴会上做花瓶就算了，怎么到了她能发挥的地盘，也只能做他身边的花瓶呢？

不知不觉，韩辰绘就一个人喝了半瓶酒下去。她稍稍抬起眼，只见那几个法国人中的两个女生一直在用奇奇怪怪的目光打量她。

她把拿起的酒瓶子慢慢放下，还是别让郑肴屿的朋友们以为他娶了个酒鬼回家吧。

那几个法国人又在他们这桌坐了半个多小时，便起身和韩辰绘打了个招呼后勾肩搭背地离开了。

韩辰绘肆无忌惮地喝起酒来。郑肴屿没有管韩辰绘，甚至和她碰起杯来。

韩辰绘喝了两三瓶酒下去，眼神已经有些迷离，她张开双臂扑到郑肴屿身上，在他耳边打了个酒嗝儿，不满地问：“刚才……刚才那两个法国女生为什么一直看着我？你说，你是不是留下风流债了？”

郑肴屿轻笑一声，从酒桌上拿起烟盒点了支香烟吸了一口，将烟夹在指间，戳了戳韩辰绘的鼻尖：“纠正你一下，她们不是法国人，是英国人。”

韩辰绘气得直噘嘴，酸了吧唧地说：“你连她们是英国人都知道，肯定有风流债了！你最坏了，你这浑球儿……”

郑肴屿端起酒杯喝了一口，放下酒杯的同时凑近韩辰绘轻轻啄了下她的唇角，在嘈杂的背景音乐中，他声音低沉，似笑非笑地说："我就对你一个人坏，你不知道吗？"

韩辰绘的脸颊一下子就红了，她忍不住羞涩地笑了一下，突然又板起脸来推了推郑肴屿的胸膛："哼！你少糊弄我！"

"我想一想——"郑肴屿将韩辰绘往怀里揽了揽，似真似假地说，"她们过去可能确实对我有点儿想法，可惜我对她们一点兴趣都没有啊！"

韩辰绘抬起脸，两个人在昏暗的环境中对视，她瞪了郑肴屿一眼："你以为我会信？哼！异国风情多好呀，我看到那边的白人小哥哥也很喜欢啊……"

她刚说完这一句，嘴巴便被郑肴屿给狠狠地堵住了。

韩辰绘和郑肴屿又在法国玩了半个月，郑肴屿把这边的工作全部处理完之后，两人去了其他地方。

他带她去了意大利——见识过了"浪漫"，就要见识"文艺"，罗马、米兰、威尼斯，当然少不了佛罗伦萨。

到了米开朗琪罗广场，韩辰绘终于忍不住了，她好想拍照！不是她拍的风景照，更不是她举着自拍杆自拍，而是……韩辰绘嫌弃地打量着身边帮她拎包的郑肴屿，要不要再信任一次这个"直男"拍照？

"你……"韩辰绘将手机递给郑肴屿，微笑着嘱咐，"不需要你拍得多么艺术，就把我和后面的广场拍到一起，如果能带一点蓝天就更好了，但我觉得你是做不到的。"

韩辰绘从郑肴屿的手中拿过包包，装腔作势地往广场里面走去。

郑肴屿做了个 OK 的手势，韩辰绘立刻开始摆出各种各样的姿势。

她足足摆拍了五分钟，见郑肴屿一直在拍，她欢快地跑了过去："怎么样，拍了多少张？"

郑肴屿一副欲言又止的样子看了看韩辰绘，最终什么都没说，将手机还了回去。

韩辰绘拿起手机一看：好家伙，上来就是一张模糊的！她往下翻了翻——模糊的、掉头的、魔鬼角度的、车祸现场的……真是应有尽有。几十张照片里，只能找到几张能看的，也只是勉强凑合着能看。

韩辰绘微笑看着郑肴屿，从牙缝里挤出“老公”两个字。

郑肴屿看向韩辰绘，她咬牙切齿：“如果不是看在你长得帅的分儿上，你早就被打死了！”

郑肴屿挑了挑眉，轻轻笑了一下。

韩辰绘和郑肴屿在意大利玩了半个月，又去了英国、西班牙、丹麦、瑞士、比利时，最后到了荷兰。传说中的阿姆斯特丹不仅有著名的风车和芬芳的郁金香，更有著名的“堕落大街”，同性恋人可以在街头肆意接吻。

晚餐的时候，韩辰绘手舞足蹈、绘声绘色地大讲《二次通信》的相关事情。郑肴屿意味深长地看了她一眼，切了一块鹅肝放到她的碟子里。

韩辰绘已经习以为常。除了“直男”这方面让人一言难尽，郑肴屿这个男人一向是心事多、城府深、心机重、脑筋快的典型。

这很正常。他处在那样的高位，所谓的高位，就是“高处不胜寒”，少算计别人一道，就会被别人算计；一个不小心，就会从高位摔落，或粉身碎骨，或一无所有。

韩辰绘越想越心疼，切了一块更大的鹅肝喂给郑肴屿。

吃完饭，韩辰绘美滋滋地泡了澡，躺回床上。贺开晨事件之后，几个月来，她第一次打开微博。果然，网友们成群结队地在吹她的彩虹屁。韩辰绘笑了起来，越看嘴巴咧得越大。

平时郑肴屿就非常忙碌，现在每天要抽出更多时间来陪韩辰绘，晚上他工作的时间就加长了许多。等到他在书房里处理完工作，已经是下半夜三点。

郑肴屿关掉笔记本电脑，揉了揉隐隐作痛的太阳穴，回到卧室。

黑暗中，只有床上的电脑屏幕发出的光芒。

郑肴屿轻轻关上房门，轻手轻脚地走了过去。

韩辰绘已经趴在笔记本电脑旁边睡熟了。郑肴屿轻轻坐到床边，微微俯下身，将马上要掉下床的韩辰绘抱回来，轻轻圈进怀里。

他一边抱着韩辰绘，一边看着她的笔记本电脑。

屏幕停留在微博页面，上面全是不忍直视的彩虹屁——

“#韩辰绘二次通信#嗷嗷嗷！韩辰绘怎么这么棒啊！演技进步了好多啊，又这么美美美！简直了！”

“#韩辰绘二次通信#我们绘绘怎么这么美！啊啊啊啊！什么叫作‘颜霸’？这就是靠颜值征服天地的女人！不服憋着！”

“#韩辰绘二次通信#你们这些不自量力的，还在这儿争老婆呢，看看前男友贺总吧，又帅又有钱，她能看得上你们？”

“#韩辰绘二次通信#啊啊啊啊！刚有人说完贺总，贺总就发微博了！啊啊啊啊！！！我要嗑邪教了！之前韩辰绘和张润晨的‘双chen’CP应该是贺开晨！啊啊啊！”

黑暗中，电脑屏幕发出幽暗的光芒，映在郑肴屿的眼镜上。他冷漠地挑起唇角，一只手的手指习惯性地卷着怀中韩辰绘的发丝，另一只手则在笔记本电脑上滑动着，点入贺开晨的微博。

贺开晨果然在三分钟之前转发了一条微博，是《二次通信》官博发布的官方剧照。虽然剧照是全组的，可那条微博的侧重点明显是韩辰绘，她一个人就占了九宫格中的五个。

郑肴屿眼神阴冷地注视着电脑屏幕，他现在就觉得有个人在拿着刀捅他，捅完了还要再往伤口上泼一盆陈醋，否则这种又痛又酸的感觉为什么会这么真实？

好几分钟，郑肴屿一直保持着同样的姿势。睡熟中的韩辰绘软软地嗯了一声，他微微垂下眼，这才注意到他的手指一直在卷她的发丝，最后这几下把韩辰绘扯痛了。

郑肴屿保持着这个动作，韩辰绘在梦中皱着眉，又软软地嗯了一声，郑肴屿才慢慢地放开了她的发丝。

刚才她发出的那个声音简直就像是一支“糖箭”刺入了他的心脏，初进入时是痛的，随即被血液的温度溶化，变成了甜甜的蜜糖。

他轻轻地抚摸了一下韩辰绘的脸，把她缓缓抬了起来，目不转睛地盯着。她就那样乖乖地靠在他的怀中，睡得非常沉稳香甜，不知道在做什么美梦，小嘴还一动一动的。

不知道过了多久，郑肴屿的内心已经被“糖箭”给填得满满当当，从又痛又酸变成了又痛又甜。

郑肴屿猛地合上她的笔记本电脑，微微俯下脸，又轻又柔地吻住了她的红唇。

郑肴屿吻了韩辰绘好久，才慢慢地放开了她。韩辰绘一直闭着眼睡着，嘟了嘟嘴，有些不满地蹬了蹬腿，哼唧着翻过身去。

郑肴屿被韩辰绘可爱的反应给逗笑了，将她重新揽入怀中。他的胸膛紧紧贴着她的背脊，他的鼻间满是她的发香。她的身子那么软、那么暖，这一刻，她乖乖地躺在他的怀中，从上到下、完完全全地属于他。

郑肴屿拥抱了韩辰绘几分钟，又把她翻了过来，两个人面对面地躺在床上。

他的声音低低飘过：“就这样一辈子，好不好？一辈子躺在我的怀里，好不好？”

韩辰绘依然没心没肺地沉睡着，空留郑肴屿一个人在冰凉的月光里愁眉不展、心事重重。郑肴屿慢慢地闭上眼睛，下意识地伸出手将韩辰绘牢牢地抱入怀中，让她枕在自己的臂弯中。

也许，真的是知子莫若母，他的母亲孙蔓宁没有说错——他可能是真疯了，疯到只想把韩辰绘囚在自己的怀里，一点声音、气味、笑容都不给第二个人留。

次日清晨，朝阳初升。

韩辰绘懒洋洋地在温暖的被窝里醒过来时，郑肴屿正好从衣帽间走出来，西装革履，穿戴整齐。

韩辰绘打了个哈欠，眯缝着双眼，尚未苏醒的声音又甜又糯：“老公，早上好！”

郑肴屿一边整理衬衫袖扣，一边走到床边微微俯下身在韩辰绘的脸蛋儿上落下一个轻吻，低笑着回应道：“早上好。”

韩辰绘甜甜地笑了一下，睁开眼角，目不转睛地注视着郑肴屿——看着他站在竖镜前，搞定袖扣，再一丝不苟地整理领带，最后佩戴上一个高档的领带夹。

郑肴屿转过身，抬起眼望向韩辰绘，便听到她颇为傲娇地唉了一声。她躺在枕头上，微笑着歪了下脸，声音依然黏黏糊糊的：“怎么办呀，我老公可真帅！”

郑肴屿愣了下神。他觉得他的面前站着一个小天使模样的韩辰绘，她俏皮可爱地笑了一笑，轻轻拉开手中的弓箭，就在那一秒，他的心口被她手中的丘比特之箭给狠狠地扎了一下，甜蜜的同时夹杂着些许痛楚。

如果余生的每一天都像现在这样就好了，如果韩辰绘能被他一直藏在怀里就好了。

如果……

如果……

那么多的如果。

郑肴屿和韩辰绘本来计划要离开荷兰，可郑肴屿生意上的一个合作伙伴前一天从芬兰回到荷兰，对方盛情相邀，郑肴屿不得不去赴约，商谈下半年的合作事宜。

韩辰绘在这方面是非常明事理的，郑肴屿有正经事要处理的时候，她都是全力支持他的工作，从不会因为他少陪她而真的闹脾气。

郑肴屿离开之后，韩辰绘吃了早饭，花费半个小时挑选裙子和饰品，又认认真真地化了一个多小时的妆，才带着翻译出门。

她，韩辰绘，不管在哪，永远都是一个精致女孩！

本来郑肴屿是不想给韩辰绘配翻译的，他总是说：“你想去哪里，我陪你去不好吗？”这话虽然没有问题，但郑肴屿的工作确实非常忙，韩辰绘总不能像古代妃子等皇帝临幸似的，等郑肴屿有时间才能带她出去玩，郑肴屿没有时间她就只能一个人困在家里吧？！

架不住韩辰绘一哭二闹三上吊，郑肴屿还是心不甘情不愿地给她配了一个翻译。

无论是小哥哥还是小姐姐，郑肴屿都不放心——毕竟韩辰绘在夜店撩妹的模样他可是亲眼所见。最后，他给韩辰绘配了一个业务能力低下的中年女性，甚至不能称之为翻译……

有这样一个不靠谱的翻译跟在身边，韩辰绘根本不敢到处逛。之前该去的、不该去的地方郑肴屿都带她去过了，这一次她出门是想去书店。

前几天韩辰绘在翻译的陪同下去过一次阿姆斯特丹最大的书店，她想在书店购买法语、荷兰语、西班牙语的语言工具书。

付了定金后，当地书店已经把书调货过来，韩辰绘补交了余下的钱便抱着几本书离开了书店。她哪儿也没有去，直接回了她和郑肴屿住的别墅。

午餐很丰盛，韩辰绘只随便吃了一口便沉迷于语言工具书中。她想要摆脱“郑肴屿的花瓶”身份，不想被其他人看不起，就要在最基本的语言方面做到独立，以后再和郑肴屿去各个国家，她至少要做到能和别人简单交流，不能再做一个只能蜷在他身边的花瓶，一句话也不会说。离开他的身边，她甚至无法找到回家的路。

郑肴屿在晚饭前赶回来，一推开卧室的门便看到韩辰绘抱着枕头趴在床上，手指翻着一本书，白嫩的小腿一上一下地晃动着，嘴里念念有词。

听到推门的声音，韩辰绘侧过脸，见是郑肴屿，她微微一笑：“你回来啦！”

郑肴屿也报以微笑，点了点头。韩辰绘又将全部注意力投入到面前的法语工具书上。

郑肴屿微微挑了挑眉梢，目光一直没有离开过韩辰绘。她在看书吗？

他将手中的文件夹和平板电脑随手放到茶几上，径直走向韩辰绘，坐到床边。没等凑近，他就看清楚了韩辰绘正在读的是一本什么书，把书上密密麻麻的法语单词和语法尽收眼底。

郑肴屿若有所思地将目光从那本书上挪到韩辰绘的侧脸上。

韩辰绘感觉到郑肴屿就坐在她的身边，原本一上一下晃悠的小腿改成了左右来回晃动，时不时用自己的脚丫子轻轻碰撞一下郑肴屿。撞了几下后，韩辰绘微微回过脸，傲娇又妩媚地对郑肴屿抛了个媚眼。

郑肴屿看得眉梢微微一动：她又开始皮了是吧，还挑衅他，挑逗他？

当然，不管是挑衅也好，挑逗也罢，对他来说都没什么区别——他二话不说便将修长的手指插入领带结中，只用几秒钟就非常熟练地单手解开了领带。

韩辰绘在郑肴屿“单手解领带”的过程里已经意识到了不对劲，小心翼翼地合上了手中的书。

郑肴屿用两根手指勾着自己的领带，微微晃悠了一圈，似笑非笑地将领带丢到了韩辰绘身上。

正要悄悄逃跑的韩辰绘身体一僵，果然，下一秒，郑肴屿就把她捞了回来，紧紧地抱在怀中，对准她的嘴唇毫不留情地吻了下去。

红叶名邸的窗台上养了几盆昙花，荷兰的这栋别墅没有昙花，却有芬芳的郁金香。随着韩辰绘哭出来的那一声，郁金香的花瓣摇摇晃晃地落入了夕阳里。

夜幕降临。

郑肴屿抱着韩辰绘去了浴室，两个人在温暖的浴缸里依偎着。韩辰绘舒服地靠在郑肴屿的怀中，懒洋洋地闭着眼睛。

泡了一会儿，郑肴屿拿起毛巾给韩辰绘擦干净，又拿起一个大浴巾将她包好放上床。一沾上枕头，韩辰绘就哼哼唧唧地钻进了被窝里。

郑肴屿看了韩辰绘一眼，给她盖好薄被，走到浴室洗了个澡。

等到他清理完"战场"，韩辰绘已经迷迷糊糊地睡着了。郑肴屿轻手轻脚地躺在韩辰绘身边，伸出胳膊轻轻地将她抱进自己的臂弯里。

借着如水的月光，郑肴屿可以清楚地看到韩辰绘脸上每一个细微的表情：她似乎不满地哼唧了一声，咂吧了下嘴，乖乖地窝在他的怀中沉入梦乡。

他的"小金丝猴"平时是真的皮，可睡觉的时候又乖得不像样。只要一眼，郑肴屿的心情写照就像是《月亮惹的祸》里的那句歌词——再怎么心如钢铁也成绕指柔。这种情况愈演愈烈，她让他的心越绕越柔。与此同时，她也在一点点精准地蚕食着他的理智，让他内心深处阴暗的灵魂蠢蠢欲动，越来越按压不住。

郑肴屿收了收手臂，将韩辰绘又往臂弯里抱了抱。他伸出一只手，从她枕头边拿起她晚上一直在看的书——法语工具书。

郑肴屿表面平静，内心却早已是风起云涌。

韩辰绘想要学习法语？

郑肴屿对韩辰绘的情况了如指掌，他当然知道他的老婆是名牌大学毕业的高才生。虽然韩辰绘在娱乐圈里唱歌、演戏、跳舞没有一样能上得了台面，业务能力一样都不行，但实际上她出身于书香门第，即便谈不上“琴棋书画样样精通”，却也懂得书法、绘画、根雕、羽毛贴画，是个货真价实的小才女。按照她原本的小才女人设，她想学习一下法语也没什么奇怪的。可事实上，如今的韩辰绘已经不是过去的韩辰绘了，她是被他八抬大轿娶回家、名正言顺的郑太太，是被他呵护在羽翼之下、宠爱在掌心之中，用金钱和心血精心浇灌过的，和过去早就不一样了。

在郑肴屿孜孜不倦的“以身作则”下，韩辰绘的价值观早已发生了转变。在和孙蔓宁进行花房对话前，韩辰绘赚了钱很少存储，都用来享受人生、及时行乐。这是郑肴屿希望看到的她的样子——无忧无虑，开心快乐。后来她跑到他面前逞能，要共同承担家庭开支，她的小金库也因此变得紧巴巴的，但实际上，在她不知道的时候，他为她做过很多手脚，从来没有让她受到任何委屈。

所有用钱能摆平的问题，都不叫问题。

在这样的环境下，他的“小金丝猴”想学习一下怎么在酒吧撩汉撩妹，怎么在赌场技压群雄，怎么在拍卖会上大展神威，都是理所当然的。她为什么会突然冒出学习法语的念头？

郑肴屿慢慢地放下那本法语工具书，垂下眼望着怀抱中睡得香甜的韩辰绘。

郑肴屿默默地盯着她看了十几分钟，正准备把那本法语工具书放回去时注意到了床头柜上的几本书，郑肴屿的目光瞬间一暗：原来不只是一本法语工具书……

怕吵醒韩辰绘，郑肴屿抱住她的身子在被窝里轻轻挪动了一个身位，伸手从床头柜上拿过最上面的一本书。

荷兰语工具书。

郑肴屿冷冷地翘起唇角，依次拿起那些书——又一本法语工具书，又一本荷兰语工具书，还有西班牙语工具书。

郑肴屿慢慢地将那些书放回原位，看了看怀中的韩辰绘，轻轻地吻住她的唇。最后仅剩的一点理智让他没有直接撕掉那些书。

郑肴屿回来的时候正是晚饭时分，虽然两个人把对方当“食物”大快朵颐了一番，但终究“人是铁饭是钢”，咕咕咕——韩辰绘的小肚子在寂静的夜中不停地发出叫声。

“嗯嗯……”韩辰绘紧皱眉头，吭哧吭哧地翻了个身，显然睡眠质量很差。

咕咕咕——肚子再一次叫起来，韩辰绘把眉头拧成一团，在被窝里不停地蹬腿，迷迷糊糊地睁开眼睛：寂静的卧室，微凉的月光。

她猛地撞上了郑肴屿的视线。

她伸了个懒腰，拿起手机按亮屏幕，3：56。

等一下！大半夜三四点钟……郑肴屿是怎么回事？

“老公！”韩辰绘放下手机，懒懒地歪在郑肴屿的怀中，闷闷地问，“你是睡醒了吗？”

郑肴屿如实回答：“我是没睡。”

韩辰绘愣了一愣，微微抬起脸，蒙眬的眼睛眨巴了一下：“你为什么还没睡？一晚上不睡觉，你刚刚去处理工作了吗？”原谅她只能想到工作这一件事，毕竟从他们在欧洲游玩这几个月以来，郑肴屿经常工作到下半夜。

“我没有处理工作。”郑肴屿的声音在黑夜中听起来格外阴冷，“我一直在看你……”

她立刻傻了：看……看……她？一直……在看她？

韩辰绘的脸颊红了起来。幸亏没有开灯，他看不出来她的脸有多红。

她有些娇羞地往他的怀里靠了靠，软糯的声音听起来比之前更加娇嗔：“大晚上的，你为什么不睡觉一直看我呀？”

韩辰绘非常期待，十分期待，特别期待！

郑肴屿轻笑一声，用手指轻轻戳了戳韩辰绘的脸颊，语调低沉：“我是在想，这个世界上怎么会有人睡觉这么像一只小香猪……”

很好，整段垮掉！

什么时候郑肴屿能好好做人，那宇宙都会第二次大爆炸！

就在韩辰绘气呼呼地瞪着郑肴屿的时候，他又拍了拍她的脸颊：“饿了吧？刚才听到你肚子震天响。”

韩辰绘抿了抿唇，睡觉睡到被肚子震醒也过于丢人了吧！

她傲娇地哼了一声："我肚子才没响！"

"好好好，肚子没响。"郑肴屿站起身，顺手拿起床头柜上的烟盒，刚要弹出一根烟，突然一顿，又放了回去，转手从地板上捡起韩辰绘的睡袍，"昨天晚上准备的好吃的我们也没吃，现在起来去吃吧。"

韩辰绘接过郑肴屿递过来的睡袍，美滋滋地点了点头。

两个人一起去浴室洗漱。韩辰绘作为一个精致女孩还要再收拾一下，郑肴屿就先下楼去准备食物。

等到韩辰绘保养完皮肤、打理好头发、搭配好衣服，抱着两本法语工具书下楼的时候，郑肴屿已经把食材全部端到了花园里。

时间已经到了5点之后，破晓的晨光洒满花园，微风卷带着茉莉的清香。

郑肴屿正在木桌边架烤炉，韩辰绘则坐在花园的长木桌前一页一页地翻阅着她的法语工具书。

清晨、微风，虽然大早晨吃烧烤确实过于"硬核"，但确实是最适合学习的时间。

郑肴屿架起烤炉生起火，自然而然地坐到了韩辰绘旁边。

韩辰绘看了郑肴屿一眼。以往只有他们两个人的时候，他都会和她面对面坐着，这一次怎么突然坐到她身边？她只看了一眼他就继续将注意力投入到法语工具书中——她正在学的知识点背到一半，想看完再和郑肴屿吃饭，反正也用不了两三分钟。

郑肴屿的目光顷刻间变得阴鸷起来。他面无表情地注视着韩辰绘的侧脸，又慢慢地看向她手中的工具书。

她并不是在玩，她是认真的。

不知道怎么回事，郑肴屿觉得自己的胸口被一股不知名的浊气堆积得越来越满，让他呼吸越来越困难，同时，也让他的胸口愈发胀痛。

他阴狠地咬了下牙，忍着胸口的胀痛向身边的韩辰绘伸出手，轻柔地将她鬓边的发丝拢了拢，微笑着问："为什么突然想学语言了？"

"没什么呀。"韩辰绘轻轻合上书，仔细地放到木桌的一边，看向郑肴屿，“以前在家的时候我没有切身体会，如今和你在国外玩，我才知道原来你那么优秀、会那么多个国家的语言。作为你的太太，我也不能太差啊，最少也要会一些基础的日常沟通吧，这样才能和你之外的人交流。我不指望能帮到你，至少不会太丢你的脸。”

郑肴屿意味不明地轻笑一声：“这样啊，”他慢慢地伸出手，拿起那两本法语工具书，缓缓地站起身。

韩辰绘眨巴着大眼睛，呆萌地看着郑肴屿。

郑肴屿轻笑一声，十分冷酷地将那两本法语工具书丢进烤炉里，仅存的一点理智也在这一秒消失殆尽。

呼的一声，两本书被旺盛的火焰完全吞噬！

“不要——”韩辰绘猛地站起身，下意识地就要去救。

就在这个时候，韩辰绘被郑肴屿给抱住了。他紧紧地抱着她，好像要和她融为一体。

郑肴屿用掌心托起韩辰绘的下颌，看着睁大双眼的她。她那样子就像一只突然受惊的小兔，那么可爱，又那么无辜，让他忍不住想要欺负她、疼爱她……

“为什么要学法语呢？为什么要和外人交流呢？”郑肴屿微微垂下脸，在她的眉心落下一个吻，他的声音依然阴冷，却有一些难以察觉的痴迷，“有我永远在你的身边，我会做你一辈子的翻译。绘绘，除了我，你不需要和任何人交流。”

韩辰绘瞪圆了眼睛，愣愣地注视着郑肴屿。

他……他疯了吗？他在说什么啊？

郑肴屿面无表情地撩了下眼皮，和韩辰绘的目光交会。

如果说韩辰绘过去能在郑肴屿这样的表情中看到多少冷淡的性感，现在就能看出来多少独裁的冷酷。

“你……”韩辰绘往烤炉的方向扫了一眼，那两本法语工具书已经沦为“残骸”。她又看向郑肴屿，紧皱眉头，毫不客气地朗声质问：“郑肴屿，你是什么意思？”

郑肴屿目不转睛地盯着面前的韩辰绘，她即便是生气时的小模样都是那样明艳灵动。

韩辰绘噘着嘴巴，不停地推着郑肴屿的胸膛，在他的怀抱里不停地挣扎。见她态度坚决，郑肴屿将胳膊稍稍松了点劲道，韩辰绘得以跳出。

韩辰绘站到郑肴屿对面，双手叉着腰，像一只愤怒的小鸟似的疯狂奓毛："你为什么要烧掉我的书？为什么我不能好好学外语？为什么我不能和其他人交流？你是可以给我做翻译，但我要一辈子依靠你翻译吗？我早就想说你了——"她小手一挥，居高临下地用手指不停地对郑肴屿指指点点，表达她的强烈不满："之前我让你给我找一个翻译，你可倒好，别别扭扭地给我找了一个我都听不清楚在说什么的荷兰大婶，找了和没找有什么区别？为什么呢？肴屿，你不可能差那点给我找翻译的钱吧！"

韩辰绘越说越委屈："我是真的理解不了你的想法。为什么会这样，为什么要这样呢？"

郑肴屿依然冷冷地看着她。

韩辰绘突然用小手捂住胸口，浮夸地吸了吸鼻子，开始尬演："我明白了——你肯定是生意上发生了问题，害怕我担心，所以才一直不告诉我的……没关系，老公，没关系的……"

韩辰绘牵起郑肴屿的一只手，用自己的两只手裹住他的手，再将他的手捧到自己的胸口，假哭的表情要有多浮夸就有多浮夸。然后，她做作地啊了一声，把浮夸表演到了极致："老公，你放心，你破产之后，养家的重担就落到你可爱的娇妻我的肩膀上吧，为了我们的家、为了我们的未来，所有工作我都要接，我会为你撑起一片天的！老公，你放心地去吧！啊——"

他傻傻地看着面前捧着他的手、完全入戏的韩辰绘，这戏精又开始了……

还能怎么办呢？自己娶的老婆，跪着也要宠下去！

"啊——老公——"韩辰绘简直被自己的惊世演技给感动坏了，到最后真的落下了几滴楚楚可怜的泪珠——当然，她的哭戏一直是一绝，眼泪就像电子感应似的，说来就来，说停就停。

"韩辰绘！"郑肴屿从韩辰绘的掌中抽出自己的手，面无表情地看了她一眼，转手从木桌上抽出面纸，仔仔细细地擦了擦刚才被她握过的手。

好一个郑肴屿！他改路线了，不像过去似的上来就怼她，而改为用行动全方位打击她。

韩辰绘气呼呼地从郑肴屿的手中抢过那张面纸，不满地丢到地上，用力踩了好几脚，指着郑肴屿的鼻尖："臭小子，'无能狂吠'是吧？会表演你就多演点！"

郑肴屿盯着韩辰绘，看着她被气成个球的可爱模样，他的唇角止不住地上扬。

他慢慢地伸出手抱住韩辰绘，不顾她的挣扎，将她牢牢地锁在自己的怀抱之中。

烧书事件似乎只是一个无人问津的小插曲，韩辰绘平时很作，但在大是大非上绝对是最明事理的那个，两个人打打闹闹地就混了过去。

昨天晚上是他们在荷兰这个家的最后一顿饭，郑肴屿准备了丰盛的烤肉宴会，然而，韩辰绘的主动挑逗，让两个人直接忘记了饥饿。

晚上吃烧烤是美味，大早晨吃烧烤……只能说，郑氏夫妇不愧是郑氏夫妇，实在是硬核！

两个人又恢复到过去甜甜蜜蜜的状态：你给我夹肉，我给你剥虾；你喂我一口，我喂你一口。

吃完"硬核烧烤"，韩辰绘就和郑肴屿手牵手出门散步。

今天下午他们会离开荷兰，家政人员会帮他们整理行李，散步回去后，他们再把贴身的物品收一收就可以了。

两个人在清新的空气中漫步半个小时，回到别墅。

整理行李的时候，韩辰绘拿着她的几本外语工具书若有所思地想了想，轻轻地放进床头柜里，没有装进行李箱。

前往阿姆斯特丹港口的路上，韩辰绘打开微信，把早晨发生的插曲发给了她的姐妹们。轿车后排，郑肴屿坐在她的身边，手指不停地敲击着笔记本电脑键盘，一脸严肃地处理着工作。

叮咚——微信响了。

韩辰绘瞟了眼郑肴屿，见他全身心地投入工作，便大大方方地打开微信。

时珊珊："郑肴屿真的烧了你的书，还说了那样的话，你认真的？"

韩辰绘："我没事编这样的故事干什么？"

时珊珊："我怎么觉得不太对劲……"

朱芷欣："我也觉得不对劲，郑肴屿这占有欲啊，我隔着十几个国家都能闻到他的酸味了。"

时珊珊："不对！我现在想到一个好可怕的想法——你说郑肴屿为什么要带你去欧洲玩，一玩就好几个月？"

韩辰绘："这还有为什么呢？"

时珊珊："怎么没有！从今天他烧书的事件，我突然开了脑洞——毕竟你停工是因为和贺开晨闹绯闻，郑肴屿会不会占有欲爆发，表面上是带你出去玩，实际上就是在独占你啊？你出去后连个说话的人都没有，整个世界都是他，而且他现在还不让你学语言，我越来越觉得这个猜想靠谱……"

朱芷欣："哇哦！小郑太子爷不会有这么阴暗的想法吧？我看他挺……挺阳光的啊！"

时珊珊："你都说了他是小郑太子爷，他阳光个屁！一个在资本市场上呼风唤雨的人，能阳光？"

时珊珊："要么是他深陷爱河，爱辰绘爱到疯魔；要么就是单纯的占有欲爆炸！毕竟他是郑肴屿，从小就在顶级权贵圈，含着金汤匙长大，突然犯点什么'太子病''少爷病'、觉得你就是他的专属物，再正常不过了吧……"

韩辰绘突然想到，郑肴屿第一次带她去十二夜的时候，他的好友唐烜就用"专属物"来形容作为"郑太太"的她。看来，在他们那个圈子里，这些都是常态。

韩辰绘发了一个委屈又可怜的表情。

时珊珊："干什么？韩辰绘，你瞅瞅你那个没出息的样子吧！你就不会觉得他是因为爱你，爱你爱到要发疯啦？"

韩辰绘发了一张委屈的表情包："算了吧，我自己都不相信……"毕竟他亲口说过这是"没有爱情的婚姻"……

韩辰绘丧气地叹了口气。郑肴屿侧过脸，体贴地问道："怎么了？"

韩辰绘收起手机，微微笑了一下，晃了晃脑袋。

他爱她，爱到发疯？这怎么可能呢？！他凭什么爱她？他为什么爱她？

以前的她，是一个极度装腔作势、极度自信的傲娇小仙女，而如今，她和郑肴屿在一起的时间越长、越喜欢他，就越感觉自卑。

那是他赐给她的自卑——她除了当他的花瓶、当他的床伴，还能做什么？她连一句利索的荷兰话都不会说！而郑肴屿本人又是个丁克，连孙蔓宁口中的“相夫教子”她都不需要做到。她想为了配得上他变成更好的韩辰绘，可郑肴屿似乎并不这样想，他会毫不留情地当着她的面烧掉她的书，她从来没有见过他那样阴鸷的眼神和表情。至少在那个瞬间，他是真的觉得她不需要和其他任何人交流，只要待在他的身边就好了。

如果他是喜欢她的，那这一切是那么顺其自然、顺理成章，即便是横行霸道的占有欲，都变得该死的甜美。可是他不喜欢她，那这一切就是“水中月”“镜中花”，现在的他觉得她拥有一个“有趣的灵魂”，可如果有一天，他厌倦了她，“有趣”会一秒变成令人厌恶的“作”和“矫情”。

毕竟，她就是一只花瓶，一只除了“好看”别无他用的花瓶。

她如何才能和他长相厮守？

她如何才能和他白头到老？

阿姆斯特丹港口，郑肴屿带着韩辰绘上了一艘游艇。

与传统的游艇不同，这艘游艇虽然非常低调奢华，但船舱的内部装饰全是实木打造，装饰品很少，仅有的家具也全部被固定在边缘的地板上，与漂泊的海面形成视觉反差——这里不像是游艇，更像是一家在海面上漂浮的酒店。

游艇行驶的速度非常缓慢，给韩辰绘一种安定惬意之感。

放下行李，换了舒服的家居服，韩辰绘和郑肴屿手牵手走到甲板上。

甲板铺的是水杉地板，吸收足够的日光照射，非常温暖。韩辰绘踢掉拖鞋，光着两只脚丫在甲板上蹦蹦跳跳。

游艇沿着一条美丽的海岸线行驶，逃离都市，贴近自然。韩辰绘肆意地享受着阳光和大海的美景。

他们在游艇上玩了七天。这七天，他们睡在充满木香的卧室里，一面是落地玻璃。晚上，韩辰绘和郑肴屿躺在床上，拥抱在一起看海上的繁星；清晨一睁开眼，除了身边的他，就是碧海蓝天，被大自然治愈，只需要一秒钟。

韩辰绘和郑肴屿经常手牵手在甲板上行走，也会靠在防护栏上欣赏海平面上的日落，眺望波光粼粼的大海。有时候在甲板上玩累了，他们就会盘腿坐在台阶上，韩辰绘亲手沏一杯茶，和郑肴屿悠悠对饮。

在纯粹的大自然中寻找身体和灵魂的避难所，这大概就是和都市“快生活”相对的“慢生活”的乐趣。

船上的厨师每天都会现场给他们制作食物，所有海鲜类食材都是刚打捞的。郑肴屿想让韩辰绘在第一时间就能品尝到这些高端的海洋珍品。

在甲板上看着师傅在自己面前秀厨艺，韩辰绘这个厨艺小白看得一愣一愣的。

一盘盘的海鲜端上来，韩辰绘只要微微张开嘴巴，郑肴屿就会自动地给她剥虾、剥蟹。韩辰绘用嘴巴接过郑肴屿剥好的虾仁，美滋滋地吃着。郑肴屿其实也没有到无药可救的地步，孺子可教也！

夕阳悬挂在天边，将整片天空和整片海洋全部染成了红彤彤的颜色。

郑肴屿给韩辰绘倒了一杯红酒，韩辰绘甜甜地笑了起来，和郑肴屿轻轻碰了下杯口，饮了一大口。

人生还有什么乐趣能胜过当下吗？和心爱的他手牵手、肩并肩，对海饮茶、对云饮酒，看清晨的第一缕阳光，赏落日最后一丝余晖。

晚饭结束后两个人坐在甲板上，韩辰绘乖乖地依偎在郑肴屿的怀中，两人时不时甜蜜地对视，时不时幸福地接吻。

大海、繁星、海鸥，皆是他们的见证人。

郑肴屿微微垂下眼看着怀中的韩辰绘，她的脸蛋儿红扑扑的，看起来满足又乖巧。他低声问：“喜欢这种生活吗？”

韩辰绘点了点头，甜甜地说：“喜欢，非常喜欢。”

“那你永远在我身边、在我怀里，我们一辈子过这样的生活，好不好？”

韩辰绘抬起脸，愣愣地眨了眨眼。她不太明白郑肴屿的意思，不过，他们怎么可能一辈子过这样的日子呢？他是郑家的太子爷，他身上背负的东西实在太多太重，即便他想和她过男耕女织的生活，她也不会同意的。

她是他的妻子，她心里喜欢他，但她不能霸占他、独占他。

他是她一个人的，可也不能只是她一个人的。每个人活在这个世界上，都有自己必须要完成的事情和使命。

不过……两个人一辈子过这样的生活，还是一个很不错的梦想。

“愿意——”韩辰绘又乖乖地往郑肴屿的怀里拱了拱，仰起小脸，口鼻亲密地贴在他下颌的皮肤上，“当然愿意，一百个愿意！”

郑肴屿轻轻地笑了一声，紧紧地抱住怀中的人。

是的，这就是他想要的生活。

只要两个人在一起，拥抱也好，接吻也好，吵嘴也好……只要在一起，怎么样，都好。

她幸福，所以他幸福；她快乐，所以他快乐。

孙蔓宁说的很多话在他看来毫无意义，但其中有几句确实说的没错——首先，他是真的疯了，为韩辰绘疯了；其次，他要让韩辰绘幸福快乐、无忧无虑、多姿多彩地活着。

他已经在心里做了一个决定：他会保护她，他会爱护她，他会把她宠到天上去。这个世界上一切的负面和黑暗都必须远离她！他会给她最好的，他会把全世界最好的东西全部献到她的面前。她会永远在他的身边，在他的掌中，在他的视线里。

韩辰绘是他的，只能是他的！

第十五章　怎么爱人

韩辰绘和郑肴屿在游艇上过了半个月。

半个月的船上生活，郑肴屿基本上都在陪韩辰绘，只在晚上把韩辰绘哄睡着之后才去处理一些紧急公务。

正如孙蔓宁所说，郑家的生意，包括郑肴屿自己的生意，离了谁都可以，就是不能离了“太子爷”郑肴屿。近半个月的空窗期，除了紧急事务，其他大大小小的事情堆积如山，郑家内部简直炸了锅。找不到小郑太子爷，有些棘手的问题被直接捅到了郑万杰和孙蔓宁那里。

当郑家那边知道郑肴屿“荒废朝政”只是为了陪韩辰绘坐游艇，大家一时之间竟说不出话来。

这事很反常，实在是太反常了……

虽然郑肴屿在十几岁的时候和他的那些吃喝玩乐的朋友差不多，身上同样贴着“纨绔子弟”“败家公子”之类的标签，但他从不依靠家里势力，完全靠自己考取学位，一边在美国读书，一边创立自己的基金会；毕业回国之后，在以大哥郑致远为首的小集团不愿意放权之时，他让所有人见识到了他的雷霆手段。很快，郑肴屿就变成了郑家最不可或缺、至关重要的一个人。

他绝对能完美地处理好私人生活和学业事业之间的关系，因为他是一个脑子非常清楚、明白自己想要什么、知道自己想做什么的人。可最近，郑肴屿的所作所为打破了所有人心中既有的评价——郑肴屿也有头脑发昏的时候。

没有人能看明白郑肴屿究竟在想什么。虽然韩辰绘是他从郑宏义手中抢过来的媳妇儿，但这个媳妇儿也只不过是一个联姻的产物，就算韩辰绘确实长得可爱动人、冠绝群芳，但郑肴屿明显是一个不会沉迷、分得清轻重缓急的人。

可是如今……除了“反常”，根本找不到第二个词语来形容郑肴屿，而且他还明显有愈演愈烈之势。

下了游艇，郑肴屿先带韩辰绘去了芬兰。

他的大秘书正好来芬兰开会，顺便等了他们几天。郑肴屿给大秘书交代工作的两天，韩辰绘就一直在别墅里，有时候看看电影、综艺，有时候和姐妹们闲聊打发时间。其间，Anemone 给韩辰绘打过一次电话。韩辰绘在娱乐圈消失了好几个月，之前的风波早就平息了——网友们就是这样，吃瓜的时候总是一窝蜂地冲过去吃，瓜的保质期过了，也就无人问津了。

Anemone 告诉韩辰绘，《二次通信》马上要上映了。

《二次通信》上映的那天，韩辰绘跟着郑肴屿从芬兰来到了冰岛。

到了冰岛，郑肴屿每天忙得分身乏术——那么多公司、那么多部门、那么多项目，半个多月堆积起来的工作可不是开玩笑的。

他们住在一栋花园别墅里，家政人员把屋里、花园打扫得一尘不染，一日三餐皆是精致的美食。虽然花园别墅像一座豪华的宫殿，但对于韩辰绘来说，每天的生活都是千篇一律的。

她根本不懂冰岛语，不会说，也听不懂。家里的家政人员是冰岛当地人，也不是翻译，汉语只临时学了“吃饭”“喝水”“洗澡”等简单的生活词语。

郑肴屿在百忙之中，尽可能地挤出时间来陪伴韩辰绘，但这个“挤”，也只是聊胜于无罢了，韩辰绘每天都会一个人去海滩。

当然，她也知道，郑肴屿是不放心她一个人在陌生的国家、陌生的城市到处走，每次她前脚走出门，后脚就会有几个保镖跟上她。她也不愿意戳破这件事。郑肴屿的保镖都训练有素，他们会保持一个让韩辰绘感觉舒适的距离，不去打扰她。

冰岛是著名的冰与火之地，很多风景在韩辰绘看来就像是奇迹——黑沙滩、极光……都是她从未见过的奇景。

白天她总会在黑沙滩上呆坐着。

黑沙滩位于冰岛的冰河湖，沙滩上黑色的东西是从火山蔓延过来的，天空中时不时便会出现绿色的极光。绿色的光芒蔓延至整片天空，在巅峰的时候，整片天空都罩着不断舞动的女神的绿腰带。

韩辰绘抬起脸，传说中见到极光的人会幸福一辈子，她会吗？

韩辰绘呆呆地望着漫天的极光，想着会不会有一艘外星飞船突然冲破极光，把她带到火星去；或者，火山突然喷发，地动山摇之时，会不会有恐龙从黑沙滩中走出？

韩辰绘一边望着极光，一边胡思乱想，转眼就到了晚上。不知不觉间，她已经在黑沙滩上坐了几个小时。

明天她还会再来，而她已经来了一个月了。

韩辰绘回家之后洗澡换装，在客厅里无聊地刷着手机。她每天最开心的时刻，就是上网看网友们花式吹她的彩虹屁，这是她目前唯一的乐趣。

郑肴屿在晚饭时分回到家。他每次从外面回来时，总会给韩辰绘带回各种各样的礼物——以前他去国外出差才会给她带礼物，而现在，他哪怕是白天出去晚上回来，也不会空手而归。

"绘绘。"郑肴屿走进客厅，韩辰绘迎了上去。

郑肴屿将手中的几个高档礼盒放到客厅的茶几上，韩辰绘愣了愣，然后笑了起来。她当着郑肴屿的面拆开一个礼盒，是一条粉钻项链，她已经不敢想这些粉钻值多少钱。

"喜欢吗？"郑肴屿从韩辰绘手中接过项链，直接给她戴上。他认真地看了几秒钟，满意地笑了下，从茶几的角落里拿过一面镜子放到韩辰绘的面前："真的适合你，特别好看。"

韩辰绘看着镜子中的自己。郑肴屿说得没错，特别好看——不管是她这个人，还是他送她的项链、手链、戒指、胸针、耳环、发夹、衣服、小饰品……她原本就生得好看，再被郑肴屿配上一堆价值连城的东西，只会更加好看、更加奢华。

韩辰绘看到镜子中的自己在笑。

拿着镜子的郑肴屿坐在她的身边，他的唇轻轻落在她的耳畔——他在吻她，恨不得能把她耳朵四周所有的肌肤都吻上一遍。

以前，除了亲热的时候，郑肴屿很少吻她，可最近一段时间，郑肴屿亲吻她的频率直线上升。只要在家，几乎一半的时间他都会把她紧紧抱在怀里，吻来吻去。

一开始韩辰绘觉得幸福极了，还有什么能比爱人的吻更让人觉得幸福呢？可时间久了，她的感觉就变了：她住在“皇宫”里，现实中没有一个能说话的人；她的活动范围除了家里就是海边，连第三个能去的地方都没有。虽然他没有限制她与人交际和活动的范围，但实际上，她已经被限制得死死的。

他每天的乐趣似乎就是给她买礼物。他把这个世界上所有的好东西都堆到她的面前，一个月的时间里，光是项链他就送了她几十条。她能感觉到，他把她小心翼翼地捧在掌心里，宠爱着、呵护着。可也就是这些，到此为止了。

她不想让他看出来不开心。毕竟，他对她确实上心，他给了她全世界最好的东西。他这样待她，她还不开心，那她也是一个过于贪心的女人吧？她不是那样的女人！

韩辰绘看着镜子中的自己，笑着笑着就流下泪来。

郑肴屿正痴迷地亲吻着韩辰绘的脸蛋儿，听到她细弱的哭声，微微一怔。

“怎么了？”郑肴屿看着怀中的韩辰绘，用手指不停地擦拭她的眼泪，“你为什么哭啊？是不是觉得这条项链不好看？那我们不要它了。”郑肴屿说着就从韩辰绘的脖颈上拿下项链，看都没看就把它丢到地板上。

“你丢项链干什么？”韩辰绘边说边眼泪哗哗地流，“项链是无辜的……”

郑肴屿从茶几上抽出面纸，贴心地为韩辰绘擦眼泪：“那你怎么了，为什么突然哭了？谁惹你不开心了？”

韩辰绘越哭越伤心，不满地推了推郑肴屿的胸膛：“没人惹我不开心！我就是想哭，不行啊？”

郑肴屿摊了摊手，意思是，你想怎么样都可以。

韩辰绘捧着郑肴屿给她的纸巾，号啕大哭起来。足足哭了半个小时，她终于累了，懒懒地躺在郑肴屿的怀中，委屈地说："郑肴屿，我不知道你是怎么想的，你难道不觉得我们两个越来越畸形了吗？"

郑肴屿微微皱了皱眉。

"以前你对我爱搭不理的，动不动就夜不归宿，那时候我们虽然感情不好，可我还觉得自己像个人，是个独立的人。现在我觉得我根本不是人，我就像你宠爱的一只小金丝雀、一只小金丝猴。"韩辰绘哭哭啼啼，越想越委屈，"你看看，这栋别墅多豪华啊，可它就是我豪华的牢笼，我就像一只被你戴上了精致小脚镣的金丝雀、金丝猴，你用世界上一切的好东西豢养我……是不是？"

郑肴屿的眼神如浩瀚星海般深邃。

"肴屿，我不想待在这里了！虽然冰岛很美，可这是囚禁我的'岛'，我需要你，也需要朋友。我不想再要这种畸形的生活了，我想回国，回到我们的过去……"

"回到过去？"郑肴屿冷笑一声，"你是怀念我们的过去，还是怀念其他的过去？"

韩辰绘连眼泪都流不出来了，直接愣住——什么其他的过去？

"绘绘。"郑肴屿捏住韩辰绘的下巴霸道地抬起来，眼神阴冷地看着她，语气那叫一个又冷又酸，很明显，他现在非常愤怒，"我们有过去可以怀念吗？'各玩各的'，'互不叨扰'，平均一个月见三次面的丧偶式婚姻，你很怀念吗？"

韩辰绘摇了摇头。她当然不怀念过去两年多的"丧偶式"婚姻！她想和他开开心心、甜甜蜜蜜地过日子，她想全身心地投入婚姻，经营她的爱情。

郑肴屿凑上前，对准韩辰绘的嘴唇毫不客气地咬了下去，只一下，就让韩辰绘痛得哼唧了一声。他松开唇齿："韩辰绘，你给我记住——"郑肴屿用手指按住韩辰绘的下唇，"我们现在正在创造可以供以后怀念的'过去'！"

韩辰绘缩了缩脖子，有些害怕地看着盛怒中的郑肴屿，含着泪珠的大眼睛眨巴了一下，又轻又柔地悄声问："你……你在吃醋吗？"

郑肴屿愣住了，静静地看着韩辰绘：吃醋？

韩辰绘萌萌地眨巴着大眼睛。

“绘绘。”郑肴屿摸了摸韩辰绘的脸蛋儿，又用手指戳她的鼻尖，“你需要明白一件事……”

韩辰绘挑了挑眉梢，微微嘟起嘴巴，十分傲娇地问：“明白什么？”

“吃醋，是一种不成熟的表现，是没有经历过社会的幼稚男人才会有的情感。你觉得我是吗？——一个成功的男人，一个有智慧的男人，你觉得他会像初中生一样吃醋吗？”

韩辰绘气呼呼地瞪了郑肴屿一眼，扭过身子不再理他。

最讨厌这样的郑肴屿了！他确实非常有智慧，也非常成功，但他在处理夫妻关系上一点都不成熟！再说了，能把妻子精心准备的红豆给煮了，能在除夕之夜送给妻子一只猴子……这是何等搞笑？简直不能更幼稚了！

郑肴屿的“发言”着实让韩辰绘生了气，她连晚饭都没有吃，直接跑上楼钻进被窝里。

郑肴屿上了楼，一推开卧室的门，就看到韩辰绘蜷在床角。他慢慢地走了过去。

韩辰绘委屈地咬着被角，在心中暗暗发誓要和郑肴屿先冷战三天再说。

郑肴屿轻轻地坐在床边，毫不客气地将韩辰绘和被子一起捞进怀里。韩辰绘整个人都缩在被子里，只露出一双大眼睛，怒气冲冲。

郑肴屿微微俯下身，对准韩辰绘的眉心落下一吻，轻笑起来：“好啦，你为什么又生气了，就因为我说我没吃醋啊？”

韩辰绘闷闷地哼了一声。

郑肴屿像变戏法一样变出来一颗奶糖，飞快地拆开包装，再扯下韩辰绘裹着的薄被，将那颗奶糖塞进她的口中：“醋有什么好吃的？我们来吃糖，我们要吃一辈子的糖……”

奶糖入口，甜丝丝的味道瞬间填满口腔，也填满韩辰绘的心脏。韩辰绘含住那颗奶糖，抿起唇角，想板着脸不要笑出来，可她的嘴角已经止不住地上扬。

怎么办呢？虽然他气她的时候总能把她气得眼泪汪汪，让她恨不得和他拼刺刀，可他哄她的时候，不管是送她“花房”还是送她“少女风鲜花”，或者是菜豆那只皮猴子，她都能感觉到甜蜜。这，大概就是喜欢一个人吧……

郑肴屿又给韩辰绘塞了几颗糖，才把嘴巴噘得能挂酱油瓶的韩辰绘哄下楼、哄进餐厅。

《二次通信》上映一个多月，已经破了今年的票房纪录，正往更高的山峰冲去。而韩辰绘作为《二次通信》中的一大亮点，人设特别、演技惊艳，被专业影评人和网友花式夸赞，口碑实现了惊天大逆转。

回到卧室，韩辰绘缠着郑肴屿定回国的时间。郑肴屿没有说话，抱住韩辰绘开始亲吻。

韩辰绘在冰岛的生活非常奢侈，同时也非常抑郁，她的世界里只有两个地方——别墅和黑沙滩。她的世界里只有一个人——她心爱的丈夫。

郑肴屿有很多工作要处理，时间拖来拖去，又过了一个月。韩辰绘足足过了两个多月畸形的“豢养式”生活。直到郑肴屿在美国的基金会到了一年一度必须要他本人过去处理事务的时候，他才带着韩辰绘离开冰岛。

在冰岛的最后一晚，郑肴屿格外温柔。他把她的脸捧在手心上，吻她的时候，好像她是稀世珍宝般小心翼翼，生怕碰坏了她。

郑肴屿陪韩辰绘回国后，立刻又飞往美国。

前来接韩辰绘的司机早已等候在机场外，韩辰绘上车就说：“先去君视传媒。”

“对不起，太太。”司机转着方向盘，礼貌且冷漠，“郑先生让我送您回家，一切等他回来再说。”

韩辰绘吃惊地睁大了双眼：什么意思？什么叫“等他回来”？

韩辰绘没有再与司机浪费口舌，命令是郑肴屿下的，她为难司机不会有什么结果，只会让对方为难罢了。她面无表情地靠向后座。

车子还没到红叶名邸，韩辰绘的眼泪就忍不住落了下来。她不知道郑肴屿究竟是怎么了，自从半年多前她与贺开晨的绯闻闹开之后，郑肴屿的行为就越来越奇怪，也越来越狭隘。他对她越来越宠爱、越来越温柔，却也对她越来越“残忍”、越来越禁锢。她的丈夫把全世界的好东西都捧到她的面前，把她宠上天，同时也把她的世界越缩越小、越缩越窄——本质上，这就是一场名为“宠爱”的“豢养”，往难听点说，这就是赤裸裸的“囚禁”！

难道不只是在欧洲，回国之后他还要这样做吗？

韩辰绘哭着回到红叶名邸。她走过花园，就彻底明白了郑肴屿的意图——红叶名邸周围的保镖数量比过去多了三倍。

她没有给郑肴屿打电话，她想见到他的面后再谈。两个人跨越半个地球说这些事情，万一沟通不顺，只会让事情更糟糕。

晚饭非常丰盛，韩辰绘随便吃了几片牛肉，便放下筷子上了楼。

她没有把这些事情告诉姐妹们。告诉她们，除了让她们为她担心，没有任何意义。现在不是在欧洲，而是在京城，这里是小郑太子爷的“主场”，她们实在过于渺小。时珊珊和朱芷欣知道后肯定会给她出很多主意，她大致可以猜到：抗争、报警、逃跑……

第二天。

韩辰绘根本没有睡好，翻来覆去地做了一夜的噩梦，天边尚未大亮就起床了。她泡了个玫瑰澡，换上最近流行的复古长裙，认认真真地化了个妆。为了搭配她的复古长裙，她在包架上找到一个相同色系的包包挎在臂弯。

韩辰绘走过花园走向大门的时候，几个黑衣保镖气势汹汹地站了出来。韩辰绘在距离黑衣保镖五米开外的地方冷眼看了看他们，叹了口气。

此时此刻的韩辰绘不想和郑肴屿之外的任何人发生任何冲突，司机也好，保镖也罢，他们只不过是拿钱听命令办事的。

韩辰绘转身沿原路返回，来到驯鸟房。

鹦鹉绿毛一见到韩辰绘，就捏着嗓子大叫：“菜豆！上——”

那只叫菜豆的小猴子原本在角落里吃香蕉，听到绿毛的叫喊声，立刻龇牙咧嘴地冲了过来。

菜豆故作凶狠，可在见到韩辰绘的一瞬间，它便停住了，大眼睛盯着她，一动不动。

韩辰绘微微一笑，菜豆显然记住了她。它慢慢地走上前来，将手中没有吃的香蕉像献花似的递给了韩辰绘。

韩辰绘有些意外地指了指自己：“是给我的吗？”

绿毛在旁边扯着破锣嗓子叫嚷起来：“打倒韩辰绘！”

韩辰绘对绿毛凶了回去：“闭嘴！”她咬牙切齿地指着绿毛，“你给我闭嘴，听到了吗？！郑肴屿现在不在家，没有人能护着你！”

绿毛的小身体僵住了，几秒钟后，绿毛抖了抖长长的尾巴，眼珠子骨碌碌转了一下，超小声地叨叨：“干吗啊干吗啊，吓死宝宝了……”

韩辰绘突然觉得这只鹦鹉也没有之前那么讨厌了，大概是因为她现在可以体会到它的感觉了吧，毕竟，大家都是主人掌心里的“笼中鸟”。

“吱吱吱……”菜豆抓耳挠腮地叫了起来，显然是对韩辰绘和绿毛说话不接它的香蕉很不满。

韩辰绘想笑，可她笑不出来，她竟然被一只小动物“争宠”了？

“既然是给我的，那我就不客气收下啦！”韩辰绘接过菜豆给她的香蕉。

“唧唧……”菜豆开心地拍手。

于是，这一整天，韩辰绘都带着绿毛和菜豆在花园里玩耍。她只能想到一个词语：苦中作乐。

又过了一天。

韩辰绘又起了个大早，化好妆，穿戴好，吃了早餐，走到花园里。还没等她再一次和那些保镖交锋，她的手机便响了起来。

就在这个时候，一辆黑色轿车从花园大门进来，不偏不倚地停在韩辰绘的正前方。黑衣保镖大步走上去，恭敬地拉开后车门。

一个身姿挺拔的男人从车中走出来，他慢慢挺直上身，推了推鼻梁上的金丝边眼镜。明媚的阳光打在他的身上，却让他周身的气场愈发阴冷，就像韩辰绘初见郑肴屿的那天——阳光是暖的，他却是冷的。

他本来就是一个在资本市场上翻云覆雨、冷酷无情的男人，不是吗？

她在幻想什么？她在渴望什么？

难道和他生活了三年，她就失智了吗？

难道他为她缔造了“温柔乡”，她就认为他是一个本质温柔的男人了吗？

郑肴屿慢慢地走上前，对韩辰绘张开双臂，轻声叫着她的名字：“绘绘。”他想让她到他的怀里来，“我们去约会吧，你想吃什么、买什么都随便，只要你想……”

这一次，韩辰绘没有哭，连一滴眼泪都没有流。她只是狠狠地瞪了郑肴屿一眼，转身便往别墅里跑去。

郑肴屿在原地怔住。韩辰绘嫁给他三年，他见过各种各样的她，却从来没见她露出过那样的眼神。

韩辰绘大步跑上楼，直接冲进衣帽间，拽出一个行李箱开始收拾东西。她要挑一些她自己买的东西，他买的那些东西她一样都不碰！

她受够了！她真的受够了！被豢养、被囚禁，她到底是个什么东西？她活得还不如绿毛和菜豆。

她还不如一只鸟和一只猴！

这样的日子，她多一天都不想再过下去！这样的郑肴屿，她多一眼都不想再看到！

她确实喜欢他，非常喜欢，但爱情不是生命的全部，她不能容忍这样畸形的爱情、畸形的婚姻、畸形的生活……她不能再容忍！

韩辰绘装了一些衣服，将行李箱从衣帽间拖了出来。

她正在整理化妆品时，郑肴屿推门走了进来。

他站在门口，微微拧眉："你在干什么？"

韩辰绘将一包卸妆棉摔进行李箱："我在干什么？！你问我在干什么？"她毫不畏惧地瞪向郑肴屿，"你的眼睛有问题吗，看不出来我在干什么？好，那我告诉你——我在收拾行李，我要离开这里、离开你！我和你，一天都过不下去了！"

郑肴屿的眉头越拧越紧，韩辰绘说的最后几句话就好像密密麻麻的钢针，残忍地刺入他心尖最柔软的部分。

他感觉好痛！钻心剜骨的痛！

"郑肴屿，我告诉你，你不要以为自己赢了！"韩辰绘飞快地将眉笔、睫毛夹收进一个化妆袋里，胡乱缠了一下，摔进行李箱，"我是什么样的人，你最清楚了！你觉得你能豢养我吗？你觉得我受得了你的牢笼吗？可是我忍了！在欧洲我就忍了，回来这两天我也忍了，我希望你明白一件事——"韩辰绘又将自己的剧本和笔记本电脑塞了进去，她就这样用闪电般的速度整理完了行李箱，"郑肴屿，我是为了我的感情，所以我愿意为了你忍受这些。这不是你的胜利，而是我为了我的爱人所做的让步和妥协！"

韩辰绘瞪着郑肴屿，眼泪忍不住流了下来："可是你已经变了，你不再是我心中的郑肴屿，不再是我喜欢的男人！你现在就是个暴君，就是个魔鬼！"

韩辰绘拉着行李箱走到郑肴屿面前，眼泪哗哗地流着，声音却格外冷静："你的掌控欲让我忍无可忍！你想怎么样就能怎么样吗？你像一个暴君在控制自己的奴隶，全凭你自己的喜好，根本不尊重我！我在你的眼中还是一个人吗？"

郑肴屿听得眉头禁不住一跳。

韩辰绘突然停下哭声，飞快地擦掉眼泪，梗着脖子，用手指戳了戳郑肴屿的胸膛，十分硬气："郑肴屿，我正式通知你——咱俩完了！我要和你离婚！"

当韩辰绘把"离婚"这两个字说出来，郑肴屿瞬间感觉刚才刺进他心尖的那些钢针变成了钢刀，无数的锋利刀尖顷刻间将他的心脏捅了个稀巴烂。

郑肴屿猛地抓住韩辰绘的胳膊，将她往自己的怀里带，声音低沉而喑哑："你要和我离婚？"

韩辰绘一手拖着行李箱，一手抗拒着他的怀抱。郑肴屿握住韩辰绘那只乱挥的小手，拉到唇边轻轻地吻了吻。

"你少给我在这里猫哭耗子假慈悲！"韩辰绘一个用力，毫不留情地甩开郑肴屿，瞪大眼睛怒视着他，"如果你真的哪怕为我考虑过一下，如果你真的有那么一刻是心疼我的，你就不会把我'囚禁'起来！"

郑肴屿抬起眼帘，目不转睛地注视着韩辰绘。他已经处在崩溃边缘，但他尽可能地想要维持住最后的一丝理智，至少要让她收回和他离婚的决定："绘绘，你为什么会觉得我没有为你考虑？你为什么会觉得我不尊重你？你是我的老婆、我的郑太太，是要和我携手一生的女人。"郑肴屿的声音非常低沉，其中夹杂着难以察觉的颓败感，"你根本不知道，我有多么想让你无忧无虑、幸福快乐地在我身边。只要能讨到你的欢心，我会把全世界都献到你的面前……"

听到郑肴屿最后两句话，韩辰绘忍不住又红了眼眶。

多么讽刺——他给她的，不是她想要的；她想要的，他却没有给她。

"郑肴屿，你太不了解我，太小看我了……"韩辰绘委屈地嘟着嘴巴，强忍着不让眼泪流下来，"我不想要全世界，我只想要你。但是，现在，我连你也不想要了……"

韩辰绘说的最后几个字，彻底将郑肴屿击沉了。

韩辰绘推开郑肴屿，拖着行李箱往外走去。她刚走到楼梯前，郑肴屿便从后面追了上来，紧握住她拖着行李箱的手腕，二话不说便把她揽进怀里。

他紧紧抱着她，强硬地带着她往回走。

韩辰绘自然不会屈服："放开！放开我——"

两个人在楼梯口处搂搂抱抱、拉拉扯扯。

郑肴屿见韩辰绘态度坚决，只能抱着她转身绕到距离楼梯口最近的房间，打开房门。他面无表情地看了韩辰绘一眼，用一只胳膊抱着她，伸出另一只胳膊从她的手中抢下那个行李箱，砰的一脚将行李箱踹进房间里。

韩辰绘看着自己的行李箱倒进房间里，猛地推了郑肴屿一下，手疾眼快地闪进房间里，又飞快地关上了房门，下一秒钟，房门锁处就传来咔嗒一声响。

韩辰绘扶着行李箱，眉头紧皱！

疯了！疯了！他真是疯了！郑肴屿竟然锁了她！

不能屈服！她绝对不能屈服！

如果说韩辰绘是百般难受，那么守在房门外只能静静地看着紧闭的房门、一根接一根抽烟的郑肴屿就是万般难受。

他想对一个人好就这么难吗？他想让韩辰绘无忧无虑、快快乐乐地生活，想让她的世界里再也没有任何黑暗的、不美好的东西，只有他；他给她所有好东西，他要看到她每天都有笑容……难道，这也错了吗？

他要怎么做，才能挽回韩辰绘，才能让韩辰绘收回那句"我要和你离婚"？

离婚——郑肴屿只是想到这个词语，浑身上下的血液就快要逆行了！

他摸出烟盒，抽出一根香烟，拢火点燃，现在也只有香烟才能勉强缓解他紧绷的神经。

韩辰绘和郑肴屿中间只隔着一道房门，却好像被王母娘娘用玉钗又划出了一条崭新的银河般，咫尺天涯。

韩辰绘在床上躺了多久，郑肴屿就在房门口守了多久。他的手机不知道响了多少次，在他的产业里，美国的基金会不是最重要的一个，却是意义最重大的一个。那是他在大学时代创办的，以前他每年都会在这个时候去美国待一个月，专门处理与基金会相关的生意。这一次他只待了两天就飞回国，无数没有处理完的工作压下来，基层员工找部门经理，部门经理找总监，总监找秘书，秘书找大秘书，大秘书又来找他……

放在过去，他是一出差就要两个月的老板，绝不允许他的生意上出现任何纰漏。如今，郑肴屿对那些电话充耳不闻。不重要了，真的，全都不重要了。现在他满脑子只有一个想法：只要韩辰绘不和他离婚，别说一个基金会，再多损失几家公司又何妨？他想要她！他现在只想要她！

两个人谁都没有说话，郑肴屿除了抽烟，寸步不离地守在房间门口。

太阳西落，天色大暗，几个小时转瞬即逝。

郑肴屿刚点燃新的一根烟，砰的一声巨大声响从远处传来，紧接着就是家政人员的惊呼声："辰绘太太跳楼跑了——"

郑肴屿愣了一秒钟，立刻打开门锁，推开房门。房间内窗户大开，两侧的月白色窗帘正随风飞扬。刚才那个响声一定是韩辰绘扔的行李箱，幸亏是二楼……

郑肴屿跑到窗边，望了过去——韩辰绘一边揉着摔痛的屁股，一边拖着行李箱往外飞奔而去。

看着她倔强而纤弱的背影，郑肴屿夹在指间的香烟一口都吸不进去了——绘绘，你就这么想从我的身边逃开吗？

韩辰绘拖着行李箱大步流星地飞奔而去。家中的驯鸟师和驯猴师正带着绿毛和菜豆在花园里玩耍，菜豆一见到韩辰绘就挥舞着手中的核桃吱吱地叫着跑过来。但这一次，它在距离韩辰绘几米之外的地方停住了。

韩辰绘目视前方，眼中只有"自由"二字，根本没有注意到花园中的鸟和猴，她现在满脑子都是赶紧逃离这个地方！

当韩辰绘拉着行李箱到达花园大门处时，几个黑衣保镖拦在了她面前。韩辰绘凶巴巴地呵斥道："让开！"

那些黑衣保镖不约而同地看向韩辰绘身旁的行李箱，互相交换了一下眼神，默默地为她让出一条路。

夜晚的凉风吹过韩辰绘的脸颊，她最后看了看她住了三年的家，几秒钟之后，便拉着箱子头也不回地走出了红叶名邸。

韩辰绘打车返回春风又绿小区。虽然春风又绿是郑肴屿的产业，但韩家在春风又绿的两处房产都是韩辰绘嫁给郑肴屿之前购买的。

韩辰绘表面上故作镇定，其实情绪非常不稳定。她坐在出租车上，呆呆地望着车窗外的京城夜景。她没有联系任何人，包括她的好姐妹和她的家人。事先没有和韩宗琦、孟晶联系，韩辰绘不确定他们是否在家。说不定孟晶在春风又绿，韩宗琦在郊区的院子里。

韩辰绘拖着行李箱上楼，按响了门铃。十几秒后，传来一个沉稳的男声："来了——谁啊？"正是韩宗琦的声音。

韩辰绘紧紧抿着唇角，看着前方的门被人从里面打开。

韩宗琦看到拖着行李箱、狼狈到妆都花了的韩辰绘，惊道："辰绘？怎么了，发生什么事了？"他赶忙从韩辰绘的手中接过行李箱，"快，进来再说。"

韩辰绘走进玄关处，正要换鞋，孟晶和韩冬果从一间卧室内走了出来。见到韩辰绘，她们也愣住了。

韩宗琦将韩辰绘的行李箱拖进她出嫁前住的卧室里，走出来站到韩辰绘面前，看了看陪她坐在沙发上的韩冬果，又看向她，一针见血地问："你和郑肴屿吵架了是不是？他欺负你了是不是？"

韩辰绘扁了扁嘴，再也绷不住情绪，眼泪奔涌而出。她扑进韩宗琦的怀中，委屈得不行："爸爸，我要和他离婚……我和他过不下去了……"

孟晶要出差，只能先行离开。韩冬果去厨房给韩辰绘做饭，韩辰绘被韩宗琦领到餐厅坐着。

韩辰绘越哭越来劲，又哭了十几分钟，待情绪稍微缓和，她才伤心地把事情的来龙去脉说给韩宗琦听。

"他要干什么？"韩宗琦板着脸说，"他这是在把你当成一只'米虫'养吗？难道他不想要鲜活的老婆，却想要一个废物？"

韩辰绘委屈地吸了吸鼻子。

韩宗琦犹豫了一下："辰绘，我问你一个私人问题，如果不方便，你可以不回答——你现在喜欢的是开晨还是肴屿？或者你哪个都喜欢？哪个都不喜欢？"

韩辰绘注视着韩宗琦的眼睛，眼中顷刻间蓄满了眼泪，斩钉截铁地回答：“我喜欢肴屿！我只喜欢肴屿！”

韩宗琦无奈地叹了口气：“冤家，都是冤家啊……”

韩辰绘难受地趴在餐桌上，呜呜呜地哭了起来。

等到韩辰绘哭声渐小，韩宗琦才冷静地分析了一番：“辰绘，以郑家那样的家庭，他们接受不了一个在娱乐圈抛头露面的儿媳妇儿是很正常的。如果你还想和他有未来的话，那你一定要有取舍。你可以回来跟我一起做根雕，正好将来我们韩家也需要有人继承……”

韩辰绘红着眼眶，认真地说：“我和他，很难有未来了……离婚就是最好的选择……”

这个时候，韩冬果端着一盆鸡汤从厨房里走出来。她吹了吹手，在韩辰绘身边坐了下来。

韩辰绘端起饭碗，狼吞虎咽地吃了起来。她只用了几分钟就吃完了一碗饭，又和韩宗琦、韩冬果聊了一会儿。韩宗琦让她今晚先休息，有什么事情明天再说。

韩辰绘去了浴室，快速卸妆冲澡，然后回到自己的卧室。韩冬果端来一盘水果，两个人刚聊了几句，外面的门铃突然响了起来。

韩辰绘和韩冬果对视着，谁都没说话。

“来了……”韩宗琦过去开门。

韩辰绘立刻关灯，走到门边，将卧室的房门轻轻地拉开一条缝隙，恰好能看到入口玄关处。

韩宗琦打开大门，一个面色清冷的男人走了进来，手中还提着两个精致的字画锦盒：“岳父。”

“不敢当。”韩宗琦突然冷笑起来，“敢问郑总有何贵干？”

“我……”郑肴屿一直微垂着眉眼，“我来接辰绘回家。”

躲在门后的韩辰绘死死地抿住唇角。

“回家？你还有脸来接她回家？！”韩宗琦话音一落，抡起胳膊对准郑肴屿的脸就是一记老拳。

郑肴屿一动不动，只觉得脑袋嗡嗡作响。

韩宗琦痛骂道：“郑肴屿，我不管你是什么小郑太子爷，也不管你郑家到底多么有权有势，你不能欺人太甚！当初，我把女儿嫁给你，是想让你们互敬互爱、相守一生，我是让她跟着你过好日子去的，不是让你把她欺负得哭着跑回娘家！你可真是好手段啊——限制她的自由？！你扪心自问，你做的那些叫人做的事吗？！你根本不配做辰绘的丈夫！你愧对了辰绘对你的一片心，明白吗？！”

韩辰绘咬住自己的一只手，伤心地红了眼眶。旁边的韩冬果轻轻拍了拍她的手背。

韩宗琦吼完郑肴屿，从书房里捧着好几个字画锦盒，毫不留恋地全部怼进郑肴屿的怀里：“这是你之前送给我们的，全部还给你！我们韩家不欠你任何东西了，永远不许你再欺负辰绘！”

韩宗琦说着“永远不许”，把郑肴屿赶了出去。

韩辰绘坐回床上，抱住薄被，忍不住又哭了一会儿，才去洗了脸。她又和韩冬果聊了几句，就让韩冬果回去了。韩冬果今天只是回来看望父母，她已经成家有自己的家庭了，只不过恰巧遇到韩辰绘的事情才一直待到半夜。

韩辰绘躺在床上，紧闭着双眼，翻来覆去，睡不着觉。

深夜的春风又绿静悄悄的，不知道过了多久，韩辰绘迷迷糊糊地坐起身，端起水杯咕嘟咕嘟喝了大半杯。她放下水杯，望向窗外，天边挂着月牙，天空中繁星点点。

韩辰绘往窗边挪了挪，趴到大理石窗台边。下一秒，她便不再往“上”看，而是往“下”看去——楼下黑色的轿车前倚靠着一个男人，他正仰望着她的窗口。黑夜中，唯有他手中忽明忽暗的香烟能证明他不是一座雕塑。

郑肴屿也不知道自己为什么要在漆黑寂静的深夜待在春风又绿不走，看着韩辰绘黑暗的窗口，他就觉得自己找到了港湾。

太阳初升、世界开始苏醒时，郑肴屿按灭香烟，再看烟盒，他已经抽掉了整整一盒香烟。

天边大亮，韩辰绘和韩宗琦快要醒了，他再待下去，万一被他们发现就没意思了……

郑肴屿坐进车里，双手搭在方向盘上，又呆坐了十几分钟，才启动车子离开了春风又绿。

郑肴屿一夜未眠，身体已经是超负荷的状态，回到红叶名邸的家，他直接去了浴室泡澡放松，紧闭上双眼。

和韩辰绘结婚之前，他一般只洗“战斗澡”，除了偶尔去温泉浴池时才会泡一下，他自己在家时根本不会进浴缸。和韩辰绘结婚之后，在甜蜜的“夫妻运动”之后，他都会抱她到浴缸里，两个人在温水中黏糊糊地抱在一起。

原来自己一个人在浴缸里是这样的感觉……没有韩辰绘在怀，郑肴屿根本没有兴趣泡澡，他只是简单地解了解乏，便去书房整理了些资料，拎上他的电脑又离开了红叶名邸。就算他再怎么心烦意乱，就算他再怎么心不在焉，就算他再怎么想飞回到韩辰绘的身边，他都要去参加一场又一场的会议，午饭时间还要再给澳洲市场开视频会议。毕竟，那么多事情摆在那里。

下午，郑肴屿开完一场会议，又和从中东远道而来的合作伙伴互吹了一波。商业互吹的背后，是资本无情的商务掠夺。双方都是精明到不能更精明的商人，通过不断的迂回谈判，最后签订了一份双方都比较满意的合同。

送走了中东合作伙伴，郑肴屿坐在老板椅上，紧闭着眼，用手指不停地揉按太阳穴。他之前经常工作到下半夜，一天只睡两三个小时，或者通宵连轴转。过去他不觉得这样的生活有什么不妥，这是他自己的选择以及他作为郑家的“太子爷”身上背负的沉重担子。可现在，他终于感觉到了不适——他想去找韩辰绘，想把她哄回身边。他浑身上下，每一个细胞都在叫嚣着想去找她!

可是，时至今日，他可以完全不顾自己的生意，却无法丢下郑家的这些产业。他只能先把棘手的工作处理好，晚上再去找韩辰绘。

对他而言，有权有势、有钱有财的同时，又何尝不是受着禁锢?

郑肴屿休息了不到二十分钟，大秘书又敲开了办公室的门。

大秘书欲言又止地看了看自己的老板，他从上午就好奇不已，老板的眼眶处不知为何出现了一块淤青……求生欲让大秘书选择对此事沉默，专心报告工作。

最后一场会议，郑肴屿本人没有出席，而是让公司的总经理和大秘书组织，会议结束后会有专人给郑肴屿提交报告。

郑肴屿本来想去找韩辰绘，却被郑老爷子一个电话召唤回华清园老宅。

郑肴屿一踏入华清园老宅，家政人员都震惊地看着他。郑肴屿没有理他们，径直入了室内电梯到了五楼。

郑老爷子正在书房里摆弄一缸荷花，见到郑肴屿进来，他冷漠地瞟了郑肴屿一眼，目光落到郑肴屿眼眶的淤青处，冷笑一声："你可真是活该。"

郑肴屿没有表态，冷着脸坐到沙发上。

郑老爷子轻轻晃了晃荷叶，斜着眼睛看向郑肴屿："我今天接到老韩的电话。怎么，你媳妇儿要和你离婚？"

郑肴屿抽动了一下唇角，沉默不语地摸出烟盒。

郑老爷子冷哼一声："你可真行，完全继承了你孙家舅舅们的冷酷铁腕。人家是身在其位，不得已而为之，可你呢？对自己的媳妇儿你也真能下得去手，你岳父真是把你打得轻了！"

郑肴屿弹出一根香烟，慢慢悠悠地塞进唇间。

郑老爷子看着郑肴屿拢火点燃香烟，微微叹气："本来我们和韩家的姻缘，只是我父亲和老韩父亲的一个美好承诺，隔了两代人才把这个诺言给兑现了。按说在我们郑家，你的那些哥哥弟弟谁去和韩家结这个姻亲都轮不到你，偏偏你想去和韩家结这个亲。辰绘是个好孩子，长得漂亮、性格可爱，想必你也很喜欢她，所以你们婚后的感情才会那么好……"

郑肴屿默默地抽着烟，对郑老爷子的数落，他没有赞同，也没有反驳。

"其实我也不支持辰绘在娱乐圈工作，她更应该回去跟她爷爷、她父亲一样发展家族的根雕事业，而不是在娱乐圈那样的浮躁圈子里漂荡。你父母对她事业的反感一定更胜于我，但是你啊……"郑老爷子猛地叩了叩桌面，荷花都跟着晃了起来，"你父亲年轻的时候，和你现在简直是如出一辙，后来怎么样了？他不也是吃过大亏的吗？现在你在辰绘身上吃点亏不算亏，好歹是自己媳妇儿。你好好哄哄她，挺恩爱的小两口，离什么婚啊！"

郑肴屿吸了口烟，点了点头："爷爷，我都明白的。"

郑老爷子气得就差拿拐杖打郑肴屿了："你明白个屁！"

离开郑肴屿的第一天，韩辰绘过得非常放松，睡到临近中午才起床。

她头发凌乱，打着哈欠，坐在床上，呃……昨天晚上她爬起来喝水的时候，似乎见到了郑肴屿？

韩辰绘揉了揉眼睛，又用双手的掌心拍了拍自己的脑袋——别闹了，一定是日有所思夜有所梦，大半夜的，郑肴屿怎么会在她家楼下？

她在床上抱着薄被呆坐了一会儿，从床头柜上拿起手机。在一堆微信消息中，夹杂着一条短信。这年头，还有几个人会发短信啊？

韩辰绘睁着蒙眬的眼睛戳开那条短信一看，立刻清醒了。原来是银行给她发的短信。看着转账金额后面的那一串“0”，韩辰绘彻底傻了眼。她用脚趾都能想到钱是谁转给她的。问题是，他给她转这么多钱做什么？

他这是在赔罪？不对，他才不可能给她赔罪呢！

他给的零花钱？哼！他那个臭“直男”，才不会这么贴心地给她打零花钱呢！

那……难道这是分手费？哼！韩辰绘把嘴巴噘得高高的。

她气得立刻打开微信把这件事告诉了姐妹们，再把郑肴屿给臭骂了一顿——昨天晚上睡觉前，她把之前和郑肴屿发生的事情说了一遍，姐妹群已经爆发了一轮激烈的辩论。

时珊珊：“所以，你认为是分手费？”

朱芷欣：“你气成这副模样，实名辱骂郑肴屿，是因为他来哄你、挽回你，而是顺着你的道儿直接发给你分手费？”

韩辰绘：“才不是！”

时珊珊：“我昨天就说了，你们两个的婚根本离不了。你虽然是发自内心地生气、想和他离婚，但你喜欢他啊！你这个傲娇鬼，怕是傲娇病又发作了……”

朱芷欣：“呦，你不是因为分手费生气，那是因为什么？难道你没生气？你再这样装腔作势，我也要认同坏女人的说法了！”

韩辰绘：“我当然生气啦，为什么就给我打这点钱？我韩辰绘难道不值他三分之一的资产吗？”

于是，韩辰绘用她从红叶名邸带出来的之前用自己的小金库购买的裙子、鞋子、化妆品，把自己精心打扮了一番。

一个精致女孩，怀揣着郑肴屿打给她的“巨资”，和时珊珊等人相约十二夜！

韩辰绘已经记不得自己究竟有多久没有踏足酒吧、踏足十二夜了，从她开始和郑肴屿一起承担家庭开支以来，她就很少来酒吧玩了。去欧洲的大半年，她除了在巴黎、阿姆斯特丹的时候和郑肴屿去酒吧玩了几次，其他时候都是一个乖宝宝。

“喝酒！”韩辰绘快乐地高举酒杯！

“干杯！”

“干杯！！”

在场的十几个人兴奋地碰杯，包括陪酒女小栀子、蓝花楹在内，都已经喝得脸颊通红。韩辰绘将杯中酒一饮而尽，蓝花楹剥好一颗葡萄，贴心地喂给韩辰绘吃。

哎哟！韩辰绘微皱着眉头，真是太舒服了！

去他的郑肴屿！这才是她喜欢的人生啊！

韩辰绘端起小栀子重新倒满的酒杯：“来来来，干杯！为了正义！”

时珊珊嘿嘿笑了起来，歪倒在韩辰绘身上：“什么为了正义，不好听，应该是——”她每说一个字就敲打一下酒杯，“打、倒、小、郑、太、子、爷！”

除了韩辰绘，在场的其他朋友立刻一惊。这个地方可是十二夜，对郑肴屿而言，这里说是遍地都是他的眼线也不为过，毕竟连这里的老板都是和郑肴屿在一个圈子里玩的。

也只有韩辰绘这个正牌郑太太敢响应时珊珊的口号，她脸蛋儿红扑扑的，表情无比严肃地把小手一挥：“对！打倒小郑太子爷！不对——打倒不行，要打死郑肴屿！”

“辰绘，打死不行啊！”时珊珊对韩辰绘挑了挑眉梢，邪魅一笑，“打死的话，你可就要成小寡妇了啊！”

一提到“小寡妇”，韩辰绘就满脑子都是郑肴屿之前调侃她在哭丧、像个小寡妇之类的画面，她气呼呼地哼了一声：“谁要给他做小寡妇啊，美得他！我要和他离婚了，就算我当小寡妇，也不给他当！”

时珊珊的一个男性友人开玩笑道：“韩大美女，那你给我当吧！”

“我看看你帅不帅？”韩辰绘望了过去，嘻嘻地笑了起来，“小帅哥长得不错啊，可以考虑看看哦！”

韩辰绘晕晕乎乎地说完这段话，韩辰绘的朋友们望着她身后的方向，表情已经凝固了。

韩辰绘为了表达强烈的不满，还在那儿像小猪崽儿似的挥舞着手臂不停地哼哼着。然后，她的手腕就被突如其来的一只手给握住了！

韩辰绘正气着呢，她眯着眼睛转过脸，奶凶奶凶地吼过去：“哪个不长眼的浑球儿吃了豹子胆，敢抓本女侠！”

下一秒，一个又低又冷的声音传来：“我这个浑球儿。”

韩辰绘眨巴了一下大眼睛，昏暗中，五颜六色的灯光从那人的脸上扫过，金丝边眼镜框闪了几下微弱的光芒，他的表情一如既往地冷，也一如既往地“欲”。她不禁在心底感叹：这个男人，还真是——

真帅！

真性感！

真斯文败类！

也……真讨厌！

韩辰绘猛地甩开郑肴屿的手，嘟着嘴巴开始耍酒疯：“放肆！你胆敢以下犯上，我要送你去尝尝十大酷刑！”

没想到郑肴屿冲韩辰绘微微一笑：“可以！你没把我折磨死就算你输，好吧？”

韩辰绘站起身，生气地推了下郑肴屿的胸膛：“你这厚脸皮，我能折磨死谁都折磨不死你！”

她说完就不理郑肴屿了，刚要坐下继续喝酒，就见郑肴屿绕到了她面前。他弯下腰，强硬地用一个标准的公主抱将韩辰绘从沙发上横抱了起来。

韩辰绘立刻奓毛，撕打着郑肴屿：“你干什么？！你放下我！”

郑肴屿任由韩辰绘撕扯他的头发，此刻的他已经形象全无。他最后还是要强行挽回尊严，对韩辰绘的朋友们礼貌地笑了一下：“绘绘我就先抱走了，今天所有消费都记在我的账上，各位随意开心。”

韩辰绘被郑肴屿抱走的时候，伸出双手向时珊珊求助：“珊珊救我！珊珊救我——”

她万万没想到，时珊珊对她不停地抛媚眼：“夫妻没有隔夜仇，和你老公去吧，好好谈谈。”

韩辰绘发誓，时珊珊这个坏女人才不会画风突变成这样，她一定是被郑肴屿这个老狐狸给收买了！一定是！

郑肴屿横抱着韩辰绘，韩辰绘撕扯着郑肴屿，两个人毫无形象地来到了停车场。

郑肴屿一直抱着韩辰绘，按了下手中的车钥匙。门锁打开，郑肴屿将韩辰绘放进副驾驶位，给她系好安全带，关上车门。郑肴屿自己则坐进了驾驶位。

韩辰绘撕扯着安全带，大喊大叫："郑肴屿，你现在应该找的不是我，而是我的律师！你应该去见见他，你们好好研究一下我们离婚的事情！"

郑肴屿伸出手，紧紧地按住韩辰绘解安全带的手，把自己的手指轻轻地插入韩辰绘的指缝中，暧昧地把玩了一下她的手，再把她的手拉到唇边，轻轻吻了吻手背。

韩辰绘看到他在黑暗中慢慢地抬起眼，语气和眼神都无比坚定："绘绘，我是不会和你离婚的。"

韩辰绘冷哼了一声："郑肴屿，你不要再妄想像过去那样，用强权镇压我，我没有什么好失去的了。你也不要指望我还会像过去一样容忍你，包容你对我做的一切，这是不可能的。我们两个三观相悖，除了离婚，没有第二条路可以选择。"

韩辰绘吸了吸鼻子，强忍着不让眼泪落下。和心爱的人说"离婚"，是一件多么让人心如刀割的事情，明明她那么喜欢他，却不得不和他分手……

郑肴屿垂下脸，依依不舍地逐一吻过韩辰绘的手指："绘绘，我真的不是故意要那样对你的，我只是想把我认为好的都给你。"

他一直没有抬起头，韩辰绘看不到他的表情，只能听到他语气落寞地说："我从小优秀到大，我可以考常春藤，可以抢股份，可以管公司，我会学习，会谈判，会赚钱，会各种阴谋阳谋……不管是好的、坏的，我什么都学会了，可就是没人教我怎么爱一个人……"

韩辰绘一脸呆萌地看着郑肴屿。他刚才说——没人教他怎么爱一个人？

爱？他说"爱"？难道……他爱她？

韩辰绘简直要被这从天而降的喜悦冲昏了头脑！

他爱她？他说他爱她！怎么可能呢？怎么会这样？！

韩辰绘仿佛能听到自己的心脏在黑暗的车厢中用极快的速度怦怦怦地跳个不停——

爱……他怎么会爱她？

在这一刻之前，韩辰绘甚至不敢幻想他能喜欢她。毕竟，毕竟她就是他身边一个无用的花瓶啊！他不是说过，他们是没有爱情的婚姻……

韩辰绘一想到“没有爱情的婚姻”这几个字就浑身难受。

郑肴屿周身的气场缱绻而亲昵，他又吻了吻韩辰绘的手指，然后用低沉的声音又轻又柔地说：“在你哭着大声和我抗议，在岳父大人揍了我，甚至连我爷爷也数落我‘活该’之后，我今天白天开会时脑子在不停地思考，我是不是确实那么活该。我们结婚三年，我们之间似乎没什么感情，但似乎又有牢不可破的感情——我特别喜欢逗你，不管你是被我逗笑还是被我逗哭，我都会觉得上天是很优待我的，让我得了一个像你这样活蹦乱跳、明艳可爱的老婆。渐渐地，我对这样的生活变得有些贪婪，想要你的一生，想和你一辈子在一起……”

韩辰绘沉浸在他刚才说的那个“爱”字之中，整个人都兴奋得飘飘然了。她的大脑已经接收不到后续的信息，直到郑肴屿开始吹她的彩虹屁，她的小尾巴又立刻翘到了天上，从心尖尖上冒出一堆又一堆甜甜的粉红泡泡。

不过，为了保持格调，她表面上故作正经，装腔作势地撇了撇嘴：“然后呢？”

她加大暗示力度！

“我们这样打打闹闹、欢声笑语地过一辈子也很好，就像我曾经说过的‘没有爱情的婚姻才是永恒的’……”

又来了，他又来了！

真是她不想听什么他就来什么，这个“直男”是彻底没救了！

韩辰绘气坏了，一脸要哭的样子。

“因为没有爱情，我们才会互不干涉、互不叨扰；因为没有爱情，所以我们各玩各的、各自为战，包括私生活以及事业。你看，绘绘——”郑肴屿轻轻放下韩辰绘的手，张开双臂将她搂进怀中。

韩辰绘不满地挣扎起来，可郑肴屿也非常强硬，紧紧地抱着她不放：“如果我们一直是‘没有爱情的婚姻’，那么我们就会一直相安无事，就不会有现在的‘分歧’和‘争吵’。所以在我的观念中，‘没有爱情的婚姻才是永恒的’根本没有任何问题，只有不在乎，才会无视对方，才会随意相处。”

韩辰绘把脸颊贴在郑肴屿的颈窝处，极其不满地小声哼了一下。

“两个人之间一旦产生了感情，就再也无法保持平衡，随之而来的便是越来越多的小心思，越来越偏执的占有欲。爱情就是一场战争，我们拼命想扫清对方世界里的一切敌人和障碍，拼命想要捍卫自己的家园，想让对方的内心、身体，所有的地方都属于自己、忠于自己。就像我们最近这段时间，因为在乎，所以扭曲——我开始反常、开始发疯；而你呢，虽然不舒服，却也为了你对我的感情而选择委屈让步。如果不喜欢我，你会让步吗？你会让自己不舒服吗？你怕是早就和我“拼刺刀”了吧！”

韩辰绘委屈地嗯了一声，声音自他的颈窝处传来，听起来闷闷的：“你还不算无药可救哦，心里终于有数了……”

郑肴屿轻轻地笑了起来：“可是，这样压抑情绪的时间久了、累积多了，只会爆发得更彻底。以后，这种事情说不定还要再次发生——两个人一会儿哭、一会儿笑，一会儿好、一会儿闹，一会儿如胶似漆、一会儿不可收拾，今天闹离婚、明天似新婚，反反复复，神经兮兮的……”

韩辰绘的眉头越皱越紧，他这不正是在说她呢吗：一会儿哭、一会儿笑，一会儿似新婚、一会儿闹离婚。

郑肴屿微微侧脸，轻吻着韩辰绘的耳朵：“为什么以前我可以做到对你的事业不闻不问？为什么以前我可以冠冕堂皇地支持你的事业？而后来，我为什么越来越受不了——越来越受不了你和那些男明星‘逢场作戏’，越来越受不了贺开晨做你公司的投资股东？我也不知道为什么自己受不了的东西越来越多。我想让你过最幸福快乐的日子，我想让你一直在我身边、在我的视线里。你的生命里不需要贺开晨，不需要其他莫名其妙的人。只要你也喜欢和我在一起，无时无刻不想和我在一起，这样就够了。我拥抱着你，像是抱住了我的全世界；而你拥有我，也等于拥有了全世界……在昨天之前，我一直是这么自信地认为着。”

韩辰绘微微发蒙地眨了眨眼，这……怎么还上升到意识形态了呢？

不过，韩辰绘是真的很佩服郑肴屿。这个男人也不知道是不是职业病犯了，怎么感觉不像是在和她谈情说爱，而像是在谈判桌上和对手谈生意：摆事实、讲道理，口齿伶俐、条理清晰，冷静得要命……

韩辰绘又想起时珊珊之前说过的话：无论从什么角度来看，韩辰绘和郑肴屿都完全不是一个段位的，她韩辰绘怎么能玩得过这个男人呀？

“我已经几十个小时没有睡觉了，但是我从来没有像现在这样清醒过。我好像终于开窍了一点，知道了爱一个人究竟是怎么回事。我想，我不会，也不敢再强迫你做什么事了。爱一个人，就是要把她的感受放在第一位，就是要知道她想要什么，而不是我想给什么。我世界中的主语，是‘她’，不是‘我’……”

韩辰绘感觉鼻息间全是郑肴屿的气息，她抿了抿唇角——他又说了一次“爱”……

韩辰绘微微推了下郑肴屿的胸膛，从他的颈窝处抬起脸，眨巴了下眼睛，声音软软的：“你是想说，你……你爱上我了吗？”

郑肴屿微微一笑，用手指轻刮了下韩辰绘的鼻尖，声音低沉得好似蛊惑：“你猜？”

她猜个锤子啊！

现在要是有张桌子，她能直接把桌子给掀了！

“那你能做到吗？”韩辰绘用力挣脱郑肴屿的怀抱，“不强迫我，把我的感受放在第一位？”

郑肴屿暧昧地似笑非笑道：“如果只是某一方面，把你的感受放在第一位，那我肯定能做到。”

郑肴屿果然是郑肴屿，都这个节骨眼儿了还忘不了调戏她！

“郑肴屿！”韩辰绘在小小的车厢里开始与郑肴屿对峙，“你这个王八蛋、浑球儿！你就算猫哭耗子、老虎挂念珠、黄鼠狼给鸡拜年，我也是绝对不会这么轻易原谅你的！”

她把脖子一梗，紧皱眉头，奶凶奶凶地宣布：“我要作！”

郑肴屿看着韩辰绘可爱傲娇的小模样，忍不住笑了一声，又伸手去抱她：“你要作啊？那你准备要怎么作呢？！”

韩辰绘一脸严肃地瞪了郑肴屿一眼，凶了回去：“你管我怎么作呢！你无权知道这些！”

郑肴屿认命地摊了摊手。他能怎么办呢？自己的老婆，又是他喜欢的女人，他之前又把人给惹得大哭大闹着要离婚，不管怎么样，他也只能跪着宠下去了……

韩辰绘往座椅上一靠，把双臂抱在胸前，像女王大人在命令她的骑士：“你！现在！送我回家！”

郑肴屿看了看韩辰绘，忍不住嘴角微翘，启动了车子。

在途中，韩辰绘感觉到路线是回红叶名邸的，她又狠狠地敲了下车子前台：“谁说要和你回家了？我们现在还在离婚协商期好不好！送我回我爸爸那儿，我要回春风又绿——”

一连半个月，韩辰绘除了工作，天天都和朋友们出去玩。

郑肴屿的车子就停在她的楼下，韩辰绘连看都不看一眼，总是在郑肴屿的眼前光明正大地坐上其他小哥哥的车子，再和他们一起去夜店。那些司机小哥都是时珊珊的朋友，和韩辰绘的关系也算不错，两三年前就在一起玩。

郑肴屿的脸色一天比一天黑。

韩辰绘可真够狠的，他答应过要把她的感受放在第一位，她明明知道这一点，就故意狠狠地折磨他！他马上就要二十八岁了，终于第一次深刻体会到了何为“憋屈”——二十八年来，从来没有人敢让他“憋屈”！韩辰绘是第一个，也是唯一的一个！

郑肴屿用看死人的眼神盯着韩辰绘和司机小哥，恨不得冲上去扒了司机小哥的皮，然后再扒了韩辰绘的衣服！

金莎世界，大厅角落。

“干杯！”韩辰绘兴奋地举杯。

“干杯！！！”朋友们疯狂响应！

朱芷欣坐在韩辰绘旁边，和大家干过一杯之后，看了看正在手舞足蹈的韩辰绘：“你最近真的是没人管，彻底撒欢儿了啊！”

韩辰绘吃了一口薯条，斜着眼睛：“谁管我！”她说完，觉得不够有气势，也不够有格调，又加了一个字，“谁敢管我！”

朱芷欣故作惊悚，把嘴巴咧得超大：“好哦，论装腔作势，你是这个——”她对韩辰绘竖起大拇指。还没等韩辰绘飘起来，朱芷欣就把大拇指从“竖直”慢慢地弯到一边，往韩辰绘身后的方向指了指，笑得贼兮兮的：

“反正我是不敢管你，那……他呢？”

韩辰绘瞪了朱芷欣一眼：“谁啊？让我看看是哪个不怕死的敢管我！”

她顺着朱芷欣指的方向转过头，五彩的光线将楼梯口的暗处扫得忽明忽暗，那个男人就站在人群之中，冷漠地推了推眼镜。他的周围有一群朋友，其中包括韩辰绘认识的唐烜、李绍齐、白虹等人。

正好一抹光线照亮了那个男人的脸庞，他用右手做了一个“枪”的手势，冲她微微一笑，打了一枪。

韩辰绘愣住了，几秒钟之后，她呆呆地打了一个酒嗝儿。

大家都是常年混夜店的人，韩辰绘当然明白郑肴屿刚才那个手势所蕴含的意思：那是赤裸裸的暗示，代表他看好她、喜欢她、吃定她了。

韩辰绘眨巴着眼睛抿了抿唇，只觉得自己的脸颊热热的，不知道现在看起来是不是很红。

猝不及防地，她被，被撩了……

几秒钟之后，韩辰绘突然又生起气来——哼！谁要理他！

她气呼呼地转过脸来，重新倒满酒，举起杯：“来来来，继续喝酒——”

在场的朋友们也注意到了不远处的郑肴屿，他们有的清楚韩辰绘和郑肴屿的关系，有的却不清楚——那些不常在一起喝酒的、不知道时珊珊从哪里招来的男人和韩辰绘不太熟，韩辰绘最近和郑肴屿闹离婚，几乎不会提郑肴屿。这些混夜店的男人当然没人不知道郑肴屿，其中一个不清楚韩辰绘和郑肴屿关系的人打趣道：“那位小郑太子爷在对谁做手势啊？”

“不知道啊！”另一个不知情的朋友对着韩辰绘眉飞色舞，“肯定是对我们的韩大美女——整个场子看下来，没见到一个比咱们韩大美女更漂亮的了。”

韩辰绘脑海中不停地浮现出郑肴屿刚才的手势和笑容，她听到这话耳朵尖都红了，骄傲地说：“这么黑的环境，能看出来谁比谁美啊？”

时珊珊不满地敲了敲桌面：“你们说这话我可就不爱听了！怎么，你们的意思是韩辰绘最美，我们其他的女生就都是臭鱼烂虾了？”

“没有没有——”他们赶紧跪舔时珊珊，“珊珊也是大美女。”说话的人再看看在场的其他女生，“大家都是美女。”

韩辰绘微微叹了口气，这些男人都好无聊啊……要不是时珊珊说喝酒一定要找几个男生来，她根本就不想和这些不熟的男人喝酒。不过，韩辰绘回想起最近她上小哥哥的车的时候，郑肴屿那张黑黑的臭脸，她突然就暗爽了！

她也不能总被郑肴屿欺负吧？必须让他吃点瘪，顺便再灌他几缸醋喝喝。

韩辰绘和朋友们喝到下半夜，散局。她和朱芷欣互相搀扶着，一起耍酒疯，大声唱歌。

韩辰绘刚唱了半首歌就被时珊珊叫停："韩辰绘，你给我闭上嘴！你唱歌就是'声化武器'，自己不知道吗？"

韩辰绘走到前台，口齿不清地说："买单！"

前台服务生礼貌地微笑着："你好，已经有人付过账了。"

韩辰绘和朱芷欣面面相觑，两个人不约而同地对指了一下。

郑肴屿——只有郑肴屿……

韩辰绘晃晃悠悠地走出金莎世界，几辆黑色轿车正等在门口。见到韩辰绘的身影，司机们一起下车，恭敬地说："太太，我们送您和您的朋友回家。"

韩辰绘又和朱芷欣对视了一眼。她也没有客气，径直走向一辆车坐了进去，对后面的朋友招了招手："我先回家了，你们到家发微信哦！"

韩辰绘懒洋洋地瘫在后座上。她一直强撑着睁眼，看着行驶的路线。她很怕郑肴屿抖机灵把她送回红叶名邸，好在司机送她回了春风又绿。

"谢谢，再见。"韩辰绘道谢后下车。

回到家里和朋友们互发微信道平安之后，她脱了衣服在浴缸里泡了半个多小时，保养皮肤，敷了个面膜，然后回到卧室。

她刚躺上床，叮咚——微信响了起来。

韩辰绘迷迷糊糊地按开，看到对方的名字，她立刻清醒了过来，是郑肴屿。

她戳开对话框，郑肴屿发了一张可爱熊的表情包："我是九你是三，我除了你还是你。"

十秒钟过去，郑肴屿又给她发了一张表情包，是熊猫脸："被你赞过的朋友圈，叫甜甜圈。"

韩辰绘脸上的面膜都快要裂了！

郑肴屿吃错药了？郑肴屿的电话被人偷了？不知道他发的这些是追求她，还是故意恶心她。

郑肴屿："我最近学会了一门新技能，算命。"

韩辰绘冷眼看着屏幕，总觉得接下来还有内容。果然，几秒钟之后。

郑肴屿："我掐指一算，你命里缺我。"

在闹离婚事件开始之后，韩辰绘第一次给郑肴屿发了一个表情包。

韩辰绘："你失去我了。"

郑肴屿不再发消息了。

很好，世界清静了。

从那之后，郑肴屿除了每天给韩辰绘打钱，又发展了新的副业——发微信、发表情包、发各种土味情话。

例如——

韩辰绘起床，打开郑肴屿的微信。他先给她发一张自拍，再发一张手背照和脚背照。

郑肴屿："这是我的手背，这是我的脚背，你是我的宝贝。"

他从哪里学来的土味情话？简直俗到不行！

韩辰绘吃午饭。

郑肴屿："你知道牛排怎么才好吃吗？"

韩辰绘正在吃牛排，不禁愣了愣：怎么吃？她低头看了看盘子里的牛排，五分熟？黑胡椒？

韩辰绘傲娇地回了一句："不吃！"

郑肴屿立刻回她："我喂你吃。"

她要疯了！

韩辰绘吃晚饭。

郑肴屿："我想你一定很忙，所以你只看前三个字就好。"

可是，不知道为什么，看着这些幼稚到不行的土味情话，她的嘴角却止不住地上扬。

哼！她才没有开心呢！

韩辰绘虽然表面上是个精致女孩，可是她的本质果然是个土味 girl（女孩）——比起郑肴屿之前那些高端而冷静、不知道是告白还是谈判的话语，她果然还是更吃土味情话！

加大力度！

晚上，韩辰绘趴在床上创作“盛佳岛和魏画画的绝美爱情故事”。叮咚——微信再次响起，韩辰绘立刻拿起手机。

郑肴屿：“现在几点？”

韩辰绘不满地噘嘴——他没有吹她就算了，还胆敢问她几点！

韩辰绘：“十点了。”

十几秒钟之后，微信又来了——

郑肴屿：“不对，是我幸福的起点。”

韩辰绘把嘴巴噘得更高了！他以为她会喜欢千年难得一见的“舔狗模式”的郑肴屿吗？他以为她看到他吹的土味情话就会身心愉悦、想让他加大力度吗？

她才没有！她才不会呢！

韩辰绘快要睡觉之前，叮咚一声，郑肴屿又给她发了一个小视频。她兴奋地戳开——驯鸟房里，小猴子的头上戴着花环，身上裹着一串又一串的鲜花，正在手舞足蹈。它旁边的大鹦鹉正扯着破锣嗓子唱 BGM（背景音乐）：“灰宝灰宝我爱你，阿弥陀佛保佑你！愿你有一个好身体，健康有魅力！”

哼！不要以为不停地吹土味情话，现在又绑架了鹦鹉和猴子，她就会原谅他了！她不开心！一点都不开心！

韩辰绘的脸颊涨得通红，她才没有高兴呢！她丝毫没有高兴！

郑肴屿又给韩辰绘发了个小视频，绿毛继续扯着破锣嗓子，没有灵魂地大叫：“郑太太，明天我可以和你约会吗？”

韩辰绘回了三个字：“不可以！”

叮咚叮咚——郑肴屿拨来了微信通话，韩辰绘犹豫了一下，不情不愿地接起。

郑肴屿低沉的笑声从她的耳边滑过：“郑太太，那我明天可以和你约会吗？”

第十六章　他吃醋了

来自直男郑肴屿的约会邀请?

郑肴屿不愧是能成大事业的男人，太懂得如何利用己方优势和针对敌方弱点了。郑肴屿十分了解韩辰绘，她就是个大椰子，外表坚硬难砍，内里又软又甜。别看她平时和鹦鹉拌嘴、嫌弃猴子不太聪明，其实她的内心早已对它们有了感情。看到被“绑架”的宠物们的萌态，她有极大的可能会糊里糊涂地被他哄骗过去。

如果是过去的韩辰绘，一定会如郑肴屿所愿，可现在的她已经占据了主动权：“你明天想和我约会啊？”韩辰绘微笑着脸说道，“既然你诚心诚意地发问了，我就大发慈悲地告诉你——明天我要和爸爸去郊区的大院，如果你想约我，可以过去问他。”

他的老婆学坏了!

韩辰绘突然委屈起来，害怕郑肴屿在电话里听不清，她还故意将抽泣的声音放大，开始表演：“哎呀呀！我们也是没办法呀，现在连个糊口的办法都没有了！小白菜呀，地里黄呀——”

天大地大，戏精最大!

还没等郑肴屿继续他的土味情话，韩辰绘就说：“小郑太子爷最近没少在网上‘冲浪’吧？你搜那些土味情话的时候有没有听到一句话——舔狗舔到最后，注定要一无所有！”韩辰绘说完笑了一声，挂了电话。

她没撒谎，明天她确实要和韩宗琦去郊区大院。

前两天韩宗琦认真地和她聊了一晚上：“辰绘，你现在年轻，喜欢在外面晃，喜欢闯自己的事业，我们尊重你的选择。但我们韩家的事业总要有人来继承，你姐姐冬果在根雕方面没有天赋，将来肯定要落在你的身上。你的想法如何呢？”

韩辰绘抿了抿唇角，没有回答。

她和韩冬果从小就跟爷爷学习书法绘画之类的东西，她又学了羽毛画，等长大一些，韩宗琦还教过她们根雕。韩冬果确实没有天赋，后来也不肯花费时间和精力在根雕上。而韩辰绘……就算“阿浓”那个艺名再怎么土味，可“阿浓”名下的“岁寒三友”确实是灵气逼人，不然也不会被韩宗琦放入根雕基地的“展示房”里了。

“我……”韩辰绘支支吾吾，“我……”

她虽然比较有天赋，但她对根雕没有什么兴趣。她喜欢演戏，热爱演戏，并且想要得到大家的认可。这也是她对郑肴屿不能释怀的方面之一。

韩宗琦看着她：“你想说什么？”

“爸爸，我不想放弃最初的坚持。”韩辰绘真诚地说，“请你允许我任性一次，我可以一边慢慢熟练根雕，一边继续我的演艺之路……”

韩宗琦拍了拍韩辰绘的手背，没有再说什么。

韩辰绘挂了郑肴屿的电话后，在床上翻滚了两圈。她认真地想了想她和郑肴屿之间的关系和未来。

她喜欢他吗？

喜欢。

她想和他离婚吗？

忽想、忽不想。

如果是“正常状态”“舔狗状态”的郑肴屿，她肯定是不想的；如果是“非正常状态”“疯狗状态”的郑肴屿，她一定要和他离婚！

她现在无法确定他会不会一直保持“舔狗状态”。毕竟他是郑肴屿，是郑家的“太子爷”，是一个站在金字塔顶端发号施令的人物，万一未来他又受到什么刺激，占有欲和控制欲爆发，她又该何去何从？

她要彻底被折断翅膀，做一只穿金戴银的小金丝猴？或者，她再闹一次离婚？那……长痛不如短痛。

这一次，他们两个一定要闹出来一个结果：要么以后一辈子相亲相爱、幸幸福福，要么忍痛割爱、彻底分手。

韩辰绘在冥想中睡了过去，第二天早晨醒来，她的笔记本电脑自动进入休眠状态，她打着哈欠按开她的“盛佳岛和魏画画”的 word 文档被睡梦中的她足足打了三万多个乱码……

韩辰绘已经没有时间去处理她的小说了，韩宗琦做好早饭，正坐在餐厅一边看报纸一边等她。她赶忙洗漱完毕，出去和父亲一起吃了早餐。

韩辰绘收拾完碗筷，回到卧室，认真且快速地化妆，换上她前两天新买的长裙和风衣。精致 girl 打扮完毕，挎上包包，和韩宗琦一起出门。

楼下停着一辆灰色轿车和两辆黑色轿车，黑色轿车中坐着的都是保镖。

前方的灰色车车主见到韩宗琦和韩辰绘，立刻从车里走了下来。韩家父女不禁都愣了一下。那个车主斯文地推了推鼻梁上的镜架，微笑着唤道：“岳父大人。”

这个世界上能叫韩宗琦“岳父大人”的，除了韩冬果的丈夫冯至期，就只有郑肴屿。

韩辰绘面无表情地瞪着郑肴屿，哼！这个臭男人！他只会叫“岳父大人”是吧？

郑肴屿一直保持着微笑：“昨天听绘绘说你们要去郊区大院，我今天正好不忙，送你们过去吧。”

韩宗琦看了看郑肴屿，再侧过脸看向韩辰绘。韩辰绘小脸鼓鼓的，正气呼呼地瞪着郑肴屿。

之前韩辰绘向韩宗琦袒露过心声，韩宗琦知道韩辰绘对郑肴屿的感情，看她的样子也不像是对郑肴屿彻底断了情，便点了点头：“那好吧，麻烦你了。”

郑肴屿笑了笑：“岳父大人说哪儿的话，怎么会麻烦呢！”

韩宗琦坐进车后座，直接关上了车门。

车外只有韩辰绘和郑肴屿两个人，韩辰绘依然板着脸，冷冷地瞪着郑肴屿。

郑肴屿注视着韩辰绘，突然轻笑一下，非常绅士地拉开副驾驶位的车门：“老婆大人，请上车——”

听到“老婆大人”，韩辰绘的脸色终于有所好转。

哼！这还差不多！

郊区大院，韩家根雕基地入口处的小房子里走出一个中年男人，正是那位在韩家工作了十几年的刘叔。

“辰绘。”刘叔热情地招呼着韩辰绘，随后看到站在她身后的郑肴屿，他立马收敛笑容，毕恭毕敬地打招呼，“郑总。”

郑肴屿向刘叔点头示意。

“好了。”韩辰绘转过身，一脸傲娇地把小手一挥，“你已经把我们送到了，谢谢你，你现在可以离开了。”

她这是卸磨就杀驴啊！

他现在总算明白了，女人翻起脸来，比任何资本家都不认人……

韩宗琦从后面走了上来：“辰绘！”他皱着眉对韩辰绘摇了摇头，“肴屿既然过来了，你就带他进去走走，又不会少你一块肉，不要直接赶人。”

韩辰绘不满地看了看郑肴屿，自行走进大院里，郑肴屿立马跟上。

大院入口处有几栋类似工厂的房子，里面有根雕师在工作。郑肴屿跟着韩辰绘走进最小的一栋房子，里面有六七个根雕师，其中三个是中年男人，剩下的都是年轻人。中年男人的前方摆着几件根雕作品，正在跟年轻人分享经验，几人很明显是师父和徒弟的关系。

见到韩辰绘和郑肴屿，那些根雕师停下手中的工作和他们打招呼。韩辰绘报以微笑，打开旁边的门走了进去。

里面是独立的房间，有一个卧室大小。这里是韩宗琦分给韩辰绘的工作间，有根雕所需的各种工具以及几个树根原材料。

韩辰绘没有搭理郑肴屿，她在几个树根原材料前绕来绕去，最后选择了最小的树根。她将树根搬到房间中央的工作台上，认真地打量着树根。

这个时候，明媚的阳光从窗户照射进来，透过窗口层层叠叠的枝丫和树叶，在她的身上形成了轻轻摇曳的光晕。

阳光不仅照亮了韩辰绘的脸颊，也照亮了郑肴屿的心田。他情不自禁地张开双臂，从后面将韩辰绘抱进怀里。

韩辰绘先是愣了几秒钟，之后立刻挣扎起来："干什么？我还没原谅你呢！不许动手动脚！"

下一秒，她便感觉到郑肴屿把嘴唇轻轻贴在她的耳畔，贪婪地含弄着她的耳朵。他轻轻地笑了一声，声音低沉又性感："你这个双标的女人，以前可以教贺开晨做根雕，现在为什么不教我？"

韩辰绘哼了一声。

郑肴屿抱着韩辰绘，让她在自己的怀中转个身，下一秒，她的感官间便充满了他的气息。

近在咫尺的距离，两个人目不转睛地对视着。

郑肴屿抬起一只手，用手指轻轻摩挲着韩辰绘的红唇，似笑非笑："怎么，这张小嘴为什么不动了？看来是被我说中了，你怕是不敢教我吧，胆小鬼！"

韩辰绘这个人的优点、缺点、弱点全部显而易见，激将法对她是百分之百命中的："不敢？谁说我不敢了！"韩辰绘梗了下脖子，表情也凶巴巴的，"好啊，我教你就教你，你要是学不好，我就打你！打死你！"

郑肴屿闻言，唇角微微上挑。

韩辰绘指了指工作台角落的一个小木牌："首先，你需要起一个艺名，自己刻上去。"

郑肴屿霸道又不讲理地说："我要和你用情侣名！"

"阿浓"和"阿情"这两个土味情侣名就像他心里的一根刺，他一想到就浑身不舒服！

"情侣名……"韩辰绘立刻摇头，"不行！我就要叫'阿浓'！你再怎么不喜欢，我都要叫'阿浓'！玩归玩、闹归闹，别和你'浓姐'开玩笑——我的'岁寒三友'在圈内可是小有名气的好不好！"

"可以，你就叫阿浓吧。"郑肴屿冷冷地看了韩辰绘一眼，拿起那个小木牌，又拿起刻刀，开始刻字。

第一个字："阿"。第二个字："浓"。

韩辰绘疑惑地皱了皱眉：阿浓？

第三个字："之"。

韩辰绘看着郑肴屿，眨了眨眼。

郑肴屿将刻刀夹在指间，就像他往常夹烟似的，爱怜地抚摸了下韩辰绘肉嘟嘟的脸蛋儿，对她微微一笑。最后，他一笔一画地刻上去最后一个字——"爱"。

那一瞬间，韩辰绘的脸都黑了。

阿浓之爱？

这也……太土味了吧！真是超出极限的幼稚和土味！

如果不是为了维持自己的格调，韩辰绘简直要做出"可达鸭抱头"的表情。

小郑太子爷！您的格调呢，随着那些土味情话飘走了吗？

"不行！"韩辰绘气哼哼地开始捶打郑肴屿，"你不许叫这个土气的'阿浓之爱'！不许叫，快改掉！不许叫——"

郑肴屿放下刻刀，握住韩辰绘甩过来的小拳头，将她拉进怀里的同时微微俯下身，轻而易举地用一个标准的"公主抱"打横抱起她。

他轻轻啄了下韩辰绘的嘴唇，笑得暧昧又缱绻，声音又低又沉，几乎是贴着韩辰绘的心尖飞过："好，我不叫，那你叫给我听——"

韩辰绘和郑肴屿在小房间里拉拉扯扯，郑肴屿紧紧抱着韩辰绘，强硬地抱着她，坐到房间角落的沙发里。

这种无法挣脱的感觉实在太糟糕了，让她回想起在欧洲时那些在郑肴屿"暴政"下暗无天日的生活……

在郑肴屿马上要吻上她的时候，韩辰绘张开嘴，对准郑肴屿的脖颈猛地咬了下去。

突如其来的痛楚让郑肴屿立刻皱紧了眉头，从喉中发出细微的气声。他微微垂下眼，看向"犯罪分子"。她躺在他的怀里，毫不畏惧地注视着他，大眼睛眨巴眨巴的，脸上的表情似乎在说："对，就是我干的，你也来咬我呀！"

郑肴屿的唇角略微动了一下，他可以咬她，却不能真的咬她，他只能慢慢地低下头，轻轻地亲了下她的脸颊。

韩辰绘缩了缩脖子，想躲避郑肴屿落下来的吻，却失败了。脸蛋儿被人占了便宜，她气呼呼地推了推郑肴屿的胸膛，阴阳怪气地说："'阿浓之爱'，还不快放开我！"

当韩辰绘口中吐出“阿浓之爱”这个名字的时候，两个人不约而同地愣住了。

韩辰绘的心中如有一万匹羊驼呼啸而过，“阿浓之爱”这个土气的名字，只是在脑海中想想就土得让人三天吃不下饭，刚才郑肴屿在木牌上刻出来，直接雷得她浑身僵硬。而现在，她亲口说出来之后，只觉得这个名字比之前更加土味了好几百倍！

韩辰绘嫌弃地噘起嘴，从郑肴屿的怀中跳了出来。她不承认这个土气的男人是她老公！她不承认这个土得掉渣的男人是小郑太子爷！她不承认！

而郑肴屿的脑回路和韩辰绘完全背道而驰：她亲口承认了他是“阿浓之爱”，那么阿浓等于韩辰绘，阿浓之爱等于郑肴屿，于是，韩辰绘之爱等于郑肴屿！

郑肴屿从沙发上站起身走到韩辰绘身后，试图拥抱她，被拒绝。他干脆对准她耳后柔嫩的肌肤轻轻地吹了一口气，韩辰绘立刻酥了。

郑肴屿低声一笑：“怎么，你刚刚是在对我表白吗，我是你的爱？”

她傲娇地转过身去，开始认真地处理树根，不理郑肴屿。

哼！就知道“直男”的嘴里永远吐不出象牙来！

在韩家郊区大院的一天，韩辰绘一直处于“小傲娇”和“小作精”的交替状态，一言不合就开始“作”郑肴屿，一言不合就不搭理他。而郑肴屿呢？如果旁人看到屋内的场景，一定会以为自己的眼睛有问题，出现了幻觉——郑家名副其实的太子爷，高高在上、发号施令的大总裁，竟然在一个小女人面前“卑躬屈膝”，化身为“天字第一号舔狗”，在那个小女人面前马首是瞻、忙前忙后。

小女人脸一沉、眼一横，说一句“渴了”，他立刻体贴地倒水，还必须是温度不冷不热刚刚好，热了要重新倒，冷了也要重新倒；小女人眉一皱、嘴一噘，说一句“累了”，他立马体贴地按摩，从肩膀到胳膊、到背脊、到大腿……力道要不轻不重刚刚好，轻了重新捏，重了要被捶，老佛爷都没有她难伺候。

如果有不明真相的群众听说了这些，一定会一脸见鬼的表情。

“吓死我对你有什么好处？那是郑肴屿、小郑太子爷！哪个女人能有这个待遇，敢这么大胆？不要命了？！”

“在？为什么编故事？我不相信那是小郑太子爷！来来来，让我看看是哪个女人……”

当众人看到“小女人”的庐山真面目——哦，是郑太太啊，那没事了。

就是这么真实！

秋末冬初，是文玩圈的狂欢季，一年一度的各大拍卖会、交易会全在此时陆续开始。

今年根雕界的新星之一，必然是韩辰绘。当然，很多人不知道韩辰绘是谁，他们只知道“阿浓”。

韩辰绘耗时三个月完成的“枯木逢春”，是继几年前“岁寒三友”之后的又一力作。

“枯木逢春”原本是一个不太规整的树根，右边突出一大块，看起来十分突兀。韩家的几个根雕师都认为这个树根没什么价值，无法雕刻出他们喜欢的模样。反倒是韩辰绘一声不吭地将那个树根领了回去。

她没有大刀阔斧地改造，更没有砍掉右侧突兀的地方，而是保留了树根的原汁原味。那块不规整的地方，韩辰绘用作主线条，作为树干轮廓，再刻出一条又一条的树枝形状，又在每一条树枝上刻出了果实，果实小小的、圆圆的，显得大气又可爱。

作品“枯木逢春”一经问世，就让“阿浓”这个沉寂许久的名字再次响亮于根雕界和文玩圈。除了韩家内部人员和几个跟韩家较好的朋友，其他人都不知道“阿浓”就是韩家的少东家、小公主。

根雕不是文玩圈主流，但在拍卖会上也有自己的一席之地。当然，普通人想把自己的作品带上拍卖会，那是难上加难。韩宗琦不同，韩家是根雕世家，韩老爷子和韩宗琦都是知名的根雕大师。这一次，韩宗琦把韩辰绘的“枯木逢春”也带上了拍卖会。

拍卖会当天，韩辰绘乔装打扮了一番，便装、墨镜，一样不能少。

孟小桔吵闹着也要跟她一起去，理由是：雨雨姐夫不在，替雨雨姐夫守护灰灰姐的大任就落在我的身上了！

OK（好吧），还是 CP 女孩猛。

由于韩辰绘是走拍卖者的渠道，她没有和韩宗琦为首的韩家人一起来秋拍。

那天中午，贺开晨来春风又绿接上韩辰绘，两个人又一起去接了孟小桔。

孟小桔在外面就注意到了驾驶位上的贺开晨，立刻做出防卫姿势，一直瞪着贺开晨，不情不愿地坐上车。

孟小桔一上车就毫不客气地打了韩辰绘一下，凑到她的耳边，几乎咬牙切齿地说："灰灰姐，你可真是没有良心呀，这就跑到前男友的车上了！万一被雨雨姐夫知道，他的心怕是要碎成渣渣了！你好残忍！最毒妇人心！"

韩辰绘嫌弃地瞅了瞅孟小桔："你以为他能不知道？"郑肴屿的掌控欲和占有欲别人不知道，韩辰绘是非常清楚的。他一定对她每天的一举一动都了如指掌，估计连她中午吃了几碗饭都会知道。

人与人之间，总是有一条微妙的食物链。过去，时珊珊和朱芷欣嫌弃韩辰绘，韩辰绘则嫌弃孟小桔，一直如此。

只有一条食物链在不知不觉间发生了变化，那个站在食物链顶端的"小郑太子爷"已经跑到食物链底端的"小韩猪崽儿"石榴裙下了。

"灰雨 CP"的头号粉丝对这个奇怪的现象给了一个完美的评价："这，就是该死又甜美的爱情哟。"

贺开晨一边转动方向盘，一边轻笑着从后视镜看向孟小桔："好久不见了，小桔，最近好吗？快大学毕业了吧？"

孟小桔点了点头，阴阳怪气地说："是啊，我记得开晨哥也是大学毕业之后出国的吧？听说你在国外混得挺好，有没有什么绝招指点小妹的？"

韩辰绘强忍住笑，饭圈的 CP 女孩真的个个都是"一线斗士"，不管你是谁，只要想插足她们本名 CP 的，她们就统统没有好脸色。

孟小桔又皱着眉凑到韩辰绘的耳边，问："难道你和贺开晨有阴谋？"

韩辰绘立刻竖起食指做了个噤声的手势："嘘！"

孟小桔突然一脸欣慰地说："我们家的灰宝长大了呀，知道套路郑汉子了，就是希望你别被郑汉子给反套路了哦！"

韩辰绘、孟小桔和贺开晨三个人在门口登记后领了号码一起进入会场。不管是韩辰绘还是贺开晨的身份，都让他们轻而易举地领到了第一排的座位。

孟小桔几次想要坐到韩辰绘和贺开晨中间都没有成功，被气得脸色发白。

“韩辰绘！”孟小桔凑在韩辰绘的耳边，似乎想咬掉她的耳朵，“我可是在一边盯着你呢，你要是敢做一点点对不起雨雨姐夫的事，我就立刻把你带走，你就别想看你自己的作品上拍卖会了！听懂了没？！”

韩辰绘不满地瞪了孟小桔一眼：“你到底是和我一伙的还是和郑肴屿那个家伙一伙的？你是我表妹，怎么不帮着我？”

“我当然帮着你啊！”孟小桔一脸看弱智的表情，无奈地摊了摊手，“傻灰宝，我就是因为帮着你，所以才怕你把你老公、郑家的太子爷给惹到了，到时候吃亏的不是你自己吗？”

她对她这个表妹简直是无语，唯有“牛气”二字可以形容。

荣宝秋拍正式开始，主持人在灯光中拿着话筒，毫无灵魂地宣布着拍卖规则和注意事项。没什么人仔细听那些早已不知听过几百遍的死板规定，但这是必须走的程序，下面的听众根本没人关注主持人。直到拍卖师接过话筒，下面的人们才提起了兴致。

第一件拍品开始竞拍，场内的氛围越来越热烈。一连拍了几件文艺藏品，全部是一百多万的成交价。

贺开晨时不时地举一下手中的牌，他每举一次牌，韩辰绘就会和他聊上几句。

第一个小高潮的出现是因为一个清朝古玩，大家争先恐后地举牌，连韩辰绘和孟小桔都跟着举了几下。

又有十几件拍品过去，主持人大喊道：“下一件拍品，是来自现代根雕大师阿浓的‘枯木逢春’！请各位竞拍者准备！”

韩辰绘和孟小桔激动得小手乱舞。

“灰灰姐，到了到了！”

“哎哟哎哟，我怎么听着‘阿浓’这么舒服呢！”

“灰灰姐，听到主持人说什么了没——现代根雕大师！你以后就是现代根雕大师韩灰灰了！”

韩辰绘得意扬扬地哼了一声：“你看看，我就是这么厉害！”

韩辰绘和孟小桔开始吹彩虹屁的时候，坐在韩辰绘旁边的贺开晨意味深长地看了韩辰绘一眼，又看向台上的根雕作品。

阿浓，阿情。

昔日“浓情”消逝，如今，阿浓依然是阿浓，可……阿情已经不再是阿情了。

起拍价五万。

当韩辰绘听到起拍价时，脸上得意的神情立刻僵住了。虽然她知道现在根雕行市不太好，也知道主办方是看在韩宗琦的面子上才让一个新人的作品上台的，但和前面百万级别的拍品相比，她的作品标价五万也太寒酸了吧！

好在，让韩辰绘感到一点欣慰的是，举牌子的人都在争先恐后地竞拍。

“枯木逢春”这个作品，从根雕的角度来说确实有收藏价值，但考虑到是新人作品，大部分人会有所退却。不过，低廉的价格又让那些退却的人一拥而上。

第一轮举牌到最后，最高价是贺开晨的十万。

“十万第一次……十万第二次……”

立刻又有人举起了牌子。

“十一万第一次……十一万第二次……”

韩辰绘和孟小桔期待着。孟小桔轻声说：“如果真的能拍到十几万，你是不是能拿到几万块啊？看样子这条路也蛮赚钱的嘛！”

韩辰绘没有回答孟小桔，因为她的耳朵已经竖得高高的，在听着拍卖师报数。

竞拍价一万又一万地向上浮动，处于胶着状态。直到最前方，默默无声的嘉宾席有人举起了牌子。

“好，2 号先生！五百万第一次！”

整个拍卖会场顷刻间鸦雀无声，下一秒，场内突然爆发出震耳欲聋的掌声！

太疯狂了！拍卖价从五万一下子跳跃到五百万！

很多人喜欢拍卖会，正是喜欢这种“一掷千金”“千金不换”的气魄！

什么叫财大气粗啊！

战术后仰！

“五百万第二次！”

“枯木逢春”是整场拍卖会最低的起拍价，却即将迎来最高的成交价！再也没有第二个人，会花五百万竞拍一个新人根雕作品。

“五百万第三次！”拍卖师落槌！

“啊啊啊——”

“牛气牛气！！！”

排山倒海般的掌声响起，拍卖会现场的屋顶似乎马上要被掀开来！

“五百万成交！恭喜 2 号——阿浓之爱先生！”

听到“阿浓之爱”的名字，在场的几百人哄然大笑。

所有人都在笑，只有韩辰绘感动得红了眼眶。就算拍卖师最后不说“阿浓之爱”的名字，她也知道“五百万先生”是谁——除了他，这个世界上没有任何一个人会觉得她的作品值五百万！

韩辰绘已经升级为“五百万宝宝”，美滋滋地在线数钱，虽然她现在早已不缺钱了。

从她搬出红叶名邸闹离婚的第二天起，郑肴屿就每天固定地给她银行卡里打“零花钱”，她在不知不觉间成了一个超级小富婆，这些钱大概够她花两辈子的。

实际上韩辰绘并没有动用郑肴屿的钱。她也有她的坚持，如果一时手短去碰了他给她的钱，那她过去在他面前的骄傲、那些“豪言壮语”，就都变成了笑话。

但这一次不一样，她不是不劳而获，这些金钱是她用自己的劳动和艺术成果换取的。

当然了，“枯木逢春”这个根雕作品是不值五百万的，但拍卖嘛，就是这么一回事，值多少钱，完全是看竞拍者给你多大的价码。“枯木逢春”的成交价是五百万，那么，从今往后，它在拍卖市场上就价值五百万！甚至，就算有下一个买家想出五百万购买，也要看上一个买家郑肴屿愿不愿意卖才行。

拍卖会仍在进行，贺开晨坐在那里，时不时装模作样地举一举牌子。

两个小时之后，荣宝秋拍圆满落幕。场内的竞拍者按照座位的位置，开始从后面有条不紊地依次退场。韩辰绘他们坐在第一排，在他们前面的就只有嘉宾席。等轮到第一排离场的时候，偌大的会场内已经没剩下多少人了。

韩辰绘离开座位，伸了个懒腰。与此同时，嘉宾席的贵宾们也陆续站了起来。

韩辰绘望向嘉宾席，那个男人在人群之中永远是最吸引眼球的：白衬衫、金丝边眼镜，冷漠的表情和眼神，那么高高在上、贵不可攀。谁能想到这样一个帅到让人腿软的男人，却搞了一个辣眼球的“阿浓之爱先生”的称号？

不过呢，换一种思路，他在外人面前越矜持越高冷、越多的人拜服于他，在她面前的土味和搞笑就越显得弥足珍贵。

韩辰绘看着前面，唇角刚刚扬起一个弧度，就立刻注意到了一个站在郑肴屿身边笑靥如花的女人，韩辰绘的脸色一秒“由晴转阴”。

那个女人不是郑肴屿身边任何一个常在一起玩的女性友人，她叫陈伊心，是陈家大小姐！

韩辰绘永远也忘不了，在郑肴屿二十七岁的生日宴上，陈伊心对她处处为难。其实这并不重要，韩辰绘又不认识陈伊心，更不是朋友，对方爱怎么样就怎么样，韩辰绘没必要因为毫不相干的人的错误，让自己美好的生活蒙上阴霾，而且当天郑肴屿是为韩辰绘出了气的。

不过，韩辰绘如今想来，就没有那么大度的气量了。一想起陈伊心表现出来的对郑肴屿赤裸裸的感情，韩辰绘就浑身不舒服。

就像现在，虽然郑肴屿没有给陈伊心任何眼神，可陈伊心颇为暧昧地跟在他的身边，眼神里发射出来的粉红射线眼看着就要把郑肴屿给淹没了！

韩辰绘面无表情地瞪着郑肴屿，她觉得孟小桔有一句话可能真说对了，她总有一种套路汉子不成反被汉子套路的感觉！

郑肴屿似乎感受到了韩辰绘的目光，他一直在爱搭不理地和主办方客套着，眼神却若有若无地往她的方向飘来。

韩辰绘噘着嘴巴，气呼呼地瞪了郑肴屿一眼，再也不看他，转身就往外走去。

气死她了！她绝对不能原谅郑肴屿！

韩辰绘前脚一离开，郑肴屿后脚便打断了主办方的谈话：“你们聊着，我先走一步。”他口中的“你们”，是指主办方、陈伊心和他的秘书。

其实，在秋拍刚拍第三个物品的时候，郑肴屿就在秘书和保镖的陪同下，从暗门来到了会场。他第一时间便注意到了坐在第一排与贺开晨有说有笑的韩辰绘。郑肴屿没有立刻走进主办方为他预留的嘉宾席位，而是用又阴又冷的目光注视着韩辰绘。

他已经多久没有见过她的笑容了？他已经多久没有见到她这么开心地笑了？

她的一个笑容足以让他沉醉，同时，也让他心碎。因为，她的笑容不是为了他。

他入座嘉宾席之后，从陈伊心开始，主办方的人和其他贵宾全部要和他打招呼，他面无表情地望着台上的拍品，根本没有搭理那些人。除了陈伊心知道郑肴屿本来就是这副又冷又傲的样子，其他人还以为他们哪里得罪了这位小郑太子爷。

韩辰绘来到外面的走廊里，贺开晨和孟小桔也紧跟着走了出来。孟小桔早就和同学们约好了晚上要一起吃饭，和他们道别后便先离开了。贺开晨要开车送孟小桔，被她拒绝了。韩辰绘和贺开晨只好把孟小桔送到马路边，目送她坐上出租车。

韩辰绘怏怏不乐地望着路边车水马龙。

"辰绘。"贺开晨滑了下手机屏幕，抬起眼看她，"我要回拍卖会现场去和主办方谈一下开会时间，你等我一会儿，我送你回去？"

"不用。"韩辰绘冷冷地说，"谢谢你，今天多谢你帮我……"虽然他并没帮到。

"我们两个还是少在一起待着比较好，如果没有要紧的事情，最好不要联系了。"韩辰绘以身说法，"你马上要和宋小姐订婚了，再大方、再心大的女孩子，看到自己男友和有过感情纠葛的女生在一块儿都会不舒服的。"

贺开晨不明所以地看向韩辰绘。

"唉！"韩辰绘幽幽地叹了口气，"我不想回家，想去十二夜喝酒玩了。我要去找我的姐妹们、朋友们……"

贺开晨想了想："我明白你的顾虑，但今天是我把你带出来的，一定要把你送回去才行。如果你想出去玩，也得我把你送回家，或者你回去找你父亲，和他们一起回去。"

她看了贺开晨一眼，走了回去。

大厦的走廊里，韩辰绘漫无目的地乱逛。走到一个拐角处，她低着头拐了过去，下一秒，便撞到了一个炽热又宽厚的胸膛。

韩辰绘猛地抬起眼，猝不及防地撞进一双深邃似海的眼眸里。对方推了推眼镜，微微一笑，立刻俯下身将她打横抱了起来。

韩辰绘惊呼一声："郑肴屿！"

郑肴屿抱着韩辰绘走出拐角，将见到的第一个房间的门猛地踹开。

那是一间小型会议室，这时已是傍晚时分，房间里光线偏昏暗，将落未落的夕阳照射进来，门后的角落处半明半暗。

韩辰绘被郑肴屿圈在门后的角落里，她的身前是他，身后是墙，她无路可退，也无路可逃。韩辰绘抿了抿嘴唇，倔强地抬起眼，冷冷地问："干什么？！"

郑肴屿低笑了一声，将嘴唇凑到韩辰绘的耳边，若即若离地轻吻着她，声音低沉中带笑："你说我要干什么？"

"这位郑先生！"韩辰绘开始阴阳怪气，"谢谢你看得起我小阿浓，花了五百万的天价拍了我的根雕，让我发了笔财，谢谢你哦！"

郑肴屿摸了摸韩辰绘的脸颊，手指顺着她的鼻翼滑到唇瓣："钱这方面，我什么时候让你受过委屈，你差这五百万？"

韩辰绘不想看郑肴屿隐在黑暗中的眼神，她转开眼睛，继续阴阳怪气："不差钱哦！"

郑肴屿又低笑了一声，就在这个时候，门外突然响起贺开晨的声音："辰绘，你在哪儿？"

郑肴屿立刻将眉头皱到一起。

"辰绘！辰绘！"

韩辰绘刚要开口出声，郑肴屿便用手指捏住她的下颌猛地一抬，强硬地吻了上去！韩辰绘眯了下眼角，从喉间溢出细微的呜呜之声。

"辰绘，你在哪儿？"贺开晨的声音依然在外面飘荡。

郑肴屿狠狠地吻了韩辰绘半分钟，稍微放开了她。韩辰绘微微喘着气，注视着郑肴屿。

郑肴屿把嘴唇贴到韩辰绘的耳畔，又是蛊惑又是恐吓地说："乖，听话，让他滚！"

韩辰绘睁大了眼睛。

见韩辰绘没有动作，郑肴屿又强硬地吻住了她，不停地啄吻她的唇瓣，低声道："乖，我的灰灰宝宝最听话了，告诉他，他可以滚了！"

韩辰绘立刻红了眼眶，酸了吧唧地说："你总是这么自信吗？你为什么要让贺开晨滚，你怎么不让陈伊心滚啊？大家都是半斤八两，你凭什么命令我？"

"陈伊心……"郑肴屿先是愣了一下，然后耐心地解释，"她算哪根葱！你觉得我会是和她约好的吗？她平时就很喜欢拍卖会，如果不是为了你，我会来这种拍卖会吗？"

贺开晨的声音依然在响："辰绘！辰绘！不在这边？"

郑肴屿又吻住了韩辰绘的嘴巴，等到郑肴屿放开她的时候，韩辰绘的眼神都有些迷离了。

"乖，听我的话，亲口告诉他，你和我在一起，让他给我滚！"

韩辰绘委屈地问："我为什么要让贺开晨走？"

"你问我为什么？"郑肴屿轻轻捧起韩辰绘的脸颊，就像捧着什么稀世珍宝，他又吻了下她，声音又阴又冷，"很简单啊，因为，我吃醋了！"

韩辰绘的泪珠立刻涌了出来。对韩辰绘来说，一句简简单单的"我吃醋了"，比郑肴屿蛊惑她、诱惑她、恐吓她，都要有用一万倍。

她捂住脸，呜呜呜地哭了起来。

走廊里的贺开晨听到韩辰绘的哭声，循着声音来到了韩辰绘他们所在的会议室门前。他咚咚咚地叩响了房门："有人吗？辰绘你在里面吗？是你吗？"

韩辰绘擦掉眼泪，轻轻嗯了一声："是我。"

贺开晨听出了韩辰绘浓浓的鼻音，他一愣，又敲起房门："辰绘你怎么了？你的声音不太对，你在哭吗？你为什么把自己关起来？把门开开吧！"

他继续说道："我和你爸爸在到处找你，他说要给你引荐一个根雕界的老师傅，如果你没有离开的话就让你过去。你现在出来，我陪你过去。"

韩辰绘抬起眼看了看郑肴屿，郑肴屿冷着脸，目不转睛地注视着韩辰绘。

韩辰绘不满地推了推郑肴屿，对门外的贺开晨说："我没事，挺好的，你先回去吧。如果你遇到我爸爸，帮我转告他，我和肴屿在一起，可能没时间过去了。等有时间……下次吧。"

门外的贺开晨明显一顿，低声问："你……你现在和郑肴屿在一起？他也在里面吗？"

就在这个时候，郑肴屿顺势将韩辰绘紧紧揽进怀里，抱着她一个转身，再拧一下门把，拉开一个不大不小的缝隙。

贺开晨没想到里面的人会突然开门，更没有想到出现在他眼前的，竟然是韩辰绘梨花带雨地被郑肴屿抱在怀里的场面……

郑肴屿挑起眉梢，居高临下地看了看贺开晨，语气十分冷漠："现在你看到了？绘绘确实和我在一起，你可以放心地离开了吧？"

韩辰绘视线上挑，瞟了瞟郑肴屿。如果放在过去，他这样说话她不会有什么感觉，可当他亲口承认了自己"吃醋"之后，现在听他这样说，怎么听怎么觉得酸了吧唧、阴阳怪气的。但……韩辰绘的唇角忍不住露出丝丝笑意。

贺开晨看了看一脸"生人勿近"的郑肴屿，此时的郑肴屿就像一只"护食"的猛兽，绝对惹不得。他又看了看在郑肴屿怀中小鸟依人的韩辰绘，立刻自嘲地笑了起来："我什么都明白了。既然是一对有情人，那就好好谈谈，不要闹离婚了。我会去转告韩叔叔的，祝你们幸福。"

韩辰绘又抬起头看着郑肴屿。

郑肴屿冷冷地扫了贺开晨一眼，高贵冷艳地说："我们会的。"说完，郑肴屿也不管贺开晨，直接关上房门，又回到了二人的小天地中。

韩辰绘眨巴着大眼睛，表情狡黠，似笑非笑地盯着郑肴屿。

郑肴屿把韩辰绘揉进怀里，挑了挑眉："为什么这么看着我？"

韩辰绘傲娇地嘟了嘟嘴："原来小郑太子爷也会阴阳怪气哦？也会像一个没经历过社会的幼稚男人似的做出不成熟的表现哦？也会像一个初中生一样吃醋哦……"

之前她问他是不是在吃醋，他曾经回答过差不多的话。他老婆阴阳怪气地故意挤对他，揭他伤疤，确实有一手！

"是的，我也会像个幼稚男人一样吃醋。我现在终于明白了，吃醋这个行为，和成熟与否无关，也和年龄、阅历无关，只关乎情深与否。"郑肴屿牵起韩辰绘的手，低下头轻轻地吻了一下，认真而又虔诚地恳求她，"回来吧，绘绘，回我身边来吧，我每天都在想你。"

韩辰绘抿了抿唇角，郑肴屿不愧是一个永远只会打直球的"直男"。

韩辰绘又红了眼眶，摇了摇头，扭过脸去："郑肴屿，你曾经告诉我，你不懂怎么爱一个人，现在你懂了吗？说实话，我觉得你还不是太懂。"

郑肴屿伸出手抚摸了下韩辰绘的脸颊，微微用力，让她直视着他："我不懂，你可以教我。你应该告诉我，你想要什么。只要能讨你欢心，只要你说出口，哪怕你想要天上的星星，我都会给你摘下来！”

韩辰绘问：“真的吗？”

郑肴屿笑了起来，又像过去似的，模仿韩辰绘的语气：“真的！”

韩辰绘瞪了郑肴屿一眼，又看了看她眼前的胸膛，慢慢地靠了上去，让自己的脸颊紧贴在对方的颈窝处：“我虽然是个小作精，但我也是知道分寸和好歹的。就算你在欧洲的时候把我圈养起来，变相地把我跟社会隔绝，把我囚禁了起来，其实我都没有太恨你，要不然我也不会忍下去……”

郑肴屿紧紧地抱住韩辰绘，他能感觉到自己的脖颈处湿湿的、热热的，他知道那是韩辰绘的眼泪。

“占有欲是爱的一种表现，我明白这个道理。尤其是现在，我知道你也喜欢我，那我就更敢确定，你当初的一些行为是因为想宠爱我、想给我最好的，你才会越来越极端。那些我都可以理解你、原谅你，但是——”韩辰绘从郑肴屿的脖颈处抬起头，眼泪汪汪地看着他，像一个受了天大委屈的小可怜：“但是，你不能把我关起来，这个就不是爱的表现了……”

看韩辰绘哭得如此伤心，郑肴屿觉得心疼、心碎，心都快被碾成渣渣了！他用手指轻轻地擦拭着她眼角的泪珠。韩辰绘注视着郑肴屿，眨巴着眼睛：“我不想要天上的星星，我只想两个人好好过日子，以及……我想让你尊重我，尊重我是一个有独立人格的人。”

郑肴屿默默不语，只轻轻地给韩辰绘擦眼泪。

“我不能做一只只会花钱吃饭的‘米虫’、被你豢养的‘小金丝猴’！”

郑肴屿抱着韩辰绘，轻轻地拍她的背脊，温柔地安抚着她：“你不是米虫啊，你可以做根雕，不是吗？”

韩辰绘呜呜呜地哭得十分伤心：“现在根雕行业不好，你看我的作品，今天的起拍价只有五万。你不要觉得最后你拍到五百万就能怎么样，那是你拍的。如果那个根雕不是我的作品，你会出五百万买吗？可是我耗时三个月才做出来，根本不够我的花销，而且我还要赚钱养家……”

“不需要你养家。”郑肴屿放低了声音，轻柔地说，“就算有朝一日我破产了，我也会保证你一辈子衣食无忧，想要花多少钱就花多少钱……”

韩辰绘突然生气了，气呼呼地推开郑肴屿，指着他倔强又傲娇地说：“你要明白一个道理：我是一个人，不是‘小金丝猴’！我不能让你养着我，我至少要做到赚的钱可以自给自足！”

郑肴屿皱了皱眉。从他的表情，韩辰绘就可以看出来，他不明白她为何如此坚持。

“我希望你明白一点：我一直想要工作，想要赚钱，想要实现我的社会价值，是因为我想让你一直喜欢我，想让你一辈子和我好好过日子。如果我是一只只能依靠你、只能对你伸手的米虫，时间久了……现在你是喜欢我，但没有人会一直喜欢一只米虫、废物！慢慢地，我就不敢再作了，也不敢再和你发脾气，因为我低你一等！那样的韩辰绘还是韩辰绘吗？那样的韩辰绘还有什么意思嘛！我想要的，是和你平起平坐，我可以一直保持我的小骄傲，可以随心所欲地做自己。我有工作、能赚很多钱，在你面前也腰板硬啊，我能永远翘着尾巴！至少你的心里知道，我不是离了你活不下去的‘小金丝猴’。我离开了你，照样可以养活自己，照样可以买衣服、买包包，照样可以享受生活……”

韩辰绘突然嘟起嘴巴，气哼哼地说：“我要让你一直记得，你什么都不是！是你离不开我，不是我离不开你！爱情就是需要危机感嘛，这样你会一直对我保持危机感，才会一直喜欢我，我才会在你心里、在家里有地位……”

韩辰绘又把嘴巴一扁，眼泪狂涌：“老公，我真的很喜欢你，想和你幸福快乐地度过余生。你是郑家的‘太子爷’，你这么优秀，我不知道你什么时候就会变心，什么时候就会不再喜欢我、就会和我离婚了……我需要安全感，我需要和你携手一生的资本和勇气！我真的不喜欢根雕，去做根雕是为了我爸爸。我喜欢演戏，虽然我没有天赋、演得不好，但是老公，我真的好喜欢演戏，好喜欢！我也喜欢我努力演戏的报酬——你为我想一想，好不好吗？”

郑肴屿的心顿时柔软成一片。他听到了韩辰绘的内心告白，终于明白了她为什么如此坚持。得妻如此，夫复何求！

她想要安全感，他可以全部给她！他的小灰灰，由他来守护！

韩辰绘的眼泪对郑肴屿来说简直是顶级杀伤力的核武器——只要她一哭，别说答应她这点事情，就是让他上刀山、下油锅，郑肴屿都在所不惜！

“好……”郑肴屿答应着韩辰绘，“我不再勉强你了。以后，你喜欢怎么样就怎么样，你想做根雕就做根雕，想去演戏就去演戏，想回家做我的‘小金丝猴’也可以！只要你开心，只要你满意，我都可以。”

韩辰绘听得眼睛闪着光芒，笑着问："那……那我怎么确定啊，我怎么相信你？万一你现在是哄我呢？我们两个又没有合同，就算签了合同也没有法律效力，万一过一阵子，你又撕票了，我怎么办呀？"

郑肴屿轻轻一笑，将韩辰绘抱了起来："我有办法让你相信的。"

韩辰绘半垂着脸，有些娇羞地笑了起来。她当然相信郑肴屿，论给她安全感，郑肴屿若说是第二的话，这个世界上再没有人敢说是第一了。

郑肴屿抱着韩辰绘，将她轻轻地放到房间内的会议桌上，俯下身，二话不说就开始吻她。

感受到对方难以抑制的热情，韩辰绘一下子就明白他想做什么了……

"不要！不行！"韩辰绘躺在郑肴屿的怀里，四处闪躲着他的吻，表面上是在生气，实际上是在撒娇，"这是什么鬼地方啊，万一有隐藏摄像头怎么办？你不要脸，我还要脸呢！"

郑肴屿微微一笑，又轻吻了下韩辰绘的脸颊，用双臂猛地抱起。韩辰绘一个悬空，赶紧伸出双臂抱住他的肩膀。

郑肴屿就这样无比熟练地半扛半抱着韩辰绘走出了这间会议室。

韩辰绘的双臂一直搭在郑肴屿的肩膀上，乖乖地被抱着，小眼神瞟到郑肴屿的脸上，像个女王大人似的，语气傲娇："如果我和男演员合作，你不许吃醋！"

郑肴屿面无表情地冷眼瞥着她："我当然会吃醋。"

韩辰绘笑了起来："如果我和男演员传出绯闻了，你不许生气！"

郑肴屿："我当然会生气。"

韩辰绘调皮又可爱地用自己的鼻尖蹭了下他的脸颊："那你吃醋、生气的话，不许表现出来！"

郑肴屿："我当然会表现出来。"

韩辰绘一秒化身"小作精"，在郑肴屿的怀里拱来拱去，抗议道："那不行！我不要跟你和好！你把我放下来！"

郑肴屿已经抱着韩辰绘走出了拍卖会的大厦，径直走向旁边的车库。他按了下手中的车钥匙，拉开车后门，小心翼翼地把韩辰绘放到车后座上。

还没等韩辰绘用"鲤鱼翻身"的动作表演一个"小金丝猴翻身"，就又被郑肴屿给抱进怀中。

第十七章　猴子和鹦鹉

韩辰绘和郑肴屿分开三个月，两个人一旦抱住对方，就再也不想放开。他们根本不管车内是不是空间狭窄，郑肴屿看着怀中韩辰绘那红嘟嘟的小脸，忍不住吻了上去。

后来，司机被郑肴屿一个电话给叫了过来——正是一年半之前韩辰绘和郑肴屿第一次冷战时，郑肴屿把韩辰绘从夜店里抓出来，小作精在线开作时那个司机。

司机坐进驾驶位，调整后视镜的时候不小心瞟到了后座上的两个人——老板娘一脸娇羞地窝在老板的怀里，两个人脸挨着脸，在对方的耳边用只有两个人能听到的微弱音量说话。老板娘还时不时地娇笑一声，用手指轻轻地戳一下老板的胸膛，打情骂俏："你讨厌！"

他发誓，他真的只是想调整后视镜而已。

司机集中精力，将轿车驶入红叶名邸。

天色已暗，韩辰绘被郑肴屿抱下车。

时隔三个月，韩辰绘第一次回到红叶名邸。不过，她还没来得及"参观"一下家园，便被郑肴屿给抱进房子、抱进卧室去了。

之后的几天，韩辰绘和郑肴屿哪里都没有去。直到郑肴屿不得不去魔都处理那边的工作，韩辰绘这才出门了。

她先回了趟春风又绿，向韩宗琦、孟晶、韩冬果讲述了她和郑肴屿和好的全过程，下午就离开春风又绿，又去了华清园。

在他们和好的第二天，郑肴屿就把这件事告诉了郑老爷子。

郑老爷子听说孙媳妇儿闹离婚后心急如焚，把郑肴屿传回华清园老宅骂了好几次，命令郑肴屿必须把媳妇儿追回来。郑肴屿好不容易把韩辰绘给追回来了，肯定要先告诉郑老爷子，让他老人家安心。

郑老爷子听说韩辰绘不闹离婚了，立刻想把她叫过去聊聊。

韩辰绘和郑肴屿都知道，郑老爷子名为“聊聊”，实为“安抚”。

韩辰绘到了华清园老宅，郑老爷子先是痛骂了郑肴屿一顿，数落他的不是，又安抚了韩辰绘一番，再送给她一大堆珠宝首饰和价值连城的藏品。

晚上韩辰绘和时珊珊她们去了十二夜。在十二夜除了喝酒，几人一定要叫小栀子、蓝花楹等陪酒女。

“干杯！”大家坐在包厢里，气氛火热。

在场的除了几个常驻的朋友，又加入了几个素未谋面的小帅哥，那是时珊珊不知道从哪里认识来的朋友。

韩辰绘和小栀子对干了好几杯，小栀子眨了眨眼，轻声说：“小灰灰今天的心情好好哦，看来，你和郑总和好如初了吧？”

韩辰绘正举着手机对着前置摄像头摆出甜美的笑容，做各种姿势准备给郑肴屿发自拍，听到小栀子的话，她转过脸：“你怎么知道的啊？”

小栀子轻笑起来：“那你看看，我是做什么的呀？”

韩辰绘佩服地点了点头——十二夜的陪酒女绝对是最完美的“解语花”，察言观色，绝对是个中高手。

“小灰灰，我告诉你哦——”小栀子往韩辰绘的身边坐了坐，把嘴巴贴在韩辰绘的耳边，在嘈杂的背景音乐下，她尽可能地压低声音，“前段时间，郑总的朋友们，唐总、李总依然来玩，就郑总很少来，偶尔过来，他就闷头抽烟喝酒。有一次，他喝多了——”小栀子立刻摇了下手指，“你应该知道的，郑总的酒量惊人，我从来没见他喝多过。反正那天晚上他喝多了，就一个人趴在桌子上。我猜他是借酒消愁愁更愁。过去的郑总是‘烟酒丛中过，片叶不沾身’的，或者是在牌桌上意气风发，一顿狂杀！我从来没见过郑总那么萎靡颓废、失魂落魄……”

韩辰绘认真地听着，原来，那段时间，他的状态比她想象中的还要糟糕。小郑太子爷也会在夜店黯然神伤、失魂落魄吗？

“我就走过去，轻声问他还好吗，结果我就听到他嘴里念叨着你的名字。嘿嘿嘿——”小栀子坏笑起来，“然后我就和他说，那我去把小灰灰叫来？他立刻就醒酒了，看了我一眼，没说话，连招呼都没和大家打就走了。我猜他是去找你啦，对不对？”

韩辰绘呆呆地看着小栀子，点了下头，随即又摇了摇头。她也不知道他是不是去找过她，但大半夜，她已经睡觉了，他就算去找，也是在她的楼下等待，到天亮便离开了。

十二夜的场子结束后，韩辰绘回到红叶名邸，卸妆洗澡过后便躺到床上。她睡得迷迷糊糊的时候，听到卧室的房门被人轻轻推开。

一定是郑肴屿回来了！

韩辰绘拼了命地想要睁开眼睛，却怎么都醒不过来。

来人尽可能地放轻脚步，坐到床边，轻手轻脚地将她抱进怀里。

落入那个熟悉的温暖怀抱，韩辰绘终于醒了过来。她缓缓地撑开眼皮，先哼唧了一声，黏黏糊糊、口齿不清地说：“你回来啦？”

郑肴屿轻轻地嗯了一声，微微俯下身，将一个炙热的吻落在她的眉心。

韩辰绘伸出一只小手，又软又糯地说：“老公，拉手手！”

郑肴屿轻笑一声，将自己的一只手放到韩辰绘的手掌之上，再将她的那只手握进掌心里。

寂静的卧室里，当两只手握在一起的时候，韩辰绘听到郑肴屿手腕处两颗红豆碰撞的声音，那么轻微，却又那么悦耳。

两颗红豆，一颗是你，一颗是我。

韩辰绘往郑肴屿的怀中拱了拱，声音依然黏糊糊的：“老公，我们的三周年纪念日和你的二十八岁生日都在冷战中度过了，我都没有送你礼物，你想要什么呀？”

郑肴屿又低声笑了一下，再次俯下身，将自己的右侧脸颊放到韩辰绘的面前，韩辰绘情不自禁地吻了上去。

郑肴屿转过脸，将左侧脸颊放到韩辰绘面前。韩辰绘又吻了一下。

“可以了。”郑肴屿揉了揉韩辰绘的脸颊，“这就是你送给我的最好的三周年礼物和二十八岁生日礼物。”

韩辰绘靠在郑肴屿的怀里，幸福地哼唧了两声。看了看和郑肴屿拉在一起的手，她又伸出另外一只胳膊抱住郑肴屿，直接将他扑倒在床上。

她趴在他的身上，眯着眼睛问道：“那我的三周年礼物呢？”

郑肴屿将手肘一顶，突然撑起上身，下一秒，他吻住了韩辰绘的嘴唇。

韩辰绘闭上眼睛，让她没想到的是，他只是轻描淡写地吻了一下就松开了，似笑非笑地说：“给你了。”

韩辰绘立刻嘟起嘴巴，哼哼唧唧地表达不满：“不行！你不能这么糊弄我，我不满意……”

郑肴屿轻笑着抱住韩辰绘一个翻身，一边吻她，一边用低沉的声音诱惑她：“那我就让你满意……”

韩辰绘被折腾到大清早才被郑肴屿搂进怀里沉入梦乡，她的白天再一次成功报废。等到她迷迷糊糊睡醒的时候，天边的太阳已经将落未落了。

她懒洋洋地伸了个懒腰，刚准备继续睡觉，手机铃声叮叮叮响了起来。

韩辰绘不情不愿地拿起手机，看到来电显示时，她立刻清醒了过来——是她的经纪人 Anemone！

韩辰绘接起电话：“喂？”

“喂喂喂？”电话对面的 Anemone 似乎心情很好，“辰绘吗？”

韩辰绘清了清嗓子，让自己的声音尽可能听起来不像是刚睡醒的样子：“是我啊！ Nene 姐，有什么事情吗？”

“好消息啊！天大的好消息！”Anemone 兴奋地说，“我今天刚刚接到通知，华澈传媒今年的王牌项目——综艺节目《我家有宠物》想邀请你作为嘉宾！”

“什么！”韩辰绘惊道，“真的吗？《我家有宠物》邀请我了？那……是不是意味着，我可以复出啦？”

“当然是真的！”Anemone 说，“不过，那是一档宠物综艺，嘉宾都需要带着自己的宠物上节目的，你家里有宠物吗？”

韩辰绘立刻回答：“有有有！”

“那就行了。不过挺奇怪的，我都不知道你家有宠物，华澈传媒竟然知道？”Anemone 顿了一下，又接着说，“不管这些了！你好好准备一下，等具体的录影日子下来，我直接通知你。”

韩辰绘兴奋地抿紧唇瓣嗯了一声。她竟然可以回去工作了，还有个顶级综艺资源《我家有宠物》作为复出第一炮！

幸福来得太突然！

韩辰绘飞快地到浴室里洗漱了一番，就跑去驯鸟房。

驯鸟师史华正在教那只绿毛唱歌。绿毛见到韩辰绘进来，立刻改“唱”为 rap（说唱），并开始喷她：“打倒韩辰绘小弟弟就在下一秒……”

韩辰绘无奈地看了绿毛一眼，算了，她还是对这只会说话的鸟敬而远之吧，不然到了节目上，指不定要怎么翻车呢……

韩辰绘将目光投向不远处的小猴子菜豆。

小猴子正坐在高高的木桌子上，乖巧地吃核桃和葡萄。

郑肴屿送给她的小猴子就很好！韩辰绘走了过去。

菜豆一见到韩辰绘，立刻将几个核桃拿到手里，从桌子上跳下去递给她。韩辰绘欣慰地接过。

接下来，这里就形成了一个诡异的画面：老牌驯鸟师史华在驯鸟，新晋驯猴师韩辰绘在驯猴。

“站好！”韩辰绘让菜豆单脚站在木桌子上，练习下肢力量和平衡感，“你能不能站好？”

菜豆左右晃悠着，一脸委屈地看着韩辰绘。

韩辰绘化身魔鬼教头，在线生气。

“菜豆，你要是不站好，今天晚上就没有夜宵吃！我又没有虐待你，只是让你站两分钟——两分钟你也站不住吗？”

菜豆委屈，抬起的一只脚落了下来。

下一秒，驯鸟房的门被推开，郑肴屿抱着一捧粉红色少女系鲜花走了进来。

他挑了挑眉："它只是一只小猴子，你就不要指望它会比你聪明了吧。"

韩辰绘站起身，看到郑肴屿怀中的鲜花，她微微一笑，在"抱花"和"抱他"之间抉择了一秒钟，求生欲使她抱住了郑肴屿的腰。

她抬起脸，一脸乖巧样，语气软软地说："老公，我肯定比它聪明多了！"

郑肴屿微挑唇角，握住韩辰绘的一只手，再将手中的粉红系鲜花放进她的怀里。他微微俯下身亲吻了一下她的鼻尖，轻声说："那当然，你最聪明了。"

韩辰绘立刻乖乖地点头。

史华在线吃狗粮。

韩辰绘和郑肴屿甜蜜蜜地吃完晚饭，来到花园的露台，坐在秋千上看大投屏。

正在播放的是《我家有宠物》的前三期，嘉宾阵容十分豪华，有各种一线大咖，其中还有和韩辰绘同一公司的影后申莹莹、流量明星苏想等。明星的宠物五花八门，大多数品种集中在猫和狗，其他还有养乌龟、仓鼠、兔子的……就是没有见到有养猴子的……

果然，一周后，韩辰绘带着菜豆去录制现场时，在场的嘉宾和工作人员都被惊了个目瞪口呆。

菜豆一直跟在韩辰绘身后，由于菜豆形象可爱，猴子又很少见，大家都围着菜豆，将手中的花生、桃子、香蕉投喂给菜豆。菜豆双手合十，口中吱吱不停地叫着，好像是在向大家道谢。

节目还没开始录制，菜豆已经"收获颇丰"，不仅手中拿满了食物，身体前方也堆满了各种食物。

韩辰绘是在场嘉宾里咖位最小的，她的位置自然也排在最偏远的角落。开始录制以后，菜豆依然抱着一堆食物吃个不停，还时不时地把自己的桃子递给韩辰绘。

录影棚里摆满了各种各样的机器和大灯，韩辰绘很庆幸菜豆不害怕这些，同时，她也很上火，因为菜豆只关心吃的，也只顾着吃。好在她和菜豆的位置在最边上，主摄像头拍不到他们，镜头应该不多，否则菜豆这个铁憨憨可要把她的脸给丢尽了，不知情的肯定还以为她在家里虐待猴子，不给菜豆饭吃呢……

在后面的“宠物大比拼”环节，菜豆一手握着核桃，一手拿着樱桃，上场做游戏时，在第一轮就惨遭淘汰。

韩辰绘彻底无语了。

不是说猴子很聪明的吗？为什么她家的猴子傻乎乎的，就知道吃，玩游戏连猫、狗都比不过？

这个时候，菜豆剥了一根香蕉，笑嘻嘻地递给她。

她无奈地看着面前的傻猴子，心态彻底崩了！没有人能明白她的崩溃！没有人！

然而，事情总有那么多的峰回路转，把韩辰绘给搞崩的小猴子菜豆在节目播出后竟然在网络爆红，在当天晚上的微博热搜榜居高不下！

“#韩辰绘的小猴子#我的个乖乖！韩辰绘的猴子也太可爱了吧！这是什么可爱的吃货人设，拿到好吃的还想着给主人吃！”

“#韩辰绘的小猴子#有人知道hch（韩辰绘）的猴子是什么品种吗？多少钱一只，在哪里能买到？跪求大神解答！”

“#韩辰绘的小猴子#菜豆确实可爱，不过，你们这些凡人看看就好，养一只好几万……”

“#韩辰绘的小猴子#我的天，现在还有人问这种废话？之前#韩辰绘黑幕#不是上过一轮热搜吗，她可是有手段、有背景的女人，这点小事算什么。”

“#韩辰绘的小猴子#你们一天到晚说韩辰绘有背景、有黑幕，她的‘后台’究竟是谁啊，你们谁扒出来了？这么神秘的吗？”

韩辰绘参加的《我家有宠物》第一期播出的当晚，郑肴屿因为开会不在家。韩辰绘已经可以猜到网上的节奏了，她只是静静地把节目看完，没有去网上“冲浪”。还是时珊珊和朱芷欣告诉她说菜豆在网上的热度爆了，她才搜来看了看，然后就看到一堆黑子在阴阳怪气地大放厥词。

韩辰绘随便看了看就退出了微博，有看那些网友胡说八道的时间，还不如抓紧时间和郑肴屿谈情说爱呢。这天晚上韩辰绘给郑肴屿发了好多自拍，郑肴屿当然也没有落后，他也给她发了很多自拍，大多是他在会议室、办公室、车里的照片。不管在哪里，照片中的主人公永远都是那么帅气逼人。

一个小时前，郑肴屿给她发了一张浴室照——他只裹着一块浴巾，完美健硕的身材一览无遗。

韩辰绘对着照片放肆地花痴了一番，最后把自己给搞得少女心爆棚，害羞地裹着被子在床上滚来滚去。

真是要命了！这么帅的老公，她马上要飘上天啦！

韩辰绘红着脸，给郑肴屿戳过去一段话："老公，我想你了，你想我不？"

不到一分钟，微信提示音叮咚一声响了，是郑肴屿回她微信了。

郑肴屿："我当然想你。"

韩辰绘笑了一下，小手又在手机屏幕上飞舞。

韩辰绘："你是怎么想我的？想到什么程度？"

一分钟之后。

郑肴屿："我想一直抱着你不撒手。我想一直亲你，一直亲，就算你烦我，我也亲，你生气了，我也亲，因为你生气的样子真的很可爱，更想亲你了！"

韩辰绘又咬住被角，脸红地在床上翻来覆去地打滚。

什么叫作幸福？韩辰绘的心中充满了粉红色泡泡，她难以抑制住这种美妙的心情，干脆从桌子上拿过她的笔记本电脑，打开 word 文档。

盛佳岛和魏画画的魔鬼爱情故事她已经写了二十多万字了！今夜的她如有神助，又写了几千字，这可是她以前一周的产量！

韩辰绘唯一的读者孟小桔对她的文字评价：从过去的"魔鬼变态辣"逐渐变成"蜜汁魔鬼"。

那当然！韩辰绘傲娇地噘起嘴巴，不以为意。

过去盛佳岛和魏画画是"没有爱情的婚姻"，现在两个人经历过诸多波折，已经认清了自己的内心，每天甜甜蜜蜜、腻腻歪歪。

韩辰绘写着写着，不知道什么时候就直接趴在电脑键盘上睡了过去。

以前郑肴屿经常夜不归宿，可如今他为了回家陪韩辰绘，下半夜结束会议之后就第一时间往家赶。

郑肴屿轻轻地推开卧室的房门，黑暗中有一抹微弱的光芒。他轻手轻脚地关上房门，走进屋里，原来是韩辰绘的笔记本电脑屏幕亮着。

郑肴屿走过去坐到床边，轻轻地抱起韩辰绘，又轻又慢地从她的胳膊下方抽出笔记本电脑。虽然是 word 界面，可他根本不想偷看韩辰绘的文档，还以为是什么剧本之类的文件。

一个熟悉的名字从他的视线中一闪而过，郑肴屿愣了一下，把目光落在电脑屏幕上：盛佳岛、魏画画……这乱七八糟的东西是什么？

盛佳岛，这个男人……郑肴屿虽然从来不在韩辰绘的面前提，但他一直没有忘记过韩辰绘的表妹孟小桔曾经对“盛佳岛”的评价：

“你是不是被盛佳岛给收拾得神志不清了啊？从你每天容光焕发的样子我就知道你对他非常满意！”

“我求你对盛佳岛好一点！我现在都心疼他，他哪里对不起你？！”

这几句话时不时地就会在他的脑海之中徘徊。郑肴屿就算再吃醋，也自认为绝对不是一个小心眼儿的男人。每天生意上、工作上信息量爆炸，按理来说，他根本不应该把韩辰绘和孟小桔口中的“小说人物”放在心里，然而事与愿违，他想忘都忘不掉！

他从来不相信“小说人物”的说法，他甚至觉得，韩辰绘可爱到傻乎乎的，却也不乏聪明机灵，才会想到“小说人物”的说法。当然，他也不认为韩辰绘会出轨背叛他。所以，郑肴屿觉得其中背道而驰的矛盾点是无法调和的，就像一根刺一直梗在他的心中。

直到今天，直到这一刻，郑肴屿的手指在笔记本电脑的触摸板上轻轻滑动，只看了一分钟，郑肴屿整个人就深陷无语之中。

笑容逐渐消失！

内心停止波动甚至开裂。

不管是学业还是事业，不管是郑家或者是其他什么事情，郑肴屿都可以运筹帷幄、掌控乾坤，没有什么人和什么事不在他的预料和算计之中。直到他的人生轨迹发生了偏差，让他遇到韩辰绘这个魔鬼……

郑肴屿万万没想到，韩辰绘没有撒谎，盛佳岛真的是个小说人物！

戏精的人生不需要解释！她永远有各种各样让他整个人都晕掉的魔鬼操作、蛇皮走位！别说他理解不了，估计是个正常人就都理解不了，这真是SSS级的离谱操作！

不过，如果你认为“盛佳岛确实是小说人物”这件事就已经是最毁三观的，那就大错特错了！因为韩辰绘的操作永远是“没有最魔鬼，只有更魔鬼”……

郑肴屿的手指在触摸板上越滑越快——这本小说真的是只有“神仙”才能写出来！在郑肴屿看来，小说开头就能劝退90%的读者。

郑肴屿回想起那天韩辰绘和孟小桔打电话时两个人说过的话，怪不得孟小桔会对他说那些有的没的，怪不得孟小桔会砰砰砰地对他磕头！韩辰绘写的这些东西，正常人真的扛不住……

怎么会有人有如此黑洞一般的脑洞？他敢保证，如果有人像他一样读到这本“旷世神作”，肯定也会被“吸”进去的——不愧是“我的黑洞老婆”！

郑肴屿静静地看着韩辰绘的魔鬼小说，脸色一会儿白、一会儿绿、一会儿黑……

在看完了五万字的“辣文”后，郑肴屿微微横了下眼眸，面无表情地盯着韩辰绘——那个“罪魁祸首”正大大咧咧地睡在他的身边，她微微张着嘴巴，不知道在做什么美梦，还时不时美滋滋地咂咂嘴。她睡得十分香甜，浑然不知她的老公正在经历什么样的“天雷滚滚”和“狂风巨浪”。

幸亏郑肴屿常年看报表、合同之类的东西，他一目十行地飞快阅读着堪比“精神污染”的小说，黑暗的卧室里，只有电脑屏幕散发着幽幽的光芒。

每隔五分钟，郑肴屿要么尴尬地推一推眼镜，要么嘴角微微抽搐一下，要么“死亡凝视”正呼呼大睡的韩辰绘。

大约在十万字的时候，这本犹如魔鬼转世、妖孽降临的小说突然画风急转直下，“盛佳岛”和“魏画画”慢慢变得让人能够接受起来。

读到“盛佳岛”在结婚纪念日时送给“魏画画”一座玻璃花房，郑肴屿再也控制不住自己的情绪，他觉得自己的表情现在一定有一条巨大的裂缝！

果然是这样！真好！真棒！不愧是他的老婆韩辰绘！

读前面的内容时，他心里就隐隐约约觉得，除了那些超出正常人理解、黑洞般的魔鬼操作，小说的两个主人公“盛佳岛”“魏画画”和他俩本人总是有着莫名的相似之处，这一刻他终于揭开了谜底。

怎么可能不相似呢，所谓“盛佳岛”根本就是以他为原型的啊！

郑肴屿越看眉头皱得越紧。

就在这个时候，韩辰绘不知道做了什么梦，突然在床上翻了几下，最后顺势抱上郑肴屿。她像只无尾熊一样，哼哼唧唧地拱进他的怀里，在他的怀里调整了一下角度和姿势，舒舒服服地再次沉睡了过去。

被她当抱枕的郑肴屿可就没那么舒服了，“精神污染”真不是开玩笑的。之前韩辰绘害怕让郑肴屿知道她的小秘密，她认为，如果被郑肴屿知道了，他们两个人要么立刻“白头偕老”，要么立刻“同归于尽”……

虽然韩辰绘的想法过于夸张，但郑肴屿还是觉得自己一夜之间老了三岁。难啊！他太难了！

韩辰绘做了一夜的美梦。在她的梦中，她和郑肴屿两个人幸福又甜蜜，让她直想和郑肴屿一起长命百岁，舍不得离开这个幸福的世界，更舍不得离开郑肴屿。

太阳初升，韩辰绘睡饱了，在一个温暖的怀抱里哼唧了几声，慢吞吞地伸了下懒腰，缓缓睁开了眼睛。

她揉了揉眼睛，睡眼惺忪地抬起视线，发现郑肴屿正半依半靠地单臂抱着她。而他从领带到衬衫、从裤带到西裤都穿在身上，手中还捧着笔记本电脑，她就下意识地以为他是刚从外面回来。

“嗯……”韩辰绘又抱了抱郑肴屿，微微一笑，没有睡醒时的声音又甜又糯，“老公，早上好呀！”

郑肴屿慢慢地将目光从电脑屏幕上移到韩辰绘的脸上，面无表情地合上手中的笔记本电脑，不阴不阳地笑了一下，说了一句差点让韩辰绘心脏骤停的话：“早上好，画画。”

用了不到一秒的时间，韩辰绘就给郑肴屿表演了一个“川剧变脸”：她立马从床上坐了起来，一脸活见鬼的表情，还是一次性见到了一万只鬼的那种表情！

画画？难道是魏、魏画画……吗？

韩辰绘乖乖地坐在郑肴屿身边，愣愣地看着他。

她刚睁开眼睛不到一分钟，就算被郑肴屿这个核弹级别的爆炸给一秒激活，她的脑子还是转得比平时慢了一点。

她眨巴了一下眼睛，将视线微微移动一下，就轻而易举地看到了郑肴屿手中的电脑——可不正是她的电脑嘛！

韩辰绘又眨了眨眼睛，怎么办？啊啊啊……怎么办啊？

韩辰绘决定先发制人——她把眉头一皱、小嘴一嘟，气哼哼地指着郑肴屿：“好啊，好你个郑肴屿！之前为了追回我，信誓旦旦地说了那么多，结果你还是老样子，竟然趁我睡觉的时候偷偷摸摸看我的电脑，偷看我的隐私！你是不是还想像过去那样畸形地掌控我！你说呀——”

郑肴屿抬起一只手，将韩辰绘举起来的手握进掌心里，轻描淡写地说：“抱歉，这次让你失望了，我不是偷偷摸摸地看，而是大大方方地看。”

郑肴屿将笔记本电脑放到一边，伸出另一只胳膊将韩辰绘揽进怀中，意味不明地笑了一声：“我跑去偷看你的隐私？我是觉得自己生活得太好、财产太多、命太长久吗？不至于，真的不至于……”

她电脑中的“隐私”默认为是“盛佳岛和魏画画的魔鬼爱情故事”，难道郑肴屿真的看了那部小说？他看了多少字？

哎呀！韩辰绘恨不得抽自己两巴掌！他看了多少字不是重点，现在的重点是他看了！那部小说从开头就魔鬼得不行，只要被他看到，她就可以宣告死亡了……

“呃……那个，呃……”韩辰绘被郑肴屿抱着，乖乖地趴在对方的胸膛上，支支吾吾，“老公，那个，我，呃……”

还像过去一样，甩锅给可达鸭孟小桔？不行！根本不行！他又不是大傻子，他可是郑肴屿！她那三脚猫的扯谎能力，能忽悠得了他？

沉寂，整个卧室是死一般的沉寂，只剩下两个人的呼吸声。

几分钟之后，郑肴屿摸了摸怀中人的脸颊，哼笑一声：“你可真是让我大开眼界，‘宝藏女孩’和‘魔鬼女孩’真是只有一线之隔。”

韩辰绘一声不吭，主要是她不敢，她必须表现得求生欲十足。

“不过，我也要感谢你撰写这部‘惊世大作’，至少让我了解到你内心的想法，也知道了自己哪里还有不足。以后我肯定更加努力，向‘盛佳岛’学习怎么更好地宠爱你。”

韩辰绘吓得浑身一抖，对方口中的“宠爱”，似乎不是字面意思啊！

她小心翼翼地抬起脸：“老公，是那个小桔啊，她以我们为原型写小说被编辑退了，她就激我去写小说。你知道的，我最受不了激将法。为了过稿和阅读量，我就只能那么写博出位了啊，我真不是故意那么写你的……”

郑肴屿微笑了一下。她是为了博出位还是真情实感，他还是能看出来的。

“没事——”郑肴屿继续保持着微笑，突然抱着韩辰绘坐了起来，同时把手指插进领带扣里，用灵活的手指几下就把领带解了下来。他用手指挑着领带，在韩辰绘眼前晃了晃。

韩辰绘还没明白郑肴屿的意思，就被郑肴屿猛地勒进怀里。他抱着她一个翻身，将她的两只手扣在身后……

一部小说引发的血案，从那一个清晨开始，却不会在那个清晨结束。

也不知道是不是因为小说中的盛佳岛实在太倒霉了，所以现实中的郑肴屿才憋着一口气非要整她这个“罪魁祸首”——总之，那一个星期，韩辰绘真的……哪是一个“惨”字可以解释的啊！

最后还是韩辰绘真的生气了，郑肴屿才停止了他的“恶意报复”行为。

受气包韩辰绘和郑肴屿冷战了三天。

到了第四天，韩辰绘带着小猴子菜豆一起去了君视传媒。

Anemone 提前一天给她打了电话，让她去公司开这个月的总结会议，顺便把小猴子带过去。

《我家有宠物》这档节目，韩辰绘的菜豆已经参演了两集，收视率和网络点击量一直在创新高，微博话题榜 # 人人都爱韩菜豆 # 一直居高不下。

确实，人人都爱韩菜豆。菜豆一走进君视传媒的大门享受的便是顶级大咖的待遇，各个部门的工作人员都跑出来看它。有人投喂它好吃的，有人和它握手互动，有人牵着它合照……

菜豆虽然是个只知道吃的铁憨憨，但它从来不怕生人，互动、拍照一条龙服务，就差学会签名了。

韩辰绘被冷落在一边，想想人家古代都是“母凭子贵”，她现在是“人凭猴贵”，韩辰绘真不知该哭还是该笑了。

韩辰绘跟着 Anemone 去开会，菜豆则在会议室门口一边吃一边玩。

会议中聊到《我家有宠物》这个项目时，宣传总监突然来了一句：“我看网上传郑肴屿要参加《我家有宠物》？”

韩辰绘睁大了眼睛——谁？谁要参加？她是不是听错了？

在场的众人中不止韩辰绘一个人怀疑自己的耳朵，一个同事问道：“郑肴屿？哪个郑肴屿啊？”

“还能有哪个，京城有那么多郑肴屿吗？”宣传总监翻了个白眼，“当然是郑家的那个传说中的‘小郑太子爷’！”

韩辰绘整个人都傻掉了。

郑肴屿？

“不可能吧？郑家那是什么水准啊，人家根本看不上娱乐圈，他们家的太子爷会来参加综艺节目？”

在整个会议中一直维持高冷形象的影后申莹莹说了她的第一句话：“小郑太子爷高端又神秘，平时关于他的花边新闻少之又少，除了国际财经版块，他的名字从来没在媒体上出现过，更别说娱乐版块了。他怎么会来参加节目？”

“谁知道！说不定人家是突然想玩玩。他那种太子爷，还不是想做什么就做什么。”宣传总监突然笑了起来，“我似乎听说小郑太子爷挺会玩的，在夜店混得很开，说不定是看中了哪个女孩呢。”

申莹莹抿了抿唇角，双眼明显在放光：“可能吗？”

“怎么不可能？我们下辈子也不可能像小郑太子爷那么有钱。所以，有钱人的浪漫我们真不懂啊……”

韩辰绘的嘴巴上都快能挂十个酱油瓶了，在会议结束的第一时间，韩辰绘就带着菜豆离开了公司。

韩辰绘一走出君视传媒，一群八卦记者便迎面而来，他们手中的闪光灯疯狂闪烁。

韩辰绘皱了皱眉，立刻将菜豆护在身后，用手扣住它的后脑勺，让它的脸贴在自己的身上，生怕闪光灯会伤害到小猴子的眼睛。

就在这个时候，最前方的记者已经将话筒举到她的面前："恭喜你在《我家有宠物》二度翻红，听说郑肴屿也会参加这档节目，你有什么想说的吗？"

韩辰绘面无表情："不认识，没听说过。"

咔嚓咔嚓——刺眼的闪光灯疯狂闪烁。韩辰绘冷漠地挥了下手，一直将身后的菜豆扣在自己身上。

这个时候，戴着墨镜的影后申莹莹和助理等人从君视传媒的大楼里走了出来。那些八卦记者当场给韩辰绘表演了一下"川剧变脸"的精髓——除了个别记者又对着菜豆拍了几下，剩下的记者全一窝蜂地冲向了申莹莹。

韩辰绘无所谓地冷笑一声。她能理解这些记者刚才的举动，在记者和观众的眼里，她只是一个业务能力得不到证明，刚刚有些起色就被打压下去，在娱乐圈销声匿迹了半年之久，靠着自家的宠物小猴子才得以勉强翻身的……在十八线和三线之间疯狂游走的糊咖。而申莹莹是毋庸置疑的影后，她的业务口碑、电影票房、电视剧收视率，无一短板。拿韩辰绘和申莹莹相提并论，那是宇宙大爆炸级别的跨次元碰瓷……

韩辰绘对这些八卦记者没有任何好印象，主要是因为之前她和贺开晨被爆出绯闻那件事。没有这些记者在其中颠倒黑白、搬弄是非、无中生有，那个八卦也不会蔓延得如此之广。如果不是郑肴屿使手段帮她强势镇压，她怕是会被搞到身败名裂。

一想到郑肴屿，韩辰绘就气得直噘嘴。

上一个星期他确实把她惹生气了，她放狠话要和他冷战三天，否则他还不知道要怎么"胡作非为"呢！

韩辰绘好不容易在上一个回合里夺回了主动权，下一个回合，他立马就放大招了——他竟然要和她共同参加综艺节目《我家有宠物》？

小郑太子爷是什么身份、地位啊，他屈尊来郑家最看不上的娱乐圈里参加综艺节目可还行？

关键是他没和她商量，甚至连消息都没向她透露过，她还是刚才在会议上才得知的……

他故意将她的军！

韩辰绘彻彻底底被气坏了。哼！最近她作得太少，让他飘到不知道他的家庭地位是什么样了，都不知道家里谁是老大、谁是老二了！

韩辰绘带着正在啃桃子的菜豆离开，走到路边，一辆黑色轿车慢慢地停在他们面前。

韩辰绘当然知道这是郑肴屿派来接她、保护她的。哼！不理他！韩辰绘瞪了车内的司机一眼，牵起菜豆空着的小爪子，转身就往旁边走去。

韩辰绘走出君视大厦广场，来到一处树荫下，从包包里拿出墨镜戴好，又抽出一顶时尚的手工帽子。她自己没有戴，而是将帽子扣在了菜豆的脑袋上。

现在不只她是“红人”，菜豆也是一只“红猴”，在马路上行走，适当的伪装是很有必要的。

韩辰绘牵着菜豆在路边慢慢散步，四周的路人总把目光投过来。毕竟见过遛狗的，没见过遛猴的……

那辆黑色轿车一直用最慢的速度跟在韩辰绘身后，怕靠太近会影响到她，司机还会时不时地停一下。

韩辰绘走到一个公交站，在路边的公共椅上坐了下来。有着良好训练的菜豆也乖乖地坐在韩辰绘的身边。手中的桃子已经吃完了，它抬起小脑袋，眼巴巴地望着韩辰绘。

唉！菜豆可真是个憨憨的吃货……

她从包包里摸出一小袋核桃递给菜豆。

“吱吱吱——”菜豆兴奋地接过核桃，闷头吃了起来。

韩辰绘目不转睛地望着车来车往，只过了两分钟，她的手机微信提示音便响了起来。韩辰绘拿出手机，正是郑肴屿给她发的微信。

韩辰绘抿了抿唇，犹豫几秒钟，不情不愿地戳开聊天对话框。

郑肴屿上来就是一个“表情包警告”：两个很可爱的人形团子，其中一个在捏另外一个的脸蛋儿。

郑肴屿：“捏你小肥脸。”

韩辰绘立刻从抿唇变成噘嘴，她绝对不能认输！郑肴屿敢“表情包警告”，那她就“小作精警告”！

她用手指在手机屏幕上用力戳了几个字过去。

韩辰绘：“我不想和你好了！”

这条消息发过去之后，微信便陷入了沉寂。

韩辰绘更生气了！她又难受又委屈，一脸要哭的样子。

他竟然不哄她！他竟然就真的不回她微信了！

过了好几分钟，叮咚一声，她的微信终于又有了声音。再给他一次哄她的机会！对！就最后一次！

韩辰绘吸了吸鼻子，气呼呼地按开了聊天对话框。

白底黑字扑面而来，堆满了屏幕，宛如一篇长长的小作文，韩辰绘一下子愣住了。

郑肴屿：“老婆，我又做错了什么？我哪里做得不对惹你生气了？我先分析十条，你看对不对：

第一，我今天给你发微信发少了。

第二，我昨天去打牌打麻将，玩了两个小时，没有立刻回家陪你。

第三，我今天还没有给你发自拍。

第四，你前天去看望岳父岳母，我没有陪你去。

第五，我上周送了你十六个限量礼物，这周只送了你十五个。

第六，我给你打的钱太少，不够花。

第七，我昨天送给你的花中没有你喜欢的玫瑰。

第八，我不应该叫你‘画画’。

第九，我三天没碰你了，虽然你和我冷战，我也应该加倍努力。

第十，我昨天吃了两碗饭。

老婆，我自己分析了十条，如果上面都不对，那我再分析十条。”

韩辰绘读完郑肴屿的微信，嘴巴再也噘不起来了，只能慢慢地抿起来，唇角止不住上扬。

从第十条“我昨天吃了两碗饭”，韩辰绘就知道郑肴屿这个直男根本没搞明白她生气的点，完全是在胡乱分析。但是，又让他歪打正着了——只要郑肴屿对她吹彩虹屁，或者好好哄她，她的小尾巴就能立马翘到天上去，再也生不起气来了。

不过嘛，她虽然心里觉得美滋滋、暖乎乎的，但她的格调不能掉！

韩辰绘高贵冷艳地回了郑肴屿一个字：“哦。”

看到这个字发送过去，韩辰绘差点得意得拍大腿！

哎哟！一个简简单单的“哦”字，简直是集天下装腔作势之大成！论装腔作势，她韩辰绘这辈子真没怕过谁！

一分钟之后，郑肴屿回复了她的微信。

郑肴屿：“你和菜豆坐在那儿不要动地方，我去接你们。”

韩辰绘傲娇地撇了撇嘴，哼！这还差不多！

韩辰绘刚刚感觉心情转好，还没放下手机，她的姐妹群就响了起来——

朱芷欣：“@ 韩辰绘 @ 韩辰绘 @ 韩辰绘！你家发生那么大的新闻，也不提前告诉我们！”

韩辰绘一脸蒙。

朱芷欣：“@ 韩辰绘赶紧去看微博，你又被骂上热搜了！”

韩辰绘更是一脸蒙。

她退出微信，打开微博——果然，朱芷欣没有说错，她又双叒叕被骂上热搜了！

“# 韩辰绘不认识 zyy# 在？有事吗，她？”

“# 韩辰绘不认识 zyy# 噗……我只想知道韩辰绘这波操作会有什么下场！真是仗着有后台就不知道天有多高、地有多厚了啊，谁都敢得罪！”

“# 韩辰绘不认识 zyy# 节哀、节哀、节哀！敢这样口出狂言，真的没人敢保她，除非她的后台就是 zyy 本人，或者是 zyy 身边的好兄弟，或者是 zyy 的亲爹，不然真是没人能救得了她。”

“# 韩辰绘不认识 zyy# 她这个作死操作……她的后台应该会立刻放弃她了吧？弃车保帅！没必要为了一个花瓶去得罪 z 家吧？”

“#韩辰绘不认识zyy#那个节目是什么来头，为什么可以请到zyy？真要看你不爽直接买下来？制作公司不瑟瑟发抖？”

“#韩辰绘不认识zyy#哈哈哈哈，看热闹不嫌事大，我也觉得韩辰绘这波操作特别蠢，确实人就要没了吧！”

网友们对韩辰绘的恶意揣测和辱骂远不止这些，这只是冰山一角、九牛一毛。

看了十几分钟，韩辰绘简直无语极了。网友们为什么总是戏那么多？脑洞那么大，不去做职业编剧真是可惜了他们的才华！

韩辰绘又在网上逛了几分钟，一辆银白色跑车慢慢地停在她的前方。旁边正在认真嗑核桃的菜豆突然吱吱地叫了起来。

韩辰绘抬起视线，那正是郑肴屿的车。

按照韩辰绘的格调，她应该继续坐在原位一动不动，等着郑肴屿亲自下车、亲自哄她、亲自给她开车门，她才能“勉为其难”地上车。可现在她正处在风口浪尖，万一哪个路人把她和郑肴屿给认了出来，再拍张照片发到网上……难道她还嫌事情不够大，还嫌节奏不够多？

韩辰绘委屈地站起身，再将菜豆叫过来。

郑肴屿今天开的跑车是两门二座，韩辰绘只能抱着菜豆坐在她的腿上。菜豆坐上车也没忘了手中的核桃。

韩辰绘在车上一直保持着高贵冷艳的模样，没有和郑肴屿说话。

郑肴屿带韩辰绘去了他朋友新开的餐厅，高档又雅致，韩辰绘的心情转好。

双人间里，郑肴屿又给她夹菜，又给她喂菜，又抱着她哄，韩辰绘被哄得脸颊泛红，终于慢慢地浮现出笑容。

两个人吃完晚饭，带着菜豆回到红叶名邸。

郑肴屿直接去了书房开视频会议，韩辰绘先去浴室泡了半个多小时的澡，又趴在床上开始创作她的小说。

午夜时分，韩辰绘已经写了两三个小时，开始疯狂地打哈欠。

郑肴屿结束视频会议回到卧室。韩辰绘懒洋洋地合上笔记本电脑，往大床中央一躺，大大咧咧地占了三分之二的空间。要不是床够大，她一个人能全占满！

郑肴屿看了韩辰绘一眼，没有说什么，只是解领带、解皮带，把衣服裤子全部脱掉，转身走进浴室。

他一向是洗战斗澡的，三分钟结束战斗。

韩辰绘望着浴室的方向，郑肴屿裹着浴袍走出来，站到床边，眼角微微一眯。

韩辰绘二话不说，立刻乖乖地翻过身去，抱着被子委屈地缩在床边，不敢像刚才那样放肆。

她平时根本不怕郑肴屿，她可以随时化身小作精，把郑肴屿作得头昏脑涨。但只有这个时候她完全不敢造次。在全世界任何地方，韩辰绘都敢直接骑到郑肴屿的脸上花式蹬鼻子耀武扬威，根本不慌也不虚！除了一个地方，那就是……床上！

郑肴屿轻轻笑了一声，躺到床边，伸出胳膊将床边的受气包揽进怀里。

韩辰绘唔了一声。郑肴屿按住韩辰绘的肩膀，让她在他的怀中转了个身，和他面对面。

韩辰绘目不转睛地看着郑肴屿，郑肴屿也近距离地注视着她。

"你……"韩辰绘不满地嘟起嘴，"我知道那件事了！我还因为在八卦记者那里说不认识你被网友们骂死了，现在网上全是骂我的。哼！"

郑肴屿温柔地揉了揉韩辰绘的脸颊，嘴边一直带着笑。

韩辰绘气哼哼地瞪了郑肴屿一眼："你为什么要突然跑去参加什么综艺节目啊？太奇怪了！我还以为你被'魂穿'了呢，那就不是我老公了！"

"为什么？"郑肴屿低声反问，"你难道不知道我为什么吗？"

韩辰绘诚实地摇了摇头。

郑肴屿轻轻吻了下韩辰绘的唇："我跟你实话实说吧，郑家是真的深不可测。这就是为什么我会在我们刚结婚的时候对你说，我不管韩家的事，你也不要管郑家的事。你真的会被那些人吃得骨头渣子都不剩。当初郑家没有一个人同意我娶你，反对最强烈的就是我父母。郑先生和孙女士总有他们的想法和看法，尽管那对于我来说一点意义都没有。他们反对的点有很多，其中一个不可调和的点就是你的身份——他们无法接受一个在娱乐圈瞎混的媳妇儿。我和他们有个协议，如果将来你被曝光了，我就要和你离婚。”郑肴屿又微微笑了一下，“爱一个人，不是占有她，而是要让她快乐。她快乐，所以你快乐。”

韩辰绘眨巴着大眼睛听着。

郑肴屿用手指戳了戳韩辰绘的鼻尖：“我去参加那个综艺节目，别说郑家，整个圈里都会地震，也会让股市波动，一个搞不好，我会损失很多、很多的钱……”

韩辰绘立刻皱了下眉：“那你不要去啊！本来就是嘛，小郑太子爷和娱乐圈的画风也太不相符了吧！”

郑肴屿将韩辰绘抱紧：“我必须去。”

韩辰绘乖乖地枕着郑肴屿的颈窝，口鼻轻轻贴在他下颌线的皮肤上。

“只有连我也涉足娱乐产业，郑家那帮人才没有办法站在制高点上对你指指点点，他们也就永远没有立场那样做了。而我，也可以成立一个传媒子公司，只签你一个人。”

韩辰绘感动得直接哭出声来，叫着：“老公！老公！”

郑肴屿轻轻拍了拍韩辰绘的背脊，轻叹了一声：“捧你，应该是我做过最难的工作了吧。”

韩辰绘的哭声戛然而止，她从“感天动地脸”一秒变成“生无可恋脸”。

小郑太子爷，您又开始了！

《我家有宠物》录制现场。

这是韩辰绘参加的第四期节目。因为说了不认识郑肴屿，韩辰绘在网络上的“节奏”特别多，几天来，关于她的热搜居高不下，各种不真不假的“衍生瓜”多到嚼不烂。正常来说，节目组为了避风头，也要让韩辰绘停录几期。但菜豆已然成为节目的王牌、著名的明星宠物，节目组再不想要韩辰绘，也要保住她的猴子，不然收视率怕是会直线下降。

韩辰绘万万想不到，她居然有一天要靠猴子来续命……

录影开始，韩辰绘带着菜豆坐在角落里。虽然菜豆是王牌，但“打狗看主人”，架不住韩辰绘的咖位最低。

主持人说了两分钟的开场白后，突然兴奋地抬高了音调：“今天，我们有幸邀请到了一位神秘嘉宾，一位只会出现在国际财经新闻和报纸上的人物——郑肴屿先生！感谢他在百忙之中带着他的爱宠鹦鹉绿毛来参加我们《我家有宠物》节目！掌声欢迎郑先生！”

来了来了……韩辰绘尴尬得浑身直起鸡皮疙瘩。

天灵灵，地灵灵……希望绿毛这只臭鸟认不出她来，千万别上来就来一句“韩辰绘小弟弟”！她真的怕了，求求老天了！

韩辰绘从来没像现在这样如此庆幸自己是一个十八线糊咖，这使得她可以待在一个无人问津的小角落。要是她像申莹莹、苏想那样不是大影后就是流量咖、坐在录影棚的C位附近，那她还不得直接被炸穿？

之前韩辰绘在被采访的时候说了“没听说过”郑肴屿，被网友们狂喷了几天几夜，连“韩辰绘人没了”的剧本都被安排得明明白白；她要是凑到C位附近，绿毛和网友就能给她来个“双重点击”！

过去的C位都是影后申莹莹的，而今天的C位，只能是郑肴屿和他的爱宠鹦鹉。

那只叫绿毛的鹦鹉站在豪华的大鹦鹉架上，摄影棚中强烈的光线照射在鹦鹉的身上，它的主体羽毛是翠蓝色，腹部和鸟喙周围的绒毛是杧果色，圆圆的小脑袋上有一撮绿毛，长长的尾部自然地垂落，美丽而有气势。

郑肴屿在所有人的目光注视下，眼神往角落的方向扫了一下，然后推了推眼镜，似笑非笑地坐在了中央的位置上。

主持人从郑肴屿身边的鹦鹉架上收回目光，职业化地笑了起来：“郑先生，您的鹦鹉名叫‘绿毛’，是因为它头上那绿色的绒毛吗？”

郑肴屿也一直保持着似有若无的微笑：“还能有其他什么原因吗？”

“哈哈哈，真是‘鸟如其名’，绿毛是个可爱的名字！”主持人又抬头看了看鹦鹉，转头面对正前方的摄像机，“想必正在观看节目的观众朋友和我一样，看到如此美丽的大鹦鹉，都忍不住动了心思，想要亲自养一只吧？”

过场完毕，主持人又看向郑肴屿，继续问道：“郑先生，您平日里工作和生意应该非常忙吧？绿毛却很健康可爱，您是怎么照顾的呢，有什么独家心得和大家分享一下吗？”

郑肴屿轻笑一声："有专门的驯鸟师来科学地喂养和训练。"

可能是听到郑肴屿提到了驯鸟师，绿毛动了动长长的尾巴，突然发出它特有的、好像是从老旧收音机里传出来的教导主任般的声音："打倒史华！"

整个录影棚沉静了两秒钟，然后爆发出一阵笑声。当然，除了角落里的韩辰绘。

其他人的笑容有多么欢快，韩辰绘的心中就有多么忐忑——她，韩辰绘，实名制害怕绿毛接下来会再来一句……

毕竟，平日在家里，绿毛总是"打倒史华"和"打倒韩辰绘"交替着来，反正在它的鹦鹉思维里，肯定是得打倒这两个人才行！

韩辰绘保持微笑脸。

她还能说什么呢？

大家的笑声逐渐平息，主持人笑着说："看来郑先生很注重对鹦鹉的语言培养，可它口中的史华是谁呢，为什么要打倒史华呢？"

郑肴屿语调不疾不徐地说道："史华不是别人，正是驯鸟师。可能是对它要求过于严格了吧，它总想'起义'反抗驯鸟师，但它也只能嘴上说说。"郑肴屿顿了一下，目光若无其事地往角落的方向扫了一下，随即唇边漾开一丝笑意，"据我所知，绿毛常挂在口中'打倒'的人，不止它的驯鸟师史华一个人。"

大家纷纷好奇还有谁，只有韩辰绘不仅不好奇，甚至有点儿生气。

距离郑肴屿位置最近的影后申莹莹娇媚地笑了一下："郑先生的鹦鹉美如画，看样子，我们这个节目的最红王牌宠物要换了呢！"申莹莹看了韩辰绘一眼，也不知道是挑衅还是如何，她还对韩辰绘挑了挑眉梢。

申莹莹早就看韩辰绘不顺眼了。论身材相貌，她是肯定比不过"颜霸"韩辰绘的，但韩辰绘除了有颜值，业务能力和她比起来，是肉眼可见的惊天差距。可是她们两个同属于君视传媒，两个人合作过三部戏，现在又合作了综艺节目，申莹莹的风头总是被韩辰绘抢了去！

当初《水光之恋》的时候，韩辰绘靠着辣眼睛的演技频上热搜；到了《火光之恋》，韩辰绘又是和男主角张润晨参加综艺节目，又是在网上炒作 CP，让申莹莹这个女主角如何自处？到了电影《二次通信》就更加离谱了，明明她申莹莹既是女主角又有影后加持，可电影上映之后，大家讨论最多的又是韩辰绘，从一如既往地吹颜值，到吹演技有惊人进步，最后还来了个“王炸”绯闻：和前男友贺开晨的绯闻将韩辰绘的热度推上了最高峰。

从那之后，不管是红的还是黑的，总之韩辰绘的热度就没下来过。好不容易她从娱乐圈销声匿迹半年多，结果她一回归就能参加《我家有宠物》这样的当红综艺。更让申莹莹生气的是，韩辰绘的小猴子只用了一期就瞬间火遍全网络！

“不过也是——”申莹莹又微笑了一下，“绿毛这么聪明机灵，比光是外表可爱、其他都不太行的宠物强多了，例如我家那只杜宾犬。”

韩辰绘斜了下眼，控制住自己想要给申莹莹一个白眼的冲动。

谁听不出来申莹莹在指桑骂槐？她不就是想说韩辰绘的小猴子不机灵、傻乎乎的……

真让人生气！

当然韩辰绘最生气的是，她竟然找不到反驳的理由！

这期节目被默认要围绕着郑肴屿和他的绿毛鹦鹉，前期的访谈嘉宾养宠心得环节结束，进入短暂的休息调整时间。

工作人员一说休息，韩辰绘立马站起身，牵着身边只顾着吃的菜豆就往外面跑。开玩笑，她不脚底抹油，万一被绿毛给认了出来，她直接跳进黄河里好了，不用洗，直接溺水！

韩辰绘躲在录影棚外面的拐角里，面前是把苹果啃得嘎吱嘎吱响的菜豆。

瞅着这个一天到晚只知道吃、脑袋上竖着几根呆毛、看起来就不太聪明的小猴子，韩辰绘不由得火从心头起。

她虽然讨厌绿毛，在家时更是动不动就和绿毛拌嘴吵架，似乎和它有着“不共戴天之仇”，但她不得不承认，绿毛看起来就是个小机灵鬼——说话、唱歌这都是它的基本技能，绿毛还会篡改歌词、搬弄是非呢！

韩辰绘幽幽地叹了口气，为什么郑肴屿养的鹦鹉都是一脸聪明相，她的猴子却满脸冒傻气呢？难受啊……这也太难受了吧，被申莹莹那么嘲讽！

“菜豆啊菜豆……”韩辰绘愁眉苦脸地戳了戳小猴子脑袋上的几根呆毛，“你什么时候能聪明点、给我争点气啊？你也就能凭借外表和性格骗骗人了。看看你参加的这几期节目，除了和‘吃’相关的项目，你什么不垫底啊？你除了吃，一点用都没有！”

菜豆听到韩辰绘叫它的名字，忙抬起脸，一边盯着她一边飞快地啃苹果。

韩辰绘又悲伤地叹气：“郑肴屿真没给你取错名字——菜豆菜豆，你可真是‘又菜又逗’！”

菜豆以为韩辰绘在夸奖它呢，吱吱吱地叫着，兴奋地双脚并用，傻跳了两下。

韩辰绘的心态崩了！

就在这个时候，走廊里传来一阵清脆的高跟鞋声。韩辰绘扭过头，发现从拐角处走出来的正是申莹莹。

“哟，辰绘。”申莹莹保持着职业化假笑，“休息时间怎么没和大家一起玩？怎么带着菜豆躲在这么隐蔽的地方？在干什么，难道是在给菜豆补课？”

韩辰绘轻轻笑了一下：“没事，菜豆太能吃了，我拉它出来教育一下。”

“教育猴子什么时候不能教育，非要在这个时候？”申莹莹继续假笑，“我看刚才录制节目的时候，你的视线就没离开过那位郑先生，这也很正常，他那样的男人，不只是你，我们都喜欢。你应该借着休息时间多在他面前晃悠，凭借你的姿色，说不定他真的会对你另眼相看呢，到时候你可就飞黄腾达、前途似锦了。”

韩辰绘微微皱了皱眉头，申莹莹的话怎么听起来阴阳怪气的？

“你说我说得对吗，辰绘？”申莹莹说完，不知是嘲笑还是如何，还假里假气地笑了一下，风姿摇曳地离开了。

半个小时之后，录制继续。

休息期间，郑肴屿先出去吸了两根香烟——其实他的次要目的是抽烟，主要目的是去逮韩辰绘。可那个女人溜得比谁都快，转眼间就不见了人影。

郑肴屿和他的大秘书在外面简单转了一圈，就不再找了。回到录影棚，他冷漠地站在门口，外面的阳光斜射进来，正好吻过他的侧脸，在地板上拉出长长的影子。

全场的女星都在看门口的郑肴屿：身材高挑，五官精致，浑身上下带着与生俱来的冷漠疏离感，近看是气质，远看便是风骨，直教人移不开眼。

女星们远远地花痴了郑肴屿一番，又帅气又有钱又有地位的男人，谁不喜欢呢！不过她们都知道自己和这尊佛爷差得太远，能套上近乎被他多看一眼就已经是上辈子积德了，说不定一下子就会时来运转。

全场女星都使出浑身解数，只为能吸引郑肴屿的一点点注意力。

影后申莹莹为了讨好小郑太子爷，手捧瓜子逗弄着他的宠物鹦鹉绿毛。

绿毛是一只普通的鹦鹉吗？它可是小郑太子爷的头号爱宠！虽然韩辰绘嫁进来之后它的地位有所下降，但它也是排在第二位的啊！小郑太子爷的鹦鹉什么好东西没吃过、什么大场面没见过？

郑肴屿身边的人、事、物，不管是韩辰绘还是鹦鹉，都突出一个“有钱”外加“宠到无底线”。绿毛一脸高贵冷艳，完全看不上这些女星。它可是小郑太子爷的爱宠，就连它在家里睡的窝窝，都是郑肴屿找国际知名设计师亲自设计并手工完成的，是世界上独一无二的，比在场的什么影后啊、小花啊背的那些国际大牌包值钱了不知道多少倍。

女星们站在申莹莹旁边，一起围在绿毛的鹦鹉架前。

“吃一颗吧！”申莹莹把瓜子递到绿毛的嘴边，希望它能给她面子吃一颗。

绿毛傲娇地扭了扭小脑袋。

“你为什么不吃啊，鹦鹉不是都喜欢吃瓜子的吗？”申莹莹又换了一颗，“吃一颗吧，或者你说一句话也行！”

众人逗弄绿毛失败之后，现场导演喊了一嗓子：“准备开始继续录制啦。”

郑肴屿望了望门外，犹豫了几秒钟，径直走回座位。

主持人重新拿起话筒：“看来各位嘉宾都很喜欢绿毛，小心你们自己的宠物吃醋哦！”

下一秒，一直在鹦鹉架上的绿毛扑棱了一下，直接开唱：“我是一只小小小小鸟——想要飞呀飞，却飞也飞不高——”

众人二次傻眼！

申莹莹又站了起来，重新捧着她的瓜子放到绿毛的面前，用眼角的余光瞟了瞟郑肴屿，柔声道：“绿毛，你唱得太好了！奖励你一颗瓜子，要不要吃？”

绿毛高贵冷艳。

所有的灯光和摄像机都集中在录影棚中央的郑肴屿、申莹莹、绿毛、主持人和其他几个一线大咖的身上。韩辰绘牵着小猴子，小心翼翼地从后台冒出头来，见没人注意到她，悬在半空中的心落回肚子里，轻手轻脚地走向自己的座位。

郑肴屿轻轻地唤了一声：“绿毛。”

绿毛扭过小脑袋，一下子就看到了录影棚边角处正牵着菜豆鬼鬼祟祟走过的韩辰绘。

郑肴屿深深地看了绿毛一眼。绿毛望着韩辰绘的方向，突然开口：“绘绘，你哭什么？”

韩辰绘顿时僵在原地。

别说韩辰绘了，在场的所有明星、嘉宾、工作人员全部僵住了。

韩辰绘立刻背过身去，把眼睛瞪得溜圆。她赶紧松开菜豆的爪子，用手挡住自己的脸。

几秒钟的绝对静止过后，“啊呜！”绿毛又叫了起来，惟妙惟肖地模仿着哭声，“老公，你亲亲人家！呜——”

韩辰绘现在怎么办？！装死吧？对！装死！

只要我在棺材里躺下得快，“绘绘”这个名字就追不上我！

韩辰绘已经能感觉到全场人的目光都投在了她的背脊上，如果目光是放射线，那她的后背早已千疮百孔了！

申莹莹等人互相对视了一眼，她们从对方的眼中读出了同样的信息——韩辰绘？外面一直以来传的八卦难道是真的？韩辰绘确实有后台，而且后台是郑肴屿？那韩辰绘之前为什么在记者面前说不认识，没听说过郑肴屿？

刚才那只鹦鹉说的是什么——老公？凭借韩辰绘的姿色，如果她真的是郑肴屿的情人，勾搭上他也算是情理之中的事吧？而这句“老公”，大家就知道根本不可能了。郑肴屿可是郑家的太子爷，会明媒正娶这个绯闻缠身的韩辰绘？开什么国际大玩笑！除非这是两个人之间的昵称，绝对不是“老公”的字面意思，就连这种猜测的可能性也是微乎其微。

申莹莹笑了起来，缓和气氛：“绿毛真的好厉害，什么话都会说，竟然还会模仿女生撒娇……”

在场的其他女星也忙附和。

“对啊，郑先生，平时你们家的驯鸟师是不是总给它看爱情片？”

“我喜欢给我家 Candy（辛迪）看鬼畜视频，每次它都会跟着跳或者叫，特别可爱。”

大家七嘴八舌地聊了几句，主持人开始提示流程：“各位观众朋友已经看到如此聪明的绿毛，那么接下来，我们就进入‘宠物模仿大比拼’环节！”在场的众人鼓掌。

韩辰绘终于松了一口气，觉得自己就像个没有血肉的木乃伊，木木呆呆地刚要挪动一下，绿毛又开始放大招了！它扯着破锣嗓子大喊道：“菜豆，上——”

韩辰绘身边的菜豆立刻吱吱吱地跑了过去，在鹦鹉架下面比画了几下，又冲到申莹莹的杜宾犬面前，把它的饼干一把抢了过来！

绿毛抖了抖尾巴和翅膀：“菜豆，今晚加餐！”

菜豆吱吱吱地拿着饼干蹦蹦跳跳地跑到鹦鹉架下面，乖乖地掰成两半，一半塞进自己嘴里，一半对着绿毛抬起爪子。绿毛自然而然地从鹦鹉架上飞了下来，从菜豆的爪子中叼起饼干，又回到鹦鹉架上，高贵冷艳地站着。

鹦鹉和猴子的这一套默契到爆炸的互动，让在场的所有人都傻了眼，包括韩辰绘在内！她的感觉就像是被一道大雷咔嚓一声劈到了脑壳上！

绿毛和菜豆开心地吃着饼干，一个手舞足蹈，嘴里吱吱地叫个不停，一个优雅斯文地吃着饼干碎，时不时地用它的老嗓子夸奖对方：“菜豆，干得漂亮！今晚加餐！”

这只臭鸟！和小猴子搞得像亲兄弟似的，真的就和她一个人有仇呗？

几乎是同一时间，韩辰绘能听到在场所有人轻微的惊讶之声以及紧接着的窃窃私语。

绿毛和菜豆那默契而亲密的举动，根本不可能是刚见面不久，俨然是一副整日生活在一起且时间不短的“好基友”的架势……

韩辰绘看了郑肴屿一眼，只见他也在默默地看着她，眼神温柔，但笑而不语。

她默默地在心里骂了一句脏话。

绿毛啄完饼干碎，抖了抖尾巴，又大叫了一声：“菜豆，冲——”

菜豆立刻冲到申莹莹面前，不停地叫着，然后不停地用爪子拍打她的胳膊，骚扰着她。申莹莹周围的几个女星吓得四处闪躲，尖叫声此起彼伏。

申莹莹面容失色，一边躲着菜豆，一边冲韩辰绘高叫：“韩辰绘！你还不过来把你的猴子带走！快——”

韩辰绘赶忙冲了过去，弯下腰一下子抱住双臂乱舞的菜豆：“停止！菜豆！”韩辰绘呵斥完菜豆，又转脸瞪向绿毛！

绿毛仰了仰小脑袋，继续用它的破锣嗓子开始表演：“韩辰绘小弟弟干吗呀，你干吗呀！大姑大姑韩辰绘大姑，我杀了你！啊——我杀了你——”

众人脸上的表情更加震惊且微妙，鹦鹉是怎么知道“韩辰绘”这个名字的？刚才申莹莹那么“卑微”地逗弄它，它都一副“我是高贵冷艳的小公主”谁都不理的模样，现在怎么直接开始“泼妇骂街”，大姑、小弟弟，连“我杀了你”都骂出来了？

韩辰绘被气得直喘粗气，绿毛肯定是平时听到驯鸟师的口令就学会了，现在对菜豆乱下命令捣乱，还得罪了申莹莹，把现场搅得一团乱！

现在这个情况简直太突然了，连专业的主持人都拿着话筒愣在原地，不知道怎么圆场才好……

绿毛知道自己胜利了，开始得意忘形，用《黄河大合唱》的调子唱了起来：“风在吼，马在叫！辰绘在咆哮，辰绘在咆哮！打倒打倒韩辰绘。”

一句“打倒韩辰绘”，让在场所有人，不管是以申莹莹为主的嘉宾还是站了半个录影棚的工作人员，有一个算一个，全部看向郑肴屿——他曾亲口说过，绿毛常挂在口中“打倒”的人不止它的驯鸟师史华一个人。那么，另外的人难道是……

一直坐在沙发上微笑着这场闹剧的郑肴屿轻轻开口，不怒自威：“好了，绿毛，闭嘴，不要总欺负绘绘！”

第十八章　他给她撑腰

郑肴屿最后那句轻描淡写的“不要总欺负绘绘”，便是亲自坐实了他的鹦鹉绿毛前面喊的“绘绘，你哭什么”中的“绘绘”正是韩辰绘！

绿毛瞬间萎靡，明显没有了之前的神气样。在郑肴屿的威压之下，它只能扑棱几下翅膀表达抗议。

韩辰绘气得眼眶泛红，委屈地瞪着绿毛，又瞟了郑肴屿一眼。她连菜豆都不管了，气哼哼地走回自己的座位。

菜豆知道自己闯祸惹韩辰绘生气了，手里拿着新抢过来的饼干，乖乖地跟在韩辰绘身后。

全场寂静了一分钟，所有人的目光都在郑肴屿、韩辰绘、绿毛三者之间来回移动，每个人心中都有着自己的小九九。当然，他们共同的小九九是：韩辰绘和郑肴屿究竟是什么关系？

再回想起前些天韩辰绘在接受采访时说过的“不认识，没听说过”郑肴屿，就更加微妙了。通过绿毛口中的“绘绘”以及郑肴屿的态度，他们两个人明显认识且“关系密切”，毕竟两个人可是连“老公”都喊上的关系！鹦鹉口中的“亲亲人家”分明是模仿了韩辰绘的语气！

虽然每个人都把“好奇”和“八卦”的字眼挂在脸上，可无一人敢做领头羊，没人敢第一个出声询问此事。如果只是韩辰绘，他们这些一线大咖肯定不在乎，但当事人之一是郑肴屿，再借给他们十个胆子，他们也不敢当众、当着摄像头的面去直接探问郑肴屿的私生活。

主持人看了看坐在角落里生气的韩辰绘，又看了看淡定自若、运筹帷幄的郑肴屿，良好的职业素养让他成为在场反应最快之人："大家看到绿毛和菜豆配合默契，想必也心有感慨吧？自然界就是如此神奇，鹦鹉和猴子两个不同的纲目科属种，却能如孪生兄弟一般，陌生的人与人之间是无法做到的，这也是我们拍摄《我家有宠物》这个节目的初衷之一，让观众朋友们领略自然的神奇、动物的可爱之处……"

听到主持人的解释，韩辰绘竟忍不住轻笑了一下。真是"三百六十行，行行出状元"，主持人今晚加鸡腿！

主持人强行把场子圆回来之后，便开始提示流程，宣布"宠物模仿大比拼"环节正式开始，一群宠物拥上录影棚正中央的舞台。

韩辰绘坐在角落里瞪着绿毛，尽量平复自己的情绪。如果是在家里，她的嘴巴肯定会噘得高高的，能挂十几个酱油瓶的那种。可现在节目毕竟还在录制中，她也不好发作得太厉害。

节目……韩辰绘突然意识到了什么：刚才她和绿毛之间的"战争"，似乎是郑肴屿出面调解的？他好像叫了她"绘绘"？

韩辰绘顿时瞪大了眼睛，把气呼呼的目光从绿毛挪向了郑肴屿。

她已经能想到节目播出之后网络上的节奏会是怎么样的了！除非她让郑肴屿出面，让节目组把这期节目给剪辑一下，否则……她相信节目组才不会放过这个飙热搜、炒热度的八卦话题呢。

后来的整个录制过程中，韩辰绘的脑子里都是一团乱，在接下来的"宠物机智大比拼""宠物耐力大比拼""宠物创造营"等环节中，她一直仇视绿毛，心不在焉。而菜豆这个只知道吃的傻憨憨，果然也不负众望地给她垫底而归！

这期节目录制时间长达三个多小时，其间休息了三次。在现场执行导演宣布本期录制结束时，韩辰绘趁着人来人往，立刻离开了现场。

韩辰绘带着菜豆来到后台，想用最快的速度把道具收拾好，第一个离开大厦。

那些讨厌的八卦记者说不定已经得到消息了，待会儿怕是要进来堵她。

他们不敢堵郑肴屿，但绝对敢堵她，就是这么真实。

韩辰绘没有走正门，更没有走后门——如她所料，这两个地方早有大批的八卦记者、狗仔队之流在等待。她在保镖的掩护下，从大厦的一个不为人知的侧门离开。

一辆黑色轿车已经等在那里，韩辰绘嘟了嘟嘴，不情不愿地坐了进去。

如果不是怕被记者和狗仔偷拍到，她才不会和郑肴屿以及绿毛坐一辆车呢，哼！

郑肴屿端坐在后排，像以前一样，膝盖上放着一台笔记本电脑，手指飞快地敲击着键盘。韩辰绘坐上车之后，他才停下手，侧过脸来看她。

见她气呼呼地噘着嘴，也不看他，郑肴屿问道："怎么了？"

这个男人！竟然还敢大言不惭地问她怎么了？

韩辰绘立刻化身小作精，翻身骑上郑肴屿，小手乱舞，一会儿抓他的领带，一会儿抓他的衣领，在他身上就是一顿闹："你为什么不让绿毛闭嘴，为什么让绿毛当着大家的面胡说八道！你为什么还配合它？你为什么不拔光它的毛？！你为什么不把它送人……"

郑肴屿也顾不得管笔记本电脑了，直接用自己的双手抓住韩辰绘的两只小手："干什么？吵不过绿毛就来作我，欺软怕硬啊？"

轿车平稳地驶出。

"……"韩辰绘几乎是坐在郑肴屿的大腿上，在极近的距离和他对视着。

她眨巴着大眼睛，突然梗起脖子，一脸傲娇地哼了一声，大言不惭地回答："我本来就欺软怕硬！"

绿毛扑棱了一下翅膀，看了看郑肴屿，又看向韩辰绘。韩辰绘斜起眼角，瞥向郑肴屿。只见他面无表情，冷漠地敲击着键盘，时不时地瞟她一眼。

坏了！韩辰绘一下子警铃大作：不好不好不好！以前但凡郑肴屿露出这个表情，她就没好果子吃！

韩辰绘一秒变脸，突然抱住他的胳膊，娇软的身子往他的怀里拥着，大眼睛眨巴眨巴，一脸花痴星星眼，开始了她的表演："我爱死我老公啦！刚才录制节目的时候，我恨不得上去亲几口……”

郑肴屿冷漠地垂下视线，挑起一侧的眉梢。韩辰绘正乖巧地靠在他的怀里，萌萌地看着他。郑肴屿合上笔记本电脑放到一边，顺势抱住主动“投怀送抱”的韩辰绘，强忍住唇边的笑意：“你说的是真的吗？”

韩辰绘点头的幅度超大，一脸乖巧样地说道：“当然是真的！”

“你……”郑肴屿忍俊不禁，扬起眉梢看了看正站在副驾驶椅背上的鹦鹉，“你不怕它又学你说话？”

不会这么……一学即会吧？

郑肴屿看着韩辰绘的表情，终于忍不住笑出声，看向鹦鹉：“绿毛！”

就在下一秒钟，韩辰绘就听到自己的正前方传来熟悉的声音，语气和她如出一辙：“我爱死我老公啦！刚才录制节目的时候，我恨不得上去亲几口……”

接下来的几秒钟，鹦鹉破锣嗓子的余音回荡在车内。

郑肴屿嘴角上挑的角度越来越大，连司机都没忍住，扑哧一声笑了出来。只有韩辰绘慢慢地眼眶泛红、嘟起嘴巴……

“记着！”郑肴屿在韩辰绘的额角落下一个轻吻，“含情欲说宫中事，鹦鹉前头不敢言。”

韩辰绘忍无可忍、无须再忍……委屈地哇呜大哭了起来：“欺负我！呜呜呜！连一只鸟都能这么欺负我！呜呜呜……”

郑肴屿笑着将韩辰绘抱得更紧了。韩辰绘直接哭晕在郑肴屿的怀里，拿起他的领带就开始擦眼泪，像一个小可怜一样地撒娇：“老公，好歹我是它的女主人，它怎么能这么欺负我！你要帮我，你要站在我这边！”

郑肴屿故意贴在韩辰绘的耳边，声音又低又柔地微微笑道：“我什么时候不站在你这边？”

“好！”有人撑腰的韩辰绘又能翘起小尾巴来了！她不再哭了，擦了擦眼睛，挂着眼泪瞪着绿毛，恶狠狠、奶凶奶凶地呵斥它：“道歉！”

绿毛也瞪着眼睛，显然根本不把这位女主人的命令放在心上，模仿着对方奶凶的语气，再次用自己的破锣嗓子吼了回去：“道歉！”

韩辰绘皱着眉头，指着绿毛：“你赶紧向我道歉！”

绿毛高贵冷艳地扑打了下翅膀，圆圆的眼睛滴溜溜地转着，继续模仿她："你赶紧向我道歉！"

韩辰绘睁大双眼，盯着绿毛看了几秒钟，又咧起嘴："老公——"她扑进郑肴屿的怀里哭了起来。其实郑肴屿现在也分辨不出来她到底是演戏假哭还是来真的，不过这对他来说区别也不是太大。

郑肴屿冷漠严肃地叫了一声："绿毛！给绘绘道歉！"

几秒钟之后，韩辰绘便听到绿毛委屈地道："对不起！"

哼！韩辰绘得意扬扬，哭声戛然而止，嘴巴斜噘着，摇头晃脑，装腔作势。

有人撑腰的滋味真爽！有人撑腰就是了不起！

狐假虎威的韩辰绘，在线翘小尾巴。

绿毛你也有今天！也有给她道歉的一天！

韩辰绘的得意并没有持续太久，等到他们乘坐的轿车回到红叶名邸时，韩辰绘便瞪大了眼睛——花园大门前停着好几辆世界级豪车组成的车队，当他们的车子开近后，从车队最前方的车里走下来两个人。

一个庄严冷漠，一个风姿绰约，正是韩辰绘的公婆郑万杰和孙蔓宁。

韩辰绘和郑肴屿一起下了车。郑肴屿紧紧握着韩辰绘的手，他见到二老可以不叫人，她却不行："爸、妈。"

郑万杰和孙蔓宁意味深长地打量了一下韩辰绘，又瞥了一眼郑肴屿和她紧紧相握的手，没有说什么，径直转身走进花园里。

韩辰绘和郑肴屿也跟着走了进去，老郑夫妇和小郑夫妇，相隔十多米，一前一后。

走过花园的樱桃树时，韩辰绘的手机响了起来，是韩辰绘的经纪人Anemone。

韩辰绘给郑肴屿看了看手机屏幕上的来电显示，便一个人悄悄走到一边，接起 Anemone 的电话。

"喂？"她小声地接起电话。

Anemone 则高声大叫："韩辰绘！你和郑肴屿是怎么一回事？！现在网上已经爆炸了！刚才只用了两分钟，我眼睁睁地看着十条热搜八条都是你的了！你必须给我一个让我满意的解释！"

韩辰绘有些发愣。

节目刚录制完毕，距离播出最少还有半个月的时间，她和郑肴屿的关系怎么会不到半个小时便传到网上，十条热搜霸占了八条？更不要说他们根本没有在节目里透露他们是什么关系！

秋末初冬的风有些冷、有些干燥，树枝上的黄叶已经落得差不多了，每个枝条上只有那么几片树叶，在风中摇摇欲坠。

Anemone是君视传媒资深经纪人，在娱乐圈里混到她这个地位的，什么大风大浪没见过？现在她却激动得有些语无伦次，可见确实是被“韩辰绘和郑肴屿”这个组合给吓到了，或者是单纯被小郑太子爷的身份给吓到了……

Anemone问道：“所以辰绘，你和那位小郑太子爷到底是什么关系，你到底是怎么攀上那么个高枝的？这才一会儿工夫，网上就出来好几个版本了，我都看傻了，不如直接问你。”

韩辰绘刚要回答，在她前方十几米外的郑肴屿轻轻开口叫她：“绘绘。”

刚才她去一边接电话，郑肴屿并没有跟随郑万杰和孙蔓宁的脚步先进屋，而是站在原地等她。

韩辰绘抬起眼，看到郑肴屿手指间夹着一支香烟，往他们房子的方向指了指。她明白事情的严重性——郑万杰和孙蔓宁绝对不是来做客的。

韩辰绘和郑肴屿结婚已经三年多了，她的婆婆孙蔓宁来红叶名邸的次数屈指可数，而她的公公郑万杰则一次都没有踏足过这里。可这一次，郑万杰和孙蔓宁竟然一起来了。

恰巧又是郑肴屿跟着韩辰绘去参加综艺节目《我家有宠物》，在现场疑似曝光关系、网络上的节奏风起云涌的节骨眼儿上。韩辰绘也能猜出来，她的公婆是来开“圆桌会议”的。

毕竟这一次不再是韩辰绘一个人的事情——对于郑万杰和孙蔓宁来说，韩辰绘只是一个他们不喜欢、门不当户不对的儿媳妇儿，儿媳失格，能忍则忍，忍不下就换一个儿媳。但郑肴屿和韩辰绘完全不是一回事，太子失格可不是说换就换，说罢黜就罢黜的……

Anemone还在电话对面质问着她，韩辰绘总不能丢下一句“我们已经结婚了”便挂了电话，这样会把Anemone炸到神志不清吧？但她又不能把郑万杰和孙蔓宁搁置在那里……

她只能先对Anemone说：“Nene姐，我这边真的有急事，等我处理完了再跟你讲我们的事情，这一次我保证和盘托出，一丝不隐瞒。我先挂了啊！”

挂了 Anemone 的电话，韩辰绘快步赶上前去，牵住郑肴屿的手。

在往房子里走的时候，郑肴屿接了个电话。

趁着他打电话，韩辰绘偷偷登录了微博。果不其然，微博上十个热搜里有八个都是和她相关的。除了那些韩辰绘能想到的，网友们竟然连“# 韩辰绘碰瓷 #”这样的话题都给她安排上了。

她随便点了一个看起来比较正常的“# 韩辰绘我家有宠物 #”进去看看。

热门是官方娱乐号和自媒体大 V。

“# 韩辰绘我家有宠物 # 最新一期的《我家有宠物》录制现场视频泄露，网曝韩辰绘和神秘大佬郑某关系密切，二人的宠物默契十足，可爱耍宝。”

“# 韩辰绘我家有宠物 # 爆红综艺节目《我家有宠物》最新一期请来一位神秘大佬，现场却有反转？疑似曝光恋情？观看视频请戳——”

“# 韩辰绘我家有宠物 # 我刚从现场回来，参加了新一期的‘宠物投票团’，全程围观下来的。看傻了，忘了录像，网上应该有人传录像了……只能说：是真的！”

而那些网友的回复就不像官方和大 V 那么客气了——

“# 韩辰绘我家有宠物 # 韩辰绘最近为什么频频上热搜啊？那个视频怎么了，不就是两个宠物吗？碰瓷了吗？”

“# 韩辰绘我家有宠物 # 韩辰绘之前评价 zyy，不是说‘不认识，没听说过’吗？现在又在唱哪一出？这才几天啊，就反转成两人地下恋情？”

“# 韩辰绘我家有宠物 # 我说实话，韩辰绘的外表确实是 S 级啊，看她之前参加的综艺节目，性格也很活泼可爱的，zyy 喜欢她也有可能吧？就当个花瓶呗，韩辰绘没有你们骂的那么不堪！”

“#韩辰绘我家有宠物#不管真相如何，我只能说，zyy跑来参加这种综艺节目，又和韩辰绘这个煳咖的名字在一起出现，也真够掉价的。他平时很神秘啊，事业有成，和娱乐圈没有任何交集，看起来不像是那些私生活混乱的二世祖啊！z家那种世家，是怎么允许他这么胡闹的？”

看到这里，韩辰绘气得直接关了手机！

郑肴屿已经挂断了电话，两人也走进了别墅里。韩辰绘看向身边正帮她拿拖鞋的郑肴屿，气愤的情绪才稍有缓和。

管网上那些喷子说什么，反正她已经遇到一个她爱的好男人，并且嫁了。

韩辰绘换好拖鞋，又美滋滋地和郑肴屿牵起手，往客厅的方向走去。

郑万杰和孙蔓宁肩并肩坐在客厅的沙发上，面前的茶几上摆放着两杯茶，应该是家政人员刚给他们倒的。

郑肴屿和韩辰绘手牵手坐在另一边的沙发上，老郑夫妇和小郑夫妇呈面对面的架势。

郑万杰冷冷地看了看韩辰绘，又看了看郑肴屿，颇为优雅地端起茶杯抿了一口，没有说话。

四个人打了两分钟的“眼神战”，韩辰绘率先坐不住了。她站起身，微笑着捧起茶壶，恭敬地对郑万杰说：“爸，我给您添些茶水吧。”

郑万杰就算心里不情愿也不会表现出来，更不会像电视和小说中的恶婆婆似的，直接给她泼茶水。

韩辰绘给郑万杰倒完茶水，又给孙蔓宁添了点茶水，这才坐了回去。

孙蔓宁打量了韩辰绘一下，先开口问道：“说吧，你们两个准备干什么？”

孙女士的气场一如既往，韩辰绘往后靠了靠，同时，她感觉到郑肴屿握她的手稍微用了点力。

郑肴屿回道：“我们准备干什么？如果你们不来，我们就吃饭、洗澡……正常夫妻干什么我们就干什么，否则，还能干什么？”

韩辰绘的脸颊微微一红。不愧是“直男”郑肴屿，他这个回答未免也太

“硬核”了……

韩辰绘有多么吃郑肴屿的这一套，孙蔓宁就有多么不吃这一套，她瞪起眼睛：“你少给我东拉西扯地来这些！你知道我在问你什么！今天下午，你和辰绘去了哪里、做了什么，还用我一五一十地给你复述一遍吗？过去是你三哥的事，现在又是辰绘的事，郑肴屿，你可是越来越出格了！”

郑肴屿目光阴沉地看着孙蔓宁，韩辰绘抿了抿唇。

她弱小、可怜、又无助！

孙蔓宁直视着郑肴屿：“肴屿，你可不要忘了当初是怎么承诺我们的。你现在搞得这么出格，需要我们当着你老婆的面，帮你回想一下吗？”

“不用你们帮忙。”郑肴屿冷笑了一声，“我和绘绘夫妻感情很好，我们之间没有秘密，我已经将对你们的承诺告诉过她。现在你和爸都在，我和绘绘也在，我明确告诉你们，我不会再逼迫绘绘做任何事，我支持她在娱乐圈工作，我会尊重她的一切决定，另外……我也不会和她离婚！”说完这些之后，郑肴屿又坚定地加了一个英文单词，“never（决不）！”

韩辰绘一脸花痴地望着郑肴屿——她老公怎么能这么帅？！就连最后那个装腔作势的英语单词，都正中她的红心！

一直沉默地观察着韩辰绘和郑肴屿的郑万杰终于说了他今天的第一句话：“行了，蔓宁、肴屿，你们在吵什么？不要一直说这些没有营养的话题。”

他看向孙蔓宁：“事情已经发生了，你再责备他们有什么用？”他再看向郑肴屿：“注意你的态度，对你母亲客气点！”

各打五十大板之后，郑万杰继续看着孙蔓宁：“他是我们的亲生儿子，知子莫若母，他是什么性子，你不清楚吗？他一直是一个优秀且理智的人，他能做出今天这些事，想必也是深思熟虑过了，你能争论过他？”

郑万杰又转向郑肴屿，冷漠地说：“郑肴屿，你已经不是小孩子了，既然是你深思熟虑的结果，你就要为这个结果负责！你身为郑家名正言顺的继承人，你的一举一动，代表的不只是你自己，不只是‘郑肴屿’这个个体，更代表了整个郑家。你丢的不只是你的脸，更是郑家的脸，希望你可以把你的烂摊子给处理干净，懂吗？”

郑肴屿的语气和郑万杰如出一辙，都是来自上位者的冷漠：“我当然懂。”

孙蔓宁却不以为然，神色严厉："他懂什么？！看看网上那些流言蜚语，难道还要再一次舆论镇压吗？恐怕这一次镇压不住吧！能镇住八卦者的嘴，镇不住八卦者的心！表面上伤的是韩辰绘，实际上是郑家的名誉，对于郑家来说，名誉等于地位和金钱！"

"这就不是你操心的事情了。"郑万杰看了看孙蔓宁，"如果郑肴屿连这件事也处理不明白，那他就不是郑肴屿了，也不配经手那么多、那么大的生意！"

韩辰绘的大眼睛滴溜溜直转，她左看看右看看，显得有些格格不入。

郑万杰又打量韩辰绘一番，才说："我们做父母的虽然一开始对你们的婚姻颇有微词，但也不是一心希望你们离婚的。既然你们小夫妻心意互通、恩爱和睦，我们也不会再说什么。可你们已经结婚三年多了，有些事情是不是应该要打算起来了？"说完最后一句话，郑万杰开始观察郑肴屿和韩辰绘的反应和脸色。

韩辰绘当然明白对方的意思是指孩子，可他们两个……

她侧过脸，注视着郑肴屿。郑肴屿神色淡淡的，看不出来他的情绪。

说到孩子的问题，孙蔓宁和郑万杰绝对是统一战线，她又补充了一句："老爷子的年纪越来越大，你们难道不为老一辈考虑考虑吗？"

韩辰绘渴望地看着郑肴屿，她知道郑肴屿是个板上钉钉的丁克。过去的她是无所谓有孩子还是没有孩子，可……如今的她是想要孩子的。尤其是他们的感情越好，她越爱郑肴屿，就越想给他生一个孩子，越想要一个像她又像他的孩子，他们真正意义上的爱的结晶。

这是郑肴屿第一次在他的父母面前表达他这方面的想法，也让韩辰绘抿着唇，非常失落地垂下眼——他会在老郑夫妇面前说，就证明他是认真的。

郑肴屿面无表情，且郑重其事："我不想要孩子。"

郑肴屿的这句话杀伤力无异于一颗核武器级别的，瞬间把郑万杰和孙蔓宁"炸"得双眼瞪大、眉头紧皱、表情凝滞。

郑万杰不怒自威："你再给我说一遍！"

韩辰绘看了看郑万杰，又侧过脸悄悄看着郑肴屿。

只见郑肴屿轻轻笑了笑，一字一顿地重复："我、不、想、要、孩、子。"

孙蔓宁的眼神和语气都无比严厉："你给我说清楚，'不想要孩子'是什么意思？”

“还能有什么意思？当然是表面意思。”郑肴屿握紧韩辰绘的手，把她的手裹进自己掌心之中，面无表情地冷着声音道，“这个世界上就没有无私的人，大家都是自私鬼，可能我尤其自私——我想让我爱的人一辈子只属于我一个人，为什么要出现另一个人来和我分享她？即便他是我的孩子，我也无法释怀。因为我是我，他是他，郑肴屿只是郑肴屿，我和他永远无法混为一谈，我是个不够高尚的自私鬼。既然说到自私，还有重要的一点：我还没有玩够，而且我一辈子都不可能玩够，我喜欢抽烟喝酒、吃喝玩乐，一辈子都戒不了，也不想戒。我想和辰绘逛一辈子的夜店、喝一辈子的酒，到了我们白发苍苍的时候，也要每周携手去夜店喝一杯。无忧无虑，没有烦恼，只有快乐，二人世界有什么不好吗？‘生孩子’的重点不是‘生’而是‘养’，我连自己都教育不好，如何教育好一个孩子？我连如何爱我的爱人都学得磕磕绊绊，如何学会爱他？现在我做什么事情，只要后悔了都可以补救，我把老婆气跑了，也可以费尽心思地把她追回来。孩子可不一样了，如果我后悔了，可以让他从地球上消失吗？算了吧，饶了我，饶了绘绘，也饶了他！”

郑肴屿一套“不要孩子的自私理论”下来，郑万杰和孙蔓宁一脸蒙地对视了一眼，连韩辰绘都忍不住轻微地叹了口气。

不得不说，郑肴屿的逻辑和口才确实是顶级的，也怪不得他能在谈判桌上大展神威，一般人能理论过他吗？

韩辰绘注视着郑肴屿，好吧，他这个“宠妻狂魔”加“怼妻狂魔”的结合体，她之前被欺负得只会哭也不冤枉，看看，连她的公婆老郑夫妇都被怼得哑口无言了呢！

孙蔓宁的脸被郑肴屿给气得通红，一句话都说不出来。

郑肴屿的一席话，虽然也给了郑万杰很大的触动，但他毕竟见惯了各种大场面，是控制情绪的高手，他瞥着郑肴屿，冷冷地说：“你觉得自己没玩够，觉得自己不想戒烟戒酒，我们当然可以理解，现在你和辰绘还年轻，才二十几岁，再玩几年过过二人世界也可以，但你后面的那一堆‘歪理邪说’就免了吧？否则你结婚干什么，娶老婆干什么？少跟我说什么自私，真的自私你就要多生几个孩子，将来好继承你的财产，否则等你没了，你奋斗一辈子的成果都拱手让给他人了——你自私？在我看来，你不要孩子的举动简直可笑无知到极致！”

“哦？”郑肴屿一直盯着郑万杰，手指把玩着韩辰绘的小手，似笑非笑，“生孩子是什么得意的事情？向您学习，好几个女人生了好几个孩子，有的孩子甚至不知道自己的母亲是谁，就比我这种不想要孩子、想和老婆好好过二人世界的觉悟高了吗？”

“肴屿！”

“郑肴屿！”

“老公……”

孙蔓宁、郑万杰、韩辰绘三个人不约而同地用不同的音量和语气叫了郑肴屿。

为了缓和气氛，家政人员小心翼翼地过来添茶。郑肴屿端起茶杯，若无其事地喝了起来。

孙蔓宁扶着郑万杰站起身，老郑夫妇二话没说，转身便迈开脚步。

韩辰绘也跟着站起来，礼貌地恭送二位长辈：“爸、妈，下次我们去华清园看你们……”

“还是别了！”郑万杰用眼角冷冷地瞟了韩辰绘一眼，“想让他把我这把老骨头给气死？”

送走了老郑夫妇，韩辰绘回到客厅。郑肴屿已经离开了沙发，站在落地窗前。

夕阳将落，漫天烟霞。他静静地望着天边，指间夹着香烟。落日的余晖洒满客厅，将他的背影拖得又斜又长，孑然伫立。

韩辰绘看着他的影子，觉得自己内心最柔软的地方被击中了——她真的爱他，也真的心疼他。

几秒钟的时间，韩辰绘已经开了超大的脑洞，脑海里出现了一个小小的郑肴屿，他委屈地站在房间的角落里，怀里抱着小熊玩偶，眼角带着泪，爹不疼娘不爱，还被几个同父异母的哥哥每天欺负……

不行，不够惨！童年阴影里，恶毒老爸一定要出现！

郑万杰挥舞着鞭子，对准小小的郑肴屿就抽打起来，几分钟的时间，他光滑的手臂上就有了十几条紫红色的伤痕……他又可怜又委屈，想大哭又不敢哭，只能一个人抱着小熊缩在角落里。

这个时候，屋内的灯要关掉！最后的光芒——来自小小的郑肴屿的眼泪落到了怀中小熊的眼眶里时反出的泪光……

呜呜呜呜！韩辰绘一脸痛苦地捂住胸口。

不行不行！她好想冲进自己的脑洞里，把老郑给一脚踹飞，再把小小的郑肴屿抱进怀里，亲亲、抱抱、举高高，让灰灰姐姐好好疼爱他，不能让他再受一点伤害！

韩辰绘哭着跑上前去，用最轻最柔的动作，从郑肴屿的背后张开双臂抱住他的腰肢，再将自己的脸颊贴在他挺拔的背脊上。她的声音又软又柔，带着哭腔："老公！我爱你，我会保护你，不会让你再受伤害了！呜……"

郑肴屿愣了一下，过了几秒钟，他微微侧过脸，看到韩辰绘对他撒娇的模样，笑了笑："怎么了？"

"老公，你是不是心情很差？"韩辰绘微微抬起脸，将自己的脸蛋儿凑近郑肴屿，"你不想要孩子，是不是因为你爸爸年轻的时候……"她顿了顿，没有把"私生活不检点""感情世界混乱"等词语宣之于口，虽然郑肴屿的三个哥哥都不是孙女士生的，而且是来自不同的女人，"所以给你留下心理阴影了？他是不是打你、虐待你，导致你也不想要孩子？"

"什么？打我、虐待我？"郑肴屿吸了一口烟，哼笑一声，握住韩辰绘搭在自己腰间的手腕，将她从身后拉扯到身前，"当然不是了，他怎么敢虐待我？别说我爷爷，就是我外公都不会让他这么做的，他敢碰我一根毫毛，他也好过不了。"

郑肴屿看着韩辰绘，她那红红的眼眶，满眼是看受虐待流浪狗的慈爱目光。他一下子就明白，他老婆这个能写出来盛佳岛和魏画画的"魔鬼爱情故事"、脑洞堪比黑洞的宝藏女孩，一定是不知道又自导自演了一出什么魔鬼戏码……

郑肴屿用手指轻刮了下韩辰绘的鼻子，轻笑着问："怎么，你又脑补什么了？你别是觉得我不想要孩子是因为小时候被老郑搞出了什么心理阴影吧？"

韩辰绘眼角还挂着几滴泪珠，她委屈地眨巴着大眼睛："难道……难道不是吗？"

“老郑还没有那个力量。”郑肴屿将香烟掐灭在指间，“我小时候这些乱七八糟的事情可见多了，老郑不是最夸张的那一个，也不是最过分的那一个。我也没有那么脆弱，什么事情都有心理阴影。我不想要孩子，刚才在郑先生和孙女士面前表达的就是我的真实想法，我是一个很自私的人。”

韩辰绘乖乖地靠在郑肴屿的怀里，又蒙又萌地看着他。

郑肴屿轻轻地亲了下韩辰绘的脸蛋儿：“我刚才生气，是因为老郑说什么‘不生孩子为什么要娶媳妇儿’，难道娶媳妇儿就是为了生孩子吗？难道老婆的作用就是生孩子？恕我无法认同他的三观。我还没玩够，而且我不想有一个孩子来和我分享你，我想让你一辈子只属于我一个人，我要你的一辈子！”

“老公……”韩辰绘抿了抿唇，“我真的很高兴你想要我的一辈子，我很高兴我在你心里有这样重的分量，但是，老公……”韩辰绘抱住郑肴屿，用自己的右侧脸颊贴了贴他的脸，“我，我想要一个孩子……”

郑肴屿愣住了，韩辰绘竟然想要孩子？

他一直以为，韩辰绘也那么喜欢去夜店玩，每次去酒店都要点好几个陪酒小姐姐，嗨到不行，她一定会和他不谋而合。不出意外，她和他一样，也是个丁克。他确实没想到韩辰绘居然是想要生育的？

“为什么要生孩子？”郑肴屿轻声问，“绘绘，我没想到，你竟然会喜欢孩子。”

“老公，我不喜欢孩子。以前，你和我说你是丁克，我心里很诧异，但也没觉得怎么样，丁克就丁克吧，没有孩子的人生也挺自由的。而且孩子是爱情的结晶，我们两个又没有爱情，何必要一个不是爱情结晶的孩子呢？可是现在不一样了……”韩辰绘再也忍不住，吸了吸鼻子，眼眶里蓄满了泪水，“老公，我想和你生孩子，我想要一个我们的孩子！当我们两个死去，人世间还有一个他，他像我，也像你；他身体里流着我的血，同时也流着你的血，他代替我们去看这个花花世界……就算我们不在人世了，我们的血液、我们的爱情还存在于他的身上；当他不在了，还有我们的孙子、曾孙子、我们的子子辈辈来见证我们曾经相爱过……”

韩辰绘踮起脚，哭着去亲吻郑肴屿：“老公，这是爱情结晶的意义，是我们留下的爱情痕迹。”

当韩辰绘颤抖着双唇吻上他，郑肴屿的血液瞬间奔腾。他反客为主，一边深吻着她，一边抱起她。两个人缠缠绵绵地从落地窗前吻到客厅，热吻中的两人双双倒入沙发之中，不知道吻了多久，才依依不舍地松开对方。

郑肴屿微微撑起上身，看着乖乖躺在他怀中脸颊泛红、泪光闪闪的韩辰绘。

韩辰绘努力去亲了下郑肴屿的唇，小声叨叨："老公，我……我现在也没有玩够，孩子的问题不用操之过急，你再好好想想。我们两个五年、八年、十年之后再生也来得及，就是你不要总把话说得太死，不要太极端……"

郑肴屿一语不发，眼眸深沉地凝视着韩辰绘的眼睛。

"我……我……"韩辰绘被郑肴屿盯得心脏怦怦乱跳，缩了缩脖子，表情呆萌地逐渐变㞞，"我……我……"

"我"了好一会儿，她突然伸出胳膊圈住郑肴屿，噘起嘴巴，一脸骄傲地用女王般的语气命令道："郑肴屿！你要听我的！"

郑肴屿终于松了点表情，挑了挑眉梢，哦了一声。

"我不管！你昨天刚说过，我是你的大宝贝！你就要听我的！"

最后一抹夕阳消失殆尽，一轮弯月悄悄爬上云端。

韩辰绘抱住郑肴屿，红红的脸颊窝在他的脖颈处，微微喑哑的声音又轻又糯："老公，人家饿了……"

她说完，便对上郑肴屿微带笑意的眼眸，她立刻哭着加了个词语："老公，人家肚子饿了……"

郑肴屿用手指理了理韩辰绘鬓边的发丝，亲吻了下她的额头，压低声音，明知故问："那怎么办呢？"

"呜呜呜……"韩辰绘噘起嘴巴，委屈地哭了起来，"你把绿毛那只鸟给烤了，宝宝今天要吃烤鸟肉！"

郑肴屿笑了起来："你什么时候跟绿毛学会自称'宝宝'了？你自己就是个大宝宝，还想生孩子？"

韩辰绘委屈地撇嘴，刚要开口说话，她的手机铃声突然叮叮叮响了起来。两个人对视了一眼，韩辰绘推了推郑肴屿，伸出胳膊从床头柜上拿过手机——竟然是《我家有宠物》的执行导演。

韩辰绘犹豫了一下，接起电话："喂？"

"喂喂喂，辰绘吗？"

韩辰绘弱弱地清了下嗓，让自己清醒一些："导演，是我。"

"是这样的，节目组觉得还是先跟你沟通一下比较好。你的私生活我们无权过问，也不想过问，但我们节目组和赞助商都不想错过这一波流量。我们想把今天录制的这期节目提前一期放送，最后一期节目现场直播……"

韩辰绘愣了一下。现场直播？为什么一个综艺节目要现场直播啊？如果是录制播出，万一有什么突发状况她还可以联系节目组剪辑。可现场直播就不一样了！

韩辰绘最后的挣扎："那个……非要现场直播不可吗？"

"是的，这主要是赞助商的意思，请你理解一下。"

他们又硬邦邦地聊了几句，便结束了通话。

现场直播……绿毛不是普通的宠物，它可是一只活生生的鹦鹉，一只会说话的鹦鹉！她不可能把它的嘴巴真的封上。

不过接下来韩辰绘就没时间犯愁了，因为郑肴屿已经吻上了她的唇。

不管两个人之间有多甜蜜，韩辰绘始终是饿的。

午夜时分，家政人员早已休息。为了填饱韩辰绘的肚子，郑肴屿只好亲自上阵。

郑肴屿从厨房里端出海鲜粥、红豆派、烤羊排，韩辰绘坐在餐桌边，用一只手捏着一根筷子，兴奋地敲打着面前的空碗："我要吃！我要全部吃掉——"

郑肴屿把食盘摆放到韩辰绘的面前，顺手拿起一块红豆派塞进她的口中："当然要让你一个人全部吃掉。"

韩辰绘美滋滋地咽下郑肴屿喂给她的红豆派，喝了一大口素汤，抓起一块羊排大口大口地啃了起来。

郑肴屿坐到韩辰绘对面，看着狼吞虎咽的韩辰绘，他微微笑了一下，拿起刀叉帮她把羊排切成小块，又端起她的海鲜粥喝了两口。

韩辰绘大口嚼着烤羊排，看到郑肴屿只喝了几口粥便把粥碗放回她面前，赶紧劝道：“老公，你多吃点嘛！”

郑肴屿面无表情地盯着韩辰绘的眼睛，忍不住轻笑一声：“算了吧，还是等你这个小饭桶吃完了我再吃，不然没喂饱你，你又要哭着闹着撒泼打滚，开始小作精模式的表演了。这大半夜的，你还是饶了我吧！”

韩辰绘立刻噘嘴，不满地瞪着郑肴屿。

“哭着闹着撒泼打滚”什么的听起来很离谱，但也太真实了吧！

虽然心里很不爽，但她好像找不到什么反驳的理由！

几秒钟之后，韩辰绘只能无能地狂怒，凶巴巴地说：“不许说我是‘小饭桶’！更……更不许说我‘撒泼打滚’！”

郑肴屿举起双手做了个标准的投降手势。韩辰绘又瞪了郑肴屿一眼，这才满意地把一勺海鲜粥吃进嘴里，继续吃饭。

郑肴屿伸手去拿红豆派的时候，目光落到了自己的手腕处：手链上的两颗红豆甜蜜地依偎在一起，就像他和她。郑肴屿顿了一下，慢慢地将红豆派放入口中。

他又抬眼看向对面因为美食而一脸幸福的韩辰绘，他的老婆真是一个纯粹而简单的人，她很容易因为一点不好的事情就开始演、开始作、开始生气发脾气，但每次他只要简单地一哄她，她就会很快忘记那些不好的事情。她很容易因为一点好的事情就感觉幸福而满足，觉得自己被宠爱、被重视。

就像他之前说过的那样，从本质上来说，在他身边、在他掌中、在他怀中被他爱着、宠着的“小金丝猴”韩辰绘，每天皮上天、作上天又甜上天的韩辰绘自己就像一个大宝宝，她怎么生孩子、养孩子、带孩子？任凭郑肴屿再怎么见多识广，也想象不出来韩辰绘怀孕的样子，更想象不出来她抱孩子、喂孩子的样子。

现在她是沉浸在和他的爱情中，才会想生一个“爱情的结晶”。以郑肴屿对韩辰绘的了解，如果她真的怀孕了，第一个哭闹着不想怀、不想生，这里疼、那里酸，矫情到从里到外没一个地方舒服的人，一定是韩辰绘自己。她会没日没夜地闹，不把他作到头晕目眩、脱一层皮，绝不会放过他。

所以，不管出于何种考虑，他们两个都绝对不能要孩子！

郑肴屿看着吃得嘴巴鼓鼓的韩辰绘，暗下决心：为了他的“人身安全”，为了“没羞没臊”的夫妻幸福，一定要将丁克进行到底！

次日休息。

以前的休息日，韩辰绘都会赖床，可她今天和郑肴屿一起起了床。

《我家有宠物》的爆红并没有让韩辰绘在娱乐圈的地位有所改变，除了一些小活儿，她的工作依然不多，她和郑肴屿共同承担家庭开支的梦想又要往后顺延了。

在他们闹离婚的时候，郑肴屿每天往韩辰绘银行卡里打的零花钱已经让她成了一个超级富婆，但她根本没有动过郑肴屿给她的钱。

有一天晚上，两个人在床上抱在一起，韩辰绘窝在郑肴屿怀里，声音软糯中带着点小哭腔：“老公，你给我的钱我一分钱都不会花，我要好好攒着。万一你破产了，我就不停地接综艺、拍戏、卖根雕养你，帮你还债，我们还有一小笔钱可以用……”

得妻如此……他哭笑不得！

和韩辰绘不同，郑肴屿在郑家的地位本就不可或缺、无可取代，大部分重要生意都要经他的手。作为中心人物，他除了要经常出差，平日里也会动不动就开会工作到三更半夜。现在，为了不混到让韩辰绘拍戏、卖根雕养他的地步，他更要发奋图强、努力工作，即便他已经忙碌到极限了……

韩辰绘从浴室里冲了个澡出来，郑肴屿正站在落地穿衣镜前整理自己的领带。她走上去，踮起脚，自然而然地在他的脸颊上留下一个轻吻，又头也不回地坐到床边。

郑肴屿透过镜子注视着韩辰绘。她握着手机，紧皱眉头，一脸愁容。

做了一分钟心理建设后，韩辰绘小心翼翼地拨了个电话出去。

“我昨天问你的问题，你准备回答我了吗？”Anemone的声音很低，“你和郑肴屿究竟是什么关系啊？我也看到网上传的那个现场小视频了，难道你真的像网上传的那样，被郑肴屿给包养了？”

虽然郑肴屿每个月乃至每个星期都会给她买买买、送送送，但合法夫妻之间能叫“包养”吗！

“不是啊。”

还没等韩辰绘说下一句，Anemone 好像早就预料到她的回答，立刻跟了一句：“我就知道你肯定不是被包养！你们两个是露水情缘是不是？他那样的太子爷，私生活肯定很乱，周围莺莺燕燕的一大群，他看你长得漂亮，就把你给拐骗了，是不是？”

看来 Anemone 昨天脑补了一大堆戏啊……

“不是啦！Nene 姐，我跟你说，其实，我……”韩辰绘稍微犹豫了两三秒钟，“一直对你隐瞒了一件事，那就是——我……已经结婚了。”

Anemone 一时之间没反应过来，有些发蒙地问：“你结婚了？你什么时候结的婚？刚领证吗？为什么没和我报备一下？你结婚对象是谁，是圈外人吗？”

看到郑肴屿走过来从她身前走过，韩辰绘从旁边的床头柜上拿起他的手表递给他。

“Nene 姐，我已经结婚三年多了，对象是——”韩辰绘抬起眼，正好和郑肴屿的目光撞到一起，他也恰巧在看她，她对着他甜甜地笑了一下，“就是郑肴屿。”

电话对面轻微的呼吸声明显一顿，随即而来的是 Anemone 震耳欲聋的高声尖叫：“你刚刚说什么？你再他妈说一遍！”Anemone 虽然嘴上说着让韩辰绘再说一遍，但她根本没有给韩辰绘机会，继续叫道：“你说你和郑肴屿结婚三年多了？”

Anemone 的声音实在太震耳朵，韩辰绘赶紧把手机拿远了些。

郑肴屿正在戴手表，他也听到了电话那头 Anemone 的尖叫声，不禁微微垂眸，唇边漾出一丝笑意。

“Nene 姐！”韩辰绘大声地嘘了回去，提醒对方，“你不要太激动啦，你在公司里呢！”

经过韩辰绘的提醒，Anemone 才把音量放低了，激动的语气却藏不住：“我的妈呀！你干脆把我吓死好不好？！你竟然和郑肴屿结婚三年多了？这都是哪儿跟哪儿啊！所以上一次你和贺开晨的绯闻也是他压下去的？”

听到“贺开晨”的名字，郑肴屿的脸色一秒变差，他冷冷地瞟了韩辰绘一眼：“我走了。”

“好……”韩辰绘呆呆地站起身，“你到公司了打个电话告诉我哦！”

“嗯。”郑肴屿亲吻了韩辰绘一下。

郑肴屿离开之后，电话那头一直安静聆听的 Anemone 又尖叫了一声：“我的天啊！我的老天爷！昨天我看了好几遍那个小视频，又去翻找了好几条财经新闻来看，刚刚那个好像真的是郑肴屿的声音！你竟然真的和郑肴屿是夫妻吗？你们真的结婚了？你嫁给他了？你竟然是传说中的‘小郑太子爷’的太太？你是……郑太太？”

韩辰绘笑了起来：“是啊！”其实，把人震晕的感觉，真的挺好玩的。

韩辰绘把她和郑肴屿的故事告诉了 Anemone，当然，她也隐瞒了一些事情，例如郑肴屿在欧洲对她的偏执——她才不会损害她老公的形象呢；例如她作天作地闹离婚——她也不会损害自己的形象；例如他们两个成年人之间的“相亲相爱”——她更不会损害他们两个人的形象，哼！

韩辰绘和 Anemone 打了半个多小时的电话。下午，韩辰绘回到韩家的郊区大院，继续和父亲韩宗琦发展她的根雕事业。

一周过后，《我家有宠物》的新一期上映了，正是郑肴屿和绿毛参演的那一期。

不知道是不是郑肴屿施过压了，总之，从节目的剪辑中看不出来韩辰绘和郑肴屿之间有任何的暧昧和粉红，连绿毛的那些话、韩辰绘和绿毛的失控对喷都被剪辑掉了。

这期节目创造了最高收视率，同时也在网上创造了最高的话题讨论度。

“#韩辰绘我家有宠物#牛气牛气！真牛！全剪了！连网上流传出来的现场小视频内容都被剪了！”

“#韩辰绘我家有宠物#看来韩辰绘不怎么受宠啊，否则这么好的蹭热度机会 zyy 都不给她蹭，哪怕只留下她和鹦鹉的一点戏份儿也好啊！”

“#韩辰绘我家有宠物#还受宠呢，韩辰绘怕是已经被踹了。之前她在网上疯狂炒作，这些日子天天挂热搜，让人看到她的名字都想吐，说不定她马上人都没了！”

“#韩辰绘我家有宠物#哈哈哈哈，你们也不看看韩辰绘是谁，她就是个三线小糊咖，zyy 会给她炒作？你们真当 z 家是死的？”

“# 韩辰绘我家有宠物 # 是的！合理怀疑 zyy 也被 z 家人给开大会批斗了——竟然跑到综艺节目上来，太自降身份了！”

“# 韩辰绘我家有宠物 # 不会吧，z 家人会批斗太子爷？估计 z 家都没人管这事，纯粹是 zyy 本人不想掉价被韩辰绘碰瓷，又或者是节目组的求生欲？”

“# 韩辰绘我家有宠物 # 有几个人能像韩辰绘那么铁——前面说不认识 zyy，后面又反转流传小视频，拿人家大佬疯狂炒作，她不死谁死？”

韩辰绘看到微博上那些流言蜚语，简直无语极了！这些人总在网上喷来喷去，明明是现场有人录制了小视频，当天录制结束才两个小时就满网传，竟然变成了她在炒作？

韩辰绘一直处在骂声中，连金牌经纪人 Anemone 都有点儿不知所措：她也不知道是继续这样发酵好，还是一锤定音直接公开韩辰绘和郑肴屿的关系更好。一直不锤，继续发酵下去，韩辰绘身上就会永远有争议，这样才会保持高流量。可高流量的代价是韩辰绘的名声越来越臭。

又是半个月过去，《我家有宠物》终于迎来收官之战。

最后一期节目是现场直播，并且引进了观众互动环节。

韩辰绘拿到最后一期的流程时，整个人都晕了。

舞台旁边摆放着一个巨大的显示屏，从头到尾，观众都可以用评论的方式参与互动。

韩辰绘已经能想象到直播时的屏幕上会是什么样！节目组为了热度已经不要 face（脸面）了，这不就是故意引大批网友、网络喷子来辱骂她，哗众取宠吗？

韩辰绘跑去和节目组抗议，节目组那边却很官方地回答她：流程已经敲定，嘉宾只能等通知。

韩辰绘气得回家后跟郑肴屿疯狂吐槽：“我看节目组真是疯了！要是想看我挨骂就直接说呗，非要搞什么直播、搞什么互动！现场直播我被骂，以后我还怎么混啊？生气！”

郑肴屿轻轻圈住韩辰绘，淡定地按着遥控器，没有说话。

韩辰绘瞪着前方的投屏，气得一会儿跺脚、一会儿甩手：“不要脸！太不要脸了！”

几分钟过后，她仰起脸问道：“老公，最后一期节目你会来参加吗？”

郑肴屿看了韩辰绘一眼，一脸“你在开玩笑”的表情：“当然不啊！你是不是觉得我时间很多？”

“你不去就好了，要不然那些网络喷子又不知道要唱什么大戏了！”

“不过……”郑肴屿用遥控器朝左边指了一下，“我可以让绿毛陪你一起去。”

绿毛正在客厅角落的鹦鹉架上吃食，听到郑肴屿叫自己的名字，绿毛连饭都不吃了，立刻扑棱着翅膀飞了过来。

郑肴屿一侧的肩膀正被韩辰绘靠着，绿毛就乖乖地站到他另一侧的肩膀上，二话不说就开始唱：“小螺号，嘀嘀嘀吹，辰绘听了傻嘿嘿；小螺号，嘀嘀嘀吹……”

韩辰绘立刻从郑肴屿的怀里跳了起来，伸手就要去打绿毛。她咬牙切齿地说道：“我让你吹！我让你再吹！”

绿毛翅膀一动，它机灵地躲过了韩辰绘的“魔爪”。

韩辰绘立刻看向郑肴屿，委屈地吸了吸鼻子，眼眶中蓄满泪水，开始卖惨：“老公，你看看绿毛这个小浑球儿，它就会欺负我！你还敢让它去节目里陪我？我不管！你快把它送走！以后这个家里有它没我，有我没它！”

郑肴屿轻轻一笑：“怎么像幼儿园小朋友吵架？”

韩辰绘见卖惨无果，立刻收了眼泪，龇牙咧嘴、奶凶奶凶地哼了一声。

绿毛飞到前方茶几的边角处站着，它欣赏完韩辰绘的“变脸表演”，小眼睛滴溜溜转了一下，突然扯起破锣嗓子高声叫道：“对不起！”

韩辰绘立马愣住了。她和郑肴屿对视着，呆呆地眨了眨眼。

绿毛刚才说……对不起？太阳从西边升起来了？！

韩辰绘愣愣地看向绿毛，难以置信地问：“你刚才说什么？”

绿毛低了下脑袋，似乎在认真地道歉，又重复了一遍：“对不起！”

韩辰绘一脸受宠若惊的表情！

“它……”韩辰绘一脸蒙地问郑肴屿，“它……这只鸟吃错药了？”

郑肴屿似笑非笑地看着韩辰绘。韩辰绘装腔作势地挺直了腰板：“绿毛，我问你，谁是你的女主人？”

绿毛：“韩辰绘！”

韩辰绘听得嘴角忍不住疯狂上扬，装腔作势地撩了撩搭在肩头的长鬈发，问：“绿毛，我问你，谁是这个家的女王大人！”

绿毛：“韩辰绘！”

韩辰绘直接笑出了声，但她又一秒抿住了唇，继续装腔作势地清了清嗓子：“绿毛，我再问你，谁是这个世界上最美丽的女人！”

绿毛：“韩辰绘！”

这一次不只是小尾巴，韩辰绘简直要把全身上下所有的毛都翘起来了！

绿毛突然舔狗、狂吹彩虹屁，韩辰绘简直到达了人生巅峰！

郑肴屿看着装腔作势、要飘上天的韩辰绘，轻轻笑了一下，揉了揉已经毛茸茸的韩辰绘：“你就把绿毛也一起带过去吧，如果谁欺负你，它还可以帮你呢。”

韩辰绘傲娇地撇了撇嘴：“那就……好吧！”

韩辰绘早就不知道飘到哪里去了，根本没想到她要是带绿毛去现场，会让场面多么爆炸！她被绿毛的彩虹屁吹晕了，忘了绿毛不是菜豆，它是一只会说话、不可控的鹦鹉！如果韩辰绘能预料到绿毛在最后一期现场直播中的表演，就算绿毛把彩虹屁吹出一万种颜色，她都不会带它出场！

第十九章　曝光和公开

距离《我家有宠物》最后一期还有十天的时间，这些天里，韩辰绘除了去韩家的郊区大院和父亲一起做根雕，其他时间都在君视传媒忙前忙后。

郑肴屿带着绿毛参加《我家有宠物》的时候就对她说过：只有连他都涉足了娱乐产业，郑家人才会乖乖闭嘴，才不会戴着有色眼镜看她。他还说会成立一个传媒子公司，专门捧韩辰绘一个人。

郑肴屿从不失信于韩辰绘，他真的在才成立两年的新公司细雨汇川名下成立了一个传媒子公司。

细雨汇川主要与能源业相关，如今新成立的子公司也冠以细雨汇川的大名，全名为“细雨汇川传媒有限公司”。而细雨汇川旗下签约的第一个，也是唯一的艺人，就是韩辰绘。

原本韩辰绘和君视传媒的合同两年后才到期，都不用郑肴屿出面，他手下的大秘书随便给君视传媒的黄总致了个电，对方就一路开了绿灯。而违约金之类的东西根本就入不了郑肴屿的眼。

既然成立了公司，郑肴屿就花高薪从各大公司挖来了工作人员，人少而精，且工作内容多为横跨两个公司，毕竟细雨汇川传媒这边只有韩辰绘一个人。

被挖来的这些人中也包括韩辰绘的经纪人 Anemone。

不只是知情人 Anemone，连韩辰绘的好姐妹也在微信群里开启了“柠檬精”模式。

时珊珊：“我酸了！”

朱芷欣：“试问，谁能不酸呢？”

孟小桔：“此役乃‘灰雨 CP’的全线胜利！”

韩辰绘：“我亲手给你们的‘柠檬’剥皮好不好？”

朱芷欣：“韩辰绘你还是个人吗？快给我滚啊！”

韩辰绘：“我再不是人，也比《我家有宠物》节目组像个人。一想到最后一期要现场直播，还有观众互动屏幕，我就头皮发麻……”

时珊珊：“我真的觉得节目组有病，为了蹭流量真是连脸都不要了！更有病的是你和郑肴屿，你竟然要带着绿毛一起去！你不爱你的菜豆了吗？大家都知道那是郑肴屿的鹦鹉啊，你们两个简直有毒！”

韩辰绘：“我不管！我就喜欢绿毛！”

但凡认识韩辰绘的，谁不知道她和郑肴屿是喂人吃柠檬的恩爱夫妻，她和绿毛……那就是一对欢喜冤家！

不过，这也不能怪韩辰绘突然转了性，这十天中，绿毛不知道是不是得了郑肴屿的真传，吹起彩虹屁来，简直就是字面意义上的口吐芬芳、小嘴抹蜜，韩辰绘越是爱听什么，它就越是不停地说、狠狠地说、翻来覆去地说。以前韩辰绘有多讨厌这只碎嘴的鹦鹉絮絮叨叨，现在就有多喜欢它小嘴叭叭的，根本停不下来——听习惯了。

驯鸟房里，绿毛站在鹦鹉架上，一边吃着花生，一边花式打 call：“小可爱韩辰绘！小公主韩辰绘！小仙女韩辰绘！”

菜豆失宠进度条加载 20%……

“大美女韩辰绘！大宝贝韩辰绘！大叽叽韩辰绘！”

菜豆失宠进度条加载 50%……

这吹捧让韩辰绘听得小手一挥、小嘴一努，那叫一个得劲儿！尤其是这些彩虹屁还是从绿毛这只狗嘴里吐不出象牙的鹦鹉口中吐出来的！

“我们的女王大人韩辰绘！我们的公主大人韩辰绘！我们的女神大人韩辰绘！”

承让承让！

加大力度！

菜豆失宠进度条加载 90%！

《我家有宠物》节目组得知韩辰绘将带两只宠物出场时也有些意外：除了小猴子菜豆，韩辰绘还有其他宠物？

既然节目组为了蹭热度连脸都不要了，韩辰绘自然也不会给对方留什么面子，她故意没有告诉对方她要带的第二只宠物是什么，就是想着到了节目播出当天看对方如何应接不暇、手足无措。

时间如流沙，眨眼间便到了《我家有宠物》最后一期的播出时间。这一期没有提前半个月录制，而是选择了现场直播。

韩辰绘在下午的规定时间内到场。看到录影棚里扩建的舞台、旁边的巨大显示屏，她就晕得不行。

谁想到的现场直播加观众互动？这人真是个人才！

赶巧的是，这天是绿毛进行例行身体检查的日子。韩辰绘提前问过郑肴屿："老公，能不能让宠物医生提前一天啊？"

郑肴屿的回答是："不行。你知道的，绿毛从出生起，它的宠物医生就是 Mr. Rodriguez，他每日的行程安排得很满，过来的机票和行程早在两个月前就定下来了。"

是的，Mr. Rodriguez 是国际上非常权威的一个宠物医生，韩辰绘和郑肴屿结婚的第一个月，就在红叶名邸见到过 Mr. Rodriguez。当时她表面上礼貌地微笑，其实内心一直在疯狂吐槽——这就是有钱人的世界，连郑肴屿养的一只鸟都比她活得好！她都没有享受过每个月有专属医生从国外来为她检查……

绿毛要检查身体，韩辰绘就先带着菜豆来了现场。在后台的化妆间里，化妆师为韩辰绘简单处理了一下，就去围着申莹莹等一线大咖转了。

韩辰绘又自己补救了一下。好在韩辰绘是个天生丽质的颜霸，否则以化妆师拜高踩低的架势，她就要在节目里闹笑话了。

她正拿着口红仔细地描唇形，突然有一只毛茸茸的小手轻轻地拽了拽她的裙摆。

韩辰绘垂下视线，菜豆站在她的身边，可怜巴巴地看着她。

这个吃货猴，肯定是又饿了！

菜豆和绿毛不一样，除了吃，它对其他的事情都不太感兴趣。

韩辰绘只能放下口红，从包包里翻出一袋子桃子、花生、核桃，都是菜豆喜欢的食物。她坐在角落的椅子上慢慢地喂菜豆，菜豆则乖乖地站在她的面前，沉迷于美食。

化妆师给申莹莹化完妆，开始打理她的头发。申莹莹瞥向角落里的韩辰绘和菜豆，故意拔高了音量："辰绘，昨天我听经纪人说你换经纪公司了，去了哪家大公司啊？"

申莹莹说完，坐在她旁边化妆的女星们不约而同地笑了起来。她们深谙娱乐圈的门道，君视传媒已经是圈内几大龙头之一，韩辰绘绝不会离开君视跑到不知名的经纪公司，与其说是"换"，不如说是被"炒"。

"虽然你本人的业务能力不太争气，可你养的猴子倒是挺给你争气的，让你揽了一波人气，最近热搜上最红的艺人就是你啊！"申莹莹阴阳怪气地说道，"你和那位小郑太子爷不是有些'不可告人'的秘密吗，为什么他不让节目组把你和鹦鹉的戏份播出来啊？这样你还可以再红一把，而不是像现在似的满网嘲，黑红了。"

旁边的一个女星笑了一声："像那种地位的太子爷怎么可能在乎一段露水情缘？如果每一个都要照顾得到，人家哪能忙活得过来？保不准辰绘换公司，都是他给你们君视的黄总施压的呢！"

韩辰绘静静地喂着菜豆，冷笑一声。算是被她们说对了一件事——她在合同期未满的时候离开君视传媒去细雨汇川，还真是郑肴屿操作的。

两个小时过去，晚上八点整，韩辰绘牵着菜豆坐到了角落处她的专属位置。

《我家有宠物》最后一期现场直播正式开始，主持人微笑着进行开场白："观众朋友们，大家晚上好！欢迎收看由味美乳酸菌冠名播出的《我家有宠物》！本期为第二季的收官之战，也是第一次开启现场直播加观众互动模式。大家看到我们身后的大屏幕了吗？各位有什么想说的、想问的、想表达的，都可以进入'观众评论区'发评论和我们实时互动哦！"

要不是害怕被机器扫到，又是现场直播无法剪辑，韩辰绘真想翻一个白眼。

主持人说完开场白，就按照流程开始介绍最后一期的嘉宾和他们的宠物。介绍到韩辰绘时，大屏幕上的评论刷的速度明显比之前快多了：

“菜豆好可爱！”

“菜豆唯一的错误就是有韩辰绘这个主人……”

“日常想偷菜豆，日常想养猴子，日常想喷韩辰绘！”

“要不是为了看菜豆，我都不会看这节目了。节目组为了热度真是疯了，韩辰绘这么负面的嘉宾还请？”

“这季观众也太难伺候了啊，不请韩辰绘，哪来的菜豆看啊？我不管，我就喜欢菜豆！”

…………

韩辰绘随便扫了一眼大屏幕，就看到好几条诋毁她的评论。那个说菜豆唯一的错误就是有她这个主人的评论最让韩辰绘生气。

好在菜豆看不懂那些字，而且它依然很喜欢它的主人，从节目开始，它那毛茸茸的小爪子就一直乖乖地抓着她的裙摆。

第一个环节是“宠物音量大比拼”。

一看到名字，韩辰绘就觉得心凉了一半：就菜豆这个只知道吃的弱鸡……哦不，是弱猴！它口中的吱吱吱那叫一个弱，连一战之力都没有！也不知道每天那么多食物它都吃到哪里去了……

主持人公布完游戏规则，立刻做了个暂停的手势。主持人微微侧过身，似乎在仔细聆听耳机中导播的声音。

韩辰绘终于忍不住翻了第一个白眼：没有那金刚钻非要揽这瓷器活！看看，还现场直播呢，出事故了吧？哼！

半分钟过去，主持人重新拿起话筒，颇为兴奋地说：“抱歉，各位观众，刚才接到后台导播的消息，现场临时来了一名宠物嘉宾，也是大家的老朋友了，让我们欢迎——”

还没等主持人介绍完毕，突然从后台飞出来一只毛色鲜艳、美丽的大鹦鹉，它一边扑棱着翅膀，一边用它那穿透性极高的破锣嗓子尖叫：“英俊潇洒、风流倜傥、人见人爱、花见花开、车见车爆胎的——大绿毛！”

出场自带自我介绍可还行？下一秒，全场观众爆发出巨大的哄笑声。

后方的大屏幕也在疯狂刷屏：

“噢噢噢噢！绿毛——竟然是 zyy 的鹦鹉！节目组，厉害了！”

“天啊啊啊——！一边飞出场，一边自吹自擂，也太、太、太、太可爱了吧！”

“就冲着这个自我介绍，我宣布今天的绿毛是 C 位中的 C 位！节目可以结束了，冠军必是绿毛！”

“节目组的面子也太大了吧？小郑太子爷这是给了天大的面子，连他的爱宠都来捧场了！合理怀疑节目组后台超硬！”

…………

韩辰绘本来就对节目组不太满意，看到网友们的评论，她又想翻白眼了——小郑太子爷的爱宠算什么，连小郑太子爷的爱妻都来了呢！

绿毛飞上场，没有去节目组刚抬上来的鹦鹉架，而是在众目睽睽、几十台摄像机的注视之下，向角落里韩辰绘的方向飞去。

当绿毛熟练地站到韩辰绘肩膀上的那一瞬间，现场安静了，评论静止了。

几秒钟之后，主持人开始救场：“看来，相比鹦鹉架，绿毛还是更喜欢菜豆小猴子。看来在上一期节目中，两个可爱的动物已经培养出了深厚的革命友谊！有时候看着这些动物，就不禁想到，人类之间越来越冷漠，倒不如自然界的动物们。希望通过它们，能唤醒人类心底最原始的热情！”

韩辰绘听傻眼了，主持人今天继续加鸡腿！

观众反应则和韩辰绘的感觉差不多：

“主持人这应变能力太强了吧！”

“不涨工资说不过去了，最少双倍奖金得安排上！”

“话说，绿毛是怎么回事？难道网上传的那些是真的，hch 确实和

zyy有点儿事？”

“之前大家不是已经默认韩辰绘和zyy确实有过露水姻缘、一夜情什么的吗？一天天就知道碰瓷，更多的肯定不可能有了，否则我倒立拉稀！”

…………

申莹莹等嘉宾一直用意味深长的目光瞟向韩辰绘，再看她肩头上的大鹦鹉，很多疑问在她们的心尖萦绕：这究竟是怎么回事啊？

现在绿毛到位，对“宠物音量大比拼”这个游戏环节，韩辰绘一点都不虚了！

果然，作为压轴嘉宾出场的绿毛，它在韩辰绘耳边喊了一嗓子，差点没把她震晕！

“啊哦，啊哦，啊哦……”绿毛清了清嗓，“改编狂魔”再次登场，用歌曲《小芳》的调子开始唱，“村里有个姑娘叫辰绘，长得好看又善良……”

韩辰绘立刻美滋滋地抿起唇，一脸装腔作势的小表情——哎哟，绿毛又开始吹她的彩虹屁啦！当着百万观众，多不好意思呀！

“……一双美丽的大眼睛，辫子粗又长——”

“哈哈哈哈……”

“哈哈哈哈哈哈……”

现场一片爆笑声，观众评论也笑疯了，数不尽的“哈哈哈哈哈哈哈”直接刷屏——

“可爱可爱！绿毛太、太、太可爱了！”

“绿毛你才是好看又善良啊！！！”

“唱！给爷唱！绿毛的歌声，我可以听三年！”

…………

韩辰绘摆出标准又尴尬的微笑脸。

“宠物音量大比拼”无疑是绿毛摘得第一，接下来的环节是“宠物模仿秀”。

韩辰绘知道，这个环节自己要凉凉了。菜豆就是个铁憨憨，它大概只会本能地做吃饭的动作。而绿毛……她还是控制住它，让它什么都不要模仿比较好！

第一个上场的是申莹莹的杜宾犬，像模像样地模仿“金鸡独立”。

韩辰绘觉得自己押对题了——在接到《我家有宠物》通告的时候，她就曾训练过菜豆，让它练习单脚支撑什么的！看来……

轮到菜豆的时候，韩辰绘刚要给它打气，绿毛就高喊了一声：“菜豆，上——”

菜豆这个憨憨就真的头也不回地往台上冲，然后……

砰！菜豆没刹住，一头撞到了桌子腿上……

她哭笑不得地看着捂脑袋从地上爬起来的菜豆，默默地侧过脸，和站在她肩膀上的绿毛对视了一眼——哦，菜豆，你看看，连绿毛都觉得你好像哪里不太聪明的样子呢！

又菜又逗，菜豆的名字真没取错呢！

现场再次爆发出笑声，观众在评论区疯狂刷屏：

“哈哈哈哈哈哈……”

“天啊啊啊——！菜豆撞到头了啊！疼不疼啊？妈妈好心疼啊，呜呜呜！”

“哈哈哈哈哈哈哈哈哈哈！菜豆真是我的快乐源泉！去哪里找这样又是吃货又是憨憨的猴子啊！”

“再说一遍：不许黑菜豆！菜豆最可爱！菜豆唯一的黑点就是主人是韩辰绘！那不是菜豆的错！”

“韩辰绘真是命好，参加个综艺节目，有大佬的热度碰瓷，还有自己宠物的热度碰瓷！”

…………

菜豆出师未捷，捂着脑袋委屈地走了回来。韩辰绘蹲下身轻轻揉了揉小猴子的脸，又从座位旁边的小箱子里取出几颗核桃。

见到好吃的，菜豆立刻忘了疼，傻憨憨地笑了起来。

后来连续三个环节，韩辰绘都是垫底。

韩辰绘表示习惯了。

是的，菜豆就是菜得这样真实。

大屏幕打出本场的积分，看到韩辰绘的名字在最后一个，网友们又开始刷屏了：

“韩辰绘真是辣眼睛！虽然菜豆很可爱，但真不知道节目组当初为什么要找她来，每期来垫底的？还是说，她有后台真的了不起？”

“你们觉得有没有这种可能——绿毛不是 zyy 给节目组面子，而是给 hch 面子，来给她撑场子的？”

“哈哈哈哈哈，笑死我了！ zyy 给 hch 撑面子……她以为她是谁啊？每天不碰瓷会死？ zyy 要是能给她一个眼神，我就倒立十小时！”

…………

韩辰绘从身后的大屏幕上收回目光，气呼呼地坐了回去。

主持人开始走流程：“最后一期，我们增加了惩罚游戏，暂列最后一名的韩辰绘和菜豆要接受惩罚！”

韩辰绘抿了抿唇。

“现在把韩辰绘的手机拿上来。”

韩辰绘微微皱了皱眉，录制之前，嘉宾都把手机放在后台了，现在主持人要拿她的手机干什么？

主持人接到工作人员递上来的手机，笑了起来：“既然是惩罚游戏，我们就要玩大一点。辰绘是不知道这个游戏规则的，没有提前准备过。”

主持人看向其他嘉宾问道：“大家说，现在要怎么惩罚？”

申莹莹笑着看了韩辰绘一眼，对主持人提议：“打电话！”

众人纷纷附和。

“好啊好啊，打电话！”

“对对对！给‘最近联系人’中的第一个打电话借钱！”

主持人看向韩辰绘，询问道：“辰绘，可以吗？”

韩辰绘愣了愣，她的“最近联系人”中，第一个是谁啊？是Anemone还是郑肴屿？

看到韩辰绘有些犹豫，申莹莹几个人互相交换了下眼神。她们心知肚明，韩辰绘心里有鬼！这个电话打出去，怕是明天又要引爆热搜喽！

申莹莹兴奋地抬起一只手：“好啦好啦，就这个吧！”

“对啊，对啊，等不及啦！”

“快快快，冲冲冲！”

全场的嘉宾和观众，甚至连大屏幕上的观众都在高声起哄，申莹莹的杜宾犬也在兴奋地摇尾巴。

韩辰绘无所谓地摊了摊手：“既然大家都这么好奇，那就这样吧，愿赌服输嘛！”

在摄像机的镜头下，主持人举着韩辰绘的手机，对准手机屏幕上戳了戳，拨通电话。

嘟——一声，全场安静；嘟——两声；嘟——三声；嘟……

第四声刚响，电话那头的人便接起了电话，一个性感而低沉的嗓音响起：“喂？”

整个录影棚顿时安静得落下一根针都能听到！

韩辰绘咧了下嘴：妈呀，真是怕什么来什么！她的最近联系人还真是……

“喂，绘绘，节目录完了？我去接你吗？”

申莹莹和周围的女星面面相觑：这个声音……没有几个男人会有这种好听又有特质的嗓音，她们在不久前刚刚听过的……

身后的大屏幕上，网友们发出的问号正以宇宙大爆炸的速度狂刷着……

韩辰绘轻声道：“没有结束呢。”

接下来，没等电话两边的人说话，绿毛就扯着破锣嗓子突然冲出来尖叫：“郑肴屿！你老婆被欺负啦——”

几秒钟之内，申莹莹她们脸上的表情可谓是风云变幻，每个人都能演一场电影了——当然，是恐怖电影。

“哦？”郑肴屿的低笑声在录影棚里萦绕，“除了你，谁敢欺负我老婆？要我说，就是你恶人先告状吧，绿毛？”

绿毛爹毛，疯狂甩锅：“不是我！不是我！不是！韩辰绘是家里的女王大人！韩辰绘是公主大人！韩辰绘是女神大人！不是我！我不敢！”

哐当几声，申莹莹等人脸色惨白、双腿无力，相继瘫倒在椅子上。

韩辰绘……韩辰绘竟然是……

众人身后大屏幕上的问号刷得快到堪比火箭发射，只用了几秒钟，就成功地让评论区卡到崩溃。

韩辰绘侧过脸看了看肩膀上的绿毛。她对鹦鹉眨了眨眼，微微垂下头——这种感觉，可真是太微妙了，根本不用亲眼看到，她就能感觉到全场人的目光……

不！不只是全场，应该是全场加全网！

真是疯了！这也太疯狂了吧！

韩辰绘从来没想过，有朝一日她的婚姻生活会被曝光，当然更没想到会是以这样略显荒诞的方式曝光。

这个时候，一分钟之前卡到崩溃的评论区又恢复了活力。

“喂？ zyy ？是真的吗？不要吓我啊啊啊——”

“绿毛是 zyy 的鹦鹉，我们都知道，看来是真的！谁来给我解释一下‘老婆’是什么意思啊！”

“喂喂喂！现在年轻人之间叫个‘老公’‘老婆’不是很正常吗？”

“就算叫个‘老公’‘老婆’很正常，但这可是小郑太子爷当着直播亲自接电话，还亲密地叫‘绘绘’，体贴地问‘我去接你吗？’，能让小郑太子爷把自己的爱宠鹦鹉放出来撑腰，这也证明了韩辰绘至少也是个比较受宠的啊！”

“虽然不想承认，但绿毛说的可是‘女王大人’‘公主大人’‘女神大人’，除非这鹦鹉撒谎了，否则……简直是家庭地位一目了然啊！”

………

评论区的网友和网络喷子已经发疯了，录影棚里却依然是一片死寂。众人本来想要给韩辰绘一个惩罚，大部分人的本意甚至是让她出丑，可突如其来的郑肴屿……

这简直太荒唐了！不，不对，是荒谬！

当包括韩辰绘在内的所有人都还没有反应过来的时候，主持人第一个捡起了自己的业务能力——他手持韩辰绘的手机，尬笑了起来："您好！是……是郑先生吗？"

专属于郑肴屿的低沉声音再次响起，他冷漠地回了一个嗯。

"哈哈，哈哈哈……"主持人保持着唇角幅度，继续尬笑，"真没想到，不只是郑先生的爱宠鹦鹉，连郑先生本人也还以这种'友情出演'的方式参加我们《我家有宠物》的最后一期收官之战！非常感谢郑先生！"主持人立刻做手势，号召在场的众人鼓掌。

大部分观众跟上了主持人的节奏，莫得灵魂地鼓起了掌。

掌声结束之后，主持人看了眼韩辰绘的手机屏幕，眯了眯眼，示意摄影师把镜头拉近，将韩辰绘的手机屏幕完全放大至屏幕前。

"郑先生，不知道您现在有没有在看我们的直播，如果您没看，稍后请翻看一下这一段的录像。以我的智商，无论如何也猜不到，辰绘手机中最近联系人中的'土味舔汪阿浓之爱'会是您啊！这八个字的名字实在太长、太土味啦——"主持人最后一句话的语气非常崩溃和夸张，现场的众人都爆发出一阵哄笑声。

评论区里的网友们又统一口径了，"哈哈哈哈哈"再一次刷屏。

韩辰绘的脸颊也顿时涨得通红，她从来没告诉过郑肴屿，她给他存的名字是"土味舔汪阿浓之爱"！

公开处刑！

"没办法……"低沉撩人的男性声音再次缓缓响起，"刚才绿毛也说了，绘绘是我们家的女王大人、女神大人，她想怎么称呼我们就怎么称呼。"

郑肴屿的话音一落，在场的众人不约而同地发出哇的轻叹声，而以申莹莹为首的女嘉宾们则面无血色，脸变得惨白惨白。

与此同时，韩辰绘紧紧抿着唇角，脸颊更红了。

评论区里的网友们自然而然地全部变成了"土拨鼠"：

"啊啊啊啊啊啊啊！我不管！我什么都不管了！今天就在这个直播间里，给我磕爆郑韩 CP！"

“可！可！可！我太可了！！！为什么到了今天我才 get（接收）到了‘颜霸组’的美味？！之前看小视频的时候我在想什么？！绿毛都盖章了啊！”

“那些说韩辰绘碰瓷的人呢？那些说 zyy 露水情缘、根本看不上 hch 的人呢？站出来！到你们表演的时间了！该拉稀的、该倒立的，全部给爷安排上，好吗！”

“哈哈哈哈，你们看申莹莹的表情，把我笑死了——看来她们内部也不知道！看来上当的不只是网友们啊！”

主持人在摄像头前，径直走到韩辰绘面前将手机还给了她。

“感谢辰绘，也感谢郑先生。”主持人保持微笑，“原本是惩罚辰绘的环节，现在好像味道有些变，连空气都有点儿甜！”交接完手机，主持人又走回舞台中央，处变不惊地继续走流程。

节目回归到正常流程，评论区的网友们在飞快地刷屏：

“咦！你们注意到了吗？刚才主持人特意让摄像头给的那个特写中，韩辰绘给 zyy 备注的联系人姓名是‘土味舔汪阿浓之爱’——你们知道‘阿浓之爱’是什么吗？”

“谁知道这个土味的东西是什么啊！我之前都不知道韩辰绘是这种人设——又美又耀眼，又靓又蜜汁土味！”

“我刚才特意去翻找的新闻，绝对没错。今年的荣宝秋拍有一个标王就叫‘阿浓之爱’！那场荣宝秋拍韩辰绘到场了，当时也闹上了热搜，还有人拍到了韩辰绘和贺开晨的照片！”

“啊，老子想起来了！难道那个‘阿浓之爱’是 zyy？我的天啊，原来那场秋拍 zyy 也在场！这是什么神级修罗场……”

韩辰绘看着大屏幕上那些群魔乱舞的评论，无奈地耸了耸肩：这就是网络，全世界最能看风使舵的地方，多么真实。

《我家有宠物》最后一期，在嘉宾们各自心怀鬼胎、心不在焉中落下帷幕。毫无意外地，韩辰绘和她的菜豆成功地领了个倒数第一。不过，在目前的情况下也没有人在乎韩辰绘在一个宠物综艺节目里获得了第几名，网络上已经爆炸了！

在节目组和郑肴屿通话后一个小时内，韩辰绘热搜全占，微博崩溃了好几次。

直播结束、摄影机关掉之后，韩辰绘就牵着菜豆的小爪子往后台的方向走去。嘉宾们一拥而上，当然除了申莹莹和她的同党。

这些人开始表演国粹之一的“川剧变脸”绝技——

“辰绘，你们家的绿毛和菜豆好可爱哦！”

“对啊对啊！辰绘，菜豆是什么品种的小猴子呀，我也好想养一只！”

“辰绘，听说你换经纪公司啦？是哪家那么有面子能签下你啊？”

“辰绘辰绘……”

“辰绘……”

韩辰绘：“……”她整个人都有点儿晕了。

以前，她真不知道原来她的人气这么高、人缘这么好。每个人都一口一个“辰绘”，关系好到这个地步可还行？

韩辰绘被“众星捧月”般地簇拥着回到了后台。化妆师当然知道发生了什么事情，她原本想观望一下，但看到大家都谄媚地围在韩辰绘身边，她就明白是怎么回事了。她不甘示弱地冲过去讨好地笑了笑：“辰绘，你接下来还有通告吗？我来帮你补补妆吧！”

韩辰绘坐到座位上，自下而上地斜起目光，哼笑一声：“不劳大驾了吧。”她说完便收回了目光，再也没给那位化妆师一个眼神。

韩辰绘不会无缘无故地欺负人，但她也绝对不是一个软柿子。现在围在她身边的嘉宾过去虽然没有站在她这边，但她们没有在明面上欺负过她、挖苦过她。而那位化妆师和申莹莹等人是一丘之貉，给她化妆的时候就随便糊弄一下，还没有好脸色，对申莹莹等人却是迥然不同的态度，如此双标，让韩辰绘怎么能舒服？

韩辰绘坐在座位上，拿出零食，顺便打发了身边那些见风使舵的人。

四周终于清静了下来，韩辰绘专心给绿毛和菜豆喂食。

一个娇美的女声从韩辰绘身后传来：“辰绘！”

韩辰绘抬起眼，申莹莹和其他几个一线大咖越走越近，韩辰绘坐直了上身。

“真是人不可貌相。”申莹莹站到韩辰绘身边，两人透过正前方的镜子对视了一下。

“没想到你的后台真的是郑肴屿，而且又那么受大佬的宠爱！好好发展吧，未来你前途无限——”

还没等韩辰绘开口，旁边有个女星便颇为嘲弄地笑了一声：“辰绘，你的日子也不太好过吧？‘伴君如伴虎’的滋味不好受吧？”

“哇哦，这样吗？真同情你！”申莹莹用浮夸的语气说完，又开始阴阳怪气，“辰绘，真可惜了呢！”

“哪里可惜？”一个又低又冷的声音从门外传了过来，甘醇似酒，所到之处似有留香。随后十几个黑衣保镖在后台入口处分两排站开。

进入大家视野的是一张戴着金丝边眼镜、斯文而冷漠的脸。他身形笔直，走路带风，单色的白衬衫和黑风衣便是冷欲系的气质巅峰，而他指间燃至过半的香烟原本应该是与他的气质格格不入的，事实却恰恰相反，那香烟微妙地维持着他身上一种危险的迷人感。

韩辰绘侧过脸，微微一笑。

正和菜豆一起吃花生的绿毛展翅飞向来人，在众人的注视下，那只翠蓝色的大鹦鹉轻飘飘地落在了男人的肩膀上。男人神色淡然地用夹着香烟的手指轻轻逗弄了下大鹦鹉，然后目不斜视地走到韩辰绘身边。

韩辰绘从座位上站起来直视着他，嘴边带着笑，眼中闪着光。

那是她的老公、她的男人，她毕生的最爱、她的终身伴侣。

菜豆吃完了手中的花生，抬起小爪子轻轻地抓住韩辰绘的裙摆。看到越走越近的男主人，小猴子开心地发出吱吱的声音。

站在男主人肩膀上的大鹦鹉可就没有小猴子那么听话了，它又开启了碎嘴子絮叨的模式，小嘴叭叭叭的，根本停不下来：“打倒史华！打倒韩辰绘！啦啦啦，啦啦啦，我是卖报的小杠精！韩辰绘小弟弟，大姑大姑小弟弟，你老公来啦！”

韩辰绘的笑容顿时僵住，一脸生无可恋的表情。

都说狗改不了吃屎，放在他们家，那就是鹦鹉改不了骂人……

郑肴屿已经走到韩辰绘面前，自然而然地和她牵起手，面无表情地看了绿毛一眼，冷着声音，轻描淡写地叫了声它的名字：“绿毛。”

绿毛明显一激灵，它抖了抖尾巴和翅膀，难得地变得磕磕巴巴：“对不起……”

哈？对不起？

突如其来的道歉，韩辰绘听得一脸蒙。

几秒钟过后，绿毛毫无节操地改口，莫得灵魂地扯起破锣嗓子——

“小可爱韩辰绘！小公主韩辰绘！小仙女韩辰绘！”

“我们的女王大人！我们的公主大人！我们的女神大人！”

熟悉的彩虹屁扑面而来，韩辰绘这才想明白一点：鹦鹉虽然非常聪明，甚至可以拥有几岁孩童的智商，但它毕竟是一只动物，就算有独立的思考能力，也只能进行最简单、肤浅的一小部分。它口中大部分的话语显然是“学舌”，而鹦鹉的聪明之处，也应该是“学舌”。

郑肴屿本人突然出现，在场的女星都不会放弃这个抱大腿的机会，对她们来说，现在的郑肴屿并不是她们想象中那么遥不可及。毕竟，他可以接受在娱乐圈中地位远远不及她们的韩辰绘，且韩辰绘看起来很受宠。

既然韩辰绘可以受宠，那也相当于给她们亮了一盏明灯：她们，也是有机会的！

他可不是普普通通有能力的富二代，他是小郑太子爷，是传说中郑家的太子爷！

“郑先生，您怎么过来了？我们正和辰绘聊到您呢！”

“是啊，郑先生，节目最后一期的直播刚结束不到一个小时。”

“……”

郑肴屿连一个眼神都没给那些女嘉宾，他一直注视着韩辰绘，忽然轻轻一笑，伸出手将她揽进怀里。

韩辰绘非常自然地靠在郑肴屿的怀里，她眼角的余光看到以申莹莹为首的几人脸色有的煞白、有的铁青、有的乌黑……

郑肴屿搂着韩辰绘，声音又冷又沉：“我刚才听到你们说可惜，哪里可惜了——嫁不进郑家的大门可惜吗？”

“……”

申莹莹和她周围的几个女星下意识地对视一眼，郑肴屿这个问题实在太微妙了。她们私下怎么说都无所谓，总不能把刚才的那些话在郑肴屿本人面前复述一遍吧？

“那个……”申莹莹上前一步，“像郑先生您这样的男人，有哪个女人不梦想着成为您的妻子呢？所以我们才会替辰绘感到可惜，我们并没有恶意啊。”

韩辰绘窝在郑肴屿的怀里不屑地撇了撇嘴。果然，能在娱乐圈混到申莹莹这个地位，光靠业务能力好像不行，这“宫斗”水平简直是一等一！如果她现在真的只是郑肴屿的一个小情人，申莹莹这样说，绝对会坑死她。申莹莹的话会让郑肴屿认为韩辰绘不老实、不安分、有野心。有哪个豪门大佬会喜欢这样的小情人？所以，她的结局几乎是可以预见到的……

可惜申莹莹千算万算，却没算出来韩辰绘不是郑肴屿的小情人！

“我相信你没有恶意，也不需要你替绘绘感到可惜。”郑肴屿揉了揉韩辰绘的脸，甩了个冰冷的余光给申莹莹等人，似笑非笑地说，“忘了告诉你们，我已经结婚了。”

申莹莹等人一时之间没有反应过来，在场的工作人员和助理们却不约而同地发出惊叹声，随即窃窃私语起来。

郑肴屿又揉了下韩辰绘的脸——她太害羞，不管他怎么揉她，她都不敢从他怀里抬起脸，更不想用这样一张红脸面对大家。

“介绍一下，我的妻子，韩辰绘。”

韩辰绘乖巧地蹭了蹭郑肴屿的脖颈。

申莹莹和她周围的女星都瞪大了眼睛，互相对视了一眼，她们都从对方的眼中读出了同样的信息——韩辰绘？她不是郑肴屿的“露水情缘”，更不是“小情人”！她不是“大佬的宠妃”，而是“大佬的皇后”？

韩辰绘竟然是郑肴屿的老婆？！申莹莹觉得自己的背脊上爆出层层汗珠！

被她们打心眼儿里看不起并嘲讽了许久的韩辰绘竟然是郑肴屿的正牌妻子，竟然是“郑太太”，这是真的吗？有没有人出来打醒她们？！

韩辰绘怎么可能是郑肴屿的正牌妻子？韩辰绘和郑肴屿，这两个人是一个世界的吗？他们当真是一个天上、一个地下，两人怎么会结婚？郑肴屿怎么会娶韩辰绘？退一万步讲，郑家怎么允许他们的太子爷娶娱乐圈女艺人，更不要说韩辰绘还是一个十八线糊咖。

申莹莹望向被郑肴屿搂在怀里的韩辰绘，从一个女人身上传来的“幸福感”是不会骗人的，韩辰绘是真的很幸福……

是啊，申莹莹有些自嘲又不无赌气地想，郑肴屿的老婆怎么可能会不幸福？韩辰绘只不过是一个十八线糊咖，而郑肴屿……那可是小郑太子爷！她们这些女星在娱乐圈里起起伏伏，见过各式各样的男人，谁不想嫁给一个像小郑太子爷这样的男人呢？

不管申莹莹再怎么意难平，都改变不了韩辰绘一下子从无人问津、绯闻缠身的糊咖变成了她们这些娱乐圈女星再也高攀不起的“郑太太”这个现实！

申莹莹感觉自己以及周围的女星都要控制不住自己的眼神了，她们的目光中都流露出赤裸裸的羡慕。

只有羡慕，没有嫉妒。因为韩辰绘不再只是韩辰绘，她还是“小郑太子妃”！

她们敢欺负和嘲讽韩辰绘，却不敢嫉妒“小郑太子妃”。

郑肴屿哄了下抱着他撒娇的韩辰绘，连看都没看申莹莹等人，他冷漠的声音很轻很柔，却自带气场、不怒自威：“请对我太太放尊重些！以后，不要让我知道你们又欺负我太太，否则，后果自负！”

在场的所有人都闭口不言，四周是死一般的沉寂。小郑太子爷的“后果自负”，别说是她们这些小小的明星，就是整个京城的权贵圈也要抖三抖。

申莹莹等人脸色惨白，将红唇抿成了一条直线。

郑肴屿没有再给她们任何眼神，在十几个黑衣保镖的保护下，搂着韩辰绘从后台离开。

轿车车内。

韩辰绘和郑肴屿依偎在车子的后排座位上，副驾驶位依然是菜豆的，绿毛则站在副驾驶位的椅背上和韩辰绘大眼瞪小眼。

“老公！”韩辰绘拍了拍郑肴屿的大腿，朝绿毛的方向使了个眼色，“它……这只鸟，为什么突然一百八十度大转性？刚才在后台，它明明是想骂我的，为什么却突然说对不起，然后开始舔？”

郑肴屿盯着韩辰绘的脸笑而不语。

“郑肴屿，我问你！”韩辰绘斜着眼睛看郑肴屿，“绿毛最近变成舔狗，还有它在节目上说的那些话，是不是你提前教给它的？”

郑肴屿似笑非笑地挑了挑眉梢。

韩辰绘哼了一声：“之前我还真以为绿毛改邪归正了呢，可刚才它在后台又忍不住要骂我的时候我才明白，其实它还是想骂我，只是它被你给镇压了——我说的对不对？”

直男郑肴屿开启简单粗暴的土味舔狗模式：“我老婆不仅漂亮，人还聪明！”

韩辰绘傲娇地歪了下脑袋，忽然狗腿地凑到郑肴屿的面前，大大的眼睛眨巴眨巴的，声音又软又甜地开始卖萌：“老公！夫妻同心啊，你是怎么镇压绿毛的呀？你能不能告诉我，我也想安排它！要不然我也太丢脸了吧，连一只鸟都斗不过！”

“你啊……”郑肴屿用手指戳了戳韩辰绘的脸蛋儿，微微一笑，“我还不知道你？我要是告诉你了，你还不把人家绿毛的羽毛都拔干净了？大家都是一家人，好好相处吧！”

韩辰绘小声叨叨：“谁和这只臭鸟是一家人呀，我可是它的女主人！”

“对对对！”郑肴屿继续开启舔狗模式，“你本来就是它的女主人！”

韩辰绘瞬间得意扬扬，哼！这还差不多！

红叶名邸，韩辰绘和郑肴屿吃晚饭，菜豆和绿毛也坐在餐桌边，一只猴子和一只鹦鹉一起吃着面前的一个大食盘。

吃完饭，韩辰绘和郑肴屿在露台的秋千上坐了一会儿。

京城已经入冬，傍晚的冷风简直要钻入骨髓。没多久，韩辰绘就被冻得回屋子里去了。

她和郑肴屿从露台的秋千上挪回客厅的沙发里，两个人一边互相投喂水果，一边随便看看电视打发时间。

郑肴屿故意喂给韩辰绘一个超级酸的橘子，她正生气的时候，手机铃声响了起来，是她的经纪人 Anemone。韩辰绘靠在郑肴屿的怀中接起了电话。

Anemone语速很快地说道：“我刚才看了一下《我家有宠物》最后一期的直播回放，郑总和绿毛连‘老婆’都说出来了，他们竟然还在故意恶意揣测你、泼你的脏水。”

Anemone顿了顿，接着说：“辰绘，我的意思是，不管是出于对你名誉的保护还是热度的考虑，现在你都应该出来直接澄清了。毕竟郑总都直接在节目里给你撑腰了，我们可以继续低调，但没必要。”

韩辰绘皱了皱眉：“那……Nene姐，你们的意思是……”

“就是你想的那个意思。”Anemone一锤定音，“现在郑总在你身边吗？一会儿挂了电话你问问他，如果他没有意见，对他的声誉和生意也没有什么影响，今晚是最好的时机。踩着这个热度，你直接公开算了！”

韩辰绘愣住了。她……她从来都没想过有朝一日会公开他们的关系。她虽然嫁给了郑肴屿，但她不想做她的“小金丝猴”，她要做韩辰绘，做一个独立自主的人。就算她在娱乐圈里名声不好、没有地位，那也是她自己拼来的事业，而不是依附于郑肴屿。

不过，那些网友和网络喷子对她的恶意也实在太大了，她承受了太多不应该属于她的谩骂和诋毁！

韩辰绘又和Anemone聊了几句，挂断电话，看向郑肴屿：“老公，Nene姐让我们公开。你……”

没等她说完接下来的话，郑肴屿就漫不经心地打断了她：“可以，那就公开吧。”

韩辰绘又愣住了，过了好几秒钟才缓过神：“啊？”

郑肴屿竟然都没有犹豫！韩辰绘忍不住湿了眼眶，张开双臂抱住了郑肴屿，和他亲密地贴了贴脸，再主动地献了个小小的吻。

和郑肴屿接了下吻，韩辰绘就欢乐地跑上楼。

结婚证……韩辰绘挠了挠头，她把她的结婚证给放哪里了？

韩辰绘在卧室里翻找了一圈，也没见到结婚证的影子。最后，她在郑肴屿书房的抽屉里找到了属于郑肴屿的那本结婚证。

韩辰绘拿着结婚证跑回客厅，跳进沙发里，大摇大摆地靠在郑肴屿的身上，像举着圣旨一样高举着结婚证：“哎呀哎呀！看看这结婚证，多红火！”

“……”

郑肴屿目不转睛地盯着韩辰绘手中的结婚证，过了好一会儿才慢慢地垂下视线，用手指戳了下她的脸：“干什么拿我的结婚证，你自己的呢？”

绝对不能让郑肴屿知道她找不到了，不然她明天早晨别想下来床！不！连后天早晨都别想了！

韩辰绘咂巴下嘴，眼睛骨碌一转，坐直了身体，脖子一梗，用手指敲打着结婚证，开始恶人先告状：“结婚证都长一个样子，你怎么知道这是你的？”

郑肴屿冷冷地说：“我就是知道。”

“哎哟！”韩辰绘将小脸凑到郑肴屿的面前，笑得又贼又坏，“是不是你工作之余，没事就把我们的结婚证拿出来观赏一下，顺便在内心感叹——”她微微眯上眼，用小手捂住胸口，一脸沉迷的表情，开始自我陶醉，“唉！我郑肴屿何德何能，竟然会娶到韩辰绘这么身娇体软、人美声甜、可爱善良、聪明绝顶、完美无瑕的好老婆……”

郑肴屿微微拢了下眉头，唇角挑起淡淡的弧度，轻轻敲了下韩辰绘的脑袋：“小戏精，脸呢？”

韩辰绘的戏一秒垮掉，她气呼呼地瞪了郑肴屿一眼，随即又笑嘻嘻地说：“我有像你这么好的老公，要脸干啥！”

郑肴屿眼睛一错不错地看着韩辰绘，唇角带笑、眼神温柔。韩辰绘也冲郑肴屿笑了一下，再次高举结婚证，在灯光下用手机拍了几张照片。她挑选出最满意的一张，登录了她自己久违的微博。

添加图片之后，韩辰绘开始编写微博内容。

写了两行，她皱了皱眉，手指狂戳删除键——不行！不够傲娇，删掉删掉！

重新编写了两句，韩辰绘想了想，又狂戳删除键——不行！根本不行！完全不符合她的格调！

韩辰绘抬起眼，盯着郑肴屿的帅脸，不停地眨眼，大脑高速运转。突然，她兴奋起来：“有啦！”

郑肴屿莫名其妙地看向韩辰绘，只见她在手机屏幕上一下又一下，只戳了一个字，发布。

发送成功之后，韩辰绘小嘴一努，无比傲娇地甩了甩手。

看到韩辰绘那傲娇的可爱小模样，郑肴屿又笑出了声。

一本结婚证，一个“懂”字，完美诠释了何为“装腔作势的艺术”。

论装腔作势，韩辰绘真就没怕过谁！

韩辰绘的微博，就像一颗投入平静水面的石子，让那些网友和网络喷子再也没有舞动之地。各大社交平台的流量达到了前所未有的高度，不只是微博，其他几个平台也都发生了短暂的崩溃事件。

所有的热搜都与韩辰绘相关，某种意义上来说，她达到了99%艺人无法企及的流量巅峰！

“#韩辰绘发结婚证#！这是……官宣了吗？”

“#韩辰绘发结婚证#我的老天爷！我真的无法接受啊！韩辰绘竟然和zyy是合法夫妻？为什么？”

“#韩辰绘发结婚证#连宠妻都是大佬级别的！什么叫作国际大佬啊！”

“#韩辰绘发结婚证#有没有人知道韩辰绘和zyy的故事啊？他们究竟是怎么相爱、怎么结婚、怎么冲破门第阻碍的？这可比什么偶像剧都要好看啊，太好奇了！”

“#韩辰绘发结婚证#我宣布我爱上韩辰绘了！其他明星公布恋情什么的，哪有一个像她这么有格调的？一个简简单单的‘懂’简直戳到我心里了！呜呜呜！”

“#韩辰绘发结婚证#哈哈哈哈，就韩辰绘那个‘颜霸中霸’，爱上她的人会少吗？别忘了之前被你们喷的那些话！不过现在都不重要了，谁的爱都比不上小郑太子爷的爱——懂？”

韩辰绘看到网友最后的一个“懂”字，直接笑晕在郑肴屿的怀里。

“可以可以！”韩辰绘笑得眉眼弯弯，得意扬扬地看着郑肴屿，“网友们已经get（领会）到我的格调了！”

郑肴屿用一只胳膊将韩辰绘圈在怀里，全程没有看她，而是似笑非笑地将全部注意力放在手中的平板电脑上，手指不停地滑动着。

韩辰绘侧过脸，目不转睛地注视着郑肴屿。都说认真工作的男人最帅，可她的老公就不一样！

郑肴屿没什么表情的侧颜让韩辰绘心尖一颤，她忍不住凑上去就是一个吻。

她老公是什么时候都帅！

郑肴屿微微调整了下视线，目光从韩辰绘的脸上一掠而过，又专注到平板电脑上，唇角扬的弧度却加深了："干什么？偷亲啊？"

"什么叫偷亲！"韩辰绘嘟起嘴巴，非常不满地又亲了亲郑肴屿，"我亲我老公需要偷亲吗？明明是亲得光明正大，想亲就亲！"韩辰绘说着，抱住郑肴屿的脖颈吧一口、唧一口，不到一分钟，就让正在处理工作的郑肴屿心猿意马起来。

一连几天，网络上都是韩辰绘和郑肴屿相关的话题，网友们编出了最少十个版本的爱情故事，有的凄美、有的荒唐……总之，应有尽有。

韩辰绘的表妹"可达鸭"孟小桔给她发了好几条微信。

孟小桔："气死我了！我灰灰姐和雨雨姐夫的绝美爱情就像他们写的那样？恕我直言，他们写的还不如你！"

韩辰绘："……"

她这个表妹也是神奇得不行，当初怼盛佳岛和魏画画的难道不是她？

不过韩辰绘并不是太关注网上那些故事，网上的东西，说伤害是伤害，说不是也不是，一切都取决于当事人的态度。

过去被造谣诽谤得太厉害，韩辰绘早练就了一颗"金刚心"，她只在乎她的现实生活，只在乎她爱的人——丈夫、家人、朋友。而那些不相关的网友，在韩辰绘看来，只能在网上喷人的他们是可悲的。

韩辰绘和孟小桔聊完之后，经纪人 Anemone 又给韩辰绘打了个电话过来。

Anemone 哈哈大笑着说："辰绘，你那个微博发得也太厉害了，一个'懂'字简直是装蒜界的一座新高峰！"

韩辰绘嘿嘿笑了起来："承让，承让啦！"

“虽然我之前就知道你和郑肴屿是夫妻关系，但看到你的微博还是觉得爽！你受到的恶意诋毁实在太多，现在是触底反弹，也应该让那些网友吸取点教训，以后不要总是搞‘网络暴力’伤害无辜之人！”

韩辰绘发微博一周后。

一大清早，韩辰绘正在温暖的被窝里睡得迷迷糊糊，郑肴屿就把她抱了出来。她缩了缩身体，撒娇地往郑肴屿的怀里蹭，口中软绵绵地嘟嘟囔囔：“冷！老公，人家好冷……老公！要盖被被……”

郑肴屿说：“我们要回华清园。”

一句话让韩辰绘彻底清醒，该来的还是来了——她就知道，郑肴屿和她在娱乐圈搞出那么大的动静，郑家绝对不会袖手旁观，哪怕郑肴屿是毋庸置疑的太子爷，哪怕整个郑家除了郑老爷子、郑万杰、孙蔓宁这三个人其他人不敢，也没有资格过问太子爷的私人生活。

郑肴屿和韩辰绘跑去娱乐圈大闹一场，就不只是私人事件了，而是关系着整个郑家的名誉和声望。

韩辰绘认真打扮了一番，和郑肴屿坐车赶往华清园。

两人到达华清园老宅时已经是午饭时分，除了几个旁系的兄弟姐妹，还有郑肴屿的大哥郑致远和大嫂欧阳萍在场。郑老爷子则没有出现在餐厅，听说他和郑肴屿的三哥郑宏义出门办事去了。

韩辰绘微皱眉头：郑宏义什么时候回国的？

餐厅的门被人从外面推开。

华清园老宅占地面积大、居住面积大，进进出出的人也多，韩辰绘只顾着伤心，根本没有抬头，旁边和她手牵手的郑肴屿突然唤了一声：“爷爷。”

韩辰绘这才抬起视线。

站在餐厅入口处的除了郑老爷子，还有几个黑衣保镖。郑老爷子身后有一个没有“站着”的男人，因为他坐着轮椅，站不起来。

韩辰绘看到他的目光，心里凭空生出一股异样感——那是郑肴屿的三哥郑宏义。

郑宏义带给韩辰绘的异样只持续了一秒钟，韩辰绘立刻站起来毕恭毕敬地唤道："爷爷好！"她将目光挪到郑宏义的身上，礼貌地和对方打了声招呼："三哥。"

她这一声"三哥"，让在场的各位都微妙地静止了几秒钟。郑宏义微笑着回了一句："好久不见了，弟妹。"众人这才若无其事地继续之前的事情。

韩辰绘愣了一下神，就在这个瞬间，她和郑肴屿相握的手背处突然传来一丝痛楚。她微微皱了下眉，瞥了下旁边，只见郑肴屿正面无表情、眼神阴冷地看着她。

韩辰绘当然知道刚才的痛楚是郑肴屿捏了她一下。她不满地嘟了下嘴，一屁股坐了回去。

现在可不是在他们两个人的红叶名邸，而是在华清园老宅，她应该演出和郑肴屿相亲相爱的样子才行。更何况他们两个确实相爱，也不需要演，她小作精的小性子只能收一收了……

她立刻在唇边咧出一个弧度，脸上浮现出虚假的笑容。

郑老爷子面无表情地将视线从郑肴屿和韩辰绘的面容上扫过。

咚咚咚！三声拐杖敲地的声音打破了餐厅里微妙的平衡。郑老爷子二话不说，转过身，故意停顿了两秒钟，走出餐厅。

郑肴屿和韩辰绘对视了一眼，两人非常默契地手牵手，一同站了起来，一言不发地跟在郑老爷子身后，乘坐室内电梯来到五楼。

五楼书房。

郑老爷子坐在书桌后，不紧不慢地饮着一杯茶，韩辰绘和郑肴屿则静静地站在书房中央。

郑老爷子慢悠悠地饮了半杯茶，慢慢地将茶杯放在书桌边角："说吧。"

郑肴屿轻轻笑了起来："爷爷，我之前已经和你说得很明白了，我和绘绘还年轻，我们还没玩够，孩子的事情无须操之过急。"

听到郑肴屿这样说，韩辰绘立刻委屈地望了他一眼。她……她虽然也还没玩够吧，但她想要孩子！

"你少给我在这儿打马虎眼！"郑老爷子敲了下桌子，不怒自威，"虽然孩子的事情也很重要，但我现在是在和你说孩子吗？我在说什么你自己不知道吗？”

老爷子虽然已经年过八十，可他发怒时的气场和带来的压迫感丝毫不输给他的儿子郑万杰和孙子郑肴屿。韩辰绘握了握郑肴屿的手，紧抿嘴唇，不敢出声。

郑肴屿看了韩辰绘一眼，又看向郑老爷子，轻描淡写地说：“我当然知道做了什么，不过这件事和绘绘无关，我想最好让她去旁边的画室或者楼下的花坛玩一会儿。”

“大冬天的去花坛玩什么？”郑老爷子毫不留情，“就在这儿待着！”

郑肴屿冲韩辰绘微微一笑，韩辰绘有些俏皮地眨了眨眼。

“肴屿！你现在已经这么大了，成家立业、事业有成，我本来不应该管你了。”郑老爷子板着脸，冷着声音，“可是今天当着你媳妇儿的面，我要问你几句：你擅作主张跑到综艺节目上乱搞一气，考虑后果了吗？考虑我们郑家了吗？我们郑家从来没涉足过娱乐产业，我和万杰都很反对这个，你是知道的。不过生意这回事也不是非黑即白，如果你想涉足娱乐产业，我们也没道理反对，毕竟你早已独当一面。但生意归生意，你什么时候见过老板亲自下场的？”

郑老爷子突然话锋一转，开始表扬韩辰绘：“你也和你媳妇儿过了三年多了，就不能学学她的格调——她那条微博发的，我看到后直接鼓起掌来，这才是我们郑家人应该有的样子！”

韩辰绘忽然被点名，她瞪大了眼睛，一脸受宠若惊的表情。

怎么，怎么回事？作为吃瓜群众的她竟然一秒成为典范了？

“好，我知道。”郑肴屿将韩辰绘的手握得更紧，眼波微转，轻笑着说，“我以后一定多多向老婆大人学习！”

韩辰绘看着郑肴屿那张帅气的脸上做出的迷人表情，心跳就忍不住加快，脸颊也泛起红来。

“郑肴屿，你可以开一个分公司捧你媳妇儿，这些都无所谓，但这是我们郑家的底线，明白了吗？”郑老爷子又数落了郑肴屿一会儿，自然而然地转移了话题，“说回之前的问题：你们两个准备什么时候要孩子？”

韩辰绘悄悄地看向郑肴屿，郑肴屿的神情却非常冷淡。

“我今天找你们上来，一方面是因为你们前几天在网上闹出的新闻，还有一件更重要的事情……”郑老爷子顿了顿，声音低沉，“肴屿，我听你父母的意思，你不准备要孩子了？”

郑肴屿微微拢了下眉头。

“我不明白你好端端的为什么会生出这种想法。你害怕养孩子、带孩子吗？我们家里什么没有？到时候有月嫂、保姆，根本不用你和辰绘搭手，你们喜欢干什么，依然可以随心所欲，为什么不生？”

韩辰绘抿着唇，微垂着头。

“辰绘，生孩子不是郑肴屿一个人说了算，这是你们两个人的事，你有什么意见？”

“我……”韩辰绘抬起视线，正好撞入郑肴屿那如深海般深邃的眼眸里。

她目不转睛地注视着郑肴屿，突然眨巴了下眼睛，甜甜一笑：“爷爷，我没什么意见，我都听肴屿的……”

郑肴屿的眼眸一动。

“你们！你们这两个小王八蛋！”郑老爷子气得敲了敲拐杖，骂道，“滚滚滚！全部给我滚出去！”

郑肴屿牵起韩辰绘的手走出书房。韩辰绘刚带上书房的门，便被郑肴屿揽进怀里，他用一条胳膊强势地将她压在墙上，另一只手抬起她的下颌，二话不说便吻了上去。

韩辰绘感受着郑肴屿的吻，发蒙地眨了几下眼睛，便缓缓合上了眼。

两个人热吻了几分钟，郑肴屿慢慢松开韩辰绘。

韩辰绘脸红红的，她有些娇羞地靠在郑肴屿的怀里，脸颊紧贴着他的颈窝，乖乖地一动不动。

这……这难道就是传说中的壁咚？

两个人静静地拥抱了一会儿，郑肴屿低沉的嗓音自她耳畔轻轻响起：“绘绘，你真的那么想要一个孩子？”

韩辰绘微微抬起红扑扑的小脸，犹豫了几秒钟，点了点头：“想要。因为那是我们的爱情结晶呀，你真的不想要吗，不想见一见我们的宝宝是什么模样？你和我的孩子，说不定他的一只眼睛像我、一只眼睛像你呢！”

一只眼睛像她、一只眼睛像他……这是什么魔鬼怪物？

韩辰绘小心翼翼地问："老公，你不想要吗？"

郑肴屿面无表情地又吻了下韩辰绘，面无表情地牵着她的手，拥她入怀；然后面无表情地拥着她走向室内电梯，下楼。

电梯里，他依旧面无表情地砸下两个字："不想。"

韩辰绘差点哭晕在厕所里！

在华清园老宅的下午，韩辰绘全程小心谨慎、演技在线。在饭前的一个小时，韩辰绘带着郑致远、欧阳萍的大儿子小布，两个人穿着棉衣，在几个保姆的陪同下一起去花园里踩雪。等到韩辰绘和小布回来，两个人的脸蛋儿都被冻得通红通红的。

这个时候，偌大的餐厅已经坐满了包括郑老爷子在内的郑家人，其中也包括冷沉着脸、手指不停甩动着打火机的郑肴屿，却唯独少了郑宏义和他的贴身秘书兼保镖付东升。

韩辰绘和小布脱下棉衣，来到餐桌边入座。

郑肴屿放下打火机，轻轻地将韩辰绘的两只手裹进掌心，一边给她暖手，一边轻声说："外面天很冷，冻坏了怎么办？以后不要在外面待那么长时间了……"

餐桌边的人都忍俊不禁地交换了下目光。

韩辰绘有些不自在地抿了下唇。好在刚才她和小布出去时把脸颊冻得好红，不然……她岂不是要当着这么多郑家人的面丢脸？

过去韩辰绘和郑肴屿回华清园时都是使尽浑身解数扮演恩爱夫妻的人设。如今，他们已经成了真正的恩爱夫妻，不用再扮演了，韩辰绘还觉得有些遗憾呢……

又少了一次看我表演的机会！

酒喝到一半，韩辰绘不好意思地要去卫生间。郑肴屿和她一起站起："我陪你去吧。"

还没等韩辰绘拒绝，郑老爷子就先看不下去了："干什么干什么？这么心疼你媳妇儿，去个卫生间都要亲自护驾？你不许去，留下来再陪我喝两杯！"

郑肴屿看了看郑老爷子，又看了看韩辰绘，只能无奈地坐了回去。他轻轻抚摸着她的手："快去快回。"

韩辰绘笑了一下，郑肴屿对她小心又宝贝的样子可真让她心动，她不过就是去个卫生间而已。

韩辰绘从卫生间里走出来的时候，一个黑影突然从拐角处闪出。

韩辰绘定睛一看，一个清瘦的男人正驱着轮椅缓缓而来，清亮而冷漠的声音响起："弟妹。"在他三米外的地方还站着付东升。

韩辰绘礼貌地笑了笑："三哥，来一起吃饭吗？"

"吃饭？"郑宏义把半张脸都隐在阴影之中，"我真怕我多吃了一碗饭，明天就没有饭吃了。"

她缩了缩脖子，迈着小碎步往外蹭着。

"一年半没见你了，最近过得好吗？"

她心里直打退堂鼓，可面子工程绝不能落下。她尬笑了一声："很好啊。"

"看样子你是挺幸福的。"郑宏义意味不明地冷笑了一声，"郑肴屿对你蛮好的吧？看来他是真的喜欢上你了，而不是把你当成另外的女人的报复的物品了？"

韩辰绘顿时停住小碎步。另外的女人？报复的物品？她慢慢地皱紧眉头，严肃地问："你刚刚说的是什么意思？"

郑宏义好像非常意外，假惺惺地哦了一声："难道你不知道？"

韩辰绘把眉头皱成一团："我知道什么？"

"郑家和韩家有一个从曾祖辈传下来的婚约，可是，韩家是什么身份地位，值得郑家的太子爷亲自出马联姻？你难道不想知道其中的原因吗——他为什么会娶你？"

韩辰绘的手指不由自主地绞在一起。她想，她当然想……

她一直觉得，只要两个人现在相爱就好了，至于过去是为什么结婚的，她不想深究。但此时此刻，郑宏义已经说到了这个地步，她不好奇才是假的，尤其是他刚才还说了"另外的女人"和"报复的物品"。

郑宏义没什么情绪地冷笑了一声："弟妹，听说过初夏这个名字吗？"

韩辰绘一愣：初夏？

韩辰绘呆呆地盯着郑宏义，她当然听说过初夏，不过，她从来没有把这个名字或是这个人放在心上过。她曾经问过郑肴屿，也闹过，郑肴屿非常认真地和她解释了，那是孙蔓宁收养的姐姐，她立刻就释怀了。

韩辰绘虽然是个上天入地的小作精，有时候傲娇，有时候矫情，但她在大事情上确实是个明事理的，只要郑肴屿用心向她解释，她就会无条件地相信，所以她从来没想过初夏这个姐姐能和郑肴屿跟她结婚有什么关系。

“我当然听说过。”韩辰绘瞪了郑宏义一眼，表情和声音都非常冷淡，“她父母早逝，被孙女士养在身边，是肴屿的‘姐姐’。”

“初夏当然是郑肴屿的姐姐……”郑宏义不阴不阳地笑了一下，“韩小姐，那我再问你一个问题。”

韩辰绘一下子就注意到郑宏义不再叫她“弟妹”，而是叫她“韩小姐”，这意味着他认为他现在面对的不是“郑肴屿的老婆”，而是“韩辰绘”这个人。

“你知道郑家一开始根本没想让郑肴屿娶你吗？是郑肴屿从别人手中抢走的你，你原本应该是别人的妻子。”

韩辰绘冷冷地瞪着郑宏义，她不是傻子，对方已经暗示到这种地步了……

韩辰绘又迈两下小碎步，往外撤了撤，一副时刻准备跑路的架势。她微微嘟着嘴，凶巴巴地说道：“反正现在我是郑肴屿的妻子就够了，那些没有发生的、活在‘如果’和‘假如’中的事情，我兴趣不大！”韩辰绘说完就傲娇地扭开了脸。

郑宏义注视着韩辰绘，直愣愣地盯着她的脸看了十几秒钟，才意味深长地笑了一声：“怪不得你能把小郑太子爷那样的男人给拿下，我确实不能小看你。”

韩辰绘又瞪了郑宏义一眼：“你还有什么想说的吗？没有我就回去了！”

郑宏义漫不经心地问：“你知道你本应是谁的老婆吗？”

韩辰绘冷着脸摇了摇头：“我刚刚说了，我没有兴趣！如果三哥还是要说这些的话，我就不奉陪了。饭菜都要凉了，你早点儿过去和大家一起吃吧。”

韩辰绘礼貌又得体地回答完毕，转过身刚要离开，便听到郑宏义在她的身后冷笑起来："和大家一起吃饭？我能吃上饭，已经要感谢上苍对我的仁慈，否则，以你老公的行事作风，我还有口饭吃吗？"

韩辰绘立刻回过脸来，紧皱眉头，声音虽低，语气却非常严厉："我尊敬你是肴屿的三哥，但是，请你不要把我的老公说得像杀人犯一样！"

"呵，你老公确实不是一个杀人犯，但你知道他多少次真的想杀了我吗？"郑宏义又冷笑了起来，"如果没有老郑在其中，你又怎么知道他不会真的让我去见阎王？"

韩辰绘越发觉得郑宏义这个男人不可理喻："你少在这里污蔑我老公的名誉！"

这个时候，一直站在郑宏义身后的付东升推着轮椅往前走了两步，两个人的身影全部暴露在灯光之下。

"韩小姐。"付东升轻声说，"三少爷有没有污蔑郑肴屿，你大可以直接去问他。他是怎样盛气凌人、欺人太甚的，我想他不会全部告诉你的。另外，他应该也不会告诉你，他是怎么为了初夏小姐，从三少爷的手中恶意把你抢回去的……"

韩辰绘的呼吸一凝，果然……果然像她猜想的那样……

韩家的家室虽然不算差，但也绝对不会让郑家的太子爷来和韩辰绘联姻。后来韩辰绘知道她是郑肴屿违背父母意愿、不顾郑家的反对把她抢走的。她……她原本是应该嫁给郑宏义的！如果不是郑肴屿要了她，她现在就是郑宏义的老婆了吗？

然而他们说的"为了初夏"又是什么意思？三年多了，她为什么从来没有听郑肴屿提过？难道郑肴屿有什么不可告人的秘密？难道……郑肴屿骗了她？难道初夏不是他的姐姐？或者，不只是他的姐姐？

仅仅几秒钟的时间，韩辰绘的脑海里就闪过了无数种可能和结果。

看到韩辰绘小脸煞白，郑宏义轻轻笑了一声，侧过脸看了付东升一眼，摆出体贴的表情："如果你有什么想知道的或者不懂的，欢迎随时找我了解情况，我很愿意为'迷途小鹿'指点迷津。"

韩辰绘狠狠地瞪了下郑宏义，二话不说，转身离去。

韩辰绘回到餐厅时，大部分人已经吃好饭离席，分散在客厅、露台或是回了自己的房间。餐厅里只有郑老爷子、郑肴屿、郑致远等几个人。

韩辰绘飘回原位。郑肴屿将指间的香烟塞入唇间，很自然地拿起前方的红酒，给韩辰绘已经空掉的酒杯里倒酒。

韩辰绘抿着唇看了看郑肴屿。

郑肴屿给韩辰绘倒完酒，挑了挑眉："怎么了？去了趟卫生间回来，还伤心了？"

"没有呀！"韩辰绘勉强笑了笑，拿起酒杯和郑肴屿碰了一下，一口闷掉。

看来她的演技还是没什么长进，郑肴屿如此轻松地就可以看出来她情绪低落。

后面的时间里，韩辰绘一直想让自己 high（兴奋）起来，可她却一直带着失落的情绪。

初夏，这个名字就像一团无法挥去的阴霾，慢慢侵蚀着她的内心。

郑肴屿和韩辰绘离开华清园老宅时，已经是凌晨时分。

郑肴屿难得一次从老宅出来带着一身酒味、烟味和香水味——当然，香水味是从韩辰绘身上蹭到的。

轿车内，韩辰绘依偎在郑肴屿的怀中，脑海中依然回想着郑宏义所谓的"为了初夏"。回家的路上，她一声不吭。

车子缓缓驶入红叶名邸。

以往郑肴屿会先下车，再绅士地亲自帮韩辰绘打开车门，这一次他却没有动，而是冷声命令驾驶位上的司机："下车。"

司机一秒打开车门，屁滚尿流地跑了。

"绘绘。"郑肴屿的声音在寂静的夜里响起，"你今天晚上到底怎么了？"

韩辰绘垂了下眼，从郑肴屿的怀中挣脱出来，一只手搭在郑肴屿的膝盖上，和他在昏暗的光线中面对面。她又软又柔地说："肴屿，我问你几个问题，你要如实回答我，绝对不能有一句假话，不能骗我！"

郑肴屿点了下头："好。"

"你……"韩辰绘把唇角一弯，委屈地问，"你为什么会娶我？你之前也说，你爸妈是不同意你娶我的，所以……为什么？"

郑肴屿轻轻地握起韩辰绘搭在他膝盖上的手，意味不明地笑了一声：

“我说你为什么一晚上都心情不好，原来是和郑宏义碰过面了啊？”

郑肴屿一提到郑宏义的名字，韩辰绘的心就凉了大半，尤其是郑肴屿明显避重就轻的态度！

“是啊！”韩辰绘梗起脖子，气呼呼地说，“我是碰到过郑宏义！这和我说的问题有什么关系吗？你为什么不直接回答我呢？难道，你真是为了你的‘初夏姐姐’才和我结婚的吗？”

前面都好，一到“你的初夏姐姐”这六个字，整个车里都猛然冒起一股酸味，浓烈到可以完美掩盖烟味、酒味和香水味。

韩辰绘高高地噘着嘴，酸了吧唧地瞪着郑肴屿，把手从他的掌心中抽了出来！

“辰绘，我答应了你，不能说一句假话、不能骗你。”郑肴屿又握住韩辰绘的手，“我无法否认，‘我的初夏姐姐’是我娶你的一部分原因。”

韩辰绘气坏了，她哼了一声，甩开郑肴屿的手就要推门下车，郑肴屿手疾眼快地将韩辰绘捞回怀中。

“你放开我！你放开我！”韩辰绘气得眼泪直冒，“你现在没骗我，那就是过去骗我！你还骗我说初夏只是孙女士养在身边的姐姐，原来根本不是！依我看，她就是你的白月光、你的初恋情人什么的……”

“韩辰绘！”郑肴屿牢牢地抱住挣扎中的韩辰绘，口吻严厉，“我不得不提醒你，我没有初恋情人，可你有……”

她……她光顾着作，浑然把贺开晨这个家伙忘得一干二净了！怎……怎么办？

虽然韩辰绘的格调不允许她先低头，但她挣扎的力度明显变小了很多。

死要面子活受罪！

“你问我初夏的那个时候，我们两个之间有什么爱情可言吗？我没有必要隐瞒你，从一开始，我就没想过在你面前保持什么人设。我的那些兴趣爱好你很清楚。”

郑肴屿将韩辰绘在怀中转了个身，真诚地说：“绘绘，我再解释一次，初夏算是我的姐姐，但她也只是我的姐姐。我不知道郑宏义为什么要告诉你这些，合理怀疑，他可能精神不太好！”

郑肴屿接着说：“初夏自小养在我们家，我和她的感情不算很好，也不算很坏。我没有看不起她，当然也没有看得上她，你完全可以理解为‘太子爷年少轻狂、目中无人’的黑历史。和我比起来，初夏倒是和郑宏义走得近一些。后来，初夏爱上了郑宏义，在他的蛊惑指使下，初夏从孙女士那里偷走了一份非常重要的备份文件。当时我还在美国读大学，这件事让孙女士损失了股份，孙女士非常愤怒，把初夏轰出了家门。事实上，那些股份对于孙女士来说根本不算什么，她生气的是初夏吃里爬外。很快孙女士就忘记了这件事，正当她想把初夏找回家的时候，传回来一个噩耗。”

韩辰绘听得入迷，紧皱着眉头：“什么噩耗？”问完她就觉得自己在说废话，还能是什么噩耗？“她……她发生意外了？”

“是意外，也不是意外。”郑肴屿冷静地说，“可能是她从小父母双亡、寄人篱下，我们虽然没有亏待她，也没有少给她钱花，但也就只能做到这些了。她被孙女士轰走后就去找郑宏义，可郑宏义是怎么对待她的——他羞辱她，把她的感情贬得一文不值！”

郑肴屿突然停了下来，问：“如果换成你，你会怎么做？”

韩辰绘咬牙切齿地挥起了小拳头：“我打死你！”

“这就对了！”郑肴屿忍不住捧住韩辰绘的脸吻了一下，“初夏如果有你的一半心性，也不会有这场悲剧。她很敏感，她应该以为她为郑宏义立了大功他就会娶她了吧，可惜没有如果——她不是一个坚强的女孩儿，也不豁达，她很难想开和释怀，于是，一场车祸带走了她年轻的生命。”

韩辰绘揉了揉眼角的泪花，吸了吸鼻子：“她也是个可怜人，一腔爱意，却碰到渣男……”

郑肴屿面无表情地问：“所以，你现在还要问我为什么抢了你吗？”

韩辰绘眨了眨眼睛。

“如果我不娶你，你就要嫁给郑宏义了知道吗！我是拯救了你，明白吗？”

韩辰绘又嘟起嘴巴：“可是，你连你的初夏姐姐都没有拯救，为什么会拯救我呢？”

郑肴屿抱着韩辰绘，说：“因为你叫韩辰绘……”

韩辰绘当然知道不会是这个理由，但她已经没有空气和脑容量去继续思考了……

当韩辰绘窝在郑肴屿怀里，眯着眼睛被他用标准的“公主抱”抱上楼时，她才后知后觉地反应过来郑肴屿刚才回答中的漏洞。

韩辰绘不满地哼唧了一声，懒洋洋地撩起眼皮：“郑肴屿，你这个浑球儿的说服力还是那么强！以后不许花言巧语，拿你在谈判桌上的那一套技巧来骗我！”

郑肴屿正抱着韩辰绘上楼梯，听到她这样说，他笑了一下，微微低头贴了下她的脸蛋儿，低沉的嗓音中染上几分性感的喑哑：“那你想让我用哪一套‘技巧’来骗你呢？”

韩辰绘不爽地闭上眼睛。虽然她不怀疑郑肴屿会对她撒谎，但还是觉得他似乎有所隐瞒。不然郑宏义所谓的“为了初夏才抢走她”的因果论显然很难成立。

首先，她不能说完完全全了解郑肴屿——这个世界上没有一个人可以事无巨细地了解对方，即便是他的老妈和老婆也不能够。但至少韩辰绘清楚地知道，郑肴屿绝不是一个同情心泛滥的人，因为不想让她成为第二个初夏就娶她？认真的吗？事实上，“拯救”的说法根本站不住脚！

其次……好吧，有了这个“首先”，就根本不需要“其次”了。

郑肴屿将韩辰绘轻轻放在床上，拉过棉被给她盖上。韩辰绘则意味深长地盯着他，大眼睛眨巴眨巴的。

郑肴屿挑了挑眉梢：“又怎么了？”

这个“又”字就用得非常精髓了！

“不行！刚才被你‘色诱’了，现在我清醒过来了！”韩辰绘裹着棉被在床上打了个滚儿坐起来，“你根本没有完全解释清楚为什么娶我，为什么把我抢了过来。如果郑宏义要娶的不是我呢，或者郑宏义以后再娶别人呢？他虽然身体状况不太好，但好歹是郑家后代，总不至于找不到老婆不结婚吧，你准备怎么办？”

韩辰绘奶凶奶凶地瞪着郑肴屿，伸出光溜溜的胳膊去撕打他：“你是不是准备全都抢回家来！”

郑肴屿太难了！

“还有还有！”韩辰绘想挣脱被郑肴屿扣住的双手，失败后紧皱着眉头，龇牙咧嘴，“你到底对郑宏义做过什么，他为什么总觉得你像个杀人犯啊？

是不是你也喜欢初夏姐姐，曾经和他是情敌？！”

郑肴屿冷冷地瞪着韩辰绘，再将他上一秒哭着求饶、下一秒就凶巴巴要“造反”的小媳妇儿拉进怀里：“就算我和郑宏义是情敌，那也是因为你！”

听到郑肴屿后面的一句话，韩辰绘顿时脸颊泛红，安静了下来。

“至于我们之间的恩怨，那就不是一两句话能说得清了。他好歹是郑万杰的亲生儿子，在郑家也要被尊称一声‘三少爷’，从小养尊处优。后来郑万杰娶了孙女士，再然后生下了我……”郑肴屿的语气十分冷静，没有多余的起伏，“我出生的那一年，郑宏义遭遇了一场非常严重的车祸，虽然保住了一条小命，可……如你所见，他要坐一辈子的轮椅。而且，郑家有了我这个所谓的‘太子爷’，你觉得还会有人把目光放在他的身上吗？不说别的，光是我外公家他就惹不起，郑家也惹不起。我父母年纪差了那么多，他们本来就是为了更大的利益而结合的。在那之前，我父亲已经和不同的女人有了三个儿子，最大的一个甚至已经十几岁了。”

对父母的过往，郑肴屿说得非常轻描淡写——在他们生活的圈子里充斥着各种联姻，一切都是为了利益，甚至他本人也不能例外，即便他和韩辰绘不是为了利益而联姻。

“我从小就横行霸道，你应该可以猜到，我从来不把我那三个哥哥放在眼里，他们也不配我把他们放在眼里。我的大哥和二哥自然明白，我是孙女士唯一的儿子，是名正言顺的‘太子爷’，又有孙家在后面撑腰，他们在我面前天然就低一等。不管你觉得这种阶级是否应该存在，但，这就是所谓的豪门世家。只有郑宏义总是变着花样地阴人——变成‘残疾’这件事给他的心灵带来了很大的冲击，我和他之间的恩怨是一时半会儿说不清的。在他指使初夏背叛孙女士以及初夏死亡后，我对他更加不屑。一条狗养了十几年也会有感情的，更不要说是初夏那样活生生的人。我之前也说了，我和初夏的感情谈不上多好，但也不算差。她是一个很敏感、很温柔的姐姐，可能是寄人篱下带来的自卑感所致。我对她没什么意见，她的冤死却让我对郑宏义这个人的意见到达了顶点！从某种意义上来看，郑宏义和你说的话也没错。”郑肴屿的语气愈发阴冷，“如果不是一直有老郑这个人在其中‘拉偏架’，我应该会让他从郑家消失。我很后悔没有这么做，否则他就不会在我的重重监视之下还能找到机会跑到你面前去搬弄是非，离间我们夫妻之间的感情。反正，只要我不痛快了，他就痛快——他的主要问题不是身体的残疾，而是精神的残疾！”

“所以，你和你的初夏姐姐关系竟然还挺好，你确实是为了她娶我的！”韩辰绘委屈地小声叨叨，“你为了另一个女人娶我……”

“我本来还以为，这么有格调的你对自己有绝对的自信呢，没想到啊……”郑肴屿似笑非笑地吻了下韩辰绘的眉心，“你也会像普通女人那样乱吃飞醋啊？这样可就一点格调都没有了哦！”

韩辰绘一秒生气，又把嘴巴噘得能挂上十瓶酱油。

郑肴屿把手指从韩辰绘的鼻梁滑到唇瓣：“不过，酸溜溜的你也很可爱……”他抬起她的下颌吻了上去，细细品味了一番。

一周后是春节，这是韩辰绘和郑肴屿在一起度过的第四个春节，也是他们结婚的第四年。

大年三十当天，他们没有去郑家也没有去韩家，小两口留在了红叶名邸。当然留下的还有他们的爱宠绿毛和菜豆。

郑肴屿在厨房里做年夜饭，“厨房白痴”韩辰绘基本上当不了帮手，只能做吉祥物。

小猴子菜豆听话地坐在餐桌边，它的面前摆放着一大盘美食，它左手桃子、右手核桃，美滋滋地左一口、右一口吃着。

鹦鹉绿毛则化身为巡逻警察，在厨房和餐厅里飞进飞出。看到韩辰绘和它一样当吉祥物，它就扯着破锣嗓子破口大骂：“打倒史华，民族大团圆！打倒韩辰绘，民族大团圆！韩辰绘小弟弟，爱吃香蕉爱吃屁！干啥呀干啥呀，要你有什么用呀……”

韩辰绘一脸莫名其妙地看向扑楞着翅膀的绿毛：“你这只臭鸟！你才吃屁呢！郑肴屿都不敢说我没有用，你敢说我？！”

郑肴屿正在翻炒着菜肴，冷眼瞥了下鹦鹉，冷冰冰地叫它的名字：“绿毛。”

绿毛立刻抖了抖长长的尾巴，脸不红心不跳地扯着嗓子，把彩虹屁吹起来——

“小可爱韩辰绘！小公主韩辰绘！小仙女韩辰绘！”

“大美女韩辰绘！大宝贝韩辰绘！大女神韩辰绘！”

她算是明白了，这鹦鹉就是一根墙头草！

一个小时之后，餐桌上摆满了丰盛的年夜饭，韩辰绘和郑肴屿面对面坐在餐桌前。

菜豆坐在餐桌最边上的老位置上大吃大喝，前方的大食盘已经被它消灭了一大半。

绿毛高贵冷艳地站在桌角，和小猴子分享同一个食盘。和小猴子的胡吃海塞不同，大鹦鹉的吃相非常优雅。

郑肴屿和韩辰绘举起酒杯轻轻地碰了一下——

"老公，新年快乐。"

"新年快乐。"

韩辰绘歪了下脑袋："新的一年，我们也要相亲相爱哦！"

郑肴屿微微一笑："就怕你一个生气，又和我冷战三天三夜。"

"不会！"韩辰绘皱了皱眉，"这样吧老公，以后我们不管怎么吵架，都不能超过凌晨十二点，十二点之前一定要和对方互道晚安。如果谁生气不说的话，就罚他、罚他……"

郑肴屿扬起眉梢。

"就罚……"韩辰绘认真想了想，"罚那个人第二天和对方牵手一整天！"

"可以！"能想到如此可爱的惩罚措施的，也只有韩辰绘了。

韩辰绘饮掉杯中酒，和菜豆一样开心地大口吃起饭来。

郑肴屿目不转睛地注视着韩辰绘，他有个秘密一直没有告诉过她——她说对了，他不是一个慈善家，"拯救"也不是他的做事风格。郑宏义的事情就没有能入他眼和耳的，包括他的联姻对象。

那一天，华清园。他在第二场视频会议之前站起身走向窗边，望向远方的山峦树林。一辆轿车停在花园前，从车里走下来一个女生，素裙、黑长直、蛾眉淡扫。

山风吹动枝丫、吹动草叶、吹动花蕊，那一刻，万物复苏，她让天与地有了鲜艳的颜色。她走在阳光里，骄傲地挺胸抬头，不像是来见未来公婆，倒像是来慷慨赴死。

他推了推眼镜，轻轻笑了一下——明媚又妖娆，真是个有趣的姑娘。他叫了杨叔上来，才知道原来那个姑娘是郑宏义的联姻对象。

他也不知道自己出于什么心理，对杨叔说："不要让她提前离开，让她等我！"杨叔疑惑地皱了皱眉，但"太子爷"的吩咐，他只能答应。

结束了第二场视频会议后，他洗了把脸，走出书房。

杨叔等在楼梯的拐角处张望："韩小姐已经等了一个小时。"

"嗯，我刚开完视频会议就下来了。"

客厅里，他见到她双手端着茶杯，乖乖地坐在阳光里。然后他对她说了第一句话："韩小姐，你好，我是郑肴屿。"

他不会告诉她，他见她的第一面，就决定要娶她。

男人和女人之间，会不会有一种感觉，谈不上一见钟情却想要占有对方？他不知道。

后来也证明，前两年的婚姻里，他确实不爱她，但他就是想要想占有她。可能一个人对另一个人的占有欲也会是天生的吧。不过，这件往事他是永远不会告诉她的。

如果被她知道他对她是"横刀夺爱""先斩后奏"，她一定会一脸装腔作势的表情，傲娇地把自己的小尾巴翘出银河系……

不过……

他微微垂眸，饮了一口酒。

这样的安排刚刚好，他挑的老婆也刚刚好，就像高冷鹦鹉和傻萌猴子竟然会成为好基友。

"直男"和装蒜，爱玩和戏精，土味和搞笑……两个不同世界的人，却是彼此唯一的绝配。

第二十章　爱情的结晶

时光荏苒，岁月如梭，转眼间已是四年后。

韩辰绘三十岁，郑肴屿三十三岁。

韩辰绘已经从韩宗琦手中半接过韩家的根雕事业，在圈子中成了名副其实的少东家。

她在娱乐圈的事业也比几年前好了许多。自从全世界都知道她是郑肴屿明媒正娶的郑太太之后，没有人再敢给她任何难堪，她在娱乐圈的事业一路顺风顺水。她在四年前和郑肴屿共同参演的《我们来恋爱吧》大爆后，就再也没有接过任何综艺节目的通告。

小郑夫妇也将携手走过他们的八周年结婚纪念日，生活平静又幸福，两个人也双双迈入了三十岁的门槛儿。

当然，三十岁的韩辰绘依然是被郑肴屿宠在掌心中的大宝宝，她依然是那个可爱的傲娇鬼，一言不合就噘嘴生气，二言不合就拱到郑肴屿怀里撒娇，三言不合就翘起小尾巴，是十足的小戏精加小作精。

最近一段时间，郑家相安无事，反倒是韩家发生了一件大事——韩冬果怀孕了，生下了她和冯至期的小公主。

韩辰绘升级成了小阿姨，郑肴屿自然也跟着成了小公主的小姨夫。

孩子出生的当天晚上，韩辰绘和她的父母韩宗琦、孟晶陪在医院里，下半夜四点多钟，韩冬果和冯至期的孩子终于出生了。

医生没让家人抱孩子，韩辰绘只在育婴房外看了看：刚刚出生的小婴儿眼睛都睁不开，那么小、那么可爱……韩辰绘越看心中越五味杂陈，从一开始单纯为姐姐和姐夫开心，再想到自己和郑肴屿结婚八年，夫妻恩爱……没有孩子。

以郑肴屿的丁克思维，他们有很大的可能性将来也不会有孩子，一辈子都不会有孩子。

韩辰绘是和韩宗琦一起走出医院的，韩宗琦照例问她："冬果和至期比你们结婚还要晚呢，他们都生孩子了，你和肴屿到底什么时候才要孩子啊？"

韩辰绘赌气地噘了下嘴，嘟囔："我也想知道……"

"什么？"韩宗琦皱了皱眉，"你刚才说什么？"

"孩子这回事也不是我一个人可以决定的，也不是我一个人说生就生了。"韩辰绘委屈地说，"如果我一个人说了算，那我早几百年前就生宝宝了……"

韩宗琦停了下脚，似乎意识到了什么："难道是肴屿不想要孩子？之前你们还年轻，也没结婚几年，两个人想在花花世界过二人生活我可以理解。你们现在都三十多岁了，他还没玩够，还不想要孩子？"

韩辰绘没有回答。这些事情没有必要说得太清楚，不但解决不了任何问题，还会给她的父亲徒增烦恼。

天边大亮，一辆黑色轿车缓缓驶近。韩辰绘对韩宗琦说："爸，上车吧，我和肴屿先送你回家。"

韩宗琦睨了她一眼："不用了，刚才至期说给我叫车了，你和肴屿回家后还是聊一聊吧。"

韩辰绘嘟囔："没什么好聊的，我们现在也很年轻啊……"

轿车内环绕着轻音乐，驾驶位上的郑肴屿一边转着方向盘，一边用眼角的余光瞟着韩辰绘。她面无表情、气哼哼地坐在副驾驶位上。

"……"

郑肴屿又瞟了瞟韩辰绘，低声询问："你姐姐生了吗？男孩女孩啊？"

韩辰绘更气了，哼了一声，瞪着郑肴屿：“你管她生的男孩女孩，反正我们也不生！”

果然！郑肴屿早就猜到了，韩辰绘突然这么生气，一定是和孩子有关。

郑肴屿知道韩辰绘想要孩子，几年前她就给他发表过一堆关于“爱情结晶”的话题，在他也发表了“为什么要丁克”的演讲之后，她就很少在他面前提起孩子的事情。但郑肴屿很清楚，韩辰绘并不是被他成功说服了，随着年纪越来越大，她想要一个孩子的想法也愈演愈烈，她只是不愿意在他面前说起罢了。

回到红叶名邸，韩辰绘连看都没看郑肴屿，就跑进浴室里去泡澡。

郑肴屿没有去做早饭，也没有去处理公务，他一直坐在浴室外一根接一根地抽烟。

韩辰绘在浴缸里泡了半个小时才裹着浴袍走了出来，她瞪了郑肴屿一眼，就气哼哼地走向他们的床，当着郑肴屿的面，用被子将自己裹成一个球。

郑肴屿注视着韩辰绘，吸完了手中的一根烟。他没有像往常一样上去抱她、哄她，而是起身进入浴室。

听着浴室里哗啦啦的流水声，韩辰绘又想起在产房外的心情以及刚才亲眼见到的刚出生的小外甥女，眼泪再也忍不住涌了出来。

郑肴屿洗澡的速度一向非常快，几分钟就解决了一个战斗澡。他拉开浴室的门，正好听到韩辰绘抽抽搭搭、委屈的哭声。郑肴屿无奈地轻叹了一声，折回去吹干了头发才走了出来。

韩辰绘已经嫁给他八年了，可她八年后和八年前也没什么不同，她依然是他手中撒着娇、生着气的大宝宝，也依然是那个一觉得委屈就会在床上把自己蜷成一个球的小受气包。

郑肴屿坐到床边，伸出手将他的“大宝宝”捞进怀里——他太了解她了，这么多年来，她一向是雷声大雨点小，不管发生什么事，不管她多么生气，只要他哄哄她，她立马就又笑嘻嘻的了，可如果他不哄她，她作起来，那他铁定是没有好果子吃的。

“又当气葫芦了？”郑肴屿低笑着说，“我就猜到你从医院回来会这样……”

韩辰绘眨巴了一下大眼睛，听到他这样说，更加生气了。她推了下郑肴屿的胸膛，又裹好被子躺了回去，背对着郑肴屿。

郑肴屿意味不明地笑了一声，走到窗边拉上窗帘。卧室内一下子变暗，只有几丝晨光从厚厚的窗帘缝隙中偷钻进来。

他直接坐在韩辰绘那侧的床边看着韩辰绘。韩辰绘将自己藏在被子里，只露出一双大眼睛，在半明半暗中和郑肴屿对视着。

两个人对看了几分钟，韩辰绘突然哼了一声，再一次转过身去背对着他。

郑肴屿轻笑了一下，直接躺到韩辰绘的身后，将她抱进怀里。这一次韩辰绘没有抗拒，而是乖乖地躺在郑肴屿的怀中，一动不动，一声不吭。郑肴屿知道，她其实又开始哭了。

郑肴屿把嘴唇轻轻落在韩辰绘的颈后，吻了吻她，轻声问："绘绘，你就这么想要孩子吗？"

"老公——"韩辰绘终于哭出了声，呜呜呜地哭了几声，转过身来，乖乖地和郑肴屿拥抱在一起，"我真的想要一个我们的'爱情结晶'！老公，你……你不想要吗？"韩辰绘哭得伤心，抽抽搭搭地说，"一个流着我们两个人的血，一个像你又像我的人……我越爱你，就越想要一个宝宝，越想和你的关系更紧密点，哪怕就是一点点……"韩辰绘委屈地说着，"我知道你不想要孩子，我也不是说一定要生一个孩子，可是，老公……"韩辰绘在郑肴屿的怀中，"你连一个机会都不给我……"

郑肴屿当然明白韩辰绘所谓的机会是什么意思。就算是他们最意乱情迷的时刻，他都没有忘记过做避孕措施，她连偶然怀孕的机会都没有。

郑肴屿默默地抱着哭泣的韩辰绘一言不发，只是轻轻地抚摸她、安抚她。

"老公，我不敢奢求什么，我一点都不贪心，你就可怜可怜我、就宠我一次，给我一个机会……"韩辰绘抬起脸，对郑肴屿竖起一根手指，看起来又委屈又可怜。

卑微小灰在线求子！

"老公，你就给一个机会……"

郑肴屿挑了挑眉梢："这一个机会是指什么？"

“就、就……”韩辰绘的脸颊红红的，她拱进郑肴屿的怀中，整个人害羞得不行，甜甜的声音又软又糯，“你就每个月有一天不用那个东西，我能不能怀上就是天意了，至少我知道你给过我机会，至少我知道我还有希望……”

郑肴屿能感受到韩辰绘的呼吸就轻轻地喷在他脖颈处的皮肤上，那么轻，那么热。

韩辰绘从嫁给他之后，就是个需要他哄的傲娇鬼，就算她做错了事，也能小嘴一噘、小脖一梗、小手一挥，反骑在他的头上，那叫一个作威作福、耀武扬威。他何时见过如此卑微的韩辰绘？她卑微地恳求他，只要一个机会。她甚至不敢有过多的奢求，只想要一个机会罢了。

郑肴屿翻过身，捧起怀中韩辰绘的脸就吻了下去。最后，当韩辰绘迷迷糊糊地蜷在郑肴屿的怀中被他从浴缸中抱出来，又被他放到大床上时，她都没搞明白她的“卑微求子”有没有打动郑肴屿。

不过，韩辰绘根本不管三七二十一，在郑肴屿面前就是这么狂，她的家庭地位就是这么高——被郑肴屿从后面紧紧抱着，她幸福又舒服地躺在他的怀里，半梦半醒之间开始了一场头脑风暴……她甚至开始算自己的危险期！

郑肴屿就不如韩辰绘那么“狂”了，怀中抱着软乎乎的韩辰绘，皮肤感受着她的体温，鼻间满是她的发香。他一直注视着黑夜，想了许多。

不知道过了多久，郑肴屿在黑暗中低声呢喃着她的名字：“绘绘。”

韩辰绘在他的怀中窝着，迷迷糊糊地嗯了一声。

郑肴屿的语气宛如迎着月光的平静水面，他问：“你想没想过，万一你真的怀孕了，你未来的生活会变成什么样、你要怎么办？”

韩辰绘黏糊糊地嗯了声，口齿不太清地咕哝道：“有你在……”

郑肴屿轻轻笑了起来。听到韩辰绘在半梦半醒中却那么理直气壮、大言不惭地说“有你在”，他竟觉得非常言之有理。没有错，他的老婆就应该是这样的人！

可能韩辰绘只有如此生活，才会快快乐乐、无忧无虑。喜欢什么就做什么，想要什么就努力争取。而他这种城府深、心思重的人，却永远活在强压下，被韩辰绘衬托得是那么不泰然、不豁达。

郑肴屿将怀中的韩辰绘抱得紧了些，用嘴唇触碰着她的发丝和颈后，轻声道："睡吧，有我在。"

次日清晨，韩辰绘睡眼蒙胧地睁开眼，在温暖的被窝中懒洋洋地伸了个懒腰。她习惯性地往后一摸，郑肴屿已经不在床上了。

唉！她的老公每天都这么忙……

韩辰绘在大床上舒舒服服地滚了几下，卧室的房门被人从外边慢慢推开。她从被窝中钻出脑袋，入眼便是穿戴整齐的郑肴屿。

看到郑肴屿的一身行头，韩辰绘立刻一扁嘴："你又要出差去啦？"

郑肴屿轻笑一声，伸出那只正在整理衬衫袖口的手摸了摸韩辰绘的脸蛋儿："你一个人在家乖乖的，不许喝到酩酊大醉，听到没？"他说话时的声音非常冷漠。

韩辰绘不满地瞪了他一眼，把嘴巴噘得更高了，依然是那副奶凶的模样："干什么！把我当成小屁孩啦？"

郑肴屿微微一挑眉梢。

"我和你可不一样。"韩辰绘在床上翻了个滚，裹着被子坐在床边，眨巴着大眼睛，"我从今天开始要对自己超级好，开始认真保养好身体。不管你是怎么想的，反正我已经决定了。我现在郑重宣布——"韩辰绘双膝并拢，一脸乖巧样，"在下，韩辰绘，郑肴屿的老婆，要单方面开始备孕了！"

这个"单方面"用得太好了！

他下意识地看了看床头柜上的香烟盒和打火机。韩辰绘顺着郑肴屿的目光，也往床头柜上看了过去，立刻不满地嘟了嘟嘴，轻哼了一声。两秒钟之后，她突然夸张地吸了吸鼻子，故作可怜地用被角擦着眼睛，一边假惺惺地呜呜呜哭了几声，一边捂住自己的小腹，用极其浮夸的演技开始她的表演："我要让我的宝宝知道，虽然他有一个不靠谱的爹，但他的妈妈是非常非常爱他的……"

无论上看、下看、横看、竖看，怎么看，他们两个之间，她这个戏精都是更不靠谱的那个好吗！

郑肴屿坐到床边，看着一边抹眼睛一边揉肚子、深陷在自己的戏中无法自拔的韩辰绘，无语地清了清嗓子："绘绘，你已经三十岁了哦。"

他不提年龄还好，一提她的年龄，韩辰绘立马原地螺旋升天式爆炸，掐着腰、气呼呼地瞪了郑肴屿几秒钟，毫不留情地扑上去整个人骑在他的身上，根本不管他身上干净整齐到一丝不苟的衬衫。她咬牙切齿地撕扯着他，一脸要哭的模样，骂道："三十岁怎么啦？你三年前就三十岁了我说你什么了吗！三十岁怎么啦，三十岁就不是宝宝了吗？"

吼完"宝宝了吗"四个字，卧室里还回荡着韩辰绘的余音，她和郑肴屿却一起愣住了，互相直视着对方的眼睛。几秒钟之后，韩辰绘再也绷不住，噗的一声笑了出来，有些害羞地小声叨叨："老公，我今天的戏是不是有点儿过了？三十岁的宝宝确实……好像哪里不太对的样子……"

郑肴屿伸出手捏了下韩辰绘的脸蛋儿，似笑非笑地看着她，挑起一侧眉梢："还好吧，就算你六十岁了，也是我的宝宝。"

空间又一次安静了，呜呜呜……郑肴屿这个钢铁"直男"说起情话来真让她心动，她好爱郑肴屿！她宣布她要爱郑肴屿一百年！

韩辰绘脸颊红红地注视着郑肴屿，两个人交换着呼吸，她轻轻地在他的唇上落下一吻，继续小声叨叨："老公，我很开心你这么认为。我真的想一辈子都当你的宝宝，但是，我还是更想和你生一个真正的宝宝，就……我们两个共同的宝宝！"

郑肴屿唇边的笑容慢慢收敛，他想起来她的"一个月一次的机会"。

"绘绘，你想要的任何事情、任何东西，我有哪一样不是尽最大可能地满足你？"

韩辰绘从郑肴屿的身上翻下来，乖乖地拱进他的怀里，声音又娇又甜："没有，老公你一直对我特别好！"

"只有这一件事，我真的不知道应该怎么解决。"郑肴屿顿了一下，"我之前说过很多次了，生孩子也好，养孩子也好，这些都是不可逆的事件。"

韩辰绘抬起脑袋，眨了眨眼。

"此外，生孩子不仅不可逆，还是个不可抗事件。"郑肴屿微微撑起上身，看向乖乖依偎在怀中的韩辰绘，"除了孩子，这个世界上很少有什么事情是这样不可逆又不可抗的。"

韩辰绘微微皱了皱眉，略微发蒙地看着郑肴屿。不知道是不是谈判后遗症，她老公就是喜欢这样高深莫测……

郑肴屿又顿了一下，微微垂了垂眸："你有没有想过，我们是否做足了一切的准备，来承担他会带来的不可逆和不可抗？如果他是一个天生残疾呢？如果他缺一只胳膊或者一只眼睛呢？如果他智力有碍呢？如果他是个天生反社会人格呢？如果未来他杀人、放火、危害社会呢？如果他是一个很爱猎奇的孩子呢？你能确定你不会后悔生了他？你能确定你不会后悔创造了他？但是……到那个时候后悔已经来不及了，因为他是不可逆亦是不可抗的。”

韩辰绘靠在郑肴屿的怀里，呆萌地眨巴着眼睛，认真思考了一分钟，悄声说：“老公，你是不是想得有点儿太多了呀？”

郑肴屿面无表情地注视着韩辰绘。

韩辰绘和郑肴屿对视了两分钟，突然从郑肴屿的怀中挣脱了出来，又气呼呼地哼了一声，皱着小脸瞪他：“我只是想要一个我们的孩子！”

郑肴屿轻轻笑了一声，用手指擦了擦韩辰绘的眼角，声音又低又冷：“说实话，我有点儿害怕，甚至是有些畏惧。像我从前对你说过的，我从小优秀到大，可就是没人教我怎么去爱一个人。在‘爱一个人’这条路上，我也算弯弯绕绕才走到目的地。”郑肴屿伸出胳膊，将刚才逃跑的气包韩辰绘搂回怀里，“怀孕生子是我更加陌生的领域，我真的很怕你发现我不如你想象中的那么骄傲、那么成功……”

韩辰绘抬起脸，郑肴屿也垂下视线。

“绘绘，我很想让你一辈子都活在玻璃花房的少女童话中，我很怕我给不了你理想的完美爱情。”

韩辰绘看着他的神情，眼眸微动。

“绘绘，我很怕我们的孩子有种种不如意的缺陷，我可以管制我自己，我可以控制我自己，但我无法保证其他人，哪怕他是我的孩子……我很怕我给不了你一个完美的爱情结晶，让我们的爱情不再完美。”

韩辰绘愣住了。她从来没想过，原来郑肴屿真实的想法是这样的……

“老公——”韩辰绘乖巧地用脸蛋儿蹭了蹭他，将声音放至最轻，“我只是不想让我们留下遗憾，我只是想要一个爱情结晶。如果他是个残疾或智力障碍者，那我们就认真照顾他，多亏了你这么多年一直努力赚钱，我想，就算我们双双离开人世，他也可以很好地生活下去；如果他杀人放火，那我们就把他送进监狱，不过我相信我们两个会好好教育他的，他不会去做那些坏事；如果他很爱猎奇，有各种奇奇怪怪的癖好，那只能说……”韩辰绘一脸傲娇地嘟起嘴，得意扬扬，“真是我们的好孩子，完全遗传了他父母的优点！我们的孩子就是要这样特立独行，就是要格调满满！”

她越说越得意，小尾巴都快要翘上天了，说：“哼！竟然能生出来这么与众不同的宝宝，不愧是我！”

郑肴屿目不转睛地注视着韩辰绘。好一个“不愧是我”，真是可爱到让他的心脏都化成了一汪甜水。

韩辰绘装腔作势地得意了一会儿，又乖乖地说：“老公，你之前说的那些真的不用担心，只要盛佳岛一直在魏画画身边，他们的爱情就是最完美，也是最魔鬼的！他们永远是这个世界上独一无二的绝配！”

郑肴屿微微翘起唇角。这一刻，他笑得温柔又缱绻，整个人好像都要发出光来。

韩辰绘看着他，感觉自己像是回到了十六岁，见到自己爱慕许久的男生，小鹿乱撞，心动不已。

送走了郑肴屿，韩辰绘又躺回被窝里。

郑肴屿弯弯绕绕地说了那么一大堆，到最后，她其实也没闹明白他到底有没有同意生孩子，有没有同意她的“一月一次机会”的请求……

她老公的思想觉悟实在是高到让她有点儿难以理解的地步！

不过呢，这些对韩辰绘来说都不是太重要。毕竟，她就是家中毋庸置疑的女王大人，她就是郑肴屿最宠爱的公主大人，“恃宠而骄”这四个字就是用“韩辰绘”的名字才能写出来的。她才不管他到底是怎么决定的，反正她要单方面备孕了，哼！

为了备孕，韩辰绘含泪推掉了时珊珊和朱芷欣的夜店 party（聚会）邀请，并请来了一位私人医生，专门根据她的个人体质制订严谨专业的备孕计划。

告诉 Anemone 减少娱乐圈工作的同时，韩辰绘将工作重心转移到韩家的根雕事业上。

这几年由她经手的事情越来越多，由“阿浓”出产的根雕越来越受欢迎，登过几次拍卖会，皆是很高的成交价——除了第一次的五百万是郑肴屿参与的，后面的几次拍卖会成交都和郑肴屿没什么关系。

她没事就在她的玻璃花房里赏画喝茶、写字作画，一直到半个月之后郑肴屿出差结束，从欧洲回国。

郑肴屿回到红叶名邸，先去书房开了两个小时的电话会议，从书房出来，便看到已经守在门外的韩辰绘。

韩辰绘二话不说，牵起他的手就直奔卧室的方向而去。

走进卧室，韩辰绘盯着郑肴屿看了几秒钟，脸颊微微泛起红晕，她抿紧唇角，抬起手就开始解他的衬衫纽扣。

郑肴屿微微皱了皱眉。要是放在过去，韩辰绘能主动给他宽衣解带，他肯定兴奋极了，不用她解完，他就能反手把她抱到床上去。可这一次，郑肴屿默许了韩辰绘帮他脱掉衬衫。她似乎想帮他把长裤也脱掉，但犹豫了一下，最终还是没有那样做，而是直接把他推进浴室里，轻声嘱咐："你快一点洗哦！"

郑肴屿把眉头皱得更紧了。

他深知他老婆绝不是一个凡人，她可是一个脑洞如同黑洞的小作精，但现在她的所作所为还是让他有点儿招架不住。

郑肴屿心事重重地洗完了澡，披上浴袍，一走出卧室，就看到地板上散落着韩辰绘的衣服。而她本人正一脸娇羞地躺在床上，身上还盖着一条薄薄的纱被。

郑肴屿顿住脚，看着韩辰绘。

韩辰绘的耳尖都红了——她过去真的没有色诱过郑肴屿，他们两个大部分时候是水到渠成，小部分时候是郑肴屿太坏，故意撩拨她，强硬地安排她。现在第一次色诱他，她是真的整个人都透着羞涩。

郑肴屿意味深长地挑起一侧唇角，走到床边似笑非笑地用手指挑起韩辰绘身上的纱被，挑了挑眉梢："干什么，想让我犯错误？"

韩辰绘瞟了郑肴屿一眼，似乎明白了他口中的"犯错误"是什么意思。但她根本管不了那么多了，直接扑倒了郑肴屿。

韩辰绘从来没有这么主动过，说没有点燃郑肴屿，说没有让他疯狂是不可能的。

…………

“绘绘。”郑肴屿轻轻抱住韩辰绘，“我觉得你还是把你请的医生辞了吧，明天我让郑家的私人医生来专门照料你的身体。”

韩辰绘稍稍犹豫了一下，还是嗯了声表示同意。郑肴屿是宠爱她、为她着想，才会如此提议，她没必要在这种小事上不听他的话。

韩辰绘懒洋洋地闭上眼睛，两分钟之后，她突然意识到什么，猛地睁开眼，在郑肴屿的怀中拱着转过身，和他面对面：“老公，你应该知道我请私人医生是为了什么吧？我是为了备孕啊！可你竟然会让郑家的私人医生来照料我，说明……”韩辰绘眨巴着大眼睛，小表情又傲娇又狡黠，“你已经默认我们将要有个宝宝的事了吧！”

“这样最好了！郑肴屿，你以后少喝点酒，也少抽点烟，我们要认认真真地备孕！”

什么叫作得寸进尺？什么叫作蹬鼻子上脸？韩辰绘可真是完美诠释了这些说法！

最让人无语的是，他并不能把她怎么样。自己的老婆就算是个名副其实的魔鬼，他也要跪着宠下去……谁让他上辈子作大孽了呢，这辈子的劫是渡不完了！

韩辰绘强行修改了“一月一次”的约定，她全然忘记了自己当初求子之时有多么卑微，又化身女王大人骑在郑肴屿的头上耀武扬威、作威作福。

郑肴屿和韩辰绘的家庭地位就是互相镇压、互相欺压，毕竟两个人互为前世孽缘、命中克星，今生共同度劫……

但是，小郑太子爷果然还是小郑太子爷，他把郑家的私人医生给韩辰绘请来了，私人医生也认认真真地调理着韩辰绘的身体，但郑肴屿并没有和韩辰绘一起备孕。

韩辰绘在微信群里跟她的姐妹们吐槽郑肴屿。

朱芷欣：“说实话，我有点儿不明白郑肴屿到底是怎么想的。他到底想干什么啊？他竟然松了口，并且行动上也……几次都放弃避孕了，那他其实就是默认了要孩子这件事了吧，为什么还要夜夜笙歌？”

韩辰绘：“我也不知道！”

时珊珊：“我认真想了想……”

韩辰绘："坐等大神。"

朱芷欣："坐等大神。"

时珊珊："我觉得郑肴屿还是不太想要孩子啊……或者他是一个矛盾体？他知道辰绘非常想要孩子，也在他身上撕开了口子，但他还是不想为了孩子这件事妥协？"

韩辰绘："唉！我觉得坏女人说的是对的。最开始肴屿和我说丁克，其中一个原因就是他还没有玩够。"

朱芷欣："哈哈哈哈哈，听你们这样说完，我怎么感觉小郑太子爷有点儿蓄意报复、自暴自弃的感觉？"

时珊珊："就是这样啊！他应该是真的不想要孩子，但是辰绘又那么想要孩子，因为爱，所以爱，可是他心里又过不去那道坎儿，他肯定是又希望辰绘怀孕，又不希望辰绘怀孕的，太矛盾了。"

韩辰绘发了一个哭的表情。

朱芷欣："韩辰绘你别发哭的表情卖萌恶心人了！你都三十岁了知道吗，而且你很可能马上就要做妈妈了！"

韩辰绘："好爱我老公！"

时珊珊："韩辰绘你少恶心人了！"

朱芷欣："话说，郑肴屿这样烟酒不忌的，会不会影响到孩子啊？"

韩辰绘："别说的好像我明天就能怀上似的！"

时珊珊："我妈怀我的时候，我爸也没有戒过烟酒。虽然对孩子确实会有一点点影响，但概率应该是不高的吧？现在的人就是矫情啊！"

一个月过后，韩辰绘决定和郑肴屿谈一谈。

当然在这种关键时期，她还是很懂说话的技巧的。她上去先一通投怀送抱，不动声色地把郑肴屿往温柔乡里一泡，泡得他甜蜜蜜、美滋滋的时候，再眼泪一落，一副可怜又委屈的小表情，又娇又软的身子往他的怀里一窝，开始撒娇："老公！你说说你每天总是抽这么多烟，对身体多不好呀，又容易得肺病什么的，我希望你好好的，不想你英年早逝，我可不想年纪轻轻做小寡妇！呜呜呜……"韩辰绘说完，就可怜巴巴地看了看郑肴屿，见他神色冷淡地盯着她，她直接委屈地倒在他的怀里。

几日没有领教，他的戏精老婆还真是一如既往啊！

郑肴屿当然明白韩辰绘是什么意思，他看了看夹在指间的香烟，一声不吭地按灭在烟灰缸里。某种意义上而言，韩辰绘也没有说错。她就是他怀中、掌中的大宝宝，如果他真的先她而去，留下这样一个她，他真是到了天上都无法放心。

韩辰绘一边窝在郑肴屿的怀中呼天抢地，一边偷偷用余光瞟着他的动作。见他默默灭了香烟，她唇边露出一丝笑容，但笑容转瞬即逝，她又开始了哭戏表演："老公！我就知道你是最爱我的了！我就知道你舍不得剩我一个人在这个世界上孤零零的，我就知道我嫁了全世界最好的男人、最好的老公！呜呜呜呜……老公我好爱你！"后面就全是韩辰绘尴尬至极的肉麻表白。

郑肴屿听得头皮直发麻。

韩辰绘是怎么做到脸不红心不跳地说这些辣眼睛、辣耳朵、辣心灵的情话的？

之后的日子，据韩辰绘观察，郑肴屿在家中吸烟的次数明显减少了。当然他依然会去夜店，韩辰绘偶尔也会跟着他一起去，在她亲自站岗的时候，郑肴屿是很少抽烟喝酒的。

如果韩辰绘去不了，她也会在他回来之后悄无声息地去闻他身上的味道，好在烟味、酒味、香水味都比较轻，让韩辰绘勉强满意。

韩辰绘备孕半年后仍毫无动静，转眼间就到了韩辰绘和郑肴屿结婚九周年纪念日。

老夫老妻之间不需多言，表达心意的礼物自然会送到。两个人在这一天会默契地推掉所有的工作，以往两个人会在年轻人的场所浪漫约会，或者在红叶名邸甜蜜居家。可今年和往年都不太一样，韩辰绘懒懒的，没什么精神。确切地说，她已经小半个月都是这样的状态了，既没有精神，也没有胃口。

韩辰绘一下午都懒洋洋地在露台的秋千上晒太阳，旁边的菜豆一手香蕉一手苹果，随着投屏中的电影背景音乐蹦蹦跳跳。

绿毛则飞来飞去，口中不停地絮絮叨叨。要是平时，韩辰绘早就直接跳起来和它对喷三百回合了，可今天她一点和绿毛对战掐架的兴趣都没有。

晚上，郑肴屿做了一桌韩辰绘喜欢的大餐，各式各样的海鲜、烧鸡、红豆甜品，满满的都是韩辰绘喜欢的口味。

韩辰绘被郑肴屿哄到餐厅，一看到满桌的美食，她就颇为嫌弃地撇嘴。

郑肴屿掰了一块红豆麻薯递到韩辰绘的面前：“你最喜欢的，吃一个。”

韩辰绘看着那块红豆麻薯一动不动，慢慢地噘起嘴。

“怎么了？”郑肴屿挑了挑眉，“不喜欢吃红豆麻薯了？”

韩辰绘微微张开唇，不情不愿地把郑肴屿喂给她的红豆麻薯吃进嘴里，一直噘着嘴没有说话。

不知道为什么，这小半个月她的胃口急转直下，过去她总是胃口大开，特别喜欢吃郑肴屿亲手给她做的美食，最近她看什么都没胃口，如果是油腻腻的菜品，例如鸡腿之类，就更加影响她的食欲了。

整个晚饭过程中，韩辰绘一直噘着嘴，连她平时喜欢吃的海鲜汤也只喝了三分之一。

吃完饭，韩辰绘就意兴阑珊地回卧室床上躺着了，等到郑肴屿从书房开完会回来，韩辰绘已经睡了一觉。

“怎么回事？”郑肴屿坐到床边，把韩辰绘抱起来摸了摸她的额头，“没有发烧啊，你是不是感冒了？”

韩辰绘往郑肴屿的怀中拱了拱，可怜巴巴地摇了摇头：“没有。”

“那是怎么回事？从我前两天出差回来你的情况就不太好，饭也吃不下，不是生病是怎么了？”郑肴屿想了想，又问，“绘绘，你这样的情况持续多久了？”

韩辰绘噘着嘴，哭丧着脸：“大概半个月了吧……”

郑肴屿静静地抱了韩辰绘几分钟，突然想到了什么，轻轻拍了拍韩辰绘的脸蛋儿：“你可真是个小糊涂蛋！负责照料你的郝医生虽然是郑家的私人医生，但依我看，他也是个不靠谱的，这么大的事情竟然都不知道！”

韩辰绘依然嘟着嘴，委屈地说：“怎么了，你为什么突然说郝医生？”

郑肴屿抱起韩辰绘，让她在床上坐好，然后从衣帽间取出一套纱裙，二话不说就开始扒她身上的居家服。

“你要干什么？”韩辰绘抗拒着郑肴屿，更委屈了，“你看我都这么不舒服了，就算今天是我们结婚纪念日，你就不能放过我吗？”

“我还没那么禽兽。”郑肴屿面无表情地说完，将韩辰绘的居家服扒掉，再抖开纱裙，“你换上这套裙子。”

韩辰绘不解地歪了歪头：“老公，到底怎么了？换裙子干什么，要出门吗？去哪里呀？”

“傻丫头！笨丫头！”郑肴屿戳了戳韩辰绘肉嘟嘟的脸蛋儿，“你很可能怀孕了，知不知道！”

韩辰绘一脸蒙。

怀孕？她……怀孕了？

韩辰绘换好衣服，郑肴屿牵着她的手，亲自开车送她去医院检查。

当检查结束，亲眼看到怀孕化验单的时候，韩辰绘当场表演了一个喜极而泣——她真的怀孕了！这是她和郑肴屿的宝宝，他们的爱情结晶。

韩辰绘坐在走廊里捂着眼睛嘤嘤嘤，郑肴屿站到她面前，从她手中拿走化验单，面无表情地读着单子。

“嗯……”韩辰绘抽抽搭搭地抬起眼，郑肴屿的表情依然冷漠，却多了几分其他的情绪。她非常了解她的枕边人，知道这个时候郑肴屿的内心一定是非常复杂且纠结的。

一直以来他都是一个坚定的丁克，从他们刚结婚一两年、两个人还毫无感情可言之时起，他就毫不避讳地直接将丁克思想告诉了她。后来的好多年里，即便是两个人情投意合、心心相印，已经确定了彼此是一生的至爱，她又明确表示特别想要一个他们的爱情结晶，他也没有改变过丁克这个想法。郑肴屿不只在她面前这样说，甚至在他的父母面前也直接通知对方说自己是丁克，不会要孩子。

经过韩辰绘几年时间的软化，在韩冬果生下宝宝之后，她的情绪也积压到了顶点，一直又傲娇又装蒜、做梦都在维持格调的家中的女王大人韩辰绘，甚至不惜哭着卑微地说一个月一次机会就好，只为了要一个孩子。

郑肴屿可以不要孩子，但他想要韩辰绘。比起孩子，他更不想让韩辰绘伤心难过。所以，最后，他妥协了。

即便是妥协，郑肴屿情绪中也夹杂着几分挣扎，他抽烟喝酒、纸醉金迷，直到韩辰绘又哭着撒娇说害怕做小寡妇，求着他停止了那种近乎自虐的自我放逐，他才从此减少了烟酒摄入量，不是那么贴心地陪韩辰绘备孕。

而现在，郑肴屿亲眼看到化验单上的数据，知道韩辰绘成功怀孕、他们有孩子的事板上钉钉之时，他的心态是相当微妙的。

韩辰绘当然明白郑肴屿，她站起身，眼泪汪汪地抱住他，脑袋轻轻靠在他的肩膀上，柔声细语地说："老公，谢谢你，谢谢你给我机会，谢谢你让我们的宝宝……"

她还没说完，郑肴屿便转过脸来直直地看了她一眼。

韩辰绘不再继续肉麻地感谢他，而是牵起他的手捂住自己的小腹，歪了歪脑袋，欢乐地笑了起来："以后，你不仅是小灰灰的老公，还是小小灰的爸爸！这个世界上要多一个人爱你了——恭喜你，老公！"

小小灰……他一脸冷漠地看着韩辰绘。

如果他们的孩子真的是"小小灰"，和他妈妈"小灰灰"如出一辙的话，确定是多了一个人爱他，不是上辈子的又一大孽缘如今来度劫了？

韩辰绘笑着笑着突然又噘起嘴来，气哼哼地说："干吗呀？郑肴屿！我都哄你了，你还冷着脸看我！连个笑模样都没有！怎么，有了宝宝你就不想爱我了吗？在刚刚的十分钟里，你对我一点都不好！哼！"说完，她就傲娇地转过身背对着他。

他也很绝望的。

过去的韩辰绘就是一个蹬鼻子上脸的小作精啊！现在这种情况他真是越想越糟糕，肚子里有了"小小灰"的韩辰绘，岂不是更难搞定了？凭借他对她这个小作精老婆九年的了解，她肯定会动不动就一哭二闹三上吊，"你不爱我""一尸两命""离家出走"等词汇绝对是挂在嘴边的……

郑肴屿放下手中的化验单，伸出一只胳膊轻轻将韩辰绘转过来再圈进怀里。他瞥了下四周——还好，整个走廊里除了两个路过走远的护士就没其他人了。

他微微低头，轻柔地吻了下韩辰绘的鼻尖，低声哄她："又开始说傻话了，这辈子就聪明不了是吧？你是我老婆，是我一生相伴的人，我不爱你还能爱谁？"

韩辰绘有些小害羞地抿了下唇，微微一笑，颇有几分小得意："这还差不多！"她乖乖地软在他的怀中撒娇。两个人悄悄地说了几句小情话，正蜜里调油之时……

“韩辰绘。”医生从科室里走出来，叫她的名字。

韩辰绘有些小尴尬地推开郑肴屿，整理了一下衣服，走进科室。

医生询问了一下她的基本情况，发给她一本手册，又悉心嘱咐了她一堆注意事项。

离开医院之后，韩辰绘立马觉得自己身价倍增、无敌金贵。她抱着郑肴屿把副驾驶位调整了好几次，又铺上了新的毛绒垫子，才小心翼翼地半躺了上去。

郑肴屿坐到驾驶位上，面无表情地看了看在放躺的椅背上正扭扭捏捏、拱来拱去的韩辰绘，无奈地……好吧，不敢叹气。

车子缓缓地驶入夜色中。

韩辰绘揉了揉自己非常平坦的小腹，歪头看向郑肴屿。

还没等她开口说话，郑肴屿就一边转着方向盘，一边冷声道：“郝医生真是个糊涂蛋，就算他在郑家这么多年没遇到过怀孕的情况，难道他连做医生的基本常识没有？我看他是等着被辞退！”

哎哟，其实那个郝医生和她挺聊得来的……

韩辰绘想为郝医生求求情：“老公，你就……”

她还没说完，郑肴屿就瞥了她一眼，直接用气场抑制住了她：“你也是，天天吵着备孕备孕，不让我这样，不让我那样的，结果呢？我就出差一段时间，你连怀孕初期反应都出来了也没有意识到！你对你自己能不能上点心？怀孕这么大的事情啊……真不让人省心！”

郑肴屿话音一落，韩辰绘立刻嘟着嘴巴坐了起来，眨巴着大眼睛，委屈地说道：“你说我！我现在已经是一名孕妇了，医生说情绪不能太激动，你还教训我！”

郑肴屿只能哄着她，让她乖乖躺回去，千万别在这里就作起来。

韩辰绘怀孕了，郑肴屿为期十个月的“噩梦之旅”正式拉开序幕。

他老婆本来就是个傲娇鬼、小作精、小戏精，一般人根本招架不住，现在更是变本加厉……

真是小恶魔的化身。

真是想一出是一出。

他明明把她伺候得好端端的、舒舒服服的，没有任何一点地方惹到她，可她突然就能来劲儿，一会儿嘤嘤嘤、呜呜呜，一会儿嘻嘻嘻、嘿嘿嘿，整个就是一个“精神分裂晚期患者”……

郑肴屿只能把韩辰绘强行按在怀里，大被一蒙，强迫她睡觉，不然他就算精力再旺盛也不够她折腾的。

时光飞逝，韩辰绘已经怀孕三个月有余。

这天郑肴屿早起去公司处理事务，她在花园里和绿毛及菜豆玩了两个小时，之后便提着礼物去了韩冬果和冯至期的家里。

韩辰绘把礼物放下来，直奔她的小外甥女孟可可而去。孟可可已经快一岁了，但躺在婴儿床里的她看起来依然那么小。

韩辰绘轻轻抱起她，可可便咯咯咯地笑起来。

韩冬果走过来看了眼孟可可，又看向韩辰绘的小腹：“有三个月了吧？”

“是啊。”韩辰绘逗着可可，微笑着说，“不知道是不是激素导致的母爱泛滥，我最近超级喜欢小孩子。”

“应该是吧，我怀可可的时候也挺喜欢被父母推在婴儿车里的小孩。”

韩辰绘突然想到了什么，她抱着孟可可坐到沙发上，举起手机，开始左扭右扭地摆姿势疯狂自拍，然后顺理成章地挑选了十几张和孟可可的自拍发给郑肴屿，并附上一句话：“怎么样，可爱吗？”

韩辰绘又在韩冬果家坐了半个小时，和她闲聊了几句，便离开了韩冬果家。

阳光明媚，空气清新，韩辰绘忽然想在阳光下随便走走。

她慢慢地走着，属于她的专车以极慢的速度在她的身后跟着。

走了十几分钟，韩辰绘拿起手机看了看。郑肴屿一直没有给她回微信，想必是在开会吧。

韩辰绘撇了撇嘴，唉！算了，再等等……

就在她准备收起手机的时候，叮的一声，微信响了起来，郑肴屿发给她一张囧脸的尿猫表情包：“说不过你，但喜欢你！”

这是毫无灵魂的表情包轰炸有没有！毫不走心的表情包敷衍有没有！

韩辰绘气得不行，在路边的树荫下停下脚步，直接气势汹汹地戳了个电话过去。

要是放在过去，她可能会考虑他会不会在开会之类的情况，等到他晚上回家再“秋后算账”，她虽然很任性，但毕竟也是很识大体的。但她现在可不是这样，体内的激素做怪！

孕妇是全世界最不能惹的生物！

孕妇是全世界最需要宠的生物！

任性！她要双倍的任性！

几声嘟嘟响过之后，郑肴屿声音带笑地接起电话：“喂？”

“你干什么！”韩辰绘劈头盖脸地质问,“你为什么给我发一个表情包！”

“那……”郑肴屿声音中依然带着一丝若有若无的笑意，“你是想让我给你发两个表情包？”

“谁要表情包呀？油嘴滑舌！”韩辰绘更生气了，“我知道你什么意思，你就是不喜欢小宝宝！”

郑肴屿：“……”

这……他被说中心事但又不能表现出来，否则那可就是第三次世界大战了……

求生欲让郑肴屿违心地回答：“我喜欢啊。”

韩辰绘不依不饶地继续问：“好啊，你说你喜欢，那你说说你喜欢小宝宝什么呀！”

郑肴屿：“……”

小郑太子爷是做什么的啊？那么多年的书没有白读，这么多年在商场上的周旋也没有白经历。他站起身，抬起一只手示意会议暂停片刻，便独自走出了会议室。短短的几秒钟时间，他已经想好了一套哄妻说辞：“我喜欢你看小宝宝时温柔的样子，我喜欢你抱小宝宝时甜甜的笑容，我喜欢你亲小宝宝时幸福的感觉。”

韩辰绘立刻皱起眉：“郑肴屿！”

郑肴屿立马一激灵，从韩辰绘没有加“老公”而是直接喊他全名的语气听来，他的回答应该是让她很不满意。怎么会呢？不能够啊！

顿了几秒钟，韩辰绘非常傲娇地轻轻哼了一声，不讲道理地呵斥道：“你这是喜欢小宝宝吗？你这是喜欢我！”

韩辰绘怀孕五个月，郑肴屿瘦了将近十斤。

按理说，郑肴屿在家里时只能偷偷摸摸地抽上一根烟，烟瘾来的时候他就吃东西——韩辰绘差不多把一个大超市都搬回家了，他想吃什么都有，但不管他再怎么吃，长肉的速度也挡不住韩辰绘作他而导致掉肉的速度。

郑肴屿更加坚定地认为自己的丁克思想很正确，果然他才是最明智的，孩子这种东西就是不能要！这还在肚子里没出生呢，娘俩儿就把他作得差点一夜白头，要是出生了还了得？

光是“作”这件事，郑肴屿觉得还好，毕竟他老婆就是个小作精，这么多年他早就习惯了。韩辰绘平时作归作，她也是出了名的“给点阳光就灿烂，施点养料就开花”的好哄大宝宝，再加上他们两个定下的“契约”，再生气都不能超过午夜十二点，否则第二天就要强制牵手一天。她就算气成球，都要在夜里十二点前噘着个嘴，哼唧哼唧、吭哧吭哧地与他和好……长此以往，韩辰绘的“作”在郑肴屿眼中简直是生活的调味、夫妻的情趣。

那天晚上，郑肴屿和韩辰绘吃完晚饭，甜蜜地坐在露台上，一边看着大投屏上的文艺电影，一边吃水果和零食。

菜豆捧着一个大椰子乖乖地坐在韩辰绘的脚边，吸完里面的汁水，又开始挖果肉吃。

看完电影，韩辰绘就想回卧室休息。郑肴屿扶着韩辰绘上楼，又把她扶进浴室里，帮她洗了澡，再把她扶上床。

看到韩辰绘在床上躺好，郑肴屿就去书房里处理工作。等到郑肴屿回来，韩辰绘眼睛半眯半睁，她迷迷糊糊地伸出胳膊，红唇嘟嘟的，标准的求抱抱、求亲亲的姿势。

郑肴屿当然明白韩辰绘想做什么，他直接坐到床边，微微俯下身，两人自然而然地亲吻到了一起。

两个人正吻得难舍难分、情真意切，韩辰绘移开嘴巴，气呼呼地哼了一声。

郑肴屿微微一愣，看着躺在自己下方突然生气的韩辰绘。她的脸颊红扑扑的，也不知道是被亲的还是被气的。

郑肴屿挑起眉梢：“怎么了？”

韩辰绘依然将胳膊挂在郑肴屿的身上，噘着嘴，又生气又委屈地拍着肚皮："老公，我肚子里不知道是臭小子还是臭丫头的那个小家伙又开始踢我了！他踢得我好疼！你说说他、说说他！"

郑肴屿立刻笑出声来。韩辰绘根本不像三十多岁的大孕妇，简直就是个小可爱："我说说他？"

韩辰绘可怜巴巴地嗯了一声。

郑肴屿只好放下韩辰绘的胳膊，对着她的肚子轻声呵斥："不许踢妈妈！要不是妈妈坚持，你想出生就得等下辈子！听到了吗？你要和爸爸一起爱妈妈才行！"

韩辰绘轻轻推了推郑肴屿。

她翻脸比翻书还快！

"你别这么说，宝宝能听懂的，你要让他知道你也是爱他的！"

他那副表情分明是在说："你有多作、多难伺候不知道？我的爱分给你都分不过来，还让我分给另外一个人？"

韩辰绘红着脸，羞愧地低下头。

是的，她也知道自己不仅是个小戏精，还是个小作精，一般人招架不住……

几秒钟之后，韩辰绘又将羞愧丢之脑后，抬起脸笑了起来，那笑容灿烂又明艳。她问道："老公，你希望我们生一个臭丫头，还是生一个臭小子呀？"

这个问题可把他难住了，其实他的潜意识里一直在逃避这个问题……

郑肴屿看了韩辰绘一眼，站起身端起床头柜上的水杯喝了一口，拒绝回答。

韩辰绘刚灿烂了没一会儿，立刻又委屈地说："你不爱我们的爱情结晶，就是不爱我！"

"不爱她"这个名头可太大了，他可不敢接。

郑肴屿轻轻叹了口气，坐到床上。韩辰绘立刻撒娇地靠到他的怀中，依偎在他的胸膛上，眨巴着大眼睛："是臭丫头还是臭小子呢？"

郑肴屿认真想了想，回答道："如果非要选一个，那我希望是女孩。"

还没等韩辰绘为她的臭小子打抱不平，郑肴屿就给出了理由来："小小灰如果是一个长得像你的女宝，我可能还会喜欢她一点……"

韩辰绘摸了摸自己的肚皮，幽幽地说："心疼我家臭小子，还没出生呢，就被亲爹嫌弃……"

“怎么？”郑肴屿垂下眼眸，捏住韩辰绘的下颌轻轻抬起，“听你的意思，你想生个男孩？”

韩辰绘注视着郑肴屿，说：“我倒是无所谓男女啦，就是觉得……”韩辰绘抿了抿唇，极其傲娇地说，“这个世界上没有男人能配得上我们家臭丫头，要是我家臭丫头一辈子都找不到真爱，那我不得哭死……”

说到这儿，韩辰绘皱起眉，做出“哭哭”的表情：“而且，我舍不得让她出嫁，与其这样，还不如生一个臭小子。”

郑肴屿轻轻笑了起来，用手指戳了戳韩辰绘的脸蛋儿：“你这个小双标，在孩子的事情上也这么双标？你只心疼臭丫头将来找不到真爱，就不心疼臭小子？”

韩辰绘小嘴一撇，她傲娇地哼了一声：“臭小子有什么好担心的！我们两个人生的臭小子肯定是个大帅哥，将来实在不行就学我们，给他也安排个婚约，然后说不定就遇到真爱了呢，这种东西都会遗传的！”

不知道为什么，他有点儿心疼未出世的臭小子了……

韩辰绘又和郑肴屿闲聊了一会儿，好像想到了什么，猛地坐了起来看着郑肴屿，眼睛闪闪发亮。

她突然兴奋！

“老公！”韩辰绘用一直放在被窝里的小手拍了拍郑肴屿的大腿，“我用了一周时间，已经把孩子的名字想好了！”

他立刻想起了韩辰绘起的几个名字，“魏画画”“盛佳岛”“阿浓”等在他的脑海中挥之不去……

韩辰绘高兴得一直嘿嘿嘿地摇头晃脑，就差手舞足蹈了：“真的！我想了一个星期呢！”

他不相信他的土味老婆的土味起名能力……

“你……”郑肴屿清了清嗓子，“你先说说看。”

韩辰绘俏皮地转了转眼珠，笑着对郑肴屿晃了下脑袋，语气和神情真叫一个可可爱爱：“首先是小名。如果是臭小子的话，就叫‘小煤球’；如果是臭丫头，就叫‘小雪球’！怎么样呀？”

他应该说什么呢？

见郑肴屿兴致不高，韩辰绘立刻噘起嘴来：“怎么样啊？”

郑肴屿想了想，无奈地笑出了声："绘绘，你是认真的吗？小煤球……好吧，还算是挺可爱的；小雪球……是小狗的名字吗？"

韩辰绘不满地推了下郑肴屿的胸膛，气呼呼地哼了起来："不许你说我的臭丫头是小狗！"

郑肴屿揉了揉太阳穴，他太难了！他真的太难了！

好吧，不过就是个小名，自己家人叫的，小雪球就小雪球吧……

"你想了一个星期就想了这么两个名字？"郑肴屿抱住韩辰绘，笑道，"很好，不愧是我的魔鬼老婆小灰灰。"

"什么呀，当然不是！这两个只是小名。"韩辰绘又拍了下郑肴屿，"还有大名呢，大名我想了更久！"

郑肴屿：一种不祥的预感扑面而来。

为了缓解尴尬，郑肴屿从床头柜上拿起水杯，刚要喝，就听到韩辰绘得意扬扬地说："我算了一下，我们家的臭小子名字中间的字起一个'天'字比较好，臭丫头的中间字起一个'三'字比较好。所以，我想了很久，如果是臭小子，就叫郑天德；如果是臭丫头，就叫郑三妮！"

听到"郑天德"和"郑三妮"这两个名字，郑肴屿一口水没喝下去，差点喷了出来。他整个人都傻了！韩辰绘也太语不惊人死不休了吧！他已经预想到了韩辰绘起的名字肯定不怎么好听，肯定会有点儿土味，但他没想到竟然会这么土味！

她这是在哪个魔鬼那里算出来的中间字？

郑天德、郑三妮？韩辰绘是认真的？

郑肴屿艰难地咽下口中的水，一脸活见鬼的表情看向韩辰绘。从她又得意又傲娇的表情上来看，她显然是认真的！

可以，这很"阿浓"！

想来也是，他也不能指望韩辰绘这么个土味女孩在给宝宝起名这件事上超常发挥。但是他敢说，如果他们真的给宝宝取名叫"郑天德"或者"郑三妮"，等到宝宝懂事的那一天，应该就是宝宝和他们断绝父子 / 母女关系的那一天。

韩辰绘抱住郑肴屿，凑上前来用自己的脸蛋儿蹭他，撒起娇来："怎么样吗？"

看到她的小眼神，郑肴屿立马色令智昏，不停地把她往怀里揣、往被窝里按，干巴巴地回答了一个字：“好……”

一岁的小煤球：爸爸，您内心不会痛吗？

一岁的小雪球：爸爸，您马上失去我了！

对于“郑天德”和“郑三妮”这两个名字，郑肴屿最多只会色令智昏一小会儿，等到他们的“小煤球”真正出生之时，郑肴屿就严肃地警告韩辰绘：“郑天德”这个名字是万万不行的！

不过，郑肴屿知道韩辰绘在孕期的时候费尽心思算了好久才定下来，男孩子名字中间字要起一个“天”字比较好，女孩子名字的中间字是“三”，他无论如何也要辜负了爱妻的心血。

“天水——我的臭宝宝天水！”红叶名邸的客厅地毯上，韩辰绘正抱着七个月大的“小煤球”举高高。

宝宝的名字没有用她起的“郑天德”，这让韩辰绘十足十地生气了好几个小时，但当郑肴屿亲笔写下另外一个名字时，她立刻就转气为笑了。

郑天水——“天一生水，地六成之”，出自《洛书》，源于远古时代对天象的观测，是为“河图”。

韩辰绘脖子一梗，她一脸自豪地抱住郑肴屿，得意扬扬地说：“真不愧是我老公！常春藤高才生就是有文化，哼！”

虽然他并不觉得“郑天水”这个名字看起来多么有文化，但和他老婆起的“郑天德”相比，还是挺有文化的。

作为七个月的新手妈妈，韩辰绘显然谈不上有多么称职——以郑家的财力物力，也轮不到她来发扬母爱——别说专业的月嫂、保姆成群结队，就连韩辰绘那个颇为难缠的婆婆孙蔓宁在见到大孙子之后也眉开眼笑、慈眉善目了起来，隔三岔五地就遣人或者亲自来红叶名邸接孙子回华清园。

而韩辰绘呢，喂奶轮不到她，哄孩子轮不到她，至于换尿布更轮不到她了，她的任务就是作为“亲生母亲”，心情好了和“小煤球”一起玩亲亲、抱抱、举高高；心情不好了就把“小煤球”当成毛绒玩具抱着，然后生气噘嘴，等着郑肴屿来哄她。

好在韩辰绘虽然经常生气，但她的气来得快消得也快，她和“小煤球”

一个是大宝宝，一个是小宝宝。

平时韩辰绘和郑肴屿吃完晚饭，就会在客厅陪“小煤球”玩一会儿。当然郑肴屿对孩子的兴趣不大，他更多的时候只是为了陪伴韩辰绘罢了。如果碰巧孙蔓宁遣人过来接“小煤球”，郑氏夫妻大多会一起出门去夜店玩耍。

除了平时总在一起玩的朋友，韩辰绘再一次见到了她不算很熟悉的、郑肴屿的熟人：那几个男人一看就是成功人士，跟上一次见面时比没有太大的变化，但他们身边的女人换了。

韩辰绘看到那些比她小了好多岁，一看就是初出茅庐、稚嫩清纯的女生，再看看有了老婆却“红旗不倒、彩旗飘飘”的那几位大爷，心中不禁百感交集。

晚上韩辰绘裹在被窝里，看着和她处在同一个被窝、正在刷平板电脑的郑肴屿。她竖起手指，轻轻地触碰郑肴屿的胳膊，微微叹口气，轻声道：“那些有钱的臭男人专挑嫩豆腐，燕燕莺莺的，而我可怜的老公连个情人都没有，一辈子就我一个女人，有点儿委屈了吧？”

郑肴屿闻言动作一顿，他的视线往下一移，就看到韩辰绘正眨巴着大眼睛，一副楚楚可怜、善解人意、贤妻良母的样子。

“哦？”郑肴屿忍不住想逗她，“谁告诉你说我就你一个女人的？”

果不其然，钓鱼执法的韩辰绘一秒大怒，哼了一声，立马从被窝里滚了起来，气呼呼地说道：“我就知道！”她用小拳头不停地往郑肴屿的胸膛上招呼，“你也不是个好饼！你也是个有钱男人，也就比他们好一点，就一点点！”

郑肴屿放下平板电脑，握住韩辰绘的手腕，挑起眉梢：“你这‘给点阳光就灿烂，牵根小绳就上吊’的戏精作风真是一辈子都不会变啊！”他似笑非笑地靠近韩辰绘，在到马上能触碰到她嘴唇的距离时，他故意压低了声量：“我倒是想多找几个女人，可是四处看看，不是没有你漂亮，就是没有你可爱，连一个能勉强和你比较的都没有。那我能怎么办？我也很无奈啊！怪只怪你自己太完美，让其他女人再也入不了我的眼。”

听完郑肴屿的话，韩辰绘忍不住老脸一红，羞涩地哼唧了一声扑进他的怀里：“老公！”韩辰绘语调羞答答的，“其实你的生命里可以不只拥有我一个女人的呀！”

郑肴屿皱了皱眉。韩辰绘抬起红扑扑的脸，凑到郑肴屿的耳边，一字一顿地轻声说：“只、要、我、们、再、生、一、个、臭、丫、头。”

“不行！”郑肴屿想都不想，立刻拒绝。

韩辰绘嘟起嘴。

“你嘟嘴生气也没用。”郑肴屿冷着脸，“只有这件事不行！郑天水那个臭小子已经是我生命中的意外了，我不许再出现第二个意外！你少给我在这儿得寸进尺，听见没？”

韩辰绘丧丧地哦了一声，又拱回郑肴屿的怀抱中。

婚姻是两个人的，不能总是郑肴屿单方面地宠爱她、迁就她，在某些问题上，她也要懂得让步才行，就像郑肴屿说的：少得寸进尺，互宠方能始终。

“小煤球”郑天水每天的玩伴还有那两只宠物。毕竟家里迎来了新生儿，绿毛和菜豆两个作为红叶名邸的知名土著，绝不会摒弃自己的职责——菜豆负责看娃，绿毛负责育儿……

韩辰绘不止一次看到这种奇葩景象了：菜豆坐在“小煤球”旁边，一边啃着苹果，一边盯着他摆弄玩具；绿毛那个碎嘴狂魔则站在高架上，抖一抖长尾巴，反反复复、絮絮叨叨……

韩辰绘无数次向郑肴屿举报，愤怒地撒娇：“老公！你必须把那只臭鹦鹉给我处理掉！它一直在我们家臭小子面前说一些有的没的……”

郑肴屿看着韩辰绘气呼呼的样子就忍不住笑：“有它陪着天水长大，可以说话聊天，对天水而言也是一件幸运的事。以鹦鹉的寿命来算，说不定将来他们会一起给我们送终。”

韩辰绘抱着郑肴屿吸了吸鼻子，又咧起嘴哭着说：“我们还很年轻啊，刚刚生下我们的宝宝，怎么就送终了？”

郑肴屿没有再说什么，只静静地和韩辰绘拥抱着。

韩辰绘口吻坚定地说，“我要和你在一起一百年！”

“好，我们在一起一百年！”

番　外

（一）

韩辰绘成为母亲后，谈不上称职，但“母亲”这个光环使得她的演艺事业更上一层楼。

她不再是少女。

除了郑肴屿外，所有人都这么认为。

在韩辰绘被曝光了“郑太太”的身份后，各大影视方就很少递给她脑残偶像剧和“花瓶小三”的剧本了，现在更是彻底绝迹。

然而韩辰绘还是韩辰绘，哪怕她三十岁做了母亲，依然是玫瑰园中最美的那一朵玫瑰，时光丝毫夺不去她的美丽，她就是可以美一辈子的女人。

如今的她更是多了成熟的气质和风情，演技也随着年纪的增长有所提高。最重要的是，韩辰绘的经纪公司只有她一个艺人，而郑肴屿给她拉资源……甚至都不用他主动拉资源，国内国外多少人想要巴结“小郑太子爷”，主动给韩辰绘“喂饼”。

生完孩子复出之后的韩辰绘，除了作为主要配角演了几部国内的大制作电影，还参演了几部国外电影，有大众有小众，人设清一色的东方佳人。

最近每天晚上，韩辰绘陪儿子“小煤球”玩一会儿后，就会趴在床上翻着几乎千篇一律的剧本，叹气声连绵不绝，最后她抱住躺在她身边用手机回复邮件的郑肴屿，委屈地说：“唉，老公，人长得太漂亮有时候好像也是一种苦恼……”

虽然他老婆说的是实话，但他就是一时之间不知道怎么接话才好，只能一边看着手机屏幕，一边用空闲的手握住横在他腰间的韩辰绘的手。

韩辰绘没有继续自恋下去，只是安静又甜蜜地抱着郑肴屿，品尝他的气味，感受他的温度。

韩辰绘慢慢悠悠地合上眼睛。

半梦半醒时，她感觉到郑肴屿非常小心翼翼地拿开她横在他腰间的手，听到他放下手机，关掉房灯的声音。

眼前的光消失。

下一秒，韩辰绘便落入了一个温暖的怀抱。

一切就像过去的许多个年月，许多个日夜一样。

温存了几秒钟，韩辰绘在黑暗中突然哼唧了几声，咂了咂嘴，也不知是否在说梦话：“老公，我牙有点儿疼……”

郑肴屿本来也抱着韩辰绘准备睡觉了，听到她的话，立刻睁开眼睛，回手按开床灯，再将怀里的人翻过来面对他：“怎么会忽然牙疼？让我看看——”

“唔……”韩辰绘依然闭着眼睛，听话地张开了嘴巴。

郑肴屿仔细看了一看。

好吧，无事发生。

这个时候他也意识到自己有些关心则乱了，除非是已经过了初期的蛀牙，否则肉眼怎么看得出问题来？

不过，郑肴屿好像可以猜到韩辰绘为什么会忽然牙疼——

他惩罚似的捏了捏她的鼻尖：“说，你又做了什么坏事？”

“我没有做坏事！”韩辰绘眯着眼睛，把嘴巴一闭，再微微一噘，甜糯的声音越来越小，“我只是晚上把儿子的糖都给吃了……”

还没等他说话，她便严肃地皱着眉，义正词严：“我这也是为他好嘛！孙女士过于宠着他了，给他买那么多东西！我听张姨说，白天孙女士带他去超市，好家伙，那就是土匪进城啊，简直是大扫荡！‘小煤球’随便指一下什么东西，孙女士眼睛都不眨就买买买。

“他才那么点儿，懂什么啊，明明就是无意识地乱指罢了！”韩辰绘越说越义愤填膺，“孙女士以前多么高贵冷艳啊，那股子优雅气质简直是吾辈女人的典范，做了奶奶之后怎么也变得这么离谱？”

郑肴屿轻轻笑了起来，扯了下韩辰绘的脸蛋儿，用灵魂质问她：“谁有你离谱？”

韩辰绘试图狡辩，“我……我不是怕儿子吃那么多糖牙坏掉吗！他还那么小！”

“可惜，现在是你的牙快要坏掉了。”郑肴屿无情地说出一个血淋淋的事实，“而且，他根本还没长牙。”

韩辰绘狡辩失败。

像现在的这种情况经常上演，韩辰绘早就是超级老手了，她只需要抱住郑肴屿撒个娇，再献几个吻，必要的时候再献献身，然后……就不会再有然后了。

（二）

无数的剧本像炮火一样砸向韩辰绘，让她晕头转向、应接不暇。

多年前，她还是一瓶美味的毒药——喝了会毒发身亡，因为她的演技属实太差；不喝，她又是那么美，让人一见倾心、流连忘返，明知道要中毒也忍不住想去尝一口。

如今韩辰绘的演技有显而易见的提升，可供韩辰绘挑选的剧本和角色让她眼花缭乱。

她的经纪人 Anemone 找她来公司开过好几次小会议。

Anemone 强烈建议她去参演一部意大利的文艺电影，电影导演 Jacob 虽然不算国际大牌，但也获过几个国际电影节的奖项，不出名的原因是他拍的电影实在太小众意识流，属于叫好不叫座的作品，尤其不符合东方人的审美价值观。在国内他就更加没有名气了，在网络上搜他的名字，除了一些获奖新闻，其他信息寥寥无几。

韩辰绘犹豫了好一阵子。

她是听朱芷欣她们说过 Jacob 的，这个导演对电影质量要求高，对演员管理也十分严格，如果她进剧组了，至少三个月要留在意大利，或者跟着剧组到其他地方拍戏。

三个月啊！让她和郑肴屿分开三个月，这怎么行？更别说现在她牵挂的不只是郑肴屿，还有他们的儿子“小煤球”。

Anemone鼓动她：“别傻了！你拍再多大制作的商业爆米花电影，大家也只会认为你是一个‘东方花瓶’，最多是一个演技尚可的花瓶，我实在想不出来还有什么更好的评价了。但你跟Jacob合作可就不一样了，也许不会火，但你可以镀金啊！你现在缺的不是名气，也不是作品，而是格调！”

“格调”两个字让韩辰绘眼睛一亮。

Anemone说得确实没错，她缺的是格调！

她这么有格调的人物，怎么可以缺格调呢？为了事业，她就忍痛和郑肴屿分开几个月吧，反正他们还有漫长的一生可以相守。

韩辰绘回家就把她的决定郑重其事地通知了郑肴屿。

这要是放在过去，郑肴屿肯定会强烈反对韩辰绘去意大利，可时至今日，他虽然已经在心中模拟了一千万种阻止方式，但看到韩辰绘兴致勃勃的表情、跃跃欲式的眼神，只能把所有不满吞入肚中。

好在，只是意大利而已，她又不是要去外太空。

见面、试镜、签约，韩辰绘和Anemone第一次飞往意大利就把这三件事全部解决了。

同行的几个工作人员准备留在意大利玩几天，韩辰绘却不想，后面她要几个月都待在这边，现在要尽可能和郑肴屿在一起。

韩辰绘在这个电影里饰演的是女三号，戏份不算重，当然也不轻，但东方美人这类角色的演员是非常难找的，她是剧组最后一个敲定的演员。

于是从她签约之后，距离开机进组就只剩下半个月的时间。

这半个月，郑肴屿尽可能地推掉工作，陪着韩辰绘。

甜蜜的时间总是稍纵即逝。

转眼间韩辰绘便要飞去意大利进组了。

在飞机场，韩辰绘旁若无人，抱着郑肴屿舍不得撒手，直到Anemone不得不尴尬地提醒她：“你已经被好多人认出来了，他们拍了你们好一会儿了”，“辰绘，再不上飞机，你就要错过航班了！”。

韩辰绘依依不舍地和郑肴屿吻别，一副泫然欲泣的样子：“要想我！你要想我！”

郑肴屿更舍不得韩辰绘，但男人不同于女人，他不可能像韩辰绘那样大庭广众之下就直接哭出来，便爱怜地揉了揉她的脸：“放心，我怎么可能不想你？倒是你，不要去了意大利就忘了自己是谁了。”

“不要忘记喂我的菜豆，不要让他被绿毛欺负了！”

这么多年相处下来，韩辰绘是真心喜欢她的小猴子，当然，也更加不喜欢那个总是和她耍嘴皮子的鹦鹉绿毛！

“放心，你离开了，我就把菜豆当成你，我怎么可能让绿毛欺负它？”

韩辰绘点了点头，又说：“你要爱我！我走了，你要更爱我才行！”

郑肴屿微笑着回答：“不管你在哪里，我都会一天比一天爱你。”

韩辰绘勉强满意，想了想：“妈妈不在身边，你作为爸爸要多陪陪‘小煤球’，你不要没人管了就去酒店通宵玩！”

郑肴屿瞪着韩辰绘，冷冷地说，“这句话应该我说吧！你才是不要去了意大利就撒开欢儿了，然后连米兰都是你的地盘了。”

他们这对极其不靠谱的父母、一个比一个喜欢玩的奇葩夫妻，还真的是半斤八两，“臭味相投”，不是一家人不进一家门。

韩辰绘又吻了郑肴屿一下，哭腔更浓了，眼泪差点就落了下来：“如果我想你了，给你打电话，你就要过来陪我！”

郑肴屿点了点头：“放心吧，我会的，你不给我打电话，我有时间也会过去陪你的！”

韩辰绘“呜呜”了两声，扑进郑肴屿的怀中，紧紧抱着他：“老公，你真好。”

Anemone 和同行的工作人员都看不下去了。

这两口子也太离谱了，不知道的还以为这两人快要生离死别或者真要好几个月见不到呢，其实郑肴屿随时都可以去意大利。

韩辰绘一直是一个“戏精”，他们是知道的，只是他们没想到，“小郑太子爷”也真敢接韩辰绘的戏。

一个“戏精”不可怕，可怕的是还有人无限宠溺她，配合她演戏。

（三）

每年最让韩辰绘头痛的日子只有一个——郑肴屿的生日。

她觉得自己每年的脑细胞 90% 用在给他构思生日礼物之上。谁让她这个老公坐拥金山，要什么有什么，她就算把一整年的积蓄都花出去，也未必能达到郑肴屿的档次。

其实除了生日，他们的结婚纪念日也勉强算一个特殊日子，不过结婚纪念日是相互送礼物的。好在他们两个成了“老夫老妻”之后，韩辰绘为了减少麻烦，每年就让郑肴屿送她一些鲜花以填充他送给她的花房，而她就会给他买一些领带夹之类的小礼物。

结婚纪念日已经如此随便，生日就不能两个人互相糊弄了。

当然韩辰绘知道就算她随便买一个什么东西，郑肴屿都会很喜欢的，但他喜欢的并不是那个东西，而是她。

可是这样又有什么意思呢？

在物质世界里寻寻觅觅，没有能满足郑肴屿的生日礼物，于是韩辰绘只能在精神世界里下功夫了。

她曾经送过她亲手制作的红豆手链，又送过她亲手打磨过的绿幽灵水晶，她还亲手在书法帖上写下了几千个字，再制作成电子字体，安装在郑肴屿的手机和平板电脑里……

这些基本上是她亲手搞的一些小玩意儿。

而今年呢，韩辰绘提前一个月就在思考了。

其间当然也少不了向姐妹团取经。

朱芷欣：“放过我们吧！我们每年帮你想，对自己男朋友都没有对你老公上心！”

时珊珊：“确实。”

韩辰绘：“帮帮我吧！我的脑细胞都死掉啦！大哭！”

时珊珊：“我真的不懂，你为什么要这么费劲啊？郑肴屿什么都不缺，你过去送给他东西，其实也就是送一个心意，别告诉我他缺一条手链或者什么。”

时珊珊：“既然你送心意他都很喜欢，那你为什么不直接送自己呢？我早就告诉过你啊，送、自、己！”

朱芷欣：“对！送自己！以后你再也不用费脑细胞了，你每年都可以送自己！我相信郑总会满意的！听坏女人的准没错！”

时珊珊：“那是非常满意！”

听了朱芷欣和时珊珊的建议，韩辰绘更加忧愁了。

她总不能真的送自己吧？

后来，韩辰绘一直在头脑风暴。

到了郑肴屿生日前两天，韩辰绘对他说有事情要离开一下。

郑肴屿坐在开往红叶名邸的车里，皱着眉挂断电话。

别墅大门的角落里，缩着一只灰白相间的美国短毛猫，一副无家可归的可怜样子。

红叶名邸是数得上号的高级别墅区，他也搞不清楚为什么会有一只小奶猫流浪到园区大门口——这几乎是不可能的。

但他总不能见死不救，好在他们家里养着一只鹦鹉和一只猴子，也不在乎暂时收留一下这只小猫，过两天等韩辰绘回来，再想着怎么安排它。

韩辰绘不在家，又马上要过生日，郑肴屿自然而然地被朋友叫到各种场子里逍遥。

等到他浑身酒味地回到家，他捡的那只小奶猫便轻轻咬着他的裤脚，咕噜咕噜地要东西吃。

他都忘了家里还有一只刚捡来的猫了，之前他随手就把它丢进屋里，忘记放到动物们生活的房子里。

郑肴屿眯起眼，随便取了点儿喂猴子菜豆的食物，挑了一点儿猫能吃的喂给它。之后郑肴屿便不再管它，自顾自地上楼洗澡，准备休息，几个小时之后他还要去公司。

洗完澡出来，郑肴屿便见到那只小猫窝在地毯上。

一只人畜无害的小奶猫而已，郑肴屿懒得管它，也没放在心上，直接上床睡觉了。

几分钟之后，他感觉到那只小奶猫轻轻踩上床，先是趴在他的肚子上——他没有管它——小心试探了一会儿，便轻轻拱进他的怀里，还伸出温暖潮湿的小舌头轻柔地舔他的脸，对他撒娇。

他犹豫了一下，没有把它丢下床。

倒不是因为他喜欢猫，而是因为他喜欢对方拱进他怀中撒娇的感觉——和韩辰绘带给他的感觉简直如出一辙。

这种感觉让他甘之如饴，如痴如醉。

第二天，郑肴屿上午去了一趟公司，下午便回来等韩辰绘。

因为郑肴屿生日那天，他又得身不由己地举办一个 party（聚会），宴请各种豪门中人，所以韩辰绘会提前一天给他过生日，并在 12 点的那一刻送给他生日礼物。

可是今年韩辰绘没有回家。

韩辰绘没有告诉郑肴屿她到底去了哪里，到底去做什么了。

郑肴屿连晚饭都没有吃，一直坐在客厅的沙发上，百无聊赖地看着家庭影院。

他旁边趴着他前一天捡回来的小奶猫。

直到所有指针和时钟顶端的刻度完美地合二为一。

十二点了。

韩辰绘还是没有回来。

郑肴屿面无表情地关掉家庭影院，站起身。

那只小奶猫依然跟着他。

他久违地觉得自己的烟瘾犯了。

但他寻遍整个卧室和书房，都找不到一支香烟。

他的心情更糟糕了。

而解决这个问题的办法，除了现在穿衣服去找个夜场逍遥，就是直接躺下睡觉。

不知道是不是对韩辰绘回家还抱有一丝幻想，郑肴屿选择了睡觉。

他一躺下，那只小奶猫就像前一晚似的，拱进他的怀中。

辗转反侧了好久，郑肴屿才睡了过去。

迷迷糊糊之中，一些细碎的声音让他醒了过来。

郑肴屿睁开眼。

暖黄色的灯光铺满了卧室。

他怀中的猫已经不见了，取而代之的是一个美艳的女人，她窝在他的怀中，眨巴着湿漉漉的大眼睛，黑发上带着毛茸茸的猫耳朵，臀部微微一动，股间的猫尾巴便摇动了一下。

见他醒了，她便伸出柔软的舌尖，像昨夜那只小奶猫舔他一样，轻轻舔舐他的脸，又轻又柔地叫他："老公……"

郑肴屿望着怀中的女人，联想到突然出现的小奶猫，这才明白，他已经收到了他人生中最好的生日礼物。